PAUL R. EHRLICH
CARL SAGAN
DONALD KENNEDY
WALTER ORR ROBERTS

Le froid et les ténèbres

Traduit de l'américain
par Danielle Pacanowski et Dominique Peters

Avant-propos
de Lewis Thomas

PIERRE BELFOND
216, boulevard Saint-Germain
75007 Paris

Ce livre a été publié sous le titre original
THE COLD AND THE DARK
par W.W. Norton & Company, New York.

Si vous souhaitez recevoir notre catalogue
et être tenu au courant de nos publications,
envoyez vos nom et adresse, en citant ce livre,
aux Editions Pierre Belfond,
216, boulevard Saint-Germain, 75007 Paris.
Et pour le Canada à EDIPRESSE 1983 Inc., 5198, rue Saint-Hubert,
Montréal, Québec H2J 2Y3, Canada.

ISBN 2.7144.1736.1

SOMMAIRE

Ce livre est dédié à la mémoire de
Robert W. Scrivner
1935-1984
qui, à force de persévérance et de dévouement,
parvint à concrétiser sa passion pour la paix
en concevant cette Conférence et en faisant qu'elle ait lieu.
Ce livre est le sien.

Le Comité d'organisation de la Conférence
sur le Monde après une Guerre Nucléaire.

CONTRIBUTIONS

Wladimir V. Alexandrov

Directeur du Laboratoire de Recherches climatologiques au Centre Informatique de l'Académie des Sciences de l'URSS, Moscou. Diplômé de l'Institut de Physique de Moscou (1961). Célèbre par ses travaux en mathématiques appliquées, physique, mécanique des fluides, physique du plasma et conception de modèles climatiques.

Alexandre Bayev

Secrétaire du Département de Biochimie, Biophysique et Chimio-Physiologie de l'Académie des Sciences de l'URSS.

Joseph A. Berry

Membre du Département de Phytobiologie de la Carnegie Institution de Washington, à Stanford (Californie) depuis 1972. Egalement maître de conférences à Stanford University, en biologie. Diplômé de chimie, pédologie et botanique. Ses travaux intéressent plus particulièrement les fondements physiologiques de l'interaction entre végétation et environnement.

Nikolaï Bochkov

Membre de l'Académie des Sciences médicales et directeur de l'Institut de Génétique de l'Académie des Sciences de l'URSS.

Paul J. Crutzen

Directeur de la section Chimie de l'Institut Max-Planck, Mayence (RFA), et directeur administratif du Département de Chimie atmosphérique de cet institut. Egalement membre du Département de Sciences atmosphériques de l'université d'Etat du Colorado, Fort Collins. Ancien doyen et directeur du Département de la Qualité de l'Air du National Center for Atmospheric Research (Centre national des Recherches atmosphériques), Boulder, Colorado. En 1977, alors qu'il travaillait au Laboratoire de Recherches sur l'Environnement de la National Oceanic and Atmospheric Administration (Service océanographique et atmosphérique de Boulder, Paul Crutzen a reçu le prix spécial NOAA pour ses travaux.

Paul R. Ehrlich

Professeur de biologie et titulaire de la chaire Bing de démographie à Stanford University, où il enseigne depuis 1959. Ancien président de l'association Zero Population Growth et de la Conservation Society. Administrateur du Rocky Mountain Biological Laboratory. Prix Mitchell en 1979, et prix John Muir du Sierra Club en 1980. Membre de l'AAAS (Association américaine pour le Progrès de la Science) et de l'Académie américaine des Arts et des Sciences.

Thomas Eisner

Titulaire de la chaire de biologie Jacob Gould Shurman à Cornell University, où il enseigne depuis 1957. Passionné de sciences naturelles et spécialisé dans l'étude du comportement des insectes, il a réuni une très importante documentation photographique et filmographique sur des aspects peu connus de ces animaux. Ancien directeur de plusieurs associations : Zero Population Growth, The Nature Conservancy, National Audubon Society et Federation of American Scientists (Fédération des Savants américains). Actuellement membre de plusieurs commissions de l'AAAS. Thomas Eisner est membre de l'Académie nationale des Sciences des Etats-Unis et de l'Académie américaine des Arts et des Sciences.

Georgi S. Golitsyne

Membre correspondant de l'Académie des Sciences de l'URSS et directeur du Laboratoire de Recherches de l'Institut de Physique atmosphérique de l'Académie des Sciences, Moscou. Spécialiste de la dynamique climatique à grande échelle, de l'atmosphère des planètes et de la théorie de la turbulence. Georgi S. Golitsyne fait partie de la Commission mixte de recherches sur le climat mondial du Conseil international des Associations scientifiques et de l'Organisation mondiale de Météorologie.

John Harte

Professeur d'Energie et Ressources naturelles à l'université de Berkeley (Californie), où il enseigne depuis 1973. Doyen de faculté au Lawrence Berkeley Laboratory. Ses travaux concernent aussi bien la recherche fondamentale (physique des particules élémentaires) que les problèmes concrets de l'environnement (pluies acides, rareté de l'eau, tests de substances toxiques). Auteur de nombreux articles et responsable de recherches au Rocky Mountain Biological Laboratory, John Harte a fait partie des trois commissions de l'Académie nationale des Sciences pour les questions d'énergie et d'environnement.

Mark A. Harwell

Directeur associé du Centre de Recherches sur les Ecosystèmes et maître de conférences (Département des Ressources naturelles), Cornell University. Mark Harwell est à l'origine de nombreuses activités en rapport avec l'étude des conséquences d'une guerre nucléaire sur les écosystèmes humains et naturels. En particulier, son cours de dernière année à Cornell a été très important pour les travaux réalisés par le Conseil international des Associations scientifiques ; son activité au sein de la commission ad hoc de l'Ecological Society of America (Société américaine d'Ecologie) mérite également d'être soulignée.

JOHN P. HOLDREN

Professeur d'Energie et Ressources naturelles, et président du Groupe Energie et Ressources naturelles à l'université de Berkeley (Californie). Plusieurs titres et activités : membre invité du Département Energie et Environnement au Lawrence Berkeley Laboratory ; consultant au Département Energie de la Fusion magnétique du Lawrence Livermore National Laboratory ; responsable de recherches au Rocky Mountain Biological Laboratory. Vice-président de la Fédération des Savants américains, président en exercice de la section américaine du Pugwash Council et membre du comité exécutif international. John Holdren est membre de l'Académie américaine des Arts et des Sciences et vice-président du comité de recherches sur la Sécurité internationale de cette institution. Prix de la MacArthur Foundation en 1981 pour ses travaux dans le domaine de la physique, de l'énergie et de l'environnement.

IOURI ISRAËL

Membre correspondant de l'Académie des Sciences de l'URSS et président du Comité national d'Hydrométéorologie et de Contrôle de l'Environnement (Moscou). Spécialiste d'océanographie et de science atmosphérique.

DONALD KENNEDY

Membre de Stanford University depuis 1960, ancien président du Programme de biologie humaine. Prix Dinkelspiel en 1976, la plus haute récompense de l'université, pour services exceptionnels. Donald Kennedy a été conseiller technique à la Maison Blanche pour les questions scientifiques et techniques avant d'être nommé à la Food and Drug Administration en 1977. Revenu à Stanford, il en devint vice-président et principal en 1979, puis président en 1980.

KIRILL Y. KONDRATIEV

Membre correspondant de l'Académie des Sciences de l'URSS, Moscou. Spécialiste de physique atmosphérique.

ALEXANDRE M. KOUZINE

Membre correspondant de l'Académie des Sciences de l'URSS, Moscou. Spécialiste de biochimie et radiobiologie.

THOMAS F. MALONE (président de la Commission d'étude des conséquences atmosphériques et climatiques)

Membre de Resources for the Future, et directeur honoraire du Holcomb Research Institute, Butler University. Actuel président du comité de recherches sur l'atmosphère et le climat de l'Académie nationale des Sciences, dont il a été secrétaire extérieur de 1978 à 1982. Ancien président de la Société américaine de Météorologie et de la Société américaine de Géophysique. Prix Losey de l'Institut américain de Sciences aérospatiales, et prix Cleveland Abbe de la Société américaine de Météorologie.

NIKITA MOÏSSEÏEV

Membre correspondant de l'Académie des Sciences de l'URSS et directeur adjoint du Centre Informatique de cette institution.

VALÉRI PARKHOMENKO

Membre du Centre Informatique de l'Académie des Sciences de l'URSS.

WALTER ORR ROBERTS

Fondateur de l'observatoire de haute altitude de Climax et Boulder, Colorado, qui fait actuellement partie du Centre national des Recherches atmosphériques (NCAR). Professeur d'astrophysique et de géophysique à l'université du Colorado depuis 1956, président honoraire du Conseil des Universités pour les recherches sur l'atmosphère, doyen de l'Aspen Institute, et ancien président de l'AAAS. Walter Roberts s'est vu attribuer diverses distinctions, notamment la médaille Hodgkins de la Smithsonian Institution (1973) et celle de l'International Environment Leadership (1982).

CARL SAGAN

Titulaire de la chaire David Duncan d'astronomie et sciences de l'espace et directeur du Laboratoire d'Etudes planétaires à Cornell University. Ayant eu un rôle essentiel dans les expéditions Mariner, Viking et Voyager, Carl Sagan a obtenu de la NASA la médaille du service public et la médaille de l'œuvre scientifique exceptionnelle. Prix Pulitzer pour son livre *Les dragons de l'Eden*, prix Peabody pour sa série télévisée « Cosmos », et prix Joseph Priestley récompensant des « travaux ayant contribué à améliorer le sort de l'humanité ».

ROALD SAGDEÏEV

Directeur de l'Institut de Recherches cosmiques de l'Académie des Sciences de l'URSS, Moscou. L'académicien Roald Sagdeïev est le responsable, en Union soviétique, de l'exploration des planètes inhabitées.

Stephen H. Schneider
Directeur du Programme d'études approfondies du Centre national des Recherches atmosphériques (NCAR), dont il est également doyen. Il y assure en outre la responsabilité du Programme des chercheurs invités. Auteur de nombreux écrits, il est fréquemment consulté à titre de conseiller et a participé à de multiples forums consacrés aux problèmes du climat, de la nourriture et de l'énergie. Membre fondateur du Conseil scientifique et technique pour le Développement, et rédacteur en chef du journal *Climatic Change.*

Georgi Scriabine
Premier secrétaire scientifique de l'Académie des Sciences de l'URSS.

Georgi L. Stenchikov
Membre du Centre Informatique de l'Académie des Sciences de l'URSS.

Lewis Thomas
Recteur honoraire du Memorial Sloan-Kettering Cancer Center et titulaire de chaire à Stony Brook, université d'Etat de New York.

Richard P. Turco
Chercheur spécialisé en physique et chimie atmosphériques à Marina del Rey, Californie, depuis 1971. Auteur de travaux sur la photochimie de l'ozone de la stratosphère, la physique et la chimie des aérosols, la chimie de l'atmosphère. Richard Turco a été membre de plusieurs groupes d'étude nationaux, et il est l'auteur de nombreuses publications sur la pollution des hautes couches de l'atmosphère. Il fait actuellement partie de la commission de travail du Conseil national de la Recherche sur les Effets atmosphériques des Explosions nucléaires.

Ievgheni P. Velikov
Vice-président de l'Académie des Sciences de l'URSS ; directeur de l'Institut de physique nucléaire Kourchatov de l'Académie des Sciences (Moscou) et directeur du Programme soviétique de recherches thermonucléaires. L'académicien Ievgheni P. Velikov est membre du Comité international de la Fusion nucléaire contrôlée ; il est aussi membre étranger de l'Académie royale suédoise des Sciences.

George M. Woodwell (président de la Conférence et président de la Commission d'étude des conséquences biologiques)
Doyen du Brookhaven National Laboratory de 1961 à 1975, date à laquelle il fonda le Centre des Ecosystèmes, dont il devint directeur, au Marine Biological Laboratory de Woods Hole, Massachusetts. Ancien président de la Société américaine d'Ecologie, membre fondateur et

administrateur du Fonds de Défense de l'Environnement, du Comité de Défense des Ressources naturelles et de l'Institut des Ressources naturelles mondiales. G. Woodwell est président de la section américaine du Fonds de Protection des Espèces sauvages (WWF), et membre de l'Académie américaine des Arts et des Sciences.

PRÉFACE

En juin 1982, Robert W. Scrivner, du Rockefeller Family Fund et Robert L. Allen, de la Henry P. Kendall Foundation, ont rencontré Russel W. Peterson, président de la National Audubon Society, pour aborder un sujet qui les préoccupait de plus en plus : dans tous les débats publics consacrés à la guerre atomique et aux terribles effets du souffle et du rayonnement, tant sur les personnes que sur les villes, avait-on suffisamment étudié les conséquences biologiques à long terme ? Quelles seraient les conséquences d'une guerre nucléaire pour l'air, l'eau et la terre — pour les systèmes naturels dont dépend toute vie ?

Allen, Peterson et Scrivner estimèrent qu'il était impératif d'intéresser le mouvement écologique à ce problème et de faire la synthèse des progrès réalisés par la communauté scientifique mondiale. Ils connaissaient le rapport sur « Les effets à long terme, à l'échelle mondiale, d'explosions atomiques multiples », publié en 1975 par l'Académie nationale des Sciences des Etats-Unis, ainsi que l'étude de l'US Congressional Office of Technology Assessment sur « Les effets d'une Guerre Nucléaire ». Ils avaient également pris connaissance de l'édition spéciale de *Ambio* (Vol. XI, N° 2-3, 1982), revue de l'Académie royale suédoise des Sciences, qui venait d'être publiée et qui comportait de nouvelles informations sur les répercussions climatiques et biologiques d'une Guerre Nucléaire.

Scrivner, Allen et Peterson réunirent un petit nombre de chercheurs et spécialistes de l'environnement pour envisager l'organisation d'une conférence publique sur les effets à long terme d'une Guerre Nucléaire. Parmi eux, Carl Sagan leur signala qu'un groupe restreint de savants menaient des travaux — dont l'importance pourrait bien ne pas être négligeable — sur les effets climatiques d'une Guerre Nucléaire. Ce travail — « Les conséquences à long terme d'un conflit nucléaire sur l'atmosphère et le climat » — fut ultérieurement appelé « Rapport TTAPS », d'après les initiales de ses auteurs : Richard P. Turco, Owen B. Toon, Thomas P. Ackerman, James B. Pollack, et Carl Sagan.

Le groupe TTAPS, qui commença par étudier les effets atmosphériques d'une forte quantité de poussière, étendit son observation à la fumée et à la suie dégagées par les grands incendies après avoir pris connaissance de données sur ce sujet publiées dans la revue *Ambio* par Paul J. Crutzen et John W. Birks (« L'atmosphère après une guerre atomique : Le crépuscule à midi »).

L'apport essentiel de l'étude TTAPS fut qu'elle détermina l'effet des énormes quantités de poussière et de fumée engendrées par le souffle et les incendies qui résulteraient des explosions nucléaires. Cette enveloppe de poussière et de fumée aurait des conséquences atmosphériques entraînant des modifications du climat qui se ressentiraient même à de très grandes distances du lieu des explosions. Grâce à des simulations numériques, on quantifia les effets d'une situation où des particules de matière empêcheraient la lumière du Soleil d'atteindre la Terre. Les auteurs élaborèrent divers scénarios fondés sur différents niveaux de puissance des bombes et divers lieux d'explosion — que ces explosions fussent aériennes ou terrestres. On aboutit à toute une gamme de conséquences atmosphériques, climatiques et radiologiques potentiellement catastrophiques. Les températures baisseraient de façon spectaculaire, même en été, bien en dessous de zéro ; la lumière du jour n'atteindrait pratiquement plus le sol ; cette situation durerait plusieurs mois et s'étendrait bien au-delà des zones bombardées, jusqu'à l'hémisphère Sud.

L'attention d'Allen, Scrivner, Peterson et de leur groupe fut attirée sur d'autres travaux scientifiques en cours : une étude de l'Académie nationale des Sciences des Etats-Unis et une autre du Comité scientifique de l'Environnement (SCOPE) du Conseil international des Sociétés scientifiques, consacrée aux « Conséquences d'une Guerre Nucléaire sur l'environnement ».

Le petit groupe informel du départ se constitua en Comité afin d'étudier l'opportunité de tenir une grande conférence publique pour présenter les découvertes du rapport TTAPS et des biologistes quant aux conséquences d'une Guerre Nucléaire. Ainsi, l'on mettrait ces découvertes à la disposition des éducateurs, des scientifiques, des hommes d'affaires, des gouvernements et responsables, ainsi que des spécialistes de l'environnement de tous les pays. De grands savants se joignirent au Comité : Paul R. Ehrlich, Peter H. Raven, Walter Orr Roberts, Carl Sagan et enfin George M. Woodwell. Woodwell fut désigné pour présider la Conférence. Le Comité choisit Chaplin B. Barnes, anciennement attaché à la National Audubon Society et au Council on Environmental Quality, comme directeur administratif de la Conférence et le chargea d'en coordonner les travaux.

Carl Sagan suggéra de soumettre à des physiciens, pour vérification, les résultats de l'étude TTAPS. Il s'agissait de présenter ensuite ces analyses à un grand nombre d'experts en biologie et en médecine pour qu'ils évaluent l'ampleur des conséquences mondiales à long terme, sur les hommes comme sur les systèmes vitaux de la planète. Il fut convenu que la Conférence publique ne serait organisée que si les chiffres de l'étude TTAPS étaient corroborés par ces différents spécialistes.

On convoqua donc un Bureau consultatif comprenant soixante et un scientifiques en provenance des Etats-Unis et de huit autres pays afin qu'ils participent à la préparation de la Conférence et que, après celle-ci, ils contribuent à la diffusion des informations.

Le Comité, lors de l'élaboration du programme des débats pour la Conférence, décida que les discussions politiques, les allusions au désarmement, au contrôle de l'armement et aux facteurs économiques et sociaux, qui d'ordinaire sont évoqués dans les conférences sur l'impact d'une Guerre Nucléaire, ne devraient pas figurer à l'ordre du jour. Il fut décidé de limiter le sujet de cette Conférence scientifique aux seules conséquences physiques, atmosphériques et biologiques d'une telle guerre. Le Comité considéra en effet que toute déviation vers d'autres considérations, comme la stratégie nucléaire ou les implications économiques, sociales et politiques, affaiblirait le message scientifique principal.

Fin avril 1983, une centaine de savants originaires des Etats-Unis et d'autres pays se rencontrèrent à l'Académie américaine des Arts et des Sciences à Cambridge, Massachusetts pour procéder à un premier tour d'horizon. Les savants ainsi réunis représentaient une grande variété de disciplines. Lors d'une séance de travail organisée et présidée par Carl Sagan, une quarantaine de physiciens et dix biologistes examinèrent l'avant-projet du rapport TTAPS. Le groupe en approuva généralement les conclusions quant aux réductions de la quantité de lumière solaire pouvant atteindre la surface de la Terre et quant aux importants changements climatiques. En plus des effets climatiques — les températures glaciales et l'obscurité presque totale —, le groupe de physiciens aborda des sujets tels que l'exposition au rayonnement et aux retombées radioactives, l'exposition accrue aux rayons ultraviolets du Soleil due à la destruction de la couche d'ozone de l'atmosphère, et l'action des gaz toxiques libérés par la combustion des matériaux synthétiques.

A la suite de cette réunion, Peter Raven rassembla un groupe de biologistes avec dix des physiciens qui y avaient participé, pour qu'ils examinent les répercussions potentielles des conditions créées par une

Guerre Nucléaire sur les systèmes essentiels à la vie sur Terre. Ils considérèrent les conséquences d'une obscurité prolongée et d'une modification climatique importante sur le phytoplancton, le zooplancton et d'autres formes de vie végétale et animale, ainsi que sur l'agriculture. Il y eut un échange de vues quant aux effets cumulés des conditions découlant d'une Guerre Nucléaire sur les éléments des écosystèmes marins, fluviaux et terrestres, ainsi que sur les conséquences d'une exposition prolongée au rayonnement ionisant ultraviolet pour la vie végétale et animale. Au cours d'autres discussions furent abordés les problèmes créés par l'interruption à grande échelle du fonctionnement normal des écosystèmes naturels cruciaux pour la survie des hommes et de la société : la production d'aliments pour les hommes, pour le bétail et pour les animaux sauvages ; le climat et le temps ; le traitement des déchets et le recyclage des aliments ; la préservation des sols ; le contrôle des parasites dans l'agriculture. Les biologistes réunis à Cambridge se séparèrent après être tombés d'accord sur un point : les effets sur la biosphère seraient destructeurs à un degré jusqu'à présent insoupçonné, et ils n'exclurent pas que les effets biologiques à long terme d'une Guerre Nucléaire puissent entraîner la disparition de l'Humanité et de la plupart des espèces vivantes de la planète.

Ayant reçu l'assurance, de la part des savants réunis, que l'analyse était valide, le Comité décida de procéder à l'organisation de la Conférence, et trente organisations ou institutions américaines ou internationales s'occupant de sciences de l'environnement ou de démographie décidèrent de la parrainer. En voici la liste :

American Institute of Biological Sciences
American Society for Microbiology
Canadian Nature Federation
Common Cause
Ecological Society of America
Environment Liaison Centre
Environmental Defense Fund
Environmental Policy Institute
Federation of American Scientists
Friends of the Earth
Global Tomorrow Coalition
International Federation of Institutes for Advanced Study
International Union for Conservation of Nature and Natural Resources
International Union of Biological Sciences

National Audubon Society
National Science Teachers Association
National Wildlife Federation
Natural Resources Defense Council
Open Space Institute
Planned Parenthood Federation of America
Sierra Club
Smithsonian Institution
The Institute of Ecology (TIE)
Trust for Public Land
Union of Concerned Scientists
United Nations Association of the United States of America
United Nations Environment Programme
United Nations University
Wilderness Society
World Resources Institute
Zero Population Growth

Au cours de l'été 1983, un groupe de vingt biologistes, sous la direction de Paul Ehrlich, affina l'étude des effets des modifications climatiques sur la biosphère. Dans le même temps, le groupe TTAPS précisa ses conclusions et les publia. En Union soviétique, cet été-là, Wladimir V. Alexandrov vérifia les principales simulations TTAPS sur ses propres modèles informatiques.

Six semaines avant la Conférence, lors d'une conversation avec Kim Spencer et Evelyn Messinger, d'Internews, Robert Allen, membre du Comité, lança l'idée d'utiliser les possibilités technologiques existantes pour ajouter, grâce à la télévision, une nouvelle dimension à la Conférence en établissant une liaison par satellite avec des savants soviétiques réunis à Moscou. Allen, Spencer et Messinger décidèrent d'organiser et de produire une émission de quatre-vingt-dix minutes qui permettrait à des savants américains et soviétiques de haut niveau de discuter en direct des conclusions dégagées par la Conférence sur les conséquences climatiques et biologiques d'une guerre nucléaire.

Spencer entama des négociations avec Gosteleradio, seul réseau de télévision d'Union soviétique, et Allen organisa des échanges entre savants américains et soviétiques pour que des experts de l'Académie des Sciences de l'URSS participent à l'émission.

Le 31 octobre 1983, la Conférence sur le Monde après une Guerre Nucléaire, traitant des conséquences biologiques planétaires à long terme d'une guerre atomique, s'ouvrit à Washington, D.C., à l'hôtel Sheraton, en présence de plus de cinq cents participants et de cent journalistes. Parmi les participants, on comptait des savants, des ambassadeurs et diverses personnalités de plus de vingt pays, des enseignants, des écologistes, des militaires, des représentants de groupements religieux, civiques, philanthropiques, ainsi que des spécialistes de la politique étrangère et du contrôle des armements venus de toutes les régions des Etats-Unis. La Conférence fut largement couverte par la presse aux Etats-Unis, en Union soviétique et dans d'autres pays.

Bien que la Conférence se fût officiellement terminée sur l'allocution de Walter Orr Roberts (voir Postface), les participants restèrent sur place. Tout le monde attendait la rencontre historique : la liaison satellite avec Moscou. Pour la première fois, la communication par satellite permettait de réunir en direct à la télévision un groupe de savants à Moscou et un groupe de savants aux Etats-Unis, pour un fructueux échange d'informations scientifiques.

A seize heures, heure de Moscou (huit heures à Washington), le 1er novembre, les exposés de Sagan et Ehrlich avaient été transmis à un groupe de savants soviétiques qui en avaient ensuite discuté. A vingt-deux heures, heure de Moscou, la liaison fut établie entre les Soviétiques assemblés dans les studios de Gosteleradio et les Américains assemblés dans une salle de conférences à Washington.

Les Américains participant à ce débat étaient Thomas Malone, Paul Ehrlich, Walter Orr Roberts et Carl Sagan. Leurs principaux interlocuteurs soviétiques étaient Ievgheni Velikov, Iouri Israël, Alexandre Bayev et Nikolaï Bochkov.

Durant les quatre-vingt-dix minutes de liaison par satellite, les savants soviétiques et américains échangèrent questions et commentaires sur les travaux en cours, et certaines données sur les effets d'un conflit nucléaire communiquées par les Soviétiques complétèrent et améliorèrent les éléments présentés à la Conférence.

« D'un côté, déclara Georgi Scriabine, je ressens une grande inquiétude à l'idée de la tragédie qui nous menace, qui plane sur nous tous et qui met en péril toute vie sur Terre. Mais, d'autre part, cette conférence présente aussi un aspect très réconfortant : le consensus atteint par les grands savants qu'elle réunit — nos propres savants et leurs collègues américains. Ils sont unanimes à penser qu'il faut éviter une Guerre Nucléaire, qui signifierait désastre et mort pour l'Humanité. Personnellement, cela me réjouit et me rassure car, à notre époque, l'autorité des hommes de science est considérable. Nous devrions tous essayer d'user de notre influence pour que cesse la course aux armements, et qu'ainsi il n'y ait jamais de Guerre Nucléaire. »

Alexandre Kouzine assura de son côté :

« Il incombe donc directement aux savants, en Union soviétique comme aux Etats-Unis, de révéler à tous l'immense danger que constituerait l'engagement de tout conflit nucléaire, afin que soit annihilée la possibilité même d'une Guerre Nucléaire. Non seulement celle-ci aboutirait indubitablement à la mort de la civilisation actuelle, mais elle menacerait toute vie sur notre planète bien-aimée. »

Alors que la liaison était sur le point de s'achever, Thomas Malone prit la parole : « Cet échange de vues pourrait bien être considéré dans les années à venir — et à juste titre — comme un tournant décisif de l'histoire de l'Humanité... car il devrait contribuer à élever le niveau de conscience des dirigeants politiques. »

A la suite de cette Conférence, un Centre de Réflexion sur les Conséquences d'une Guerre Nucléaire a été mis en place à Washington, D.C., pour diffuser les découvertes scientifiques concernant cet important problème. Grâce à ce Centre, on dispose de documents écrits et de matériels audiovisuels sur les conséquences climatiques et biologiques d'une Guerre Nucléaire. Ce Centre a son siège 3244 Prospect Street, NW, Washington, D.C., 20007, USA.

AVANT-PROPOS
par
Lewis Thomas

Les découvertes exposées dans cet ouvrage pourraient bien être considérées, si notre monde a la chance de poursuivre le cours de son histoire, comme les plus importantes de *la longue évolution de la science.*

La première découverte est déjà bien connue dans la communauté scientifique des climatologues, des géophysiciens et des biologistes aux Etats-Unis comme ailleurs et a été confirmée dans le détail par des savants soviétiques : des simulations sur ordinateur montrent qu'une Guerre Nucléaire n'engageant qu'une fraction de l'arsenal atomique des Américains et des Soviétiques pourrait modifier le climat de tout l'hémisphère Nord. Nous passerions sans transition de nos climats à cycles saisonniers à une longue nuit glacée et sans Soleil. Pendant quelques mois, la suie et la poussière nucléaire retomberaient sur le sol en laissant la voie libre à une nouvelle sorte de lumière solaire comprenant presque tout le spectre des rayons ultraviolets et susceptible de rendre aveugles de nombreux animaux. La couche d'ozone de l'atmosphère, qui protège normalement la Terre des rayons ultraviolets dangereux, serait considérablement réduite par une Guerre Nucléaire. De nombreux calculs concernant l'étendue et l'intensité des retombées radioactives indiquent que de vastes étendues seraient exposées à un rayonnement beaucoup plus intense qu'on ne le croyait auparavant. Carl Sagan présente ici les conclusions du rapport TTAPS.

Le deuxième exposé, préparé par Paul R. Ehrlich et dix-neuf autres biologistes, démontre que les prévisions du rapport TTAPS signifient rien moins qu'une disparition d'une grande partie de la biosphère terrestre, ce phénomène s'étendant probablement aussi à l'hémisphère Sud.

Ces deux études modifient fondamentalement les perspectives d'une guerre thermonucléaire. Elles ont déjà été scrupuleusement vérifiées par des savants représentant toutes les disciplines concernées, aussi bien aux Etats-Unis qu'en Europe. On a effectué des recherches parallèles et complémentaires, et on constate déjà une concordance sans précédent des détails techniques comme des conclusions d'ensemble. Pour certains, le rapport TTAPS sous-estimerait encore les dégâts climatologiques potentiels. Le rapport de vingt spécialistes, résumé par le Pr Ehrlich, représente le consensus auquel sont parvenus quarante biologistes lors d'une réunion tenue à Cambridge, Massachusetts, au printemps 1983.

Nous vivons désormais dans un monde nouveau exigeant une autre vision de la politique mondiale et une nouvelle logique.

Jusqu'à maintenant, les hommes d'Etat, les diplomates et les stratèges de la communauté internationale avaient eu tendance à considérer la perspective d'une Guerre Nucléaire comme un problème ne concernant que les pays détenteurs d'armes nucléaires. On estimait en effet que le contrôle des armements et les négociations sans fin sur la réduction des armements nucléaires relevaient de la responsabilité, de la prérogative même, de quelques protagonistes directement en cause. Maintenant, tout cela a changé. Aucune nation sur Terre n'est à l'abri du danger de destruction si deux pays, ou deux groupes de pays, quels qu'ils soient, s'engagent dans un conflit nucléaire. Si l'Union soviétique et les Etats-Unis, soutenus par leurs alliés respectifs du Pacte de Varsovie et de l'OTAN, commencent à lancer leurs missiles et dépassent un certain seuil encore indéterminé, des pays neutres, comme la Suède et la Suisse, souffriront des mêmes effets à long terme, de la même mort lente que les belligérants. D'une guerre qui éclaterait au Nord, l'Australie, la Nouvelle-Zélande, le Brésil et l'Afrique du Sud ont presque autant à redouter que l'Allemagne de l'Ouest.

Jusqu'à maintenant, nous avons eu tendance à considérer tout conflit engageant des armes nucléaires comme la tentative de deux adversaires pour régler des problèmes tels que la domination territoriale et les querelles idéologiques. Désormais, il est clair que tout territoire conquis sera, en fin de compte, un désert stérile, et que toute idéologie disparaîtra avec la mort de la civilisation, toute culture étant effacée sans retour de la mémoire collective de l'Humanité.

Jusqu'à maintenant, les risques encourus lors de ce genre de conflit ont été calculés, comme on l'a toujours fait, en nombre de morts prévus dans chaque camp à la fin de la bataille, morts civils aussi bien que morts militaires. Les termes d'« acceptable » et d'« inacceptable », signifiant tant ou tant de millions de pertes humaines, ont été utilisés pour porter des jugements « raisonnables » sur le besoin de s'équiper d'armements plus adéquats. Désormais, tout est différent. Laissons de côté l'estimation courante qui veut que, lors d'un conflit où 5 000 mégatonnes seraient utilisées, environ un milliard de personnes succomberaient immédiatement au souffle, à la chaleur et au rayonnement. Laissons de côté le fait probable que, par la suite, plus d'un autre milliard de personnes mourraient des effets retardés de l'explosion sur les systèmes vitaux et des retombées radioactives.

Mais quelque chose d'autre se sera produit, qui devrait faire réfléchir les hommes autant que la perte de leur propre vie : l'écosystème de la Terre, si complexe, si cohérent, si merveilleusement organisé — ce que certains appellent la biosphère et d'autres la nature —, aura reçu un coup mortel ou presque. Certains de ses éléments résisteront, j'en suis pratiquement certain, et la vie de la planète continuera, mais ramenée peut-être à un niveau comparable à celui que connaissait la Terre il y a plus d'un milliard d'années, quand les prokaryotes (des créatures semblables aux bactéries d'aujourd'hui) se joignirent pour former des agencements symbiotiques et évoluèrent en cellules à noyau, dont nous descendons sans aucun doute possible.

La dernière grande extinction de la vie advint il y a environ soixante-cinq millions d'années, quand les dinosaures et un grand nombre d'autres créatures terrestres et aquatiques disparurent tout d'un coup. On pense généralement que cet événement fut causé par une explosion massive due probablement à la collision d'un astéroïde avec la Terre, la poussière ainsi engendrée obstruant le Soleil pendant une période assez longue pour interrompre la photosynthèse. C'est ce genre d'événement que les simulations présentées dans ces études nous prédisent.

L'accroissement actuel de l'armement nucléaire, sa prolifération et les efforts de discussion qui s'embourbent, qui piétinent, et qui échouent à nous débarrasser de ce qui met en danger la vie même de la planète, me semblent s'insérer dans un contexte tout à fait différent depuis quelques mois. Il ne s'agit plus de problèmes politiques abandonnés à la sagesse et à la prévoyance de quelques chefs d'Etat, de quelques responsables militaires, dans quelques nations. Il s'agit d'une question interpellant toute l'Humanité.

J'espère maintenant que la communauté internationale des savants de tous les pays considérera avec attention les données et les conclusions auxquelles nous sommes parvenus, qu'elle continuera les recherches dans tous les domaines possibles et fera pression sur les gouvernements. J'espère que les journalistes trouveront le moyen d'informer les citoyens du monde en insistant sans relâche sur tous les détails des risques que nous encourons.

Les choix et les options d'il y a quelques mois sont caducs. Nous devons débarrasser la Terre vite, bien et pour toujours de ces armes qui ne sont pas du tout des armes ordinaires mais des instruments abominablement pernicieux. Nous mettons en danger plus encore que l'Humanité ; nous risquons d'infliger une blessure irréparable à toute la création.

Je n'ai jamais vu de plus belle image que celle de la planète Terre photographiée de la Lune, suspendue dans l'espace et si vivante. Bien qu'au premier abord elle semble faite d'innombrables espèces distinctes, un regard plus attentif révèle que chacun de ses éléments, y compris l'Humanité, est interdépendant de tous les autres. C'est le seul écosystème vraiment autonome que nous connaissions. On peut imaginer que c'est un organisme qui naquit il y a juste 3,8 milliards d'années, et je lui souhaite aujourd'hui un joyeux anniversaire, comme je souhaite longue vie à nos enfants, à nos petits-enfants et aux enfants de leurs enfants.

Malgré sa jeunesse et son immaturité en tant que membre de la biosphère, j'ai un grand respect pour notre espèce. A l'échelle du temps cosmique, nous ne sommes venus au monde que depuis quelques instants et nous avons encore beaucoup de temps pour grandir. Si nous y parvenons, nous deviendrons une sorte de cerveau collectif de la Terre, la *pensée* de la Terre. Pour l'instant, malgré notre jeunesse en tant qu'espèce, nous sommes certainement l'élément le plus brillant et le plus intelligent de cette planète. J'ai confiance : nous avons la ferme volonté de poursuivre notre chemin et de faire de notre mieux afin de maintenir ce monde en vie. Pour toutes ces raisons, je considère que les rapports présentés dans cet ouvrage ne sont pas seulement des mises en garde, mais également, s'ils sont suffisamment diffusés et pris au sérieux, de très bonnes nouvelles. Je crois que l'Humanité, éclairée sur la réalité, saura quelle attitude observer au sujet des armes nucléaires.

Mais si les faits ne sont pas exposés au grand jour, si on les considère à tort comme des élucubrations mystérieuses et théoriques qu'il vaut mieux ignorer, alors je perds tout espoir !

INTRODUCTION
par
Donald Kennedy

Rien n'est moins réjouissant que notre sujet : d'abord, les conséquences d'une Guerre Nucléaire sont vraiment affreuses et il n'est pas très agréable de venir annoncer qu'elles sont encore plus épouvantables qu'on ne le pensait ; ensuite, malgré ce que certains prétendent, il n'existe aucune recette *simple* pour se dégager du problème que nous posent les armes nucléaires. Bien au contraire, le danger nous talonne et il faut lutter contre une politique de sécurité nationale qui semble terriblement réfractaire à la logique. C'est dans ce contexte décourageant que se situent nos entretiens sur les conséquences biologiques à long terme d'une Guerre Nucléaire.

Avant de commencer, je voudrais porter à votre connaissance les qualités qui me font défaut pour jouer mon rôle de présentateur, et vous énoncer quelques-unes de mes convictions. Je ne suis ni un vétéran du mouvement antinucléaire ni un spécialiste des questions de contrôle des armements nucléaires et de désarmement. Je concède volontiers à d'autres la supériorité technique dans le domaine de la science, fort peu exacte, de la stratégie nucléaire (l'arrière-plan technologique de la détente avec ses règles du jeu). Je suis obligé quant à moi d'avouer une conviction démodée : je crois que nous continuerons à avoir besoin d'un système de défense nationale, que les armes nucléaires continueront encore pendant longtemps à faire partie intégrante des stratégies de sécurité nationale, dans notre pays et dans d'autres pays, et que nous n'y pourrons rien. Je crois que nous devrons donc constamment nous efforcer de mieux comprendre ces armes si nous voulons enfin pouvoir les contrôler.

Je ne suis pas qualifié pour présider une conférence sur le contrôle des armements nucléaires, ni pour animer une manifestation pacifiste. Mais cet ouvrage est le compte rendu d'un certain nombre de travaux scientifiques sérieux consacrés aux conséquences d'une Guerre Nucléaire. Or, s'agissant de *ce sujet-là*, je pense pouvoir apporter ma contribution. Pendant une certaine période, dans le cadre des fonctions que j'ai occupées auprès du gouvernement fédéral, j'ai été responsable d'une administration chargée d'établir les règlements concernant les risques engendrés par les produits chimiques toxiques, et plus généralement tous les risques associés à une mise en œuvre prématurée de techniques nouvelles. Au cours de cette période, et pendant les années qui l'ont précédée et suivie, j'ai énormément réfléchi à la manière d'évaluer les risques, même lorsqu'il est impossible de disposer de renseignements complets.

Je pense avoir tiré de cette expérience trois leçons applicables ici. Premièrement, l'un des grands défis à relever dans le domaine de l'évaluation des risques concerne la prise des décisions : il faut réussir à formuler des choix aussi justes que possible face à de grandes incertitudes. Pour y parvenir, il est indispensable d'avoir conscience de ce que l'on ne connaît pas.

Ma deuxième leçon, c'est que l'attitude ambiguë du public face au risque accroît considérablement la difficulté. Nous sommes prêts à des efforts énormes au niveau individuel et social pour sauver la vie d'une personne en danger, mais nous déployons beaucoup moins d'efforts lorsqu'il s'agit d'assurer une protection infiniment plus large à des individus anonymes, à la population en général. Nous votons avec enthousiasme des lois qui visent des risques involontaires très faibles, mais nous en exigeons immédiatement l'abrogation si elles restreignent nos libertés personnelles. En résumé, nous dépensons des trésors pour sortir la petite Catherine du puits où elle est accidentellement tombée, mais nous avons beaucoup de mal à respecter les limitations de vitesse sur la route, ou même simplement à interdire les produits cancérigènes.

L'ambiguïté devient encore plus sensible si la probabilité du risque et sa gravité sont envisagées séparément. Nous avons une certaine attitude face à un risque relativement faible mais statistiquement répandu, comme par exemple certains cancers mortels dus à des substances toxiques dans l'environnement ; l'attitude n'est plus la même face à un risque dont la probabilité est faible et les conséquences désastreuses à très grande échelle. La science des comportements humains par rapport aux risques n'en est qu'à ses débuts [1] mais on sait déjà que, face à un risque dont la probabilité est faible et les conséquences très négatives, nos réactions s'écartent sensiblement de ce que l'on pourrait attendre d'un point de vue strictement logique. Peut-être que nos recherches se révéleront utiles pour comprendre l'attitude du public à l'égard de la Guerre Nucléaire, ou la façon dont les responsables prendraient leurs décisions dans les derniers moments.

La troisième et dernière leçon que je voudrais tirer de ce domaine de l'évaluation des risques, devenu assez classique, concerne l'échelle de temps nécessaire pour se rendre compte des conséquences. A cet égard, la comparaison avec le secteur des substances toxiques se justifie parfaitement.

Au moment où la révolution qui a bouleversé la chimie industrielle, après la dernière guerre mondiale, a commencé à susciter des inquiétudes concernant les risques associés aux produits toxiques, on se préoccupait presque uniquement des effets immédiats ou « aigus ». Les premiers programmes de tests toxicologiques mis au point furent les tests DL_{50}. Ces tests consistaient à mesurer, pour un produit donné, la quantité qui constituait la dose létale (DL) pour la moitié des organismes sur lesquels les essais étaient réalisés. Ensuite, on s'est peu à peu aperçu que les effets « chroniques » à long terme (les éléments susceptibles de provoquer le cancer, de prédisposer un individu à une maladie ou à une faiblesse cardiaque, de donner des anomalies congénitales) étaient nettement plus importants et difficilement mesurables par les tests classiques portant sur une courte durée. L'expérience ultérieure a confirmé que les dangers chroniques étaient beaucoup plus inquiétants que les manifestations aiguës ; aujourd'hui, nous n'envisagerions même pas d'étudier l'innocuité d'un nouveau produit chimique sans le soumettre à une expérimentation à long terme permettant de connaître ses effets cancérigènes éventuels, ses effets sur le fœtus, etc.

C'est le point où nous en sommes pour la Guerre Nucléaire : nous commençons à peine à comprendre les effets à long terme (qui sont pour l'environnement l'équivalent de ce que sont le cancer et les maladies cardiaques pour l'Homme).

Je voudrais maintenant aborder l'un des problèmes que pose le développement de nos connaissances dans le domaine des conséquences chroniques d'une Guerre Nucléaire : *le caractère accidentel et imprévisible de nos découvertes.* Les connaissances que nous avons acquises jusqu'à présent, et qui sont loin de ce que nous souhaiterions, proviennent en grande partie de révélations imprévues et non d'une recherche systématique. Après les bombardements de villes japonaises à la fin de la Seconde Guerre mondiale, nous avons pu faire le sinistre décompte des effets aigus (les ravages de l'explosion, des ondes de choc, les conséquences de la radioactivité locale pour les humains). Mais il a fallu attendre 1954 et les essais de l'atoll de Bikini pour comprendre le danger de la contamination à distance par les retombées radioactives. Aujourd'hui encore, presque trente ans après, nous sommes encore très surpris par l'importance et la portée du phénomène. Par exemple, la fuite du réacteur endommagé de Three Mile Island a laissé une dose de dépôt n'atteignant même pas le dixième de la dose d'iode radioactif (I^{131}) que cette même région avait reçue à la suite des retombées produites par un seul essai de bombe en Chine deux années auparavant [2]. Parmi les connaissances obtenues de manière accidentelle et tardive, on peut aussi citer les ceintures de Van Allen, l'impulsion électromagnétique et ses effets sur les communications électroniques et, plus récemment, la projection d'oxydes d'azote (NO_x) dans la couche d'ozone. Passant tous ces faits en revue, on a émis la remarque suivante : « Nous sommes confrontés à l'incertitude : c'est l'une de nos conclusions les plus importantes... comme le mettent en évidence les hasards et les évolutions imprévues d'un grand nombre de nos découvertes [3]. » Ces paroles n'émanent pas d'un universitaire opposé à la politique gouvernementale, mais d'un actuel sous-secrétaire à la Défense de l'administration Reagan.

La conclusion est peu rassurante. Nous devons apprendre à prévoir l'imprévisible. Cette Conférence nous place en face d'un ensemble de révélations encore plus importantes sur les risques chroniques associés à une Guerre Nucléaire. Pour faire l'historique de cette Conférence, il faut remonter au travail extraordinaire accompli par une organisation qui s'appelle « Physicians for Social Responsability », et qui a réalisé les premières études quantitatives sur la situation médicale aussitôt après une Guerre Nucléaire ; elle a démontré l'inadéquation des structures médicales actuelles dans l'éventualité d'une telle guerre. Les révélations de ces médecins mettent sérieusement en question l'ensemble du système de défense civile et jettent un doute très grave sur la véracité des affirmations confiantes des responsables de la défense civile, qui prévoient une possibilité de retour aux conditions normales en quelques années, après un conflit nucléaire.

Les résultats présentés à notre Conférence résument des études scientifiques analysant beaucoup plus sérieusement les conséquences climatologiques et écologiques à long terme d'un affrontement nucléaire. Au début, les risques écologiques avaient été tout à fait négligés dans la stratégie nucléaire. Les premiers travaux menés par le ministère de la Défense des Etats-Unis (ceux de Mitchell [4] par exemple) se bornaient presque exclusivement à des analogies avec les catastrophes naturelles. La conclusion générale d'une étude comme celle de Mitchell est du genre : « Les dégâts à grande échelle causés par les incendies, la sécheresse, les inondations, etc., ont déjà posé à notre planète des problèmes de reconstruction et de reconstitution de communautés biotiques ; les problèmes que nous pouvons envisager dans l'environnement qui existerait après une Guerre Nucléaire seraient du même type. » Nous laissons au lecteur le soin d'apprécier l'intérêt d'une comparaison de cette sorte pour avoir une idée des risques réels.

Naturellement, il est un peu injuste de condamner ces premiers travaux ; pour des raisons diverses, nos idées sont plus précises et plus pessimistes. En premier lieu, des découvertes récentes particulières (par exemple, la sensibilité de certains écosystèmes naturels aux pluies acides, la sensibilité spécifique des plantes à la radioactivité et à la température) tendent à renforcer le pessimisme des prévisions. En second lieu, notre approche globale des systèmes écologiques, de leur complexité et de leur fragilité, s'est considérablement modifiée au cours des vingt dernières années. Aujourd'hui, nous comprenons mieux leur vulnérabilité. Enfin, les changements intervenus du point de vue de la quantité et de la précision des armes nucléaires permettent de craindre des destructions beaucoup plus amples en cas d'affrontement.

Dans ces conditions, ce qui nous rend perplexe, c'est que d'aucuns persistent encore aujourd'hui à vouloir nous rassurer en reprenant des arguments fondés sur des travaux déjà anciens. Actuellement, les organismes de sécurité américains diffusent toujours un document publié en 1979, par la Defense Civil Preparedness Agency, dans lequel on trouve la conclusion suivante, qui fait exactement écho à la métaphore du rapport de 1963 : « Les modifications de l'équilibre naturel dues à un conflit nucléaire (de puissance prévisible) ne sauraient approcher en quantité ou en qualité les modifications déjà produites par la civilisation humaine [5]. » Même si c'était vrai, même si les changements dus à une Guerre Nucléaire généralisée devaient être de moindre ampleur que les changements introduits par la civilisation au cours de l'Histoire, il n'en demeure pas moins évident qu'il existe une immense différence entre de grands changements surgissant en quelques millièmes de seconde et des transformations qui s'étendent sur des millénaires.

Le même document fait état d'un passage du rapport de 1963 de l'Académie nationale des Sciences qui contient une information très réconfortante : « Il n'y a pas lieu de prévoir des déséquilibres écologiques qui rendraient toute vie normale impossible. » On ne relève pas la moindre allusion à une autre étude beaucoup plus récente de l'Académie nationale des Sciences sur les effets planétaires à long terme d'explosions nucléaires multiples. Cette seconde étude date de 1975, soit *quatre ans* avant la rédaction du document de l'organisme de sécurité civile. On devine facilement que les nouvelles conclusions étaient beaucoup plus déplaisantes : on y mentionnait les effets des oxydes d'azote sur la couche d'ozone et le rapport envisageait plus sérieusement les probabilités de changements climatiques. Et pourtant, dans les explications destinées à ses propres citoyens, le gouvernement a préféré laisser de côté les informations les plus récentes pour donner des assurances trompeuses, fondées sur une source dépassée. Nous devons toujours nous méfier lorsqu'on a recours à des estimations périmées pour définir les choix politiques du pays.

Le contenu des rapports publiés par l'Académie nationale des Sciences fournit de bonnes raisons de s'inquiéter davantage encore. Je crois néanmoins pouvoir dire que, parmi tous les éléments nouveaux présentés à cette Conférence, il y a une information particulièrement frappante, qui implique très certainement des effets chroniques plus graves que tous ceux que l'on avait décrits jusqu'à présent : il s'agit de la perspective de conséquences climatiques très importantes, si profondes qu'elles pourraient faire apparaître comme négligeables tous les autres effets à long terme.

Cela se rattache, en partie, à un nouveau paradigme général de la réflexion scientifique sur les processus qui ont influencé l'histoire de la Terre jusqu'à lui donner sa forme actuelle. Au XVIIIe siècle et au début du XIXe, on pensait que la topographie résultait essentiellement d'une série de cataclysmes dont la Terre et ses occupants avaient été affligés par la colère du Créateur. Cet état d'esprit a été révolutionné par un grand mouvement, conduit par le géologue britannique Charles Lyell, qui a permis de comprendre l'importance des mécanismes lents tels que l'érosion, la sédimentation, la formation de reliefs. A la première théorie, le catastrophisme, s'est alors substituée une théorie fondée sur l'uniformisation. Aujourd'hui, les sciences de la Terre se trouvent au milieu d'une seconde révolution déclenchée par de remarquables découvertes sur la tectonique des plaques ; on porte à nouveau l'accent sur des faits plus « dramatiques ». On tend de plus en plus à admettre que de grands événements marqués par une discontinuité, comme les éruptions volcaniques et les collisions avec des astéroïdes, peuvent avoir des effets profonds sur l'évolution de la Terre et la vie terrestre. En ce sens, il existe une hypothèse particulièrement séduisante qui explique les disparitions massives d'espèces à la fin du Crétacé [6] par la collision d'un astéroïde avec la Terre, il y a 65 millions d'années : le nuage de poussière atmosphérique produit aurait engendré des changements climatiques qui auraient été la cause de ces extinctions massives d'espèces. L'idée que les dinosaures aient pu mourir dans l'obscurité a rencontré beaucoup de scepticisme chez les biologistes lorsqu'elle a été émise pour la première fois. Mais, maintenant, on admet généralement que des événements de cette nature se sont produits dans les temps reculés à la suite d'éruptions volcaniques. On a pu établir que les « années sans été » mentionnées par des archives très anciennes coïncidaient avec des dépôts glaciaires de pluies acides, par exemple. Plus récemment, on a établi une relation entre des caprices météorologiques et des éruptions volcaniques, comme celle du volcan El Chichón au Mexique, il y a deux ans.

Des découvertes comme celles-ci nous ont permis de mieux prendre conscience de la sensibilité du climat aux perturbations brutales. On sait depuis un certain temps que les explosions nucléaires peuvent projeter des poussières et des aérosols dans les hautes couches de l'atmosphère, où ceux-ci continuent à circuler pendant longtemps. D'après les calculs les plus récents, il apparaît que les incendies très étendus renforcent ces effets, dans la mesure où ils augmentent les quantités de particules et accroissent considérablement les courants de convection qui diffusent et dispersent les produits des incendies dans la circulation des hautes couches de l'atmosphère. On admet maintenant qu'un affrontement nucléaire pourrait aboutir à des modifications de température et de lumière qui persisteraient pendant des mois dans l'hémisphère Nord. L'ampleur de cette éventualité est d'une extrême gravité.

Prises dans leur ensemble, toutes ces informations devraient nous pousser à modifier profondément la manière d'évaluer, en tant que citoyens, les risques auxquels nous sommes exposés, comme elles devraient pousser les stratèges des différents pays à modifier leur façon de considérer ceux-ci. Il n'est plus possible de penser les *séquelles* d'une Guerre Nucléaire en minutes, en jours ni même en mois. Ce serait aussi absurde que de vouloir juger la toxicité d'un produit chimique d'après l'effet qu'il aurait au bout de cinq minutes. Ce que nous ont appris les biologistes et les spécialistes de la physique atmosphérique, à travers ce qu'ils nous disent aujourd'hui, c'est que les phénomènes dont nous parlons ont une autre échelle temporelle ; ils s'apprécient sur des années. Les processus sur lesquels nous devons nous pencher sont inhabituels tant par leur nature que par leur ampleur. Les estimations de risques que nos stratèges ont utilisées comme document de travail et comme références à donner aux citoyens sont très grossièrement optimistes.

Avant de conclure, je voudrais aborder un autre aspect de l'analyse des risques. Il s'agit d'un point auquel j'ai déjà brièvement fait allusion : la notion de « rationalité » ; ceux qui prennent la décision agissent-ils rationnellement en fonction de la probabilité et de la gravité réelles d'un risque donné ? Nous avons de bonnes raisons de douter que les responsables se comportent suivant un modèle rationnel, sans aucun autre mobile que l'utilité, lorsqu'ils sont confrontés à des risques graves dont la probabilité est faible. Ce n'est pas une simple supposition ; des précédents historiques précis permettent de penser que nos dirigeants réagissent de manière plus politique (et plus humaine) qu'un « sujet rationnel » théorique. Dans son excellent livre *L'essence de la décision*[7], Graham Allison étudie, en se plaçant dans la perspective de différents modèles de comportement, les réactions du gouvernement des Etats-Unis pendant la crise des missiles de Cuba en 1962. A la lecture de ce livre, une conclusion s'impose : aucun chef d'Etat ou de gouvernement, aucun officier supérieur ne se comporte comme un « sujet rationnel » lorsqu'il doit prendre des décisions qui mettent en jeu la destinée d'une nation ou du monde. Les structures bureaucratiques, les choix politiques, le passé personnel de chacun (et bien d'autres facteurs que nous commençons à peine à sonder) influencent considérablement la décision. Malgré cela, les stratégies se fondent sur l'idée que les réponses et les ripostes à prévoir seraient rationnelles. Conserver un comportement rationnel serait particulièrement malaisé dans les premiers moments d'un conflit nucléaire. Voilà pourquoi, s'appuyant sur leur expérience, des chefs militaires et d'autres spécialistes estiment très improbable qu'une Guerre Nucléaire puisse rester limitée.

En toute hypothèse, il faut tenir compte des éléments les plus défavorables pour apprécier les risques. C'est pourquoi les scénarios considérés dans la présente Conférence, comme dans presque toutes les études réalisées sur ce sujet, envisagent l'explosion d'une partie importante du stock nucléaire actuel. Ce choix procède également d'une autre raison : dans le contexte réel de la prise de décision en cas de conflit nucléaire, il serait probablement si difficile de limiter la riposte, ou la réponse, que le conflit se développerait sans aucune limite ; telle est l'*évolution normalement prévisible* d'un conflit nucléaire.

Pour finir, je voudrais préciser ce qui est nouveau et ce qui ne l'est pas dans cet ouvrage. Il est significatif qu'un aussi vaste groupe de biologistes soient parvenus à un tel consensus sur les conséquences écologiques d'une Guerre Nucléaire. (Vous ne savez peut-être pas à quel point les biologistes ont du mal à se mettre d'accord sur quoi que ce soit, *surtout* lorsqu'ils sont éminents.) Le rapport du groupe de travail qui a étudié les effets atmosphériques et climatiques nous fait entrevoir des perspectives nouvelles terrifiantes en ce qui concerne les suites d'une Guerre Nucléaire dans ce domaine. Ainsi que j'ai essayé de le montrer, leurs découvertes s'intègrent néanmoins dans l'évolution actuelle de la pensée scientifique, qui nous a conduits à porter davantage notre attention sur les *séquelles* de nature complexe qui s'exercent à long terme. Ces effets sont potentiellement plus graves, tout en étant beaucoup plus difficiles à évaluer de manière précise. En vérité, ce fait même ainsi que l'historique du développement de nos connaissances dans le domaine nucléaire devraient sensibiliser les responsables politiques au problème de l'incertitude qui règne quant aux conséquences possibles de leurs décisions. Ce que montrent les études les plus sérieuses, c'est qu'un conflit nucléaire produirait (à côté d'un grand nombre d'autres effets plausibles) la plus grande rupture physique et biologique que notre planète ait connue en 65 millions d'années. Tous ceux qui participent à la définition de la politique des Etats en matière de sécurité, que ce soit dans notre pays ou ailleurs, doivent toujours garder à l'esprit l'ampleur du risque encouru.

On doit noter qu'il existe une continuité entre les thèses présentées dans cet ouvrage et celles de nos confrères non représentés ici, de même qu'entre les découvertes actuelles et les résultats des travaux scientifiques antérieurs. Je voudrais terminer en insistant sur ce point car il est parfois très tentant d'écarter les mauvaises nouvelles en traitant avec défiance celui qui les annonce. Précédemment, les effets à long terme d'une Guerre Nucléaire avaient déjà fait l'objet de travaux sur la base des données dont on disposait à l'époque : l'Académie nationale des Sciences a fait paraître un rapport en 1975, et le Congressional Office of Technology Assessment a publié le sien en 1979. L'Académie nationale des Sciences (National Academy of Sciences) a été fondée par Abraham Lincoln pour conseiller le gouvernement des Etats-Unis sur les problèmes scientifiques, et cet organisme comprend environ trois cents savants qui comptent parmi les personnalités scientifiques les plus réputées d'Amérique. En complément à leur étude de 1975 sur les effets à long terme, ces savants travaillent actuellement sur les conséquences atmosphériques et climatiques d'une guerre nucléaire ; nous espérons que leurs travaux engloberont les aspects traités par Carl Sagan au cours de notre Conférence, et que cela contribuera à attirer l'attention sur ces questions. Les recherches qu'ils ont effectuées ont amené les membres de l'Académie nationale des Sciences à voter une résolution sans précédent en avril 1983 (sans précédent en ceci qu'elle déroge à la prudence assez caractéristique de cette institution dès qu'un sujet est susceptible de donner lieu à une controverse politique). Bien que notre objet soit de diffuser des connaissances scientifiques sans chercher à formuler des recommandations politiques, je tiens à vous faire connaître l'opinion de nos collègues de l'Académie nationale des Sciences ; je termine donc en vous donnant lecture du texte de la résolution sur la Guerre Nucléaire et le contrôle des armements qu'ils ont votée :

Considérant que la Guerre Nucléaire constitue une menace sans précédent pour l'Humanité ;

Considérant que nous savons qu'un conflit nucléaire général pourrait exterminer des centaines de millions d'hommes et détruire la civilisation ;

Considérant que toute utilisation des armes nucléaires, même dans le cadre de conflits dits « limités », conduirait vraisemblablement à une escalade, aboutissant à une Guerre Nucléaire généralisée ;

Considérant que la science n'offre aucune perspective de défense efficace contre une Guerre Nucléaire et une destruction réciproque ;

Considérant qu'une prolifération des armes nucléaires étendant la possession de ces armes à des pays politiquement instables et situés dans des régions marquées par une tension importante augmenterait très sensiblement le risque de Guerre Nucléaire ;

Considérant que, depuis deux ans, aucun progrès n'a été accompli dans la voie d'une limitation et d'une réduction des armes stratégiques, que ce soit par la ratification des accords SALT II ou par la reprise des négociations sur les armes nucléaires stratégiques ;

L'Académie nationale des Sciences a résolu de lancer un appel au Président et au Congrès des Etats-Unis, ainsi qu'à leurs homologues en Union soviétique et dans les autres pays ayant les mêmes intérêts cruciaux en jeu, afin de les inciter à :

Intensifier sensiblement leurs efforts, sans conditions préliminaires et avec la plus grande diligence, en vue de parvenir à un accord équitable et contrôlable entre les Etats-Unis, l'Union soviétique et les autres pays ayant les mêmes intérêts cruciaux en jeu ;

Prendre toutes les dispositions pratiques susceptibles de réduire le risque de déclenchement d'une Guerre Nucléaire par accident ou erreur ;

Prendre toutes les mesures pratiques nécessaires pour empêcher la poursuite de la prolifération des armes nucléaires dans de nouveaux pays ;

Continuer à respecter tous les accords existants sur le contrôle des armements, notamment les accords SALT II ;

Et éviter toutes les doctrines militaires tendant à considérer les engins nucléaires comme des armes ordinaires.

LES CONSÉQUENCES ATMOSPHÉRIQUES ET CLIMATIQUES D'UNE GUERRE NUCLÉAIRE

Carl Sagan

C'est aujourd'hui la fête de *Halloween** et j'espère vivement que ce que je m'apprête à vous raconter n'est qu'une histoire de fantômes, une invention destinée à effrayer les enfants pendant quelques heures, comme il est de tradition à cette date. Mais, malheureusement, il ne s'agit pas d'une histoire. Nos dernières recherches [1,2] ont démontré un fait surprenant : une Guerre Nucléaire pourrait entraîner une catastrophe climatique que nous appelons « l'hiver nucléaire » et qui n'a pas de précédent depuis que l'Homme est sur Terre.

Nous sommes arrivés à ces résultats par hasard, par un chemin détourné, par une de ces circonstances habituelles en sciences, où une étude purement théorique amène à des conclusions d'une utilité pratique surprenante. Pour moi, cela commença en 1971 avec l'exploration de la planète Mars par Mariner 9. Mariner 9 fut le premier vaisseau spatial à tourner en orbite autour d'une autre planète que la nôtre. Les ingénieurs avaient prévu que le vaisseau ne fonctionnerait que trois mois. Quand il se mit à orbiter autour de Mars, il trouva une planète complètement couverte par une tempête de poussière. Après avoir photographié pendant un mois un globe presque uniforme, nous avons pensé que le vaisseau aurait cessé de fonctionner avant que toute la poussière n'ait disparu de l'atmosphère de Mars. Il fallut en effet trois mois pour que la poussière se dissipe, mais le vaisseau put observer Mars pendant beaucoup plus longtemps que prévu : durant une année complète, nous pûmes examiner la planète d'un pôle à l'autre, dans tous ses détails.

Au cours de ces deux premiers mois, il y avait bien peu à regarder en dehors de la poussière dans l'atmosphère. A bord se trouvait un spectromètre interférométrique à infrarouge, instrument capable d'examiner l'atmosphère sur différentes longueurs d'onde et d'effectuer ainsi des sondages à différentes profondeurs de l'atmosphère,

* *Halloween* — qui est la fête des sorcières — correspond aux Etats-Unis à la Toussaint en Europe : il est de tradition que les enfants (voire les adultes) se déguisent en fantômes, en diables... (NdE.)

depuis de très hautes altitudes jusqu'à la surface. Nous avons donc pu enregistrer, au fil des jours, les modifications de température. Nous avons constaté que l'atmosphère était beaucoup plus chaude qu'à l'ordinaire autour de Mars, et beaucoup plus froide à la surface. Quand la poussière fut retombée, l'atmosphère se refroidit et le sol se réchauffa, chacun retrouvant peu ou prou sa température habituelle. Il ne fut pas difficile d'en comprendre la raison. Les vents avaient agité une grande quantité de poussière se trouvant normalement dans les déserts de Mars et l'avaient dispersée dans l'atmosphère. La lumière du Soleil était absorbée par la poussière en haute altitude, ce qui réchauffait l'atmosphère. Mais, parallèlement, la lumière du Soleil ne pouvait atteindre la surface de la planète dont le sol se refroidissait. Un observateur placé sur Mars pendant la tempête de poussière aurait remarqué que le froid et l'obscurité s'étendaient sur toute la planète. Après plusieurs mois (cette tempête avait commencé bien avant que Mariner 9 arrive dans ses parages), la poussière s'était presque entièrement dissipée, et les conditions redevenaient normales.

De telles tempêtes de poussière sont fréquentes sur Mars et de nombreux observateurs terrestres les ont signalées depuis plus d'un siècle. Elles débutent généralement en une région bien déterminée de la planète et s'étendent tout d'abord en longitude, puis en latitude ; en quelques semaines au plus, elles traversent l'équateur martien et gagnent l'autre hémisphère. A la surface de Mars, la pression atmosphérique est comparable à celle de la stratosphère terrestre. Mars, comme la Terre, effectue une rotation complète par vingt-quatre heures, et son axe de rotation est incliné par rapport au plan orbital selon un angle voisin de celui de la Terre. Il y a naturellement de nombreuses différences entre Mars et la Terre, à commencer par l'absence d'océans et le fait que Mars est plus éloignée du Soleil. Mais nous pensons que ce qui vaut ici pour Mars peut également s'appliquer au cas de la Terre.

Certains d'entre nous, qui avaient peu de données à exploiter pendant les trois premiers mois de la mise sur orbite, commencèrent à calculer l'ampleur du réchauffement de l'atmosphère et du refroidissement de la surface pour une quantité donnée de poussière flottant dans l'atmosphère. Il ne fut pas bien difficile d'obtenir de premières estimations et différents groupes en arrivèrent à comprendre, non seulement qualitativement mais aussi quantitativement, les changements de température induits temporairement sur Mars par la tempête de poussière. Mes collègues (et anciens étudiants) James B. Pollack et O. Brian Toon, tous deux en poste actuellement à l'Ames

Research Center de la NASA, voulurent appliquer ce type de calculs aux problèmes terrestres. Nous avons commencé par essayer de comprendre ce qui arrive au climat de la Terre lors d'une grosse éruption volcanique qui émet dans le monde entier des aérosols stratosphériques. Dans certains cas, nous connaissons la quantité de poussière envoyée dans la haute atmosphère, la taille des particules de poussière (généralement inférieure à un micron — le dix millième d'un centimètre), et la composition des particules (généralement de l'acide sulfurique et des silicates). Comme la stratosphère est très sèche, la pluie ne transporte pas ces aérosols, et comme la convection est très faible dans la stratosphère, les mouvements atmosphériques n'ont pas tendance à en éliminer les aérosols. Alors ils retombent par l'effet de leur propre poids — donc très lentement parce qu'ils sont très légers — et il faut plus d'un an pour que la stratosphère s'en débarrasse. On a mesuré, lors de nombreuses explosions volcaniques au cours des derniers siècles, des chutes de température minimes, mais certaines au niveau planétaire, d'environ un degré par éruption. On a alors découvert [3] qu'il était possible de calculer assez précisément ces chutes de température. La méthode employée sur Mars a été considérablement affinée depuis, et s'est révélée parfaitement applicable à la Terre.

Alvarez et ses collègues [4] ont alors avancé l'idée que l'extinction des dinosaures et de nombreuses autres espèces il y a soixante-cinq millions d'années, entre le Crétacé et le Tertiaire, serait due à la collision entre la Terre et un astéroïde de dix kilomètres de diamètre et à l'énorme quantité de poussière que cette collision aurait rejetée dans l'atmosphère. S'associant alors à Richard Turco, Pollack et Toon calculèrent qu'un grand refroidissement et une profonde obscurité avaient pu succéder à une telle collision. Je tiens cependant à insister sur le fait que nos conclusions sur les conséquences climatiques d'une Guerre Nucléaire ne sont pas liées à cette interprétation de l'extinction de certaines espèces du Crétacé/Tertiaire. Les dinosaures ont pu mourir d'une simple épidémie de grippe sans que cela affecte la validité de nos conclusions.

Nous savions, naturellement, que des explosions nucléaires projetteraient de grandes quantités de fine poussière dans l'atmosphère et de temps à autre, depuis de nombreuses années, nous avions songé à calculer les effets climatiques potentiels de ce nuage de poussière. En 1981, lors d'une réunion à l'Ames Research Center (consacrée en partie à la question de l'origine de la vie), il fut décidé d'entreprendre effectivement ces calculs. Un an plus tard, nous fûmes encouragés dans nos efforts en apprenant que Paul Crutzen, de l'Institut

Max-Planck, et John Birks, de l'université du Colorado, avaient commencé une recherche intéressante [5] et proposaient une première estimation de la quantité de fumée dégagée par les incendies de forêts et de villes dans l'atmosphère au cours d'une Guerre Nucléaire. Nous tenions là une autre source importante de particules qui pouvaient atténuer la lumière solaire.

J'en arrive donc à la question des effets d'une Guerre Nucléaire. Les conséquences immédiates de l'explosion d'une bombe thermonucléaire isolée sont bien connues et abondamment traitées [6] — rayonnement de la boule de feu, neutrons rapides et rayons gamma, souffle et incendies. La bombe d'Hiroshima, qui tua de 100 à 200 000 personnes, utilisait la fission de l'atome et avait une puissance d'environ 12 kilotonnes (l'équivalent de 12 000 tonnes de TNT). Une tête thermonucléaire moderne utilise une bombe comme celle d'Hiroshima en guise d'amorce — c'est l'« allumette » qui déclenche la réaction. Une bombe thermonucléaire américaine moyenne a une puissance d'environ 500 kilotonnes (ou 0,5 mégatonne, une mégatonne étant l'explosif équivalant à un million de tonnes de TNT). Il existe de nombreuses bombes allant de 9 à 20 mégatonnes dans l'arsenal stratégique des Etats-Unis comme de l'URSS aujourd'hui. L'engin le plus puissant qui ait jamais explosé faisait 58 mégatonnes [7].

Les armes nucléaires stratégiques sont conçues pour être lancées depuis des bases terrestres, des sous-marins ou des bombardiers, sur des objectifs situés sur le territoire de l'adversaire. De nombreux engins d'une puissance équivalant à la bombe d'Hiroshima sont destinés aujourd'hui à des missions militaires « tactiques » ou « de théâtre », ou sont considérés comme des « munitions » tout juste bonnes à équiper les missiles sol/air ou air/air, les torpilles, les grenades sous-marines et l'artillerie. Si les armes stratégiques ont souvent une puissance supérieure à celle des armes tactiques, ce n'est pas une règle générale [8]. Les missiles tactiques ou d'intimidation modernes (par exemple les Pershing 2 et les SS-20) tout comme les avions (par exemple les F-15 et les MiG-23) ont une portée suffisante pour que la distinction entre armes « stratégiques » et « tactiques » ou « de théâtre » soit de plus en plus artificielle. Les deux types d'armes peuvent être utilisés par des missiles situés sur terre, en mer ou dans les airs et par des systèmes de lancement de portée moyenne tout comme par des systèmes de lancement de portée intercontinentale. Néanmoins, on considère actuellement qu'il y a, dans les arsenaux américains et soviétiques, environ 18 000 engins thermonucléaires stratégiques et tactiques et un nombre équivalent de détonateurs de fission d'une puissance totale d'environ 10 000 mégatonnes. Le nombre total d'armes nucléaires (stratégiques, de théâtre et tactiques) dans les arsenaux des deux nations est proche de 50 000, totalisant une puissance d'environ 15 000 mégatonnes. Pour plus de simplicité nous effaçons ici la distinction entre armes stratégiques et armes de théâtre et nous adoptons la désignation « armes stratégiques » pour une puissance totale de 13 000 mégatonnes. Les engins nucléaires du reste du monde — principalement en Grande-Bretagne, en France et en Chine — se comptent par milliers et totalisent une puissance de quelques centaines de mégatonnes.

Personne ne sait, naturellement, combien de ces armes (ni quelle puissance totale) seraient mises à feu lors d'une Guerre Nucléaire. Du fait des attaques d'interception lancées contre les avions stratégiques et les missiles, du fait aussi de défaillances technologiques, il est évident que tout l'arsenal mondial n'exploserait pas [9]. (Les facteurs de défaillances comprennent les dysfonctionnements des commandes et des systèmes de contrôle, les mauvaises communications, la nécessité de décider immédiatement du sort de millions de gens, la peur, la panique et autres aspects d'une vraie Guerre Nucléaire déclenchée réellement *par de vrais individus*.) Pour cette raison, tout examen sérieux des conséquences possibles d'une Guerre Nucléaire doit considérer comme conflit à grande échelle un affrontement qui engagerait de 5 000 à 7 000 mégatonnes — entre le tiers et la moitié de toutes les armes stratégiques mondiales inventoriées [10]. Cependant, la plupart des effets décrits ci-dessous peuvent être déclenchés par des guerres beaucoup plus limitées en puissance.

On peut considérer comme des cibles probables tout ce qui servirait à l'adversaire de bases d'attaque : les terrains d'aviation, les silos de missiles, les bases navales, les sous-marins en mer, les usines d'armement et les lieux de stockage, les centres de commandement et de contrôle civils ou militaires, les installations capables de déceler très tôt une attaque et d'alerter les populations (attaque « anti-forces »). Bien qu'on déclare souvent [11] que les villes ne sont pas visées en soi, nombre des cibles désignées ci-dessus sont situées à proximité des villes ou même dans les villes, surtout en Europe. De plus, il existe une catégorie de cibles industrielles (attaque « anti-valeurs »). Les doctrines nucléaires modernes stipulent que les installations de « soutien à la guerre » doivent être attaquées. Bon nombre de ces installations sont nécessairement de nature industrielle et emploient une force de travail de taille considérable. Elles sont presque toujours situées près de grands centres de transports, afin que les matières premières et les produits manufacturés puissent être facilement acheminés depuis et vers d'autres zones industrielles. Ainsi, de telles installations se trouvent presque nécessairement dans les villes ou près des villes : systèmes de transports eux-mêmes (les routes, les canaux, les rivières, les voies ferrées, les aéroports civils, etc.), les raffineries de pétrole, les installations de stockage et de transport du pétrole, les centrales hydro-électriques et nucléaires, les antennes de radio et de télévision, etc., pourraient également être visés, ainsi que, en cas de conflit grave, la plupart des grandes villes aux Etats-Unis, en Union soviétique, et probablement dans tout l'hémisphère Nord [12]. Il y a, dans le monde, moins de 2 500 agglomérations dont la population dépasse 100 000 habitants, et la destruction de toutes ces villes est tout à fait possible avec l'arsenal nucléaire actuel.

Les estimations récentes des morts immédiates, dues au souffle, au rayonnement instantané et aux incendies dans le cas d'un énorme conflit où les villes seraient visées, vont de plusieurs centaines de millions [12] à 1,1 milliard de personnes [13] — selon les chiffres les plus récents de l'Organisation mondiale de la Santé, qui considérait que les cibles ne se situeraient pas uniquement dans les pays membres de l'OTAN et du Pacte de Varsovie. Des blessures graves exigeant des soins médicaux urgents (qui ne seront pratiquement pas disponibles) toucheraient un nombre de personnes comparable [14], ce qui fait encore 1,1 milliard d'individus [13]. On peut donc penser que presque la moitié de la population humaine de la planète serait tuée ou sérieusement blessée par les effets directs d'une Guerre Nucléaire. La désorganisation complète de la vie sociale, le manque d'électricité, de pétrole, de transports, de communications, de nourriture et des autres services civils, l'absence de soins médicaux, le déclin des conditions sanitaires, les épidémies et de graves troubles psychiques toucheraient, à n'en pas douter, un nombre non négligeable de victimes supplémentaires. Mais d'autres effets — certains inattendus, certains déjà bien étudiés, certains que nous venons tout juste de découvrir — révèlent un tableau plus sombre encore.

La destruction des silos de missiles, d'installations de commandement et de contrôle et d'autres sites construits dans des matériaux extrêmement résistants, exige — à cause du manque de précision actuel des missiles — des engins nucléaires de puissance assez élevée explosant au sol ou en basse altitude. Les explosions de forte puissance au sol vaporiseront, liquéfieront, pulvériseront la surface de la zone touchée et projetteront dans la troposphère supérieure et dans la stratosphère de grandes quantités d'aérosols. Les particules sont principalement véhiculées par la boule de feu qui s'élève en prenant parfois la forme d'un champignon. Beaucoup de cibles militaires ne sont cependant pas très résistantes. Comme on l'a observé à

Hiroshima et Nagasaki, des villes peuvent être détruites par des explosions de faible puissance à moins d'un kilomètre du sol. Des explosions aériennes de faible puissance au-dessus des villes ou près des forêts entraîneraient de grands incendies couvrant jusqu'à plus de 100 000 km². Les incendies de villes produisent une énorme quantité de fumée noire qui atteint au moins la partie supérieure des basses couches de l'atmosphère (ou troposphère) *(Figure 1A)*. En cas de tempête de feu, la colonne de fumée s'élève avec force, comme aspirée par un conduit de cheminée, et peut (bien que cette question soit encore débattue) transporter de la suie dans le bas des couches supérieures de l'atmosphère, c'est-à-dire dans la stratosphère. La fumée provenant d'incendies de forêts ou de prairies se cantonnera, dans un premier temps, dans les basses couches de la troposphère.

La fission de la masse critique (du plutonium en général) dans toute arme thermonucléaire et les réactions du matériau de l'enveloppe (fréquemment de l'uranium 238), ajouté pour augmenter la puissance de fission, créent un mélange de produits radioactifs qui sont également entraînés dans le nuage. Chacun de ces produits, ou radio-isotopes, a sa période (ou demi-vie) caractéristique (définie par le temps nécessaire à ce qu'il perde la moitié de son niveau de radioactivité d'origine). La plupart des radio-isotopes ont de très courtes périodes — de quelques heures à quelques jours. Les particules projetées dans la stratosphère, en particulier par les explosions de grande puissance *(Figure 1A)*, retombent très lentement, en une année environ, ce qui donne à la plupart des produits de fission, même très concentrés, le temps d'atteindre un niveau beaucoup moins dangereux. Les particules projetées dans la troposphère par des explosions de faible puissance et les incendies *(Figure 1A)* retombent plus vite — par coagulation, force de gravité, pluies, convection, et autres processus — avant que la radioactivité ait été réduite à un taux moins dangereux. Ainsi, la retombée rapide de débris radioactifs de la troposphère tend à produire de plus fortes doses de rayonnements ionisants que les retombées plus lentes de particules radioactives de la stratosphère.

Les explosions nucléaires de plus d'une mégatonne produisent une boule de feu qui s'élève à travers la troposphère et pénètre dans la stratosphère *(Figure 1A)*. Les boules de feu de bombes dont la puissance s'étend de 100 à 1 000 kilotonnes (1 000 kilotonnes = 1 mégatonne) ne s'élèveront que partiellement jusqu'à la stratosphère. La forte température de la boule de feu enflamme par réaction chimique une partie de l'azote de l'air, ce qui produit des oxydes d'azote qui à leur tour attaquent et détruisent chimiquement l'ozone de la stratosphère moyenne. Or, l'ozone absorbe les rayons ultraviolets

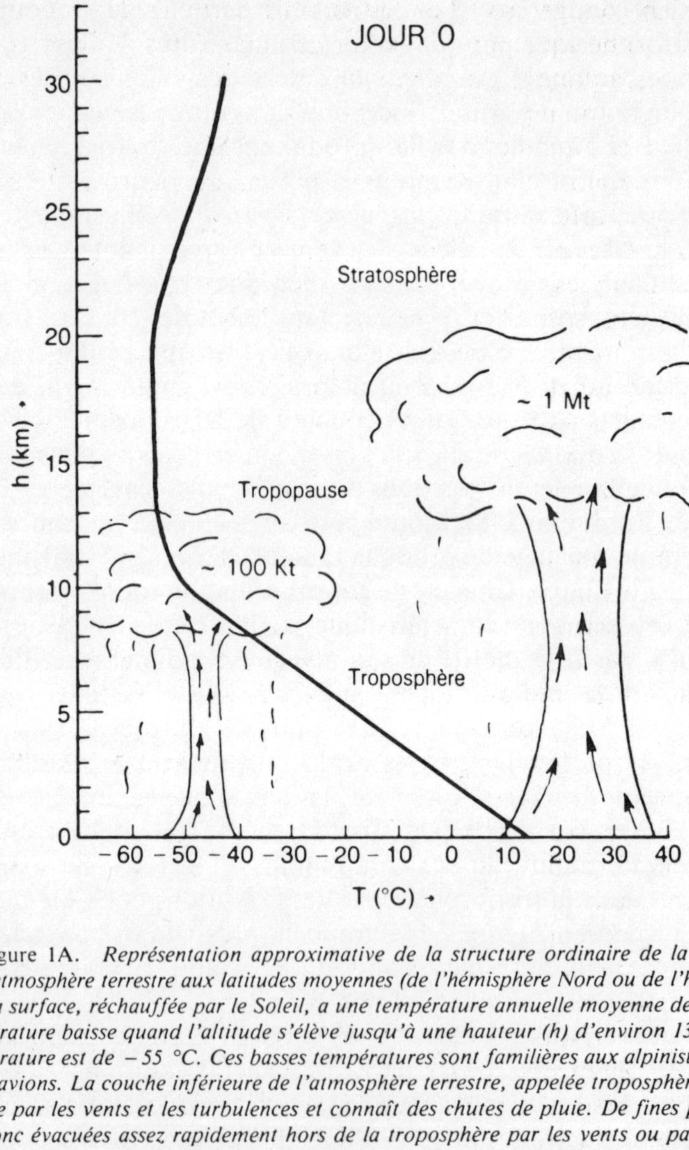

Figure 1A. *Représentation approximative de la structure ordinaire de la température de l'atmosphère terrestre aux latitudes moyennes (de l'hémisphère Nord ou de l'hémisphère Sud). La surface, réchauffée par le Soleil, a une température annuelle moyenne de 13 °C. La température baisse quand l'altitude s'élève jusqu'à une hauteur (h) d'environ 13 km, où la température est de – 55 °C. Ces basses températures sont familières aux alpinistes et aux pilotes d'avions. La couche inférieure de l'atmosphère terrestre, appelée troposphère, est bien brassée par les vents et les turbulences et connaît des chutes de pluie. De fines particules seront donc évacuées assez rapidement hors de la troposphère par les vents ou par les pluies.*

La troposphère se termine à la tropopause, à environ 13 km d'altitude. Au-delà commence la stratosphère. Là, les températures sont presque constantes quelle que soit l'altitude, les vents verticaux et les turbulences faibles, les chutes de pluie inexistantes. Les particules fines ne s'en échapperont que très lentement.

Les fumées provenant des incendies ne dépassent que rarement la troposphère et les particules de suie sont rejetées assez rapidement. La poussière due à des explosions de forte puissance au sol — près des silos et d'autres installations très solides — est projetée en très grande partie dans la stratosphère et retombe beaucoup plus lentement. La puissance d'explosion minimum qui parvient tout juste à projeter des matériaux dans la stratosphère est, comme nous le voyons, d'environ 100 kilotonnes. La boule de feu et le nuage stabilisé (le « champignon ») d'une explosion d'une mégatonne (Mt) s'élèvent presque entièrement dans la stratosphère.

biologiquement dangereux. La destruction partielle de la couche d'ozone stratosphérique par des explosions nucléaires de forte puissance augmentera donc le flux de rayons ultraviolets solaires à la surface de la Terre (quand la suie et la poussière seront retombées). Après une Guerre Nucléaire où des milliers de bombes de forte puissance auraient explosé, l'augmentation de lumière ultraviolette dangereuse pourrait atteindre 700 % [1,2,10]. Les rayons de plus courte longueur d'onde, les plus dangereux, augmenteront davantage encore. Les acides nucléiques et les protéines, les molécules fondamentales de la vie sur Terre, sont tout spécialement sensibles aux rayons ultraviolets. Une augmentation du flux des ultraviolets solaires à la surface de la Terre est donc potentiellement dangereuse pour la vie.

Ces quatre effets — fumées obscurcissant la troposphère, poussières voilant la stratosphère, retombées de débris radioactifs et destruction partielle de la couche d'ozone — constituent les quatre principales conséquences connues, néfastes à l'environnement, qui nous toucheront après la « fin » d'une Guerre Nucléaire. Il peut y en avoir d'autres que nous ignorons encore. La poussière, et surtout la suie, absorberont la lumière ordinairement visible du Soleil et l'atmosphère se réchauffera *(Figures 1B et 1C)* pendant que la surface de la Terre se refroidira.

Ces quatre effets ont été étudiés dans notre récent travail, le rapport TTAPS. Pour la première fois, on a démontré que des températures très basses pendant une longue période, l'« hiver nucléaire », suivraient une guerre atomique. (Notre étude explique également pourquoi ces effets climatiques n'ont pas été détectés après l'explosion de centaines de mégatonnes pendant la période où les Etats-Unis et l'URSS procédaient à des essais atmosphériques d'engins nucléaires, période à laquelle mit fin le traité de limitation des essais nucléaires de 1963 : ces explosions s'étendirent sur plusieurs années et eurent lieu dans des déserts, des atolls coralliens ou la toundra, ce qui évitait tout déclenchement d'incendies.) Les nouveaux résultats ont été soumis à une vérification scrupuleuse et de nombreux calculs, dont deux au moins en Union soviétique, les corroborent.

Contrairement à ce qu'affirmaient de nombreuses études antérieures, les effets ne semblent pas se cantonner aux latitudes moyennes de l'hémisphère Nord où se déroulerait l'essentiel d'un conflit nucléaire. Nous avons maintenant des preuves irréfutables que le réchauffement par le Soleil de la poussière et de la suie au-dessus des latitudes moyennes de l'hémisphère Nord modifierait profondément la circulation autour du globe (*voir la légende des Figures 1B et 1C*). En quelques semaines, de fines particules traverseraient l'équateur,

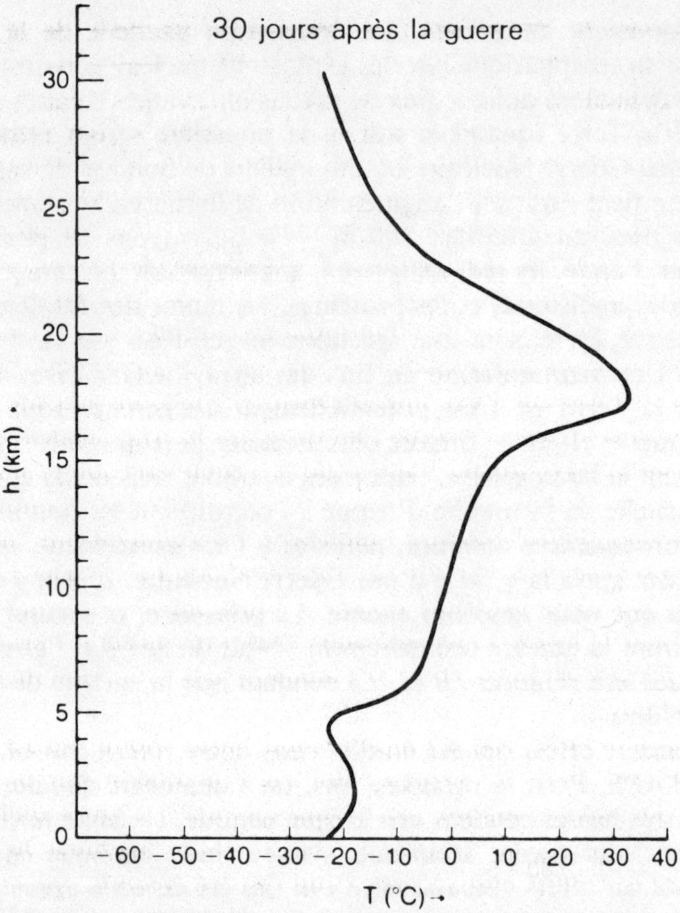

Figure 1B et 1C. *Quand l'air en altitude est réchauffé (la lumière solaire étant absorbée par les fines particules soulevées lors des explosions nucléaires), le sol est refroidi, parce que ces mêmes particules empêchent la lumière du Soleil de l'atteindre. Sur la* Figure 1B, *établie d'après les résultats du rapport TTAPS, on montre la structure de l'atmosphère terrestre à des latitudes moyennes de l'hémisphère Nord 30 jours après une Guerre Nucléaire* (Tableau 1, Cas 1). *Comme dans la Figure 1A, l'ordonnée représente la hauteur (h) et l'abscisse indique la température en degrés centigrades. Dans la figure 1C, on voit la nouvelle structure de la température après 120 jours. Dans les deux cas, la structure atmosphérique habituelle* (Fig. 1A) *a disparu. La température des couches basses de l'atmosphère varie moins selon l'altitude, et une nouvelle zone d'inversion des températures apparaît.*

Exactement comme les inversions de températures sur des villes comme Los Angeles, la structure modifiée des températures est très stable, et les particules qui ont atteint ces altitudes sont éliminées beaucoup plus lentement que d'ordinaire. Dans la mesure où l'influence de cette inversion de températures n'est pas encore intégrée dans les calculs du rapport TTAPS (les calculs ne sont pas « totalement interactifs »), le laps de temps nécessaire pour que des conditions normales se rétablissent (Fig. 2) *risque d'être énormément sous-estimé. Dans le cas des 30 jours, la région dans laquelle la température varie à peine en fonction de l'altitude vient jusqu'au sol, et en ce sens on peut dire que la Guerre Nucléaire fait descendre la stratosphère jusqu'à la Terre.*

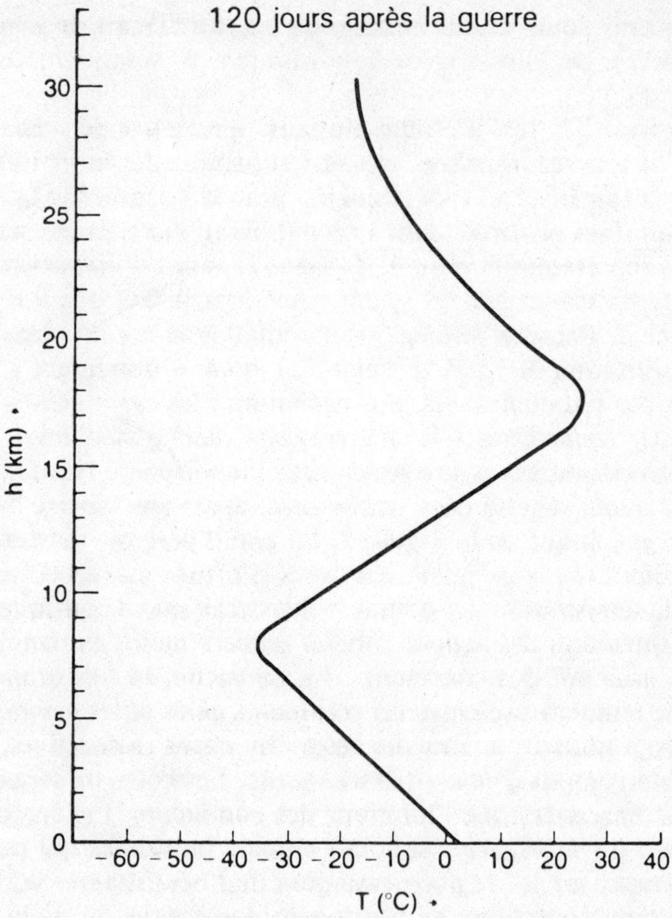

La comparaison de ces deux schémas aide également à comprendre pourquoi de fines particules ont tendance, au bout d'un certain temps, à « couler » par-dessus l'équateur vers l'hémisphère Sud. Considérons, par exemple, une altitude de 10 km dans l'hémisphère Nord. Quelques semaines après la guerre, les températures sont de 0 °C (Fig. 1B). *A la même altitude, dans l'hémisphère Sud encore vierge de toute poussière et de toute fumée* (Fig. 1A), *la température est inférieure de 50 °C. Des masses d'air, et les particules qu'elles contiennent, vont « redescendre » de régions chaudes vers des régions plus froides. La grosse différence de température induira un mouvement montant vers le sud dans l'hémisphère Nord et un mouvement descendant vers le nord dans l'hémisphère Sud. Cela pourrait avoir pour effet d'étendre à tout le globe l'air chargé en poussière et de l'élever encore davantage au-dessus de la surface.*

comme ce fut le cas sur Mars, amenant le froid et l'obscurité à l'hémisphère Sud. (De surcroît, certaines études [14] avancent que plus de cent mégatonnes exploseraient sur des cibles situées sur l'équateur et dans l'hémisphère Sud, ce qui entraînerait déjà localement la projection de particules.) Dans l'hémisphère Sud, le froid et l'obscurité seraient sans doute moins intenses qu'au Nord, mais de grands bouleversements du climat et de l'environnement y seraient cependant déclenchés.

Le groupe TTAPS a étudié plusieurs douzaines de scénarios différents de guerres possibles, et toute la gamme des incertitudes pour chaque paramètre clef (par exemple, pour déterminer la quantité de particules fines projetées dans l'atmosphère). Nous avons sélectionné cinq cas représentatifs pour le *Tableau 1*, allant d'une petite attaque de faible puissance sur les seules villes (n'utilisant que 0,8 % de la puissance de l'arsenal stratégique mondial) à un conflit massif entraînant l'utilisation de 75 % de celui-ci. Les cas « nominaux » reflètent le choix des paramètres les plus probables ; les cas « graves » considèrent des paramètres très défavorables mais plausibles.

Les températures continentales dans l'hémisphère Nord, telles que nous les avons déterminées, varieraient, après une Guerre Nucléaire, selon le graphique de la *Figure 2*. Le grand pouvoir de stabilisation des températures que possèdent leurs énormes masses d'eau garantit que la température des océans ne baisserait que de quelques degrés. Les températures des régions côtières seraient moins extrêmes que celles de l'intérieur des continents. En revanche, la très grande différence de température entre les continents gelés et les océans à peine refroidis produirait, le long des côtes, des pluies radioactives, des orages ininterrompus d'une violence inouïe. Les côtes ne seraient donc pas plus épargnées que l'intérieur des continents. Les températures indiquées sur la *Figure 2* sont des valeurs moyennes qui pourraient être relevées sur les régions émergées de l'hémisphère Nord. Il n'a pas été tenu compte ici de l'influence des océans ou de la position initiale des nuages nucléaires.

On sait que des chutes de température même beaucoup plus faibles ont de graves conséquences. L'explosion du volcan Tambora en Indonésie, en 1815, fut la cause probable d'une baisse des températures sur l'ensemble du globe. Cette baisse, inférieure en moyenne à 1 °C, était due à l'amoindrissement de la luminosité solaire par la fine poussière projetée dans la stratosphère. Les gelées furent si fortes l'année suivante que 1816 a été appelée en Europe « l'année sans été » et en Amérique « mille huit cent gèle-sur-pied ». Un degré centigrade de refroidissement anéantirait presque toute la récolte de céréales au Canada [15]. De petits changements généraux, à l'échelle de la planète, tendent à s'accompagner de changements locaux beaucoup plus considérables. Au cours des mille dernières années, la modification maximum des températures du globe ou de l'hémisphère Nord a été de 1 °C environ. Lors d'une ère glaciaire, la chute à long

TABLEAU 1

CINQ SCÉNARIOS REPRÉSENTATIFS DE CONFLITS ATOMIQUES, TTAPS

Cas	*Puissance totale (mégatonnes)*	*Pourcentage de puissance, explosions en surface*	*Pourcentage de puissance, cibles urbaines ou industrielles*	*Puissance des têtes nucléaires (mégatonnes)*	*Nombre total d'explosions*
1. Cas de référence anti-valeurs et anti-forces *a)*	5 000	57	20	0,1-10	10 400
11. Cas nominal d'une puissance de 3 000 mégatonnes anti-forces seulement *b) c)*	3 000	70	0	1-10	2 150
14. Cas nominal d'une puissance de 100 mégatonnes anti-valeurs seulement *d)*	100	0	100	0,1	1 000
16. Cas grave d'une puissance de 5 000 mégatonnes anti-forces seulement *b) c)*	5 000	100	0	5-10	700
17. Cas grave d'une puissance de 10 000 mégatonnes anti-valeurs et anti-forces *d) e)*	10 000	63	15	0,1-10	16 160

a) Le cas de référence suppose 12 000 km² de villes brûlés ; sur chaque centimètre carré, 10 grammes de combustibles sont calcinés et 1,1 % des matériaux incendiés partent en fumée. 230 000 km² de zones suburbaines sont aussi incendiés, avec 1,5 gramme de matériaux brûlés par centimètre carré et 3,6 % de ceux-ci partent en fumée.

b) Dans ce cas très prudent, on considère qu'il n'y a pas d'émission de fumées, et que pas un brin d'herbe ne brûle.

c) Il n'y a que 25 000 tonnes de fine poussière soulevée dans les couches supérieures de l'atmosphère pour chaque mégatonne qui explose.

d) Contrairement au cas de référence, seules les villes brûlent, avec 10 grammes de matériaux brûlés par centimètre carré et 3,3 % de ceux-ci partant en fumée dans les hautes couches de la troposphère.

e) Ici, la quantité de fine poussière (contenant des grains de moins d'un micron) projetée dans les hautes couches de l'atmosphère est de 150 000 tonnes par mégatonne.

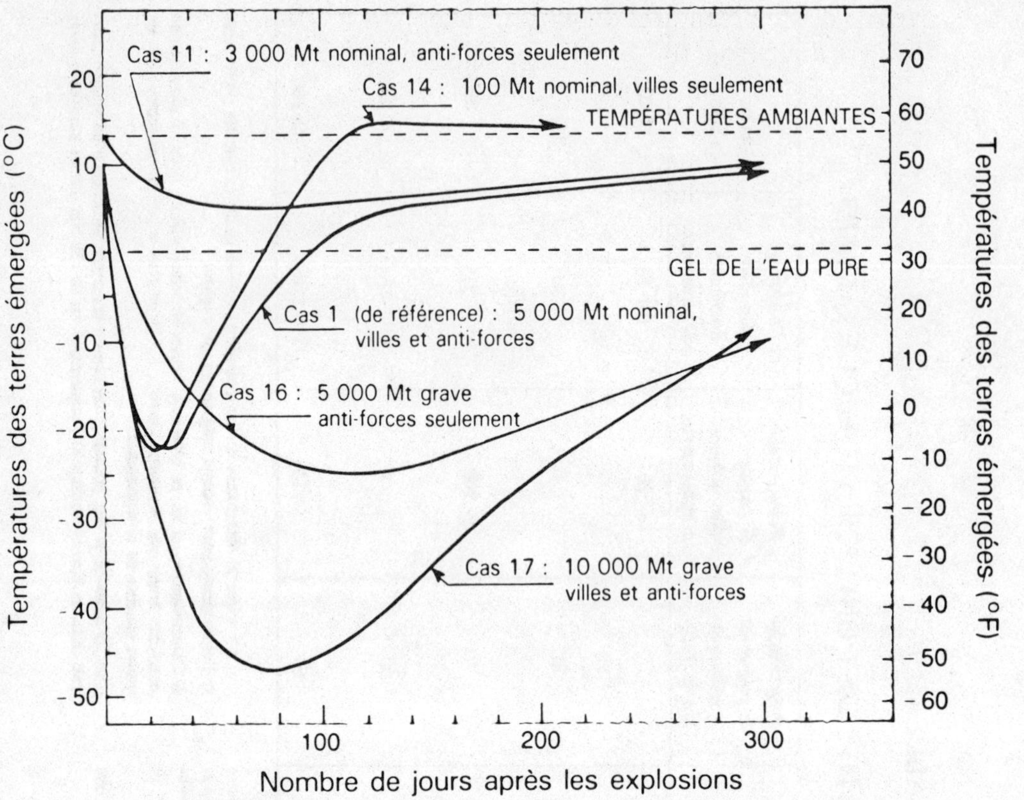

Figure 2. *Sur ce graphique, on voit que les températures moyennes des zones terrestres de l'hémisphère Nord (loin des côtes) évoluent dans le temps après une Guerre Nucléaire. La température s'inscrit sur l'ordonnée en degrés centigrades. Il s'agit d'une moyenne des températures aux différentes latitudes en toutes saisons. En conséquence, les températures hivernales normales des latitudes septentrionales seraient inférieures aux températures inscrites, et les températures tropicales seraient plus élevées. La ligne pointillée supérieure marque la température moyenne normale de la Terre, soit 13 °C, et la ligne pointillée inférieure la température à laquelle gèle l'eau pure (0 °C). L'axe horizontal indique le nombre de jours écoulés depuis le conflit nucléaire et s'étend sur environ une année. Chaque courbe représente un scénario de Guerre Nucléaire différent, la puissance variant de 100 mégatonnes (Mt) à 10 000 Mt. L'influence stabilisatrice des océans sur les températures (près desquels la chute de température n'aurait probablement que 70 % de l'intensité montrée ici), dont on parle dans le texte, n'est pas indiquée.*

Les cas choisis ici, à partir d'études beaucoup plus complètes du groupe TTAPS, sont décrits plus en détail sur le Tableau 1. Ils comprennent un mélange d'attaques anti-valeurs sur les industries et les villes, où l'effet principal est la fumée s'élevant des incendies dans la troposphère, et d'attaques stratégiques sur des silos de missiles pour lesquels nous avons (prudemment) considéré qu'elles ne produiraient pas de fumée mais de grandes quantités de poussière s'élevant très haut dans l'atmosphère. Les cas dits « nominaux » prennent en compte les valeurs les plus probables des paramètres (tels que la taille des particules de poussière ou la fréquence des grands incendies) que nous connaissons imparfaitement. Les cas indiqués comme « graves » donnent l'exemple de valeurs critiques mais plausibles de ces paramètres.

Dans le cas 14, la courbe se termine quand les températures reviennent à un niveau normal. Dans les quatre autres cas, les courbes s'arrêtent à 300 jours pour la simple raison que terme des températures du globe par rapport aux conditions antérieures est d'environ 10 °C. Même le plus limité des cas illustrés par la *Figure 2* donne une chute temporaire de température de cet ordre. Le cas de référence est plus spectaculaire encore. Contrairement à ce qui se passe dans une période de glaciation, les températures du globe après une Guerre Nucléaire chuteraient rapidement, mais il ne leur faudrait probablement que quelques mois à quelques années pour retrouver leur valeur normale, et non des milliers d'années. L'hiver nucléaire, du moins le croyons-nous dans l'état actuel de nos recherches, ne déclencherait pas de nouvelle période glaciaire.

La lumière solaire étant arrêtée, la luminosité en plein jour serait crépusculaire ou pire encore. Pendant plus d'une semaine, dans la zone visée des latitudes moyennes de l'hémisphère Nord, il ferait nuit même à midi. Dans les cas 1 et 14 (*Tableau 1*), la luminosité moyenne de l'hémisphère Nord se réduirait à un pourcentage minime par

---

nous n'avons pas poussé les calculs plus loin. Dans ces quatre cas, les courbes se prolongent dans la même direction. En gros, le cas 1 est la somme des cas 11 et 14. Le cas 16 envisage un conflit limité à des explosions au sol d'une assez forte puissance, destinées à détruire les silos et projetant un fort pourcentage de poussière fine. Voici une description plus approfondie des cinq cas :

Cas 1 : C'est le cas de référence du TTAPS, où 4 000 mégatonnes viseraient des objectifs anti-forces et 1 000 mégatonnes viseraient des villes et leurs environs. L'effet principal est engendré par la suie provenant des conflagrations urbaines. La température minimum de − 23 °C est atteinte quelques semaines après le conflit et les températures se rapprochent de 0 °C au bout d'environ trois mois, le retour à des températures normales ne se faisant cependant pas avant plus d'un an à cause des lentes retombées de poussière stratosphérique.

Cas 11 : Ici, les belligérants font exploser un total de 3 000 mégatonnes sur des silos à missiles et autres cibles éloignées des villes et des forêts. On considère (avec bien peu de réalisme) que les incendies sont négligeables. La température au sol chute sur une période de trois mois. Dans la mesure où la poussière s'échappe très lentement de la stratosphère, il faut plus d'un an pour que les températures reviennent à leur valeur normale.

Cas 14 : Ici, le conflit se limite à 100 mégatonnes seulement, utilisées exclusivement pour des explosions aériennes de faible puissance au-dessus des villes. Dans ces calculs, on considère qu'il n'y a pas de production de poussière, mais seulement de fumée provenant des villes en flammes, et dont une très faible part atteint la stratosphère. La température minimum de − 23 °C est atteinte en quelques semaines, et les températures normales reviennent au bout d'une centaine de jours. Au fur et à mesure que la suie retombe, la lumière du Soleil commence à pénétrer jusqu'à la surface. 100 mégatonnes ne représentent qu'environ 0,8 % de l'arsenal nucléaire stratégique des Etats-Unis et de l'URSS.

Cas 16 : Conflit de 5 000 mégatonnes, où les silos seraient principalement visés. La projection de poussière fine par mégatonne serait plus importante que dans le cas 11 (plus prudent). Les incendies de villes ne sont pas pris en compte. La température minimum (− 25 °C) n'est pas atteinte avant quatre mois. Comme les grandes quantités de poussière projetées dans la stratosphère retombent très lentement, il faut plus d'un an aux températures au sol pour revenir à 0 °C et beaucoup plus longtemps encore pour atteindre un niveau normal.

Cas 17 : Dans ce cas, environ les trois quarts de l'arsenal stratégique des Etats-Unis et de l'URSS sont utilisés en une attaque conjointe des silos et des villes. Après plus de deux mois, on atteint la température minimum de − 47 °C (comme à la surface de Mars). La suie retombe assez rapidement et la lenteur de la remontée des températures est due à la poussière stratosphérique. Il faut environ un an pour que l'on atteigne de nouveau 0 °C.

rapport à la normale et ressemblerait à celle d'un temps très couvert. De nombreuses plantes seraient proches de ce qu'on appelle le point de compensation, c'est-à-dire du seuil de luminosité où la photosynthèse se maintient à peine au niveau du métabolisme de la plante. Dans le cas 17, la luminosité moyenne tombe dans la journée à environ 0,1 % de la normale sur tout l'hémisphère Nord et la plupart des plantes ne peuvent plus assurer la photosynthèse. Dans les cas 1 et surtout 17, il faudra plus d'un an avant que la lumière ne redevienne normale (*Figure 2*).

Tandis que tombent sur le sol les fines particules porteuses de radioactivité, la luminosité augmente et la surface se réchauffe. La destruction presque totale de la couche d'ozone permet alors aux ultraviolets d'atteindre le sol. Dans le cas de référence de 5 000 mégatonnes, les retombées instantanées et les panaches de radioactivité entraînés au-delà des cibles par le vent produisent, sur 30 % des terres situées aux latitudes moyennes de l'hémisphère Nord, une dose d'irradiation d'environ 250 rads. Il faut compter en outre une dose d'environ 100 rads retombant plus ou moins uniformément sur tout l'hémisphère Nord. Il s'agit d'un mélange d'émetteurs extérieurs et de matériaux radioactifs ingérés. On considère généralement que la dose létale d'irradiations ionisantes pour un corps d'adulte en bonne santé est de 400 à 500 rads, si l'on dispose cependant de soins médicaux très sophistiqués. Mais pour les enfants et les vieillards, pour ceux dont l'organisme est affaibli par une maladie ou par d'autres atteintes dues à la Guerre Nucléaire, et surtout en l'absence de toute aide médicale appropriée, la dose létale se réduit considérablement pour atteindre 350 rads ou même moins. Les retombées radioactives seraient donc extrêmement dangereuses dans un environnement post-nucléaire, surtout aux latitudes moyennes de l'hémisphère Nord, qui renferment la plus forte densité de population de la planète. La chronologie relative des diverses conséquences nuisibles d'une Guerre Nucléaire est représentée dans le *Tableau 2*.

Il se pourrait bien que la conséquence la plus spectaculaire et la plus inattendue de notre étude soit la découverte que même une Guerre Nucléaire assez limitée peut avoir des conséquences climatiques dramatiques si les villes sont prises pour cibles (voir le cas 14, *Figure 2* : ici les centres de 100 grandes villes de l'OTAN et du Pacte de Varsovie sont incendiés). On peut indiquer approximativement le seuil au-delà duquel apparaissent des conséquences climatiques graves : soit une centaine d'explosions au-dessus des villes, à cause de la fumée qu'elles produiraient, soit 2 000 à 3 000 explosions au sol ou en basse altitude, visant par exemple des silos à missiles, à cause de la poussière qu'elles soulèveraient et des incendies qu'elles allumeraient. Tant que ces seuils ne sont pas atteints, on peut projeter de fines particules dans l'atmosphère en ne provoquant que des effets mineurs. Dès qu'on les franchit, les effets s'aggravent rapidement [16]. Mais ces estimations de seuils sont très grossières.

Comme toujours dans ce type de calculs, il y a des incertitudes. Certains facteurs peuvent évoluer dans le sens d'effets plus graves ou plus prolongés ; d'autres peuvent améliorer ces effets [17]. Les calculs détaillés du rapport TTAPS présentés ici sont unidimensionnels, c'est-à-dire qu'ils considèrent que les particules fines se déplacent verticalement selon toutes les lois de la physique, mais ils négligent les propagations en latitude et en longitude. Quand la suie ou la poussière s'éloignent du lieu de l'explosion, les choses s'arrangent à cet endroit pour empirer ailleurs. Du fait des systèmes météorologiques, les particules fines peuvent en outre être transportées vers d'autres lieux où elles retombent plus rapidement sur le sol. Cela améliorerait la luminosité non seulement localement, mais au niveau du globe. C'est justement ce déplacement, des latitudes moyennes de l'hémisphère Nord vers l'équateur puis l'hémisphère Sud, qui fait que ces zones sont elles aussi concernées par les effets d'une Guerre Nucléaire. Il serait bon de procéder à des calculs précis en trois dimensions sur la circulation atmosphérique générale au lendemain d'une Guerre Nucléaire. De premières estimations [1] indiquent que la circulation générale pourrait modérer les températures les plus basses de nos estimations dans une proportion de 30 %, ce qui amoindrirait quelque peu la gravité des effets tout en les laissant à un niveau catastrophique (par exemple une chute de 30 °C au lieu de 40 °C). Ce correctif n'affecterait pas nos commentaires de façon significative. Et puis il aurait des trous entre les nuages, car très peu de cibles potentielles se trouvent dans les océans Atlantique et Pacifique. Si ces zones claires (un « trou atlantique » et un « trou pacifique ») passaient à intervalles réguliers au-dessus de la plupart des régions de l'hémisphère Nord, les effets du froid et de l'obscurité seraient un peu diminués. Cependant, les incendies allumés par exemple dans l'Ouest de l'Amérique du Nord ou dans les taïgas de l'Eurasie continueraient à brûler, peut-être pendant des semaines, et de nouveaux incendies éclateraient : des explosions plus tardives pourraient toucher des cibles temporairement découvertes par un des « trous » pour parfaire la destruction de l'objectif grâce à l'observation par satellite. De plus, les vents aux différentes altitudes progressent à des vitesses différentes, et un trou à une certaine altitude peut, à une autre altitude, être recouvert par une épaisse couche nuageuse. La poussière projetée dans la stratosphère par le volcan mexicain El Chichón, lors de son explosion le 4 avril 1982, mit dix jours à atteindre l'Asie et deux semaines à atteindre l'Afrique. Elle fit le tour du monde en trois semaines, laissant derrière elle une fine traînée de particules sur 10° de latitude environ. (En quelques mois, 10 à 20 % des débris stratosphériques avaient été transportés vers l'hémisphère Sud.) S'il y avait plusieurs sources de particules au lieu d'une seule, les trous se combleraient encore plus vite. Pour toutes ces raisons, il semble improbable que les trous mouvants resteraient vides ou non recouverts pour plus d'une ou deux semaines, ou que de grands trous puissent améliorer les effets climatiques de façon notable.

Nous devons encore étudier bien d'autres aspects du problème. Par exemple : les trous de petite dimension, les gels rapides possibles (comme le suggèrent Covey et ses collègues : voir la remarque de Stephen Schneider, pp. 121-127) ; la vitesse de propagation des panaches de fumée isolés (les particules contenues dans des nuages denses se coagulent et se sédimentent plus vite que dans les nuages diffus) ; la circulation atmosphérique locale près des côtes et les conséquences des pluies (voir les remarques de Georgi Golitsyne p. 119) ; enfin les variations des températures diurnes ainsi que les mouvements induits dans les premiers nuages de suie. Certains de ces effets pourraient un peu améliorer les conditions ambiantes, d'autres les aggraveraient.

Certains effets produiraient des résultats plus graves : par exemple, nous avons considéré que l'entraînement de particules fines par la pluie se produirait dans toute la troposphère. Mais dans des circonstances plausibles la partie supérieure au moins de la troposphère risque d'être très sèche et toute poussière ou suie arrivée là mettra beaucoup plus de temps à être éliminée par la pluie. Il existe également un effet très important découlant de la structure profondément modifiée de l'atmosphère, entraînée par le réchauffement des nuages et le refroidissement du sol. Cela produit une région dans laquelle la température est approximativement constante quelle que soit l'altitude dans les couches basses de l'atmosphère, avec une importante inversion de température (*Figures 1B* et *1C*). Les particules disséminées dans l'atmosphère seront donc transportées vers le haut ou vers le bas très lentement — comme actuellement dans la stratosphère. Cela constitue une seconde raison pour que la durée de vie des nuages de suie et de poussière soit beaucoup plus longue que nous ne l'avons prévu dans nos calculs. Dans ce cas, le froid et l'obscurité extrêmes pourraient se prolonger pendant un temps considérable, sans doute pendant plus d'un an. Dans les commentaires qui suivent, nous ne prendrons pas en considération cet effet, ni d'autres, comme par exemple le phénomène de combustions multiples, dans lequel une seconde explosion nucléaire augmente l'étendue des incendies et l'altitude atteinte par la suie, après un premier bombardement.

Il peut y avoir des scénarios de Guerre Nucléaire bien pires que ceux que nous vous avons présentés. Par exemple, si les capacités de commandement et de contrôle sont détruites dans les premières heures de la guerre — disons par « décapitation » (une attaque surprise sur les quartiers généraux civils et militaires et les moyens de communication) — celle-ci pourrait alors durer des semaines, les commandements locaux prenant des décisions individuelles sans aucune coordination. On peut penser qu'au moins quelques missiles tardifs seront lancés sur les villes ennemies encore intactes, par mesure de représailles. La production de nouvelles couches de fumée pendant plusieurs semaines après le début de la guerre augmenterait l'ampleur et surtout la durée des conséquences climatiques. On peut aussi imaginer que davantage de villes et de forêts seraient incendiées que nous ne l'avons initialement prévu, ou bien que les émissions de fumée seraient plus importantes, ou encore qu'une plus grande part de l'arsenal mondial (tactique ou stratégique) exploserait. On peut aussi concevoir, tout en se fixant les mêmes limites du plausible, un conflit de moindre envergure que tous ceux que nous envisageons ici.

Ces calculs ne sont donc pas, et ne peuvent être, des pronostics certains de toutes les conséquences d'une Guerre Nucléaire. On peut les améliorer, et nous y travaillons. Mais tout le monde semble d'accord sur ces conclusions générales : à la suite d'une Guerre Nucléaire, il y aurait au moins plusieurs mois de froid intense dans une obscurité radioactive, puis — après que la suie et la poussière seraient retombées — une longue période où presque rien n'empêcherait plus les rayons ultraviolets nocifs d'atteindre le sol [18].

On a tendance depuis longtemps à sous-estimer systématiquement les effets des armes nucléaires. La puissance de la première explosion atomique, celle d'Alamogordo, au Nouveau-Mexique, le 16 juillet 1945, avait été sous-estimée par la plupart de ceux qui avaient conçu et construit la bombe. L'importance des retombées des premiers essais thermonucléaires a également été sous-estimée ; on a été surpris par la dégradation ou la destruction de satellites lors d'explosions de bombes atomiques dans l'espace ; on ne s'attendait pas à constater de telles atteintes de l'ozonosphère du fait des explosions de forte puissance ; et l'hiver nucléaire fut pour beaucoup — y

TABLEAU 2

RÉSUMÉ SCHÉMATIQUE DES EFFETS BIOLOGIQUES DU CAS DE RÉFÉRENCE (5 000 Mt) D'UNE GUERRE NUCLÉAIRE

Effets	*Temps écoulé depuis la guerre nucléaire* (1 heure, 1 jour, 1 sem., 1 mois, 3 mois, 6 mois, 1 an, 2 ans, 5 ans, 10 ans)	*Population menacée USA + URSS*	*Population menacée hémisphère Nord*	*Population menacée hémisphère Sud*	*Proportion de victimes parmi les populations menacées*	*Nombre total de victimes potentielles*
Souffle		E	M	F	E	M-E
Rayonnement thermique		M	M	F	M	M-E
Rayonnement inonisant instantané		F	F	F	E	F-M
Incendies		M	M	F	M	M
Gaz toxiques		E	M	F	F	F
Obscurité		E	E	M	F	F
Froid		E	E	E	E	M-E
Réserves d'eau gelées		E	E	M	M	M
Rayonnement ionisant dû aux retombées		E	E	F-M	M	M-E

Pénurie alimentaire		E	E	E	E	E
Destruction de l'infrastructure sanitaire		E	E	M	M	M
Maladies contagieuses		M	M	F	E	M
Epidémies locales et générales		E	E	M	M	M
Atteintes psychiques		E	E	F	F	F-M
Augmentation de rayons ultraviolets au sol		E	E	M	F	F
Effets cumulés	?	?	?	?	?	?

Tableau 2. *Représentation schématique de la période où chaque effet est ressenti : l'épaisseur de la ligne horizontale est proportionnelle à la gravité de l'effet. La gravité de la catégorie « effets cumulés » pourrait prendre une extrême importance, le résultat total étant supérieur à la somme de ses composants. La plupart des effets cumulés restent totalement inconnus. Sont indiqués les risques encourus par les populations américaine et soviétique, par celles de l'hémisphère Nord, celles de l'hémisphère Sud, et par la population mondiale dans son ensemble. Les risques sont classés en trois niveaux — Elevés, Moyens et Faibles (E, M, F respectivement). Dans la dernière colonne seulement, F signifie de zéro à un millon de morts, M d'un million à quelques centaines de millions de morts, et E plus de quelques centaines de millions de morts. (Tableau réalisé par Mark Harwell et l'auteur.)*

compris pour nous-même — une découverte stupéfiante. Et pensons à tout ce qui a encore pu échapper à notre attention !

Une conséquence supplémentaire, qui pourrait être très grave, est la production de gaz toxiques libérés par la combustion des villes. Tout le monde sait maintenant que, dans l'incendie d'un grand immeuble moderne, plus de gens sont tués par l'inhalation de gaz toxiques que par le feu lui-même. La combustion de toute une gamme de matériaux de construction, d'isolation, de décoration, dégage de grandes quantités de pyrotoxines comme le monoxyde de carbone, les cyanures, le chlorure de vinyle, les oxydes d'azote, l'ozone, les dioxines et les furanes. Ces produits synthétiques étant utilisés très inégalement selon les divers types de construction, les agglomérations d'Amérique du Nord et d'Europe de l'Ouest produiraient probablement plus de pyrotoxines que celles d'Union soviétique, et les villes comportant beaucoup de constructions récentes plus que les vieilles cités non rénovées. Dans les scénarios de Guerre Nucléaire où un grand nombre de villes brûlent, un important brouillard de pyrotoxines pourrait s'installer pour des mois. L'ampleur de ce danger n'a pas encore été évaluée.

Autre conséquence très importante et qui n'a pratiquement fait l'objet d'aucune étude : ce que nous appelons les effets cumulés ou synergismes. Nous en trouvons un exemple dans les radiations ionisantes instantanées et les radiations ionisantes des retombées, ainsi que dans l'important flux de rayons ultraviolets succédant à l'hiver nucléaire, qui compromettraient le système immunitaire de l'homme. Alors que les survivants seraient beaucoup plus vulnérables aux maladies, l'assistance médicale serait pratiquement inexistante ; les prédateurs d'insectes comme les oiseaux auraient été les premiers tués par le froid, l'obscurité et le rayonnement ; les insectes auraient énormément proliféré parce qu'ils résistent bien aux assauts de l'environnement et parce que les prédateurs qui en limitent le nombre auraient été décimés ; le rayonnement pourrait produire des formes particulièrement virulentes de micro-organismes dont les insectes seraient les vecteurs ; et des centaines de millions ou des milliards de cadavres commenceraient à se décomposer. Il est bien d'autres cas où l'interaction de plusieurs agressions contre l'environnement énumérées dans le *Tableau 2* aboutiraient à des conséquences nuisibles beaucoup plus importantes que la simple somme de leurs effets. Presque tous les synergismes ont une portée inconnue. Cependant, chacun aurait une conséquence qui augmenterait la gravité de la situation.

Alors si le poids des preuves historiques et la nature des effets cumulés impliquent que les conséquences d'une Guerre Nucléaire seraient encore plus terribles que ne l'indique l'actuelle analyse des conséquences de l'hiver nucléaire, à quel niveau peuvent se situer des prévisions raisonnables ? Est-il sage de considérer, étant donné l'enjeu sans précédent de notre réponse, que les effets d'une Guerre Nucléaire seraient moins graves que ceux que nous avons évalués, ou plus graves ?

Il n'est plus possible de dire que les effets réellement graves d'une Guerre Nucléaire ne toucheraient que les pays belligérants. L'équilibre écologique des zones équatoriales, par exemple, est beaucoup plus vulnérable à des chutes de température, même infimes, que celui de latitudes plus septentrionales ou plus méridionales. L'agriculture — au moins dans l'hémisphère Nord qui produit l'essentiel des exportations de céréales de la planète — serait annihilée même par une « petite » Guerre Nucléaire. La propagation des conséquences écologiques au globe terrestre entier a toutes les chances d'être grave et si, comme de nombreuses études actuelles le démontrent, le froid et l'obscurité gagnent l'hémisphère Sud, une Guerre Nucléaire sous-entend une catastrophe mondiale sans précédent. Il n'est plus possible d'imaginer que les nations éloignées du conflit puissent regarder la Guerre Nucléaire confortablement installées devant leurs téléviseurs et hériter ensuite d'un environnement libéré de tous les ennuis créés par la politique des grandes puissances. Il est beaucoup plus probable qu'il n'y a pas sur la Terre de sanctuaire permettant d'échapper à la Guerre Nucléaire. Voici l'apport des nouvelles études aux doctrines, à la politique et aux relations internationales. Ces sujets dépassent les objectifs de cette Conférence mais j'en ai traité ailleurs, ou du moins j'en ai tenté une première approche [19].

Nous voyons (*Figure 2*) que, si les villes sont visées, même une guerre limitée à 100 mégatonnes (en 1 000 explosions de 100 kilotonnes sur 100 villes ou davantage) pourrait entraîner un hiver nucléaire. Mais 100 mégatonnes représentent moins de 1 % de l'arsenal stratégique mondial. La *Figure 3* montre la croissance du nombre d'armes stratégiques dans les arsenaux américains et soviétiques au cours des années. La partie grisée représente, en gros, le seuil (tel que nous le définissons à l'heure actuelle) à partir duquel un hiver nucléaire se déclencherait. Mais c'est bien en dessous de ce niveau que devrait se restreindre l'arsenal pour qu'aucune combinaison de facteurs de risques, tels que défaut de communication, erreur d'ordinateur ou de calcul, dirigeant psychopathe, etc., ne permette le déclenchement d'une Guerre Nucléaire dont l'ampleur rendrait une catastrophe climatique inévitable. Les Etats-Unis ont dépassé ce seuil — sans le savoir naturellement — au début des années 1950, et l'Union

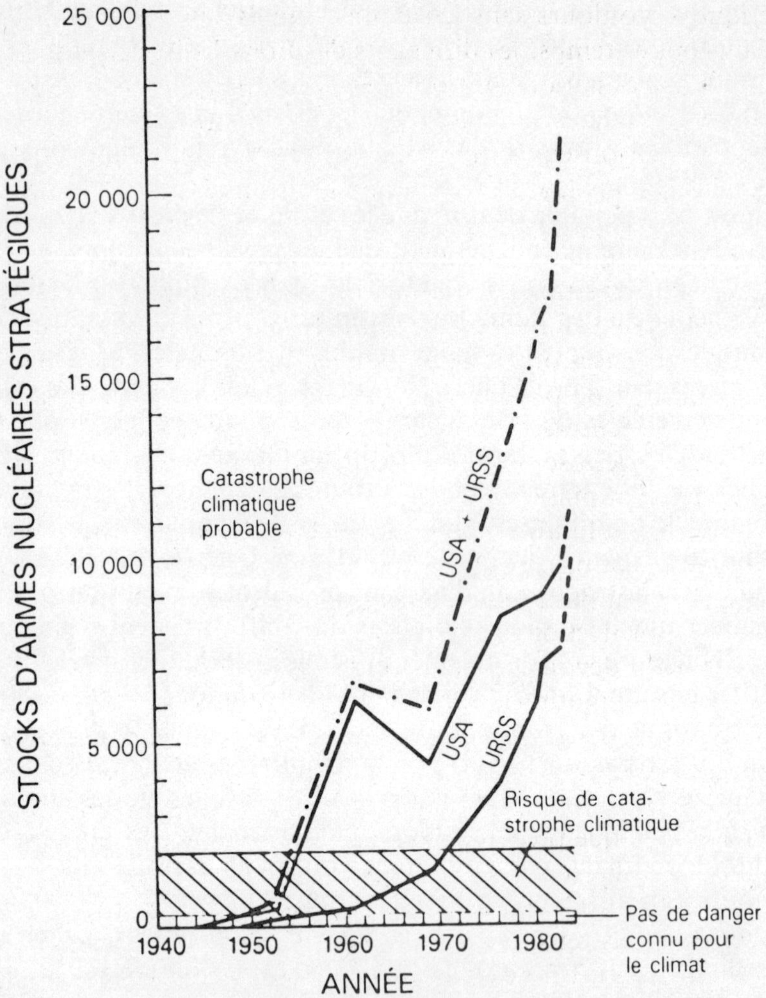

Figure 3. *L'histoire de la course aux armements nucléaires stratégiques (et de théâtre).*

Le schéma présente trois zones : à la partie inférieure, celle où l'on ne risque pas d'hiver nucléaire, en haut, celle où le risque d'hiver nucléaire est presque certain, au centre, hachurée, une zone de transition dont les frontières sont en fait plus incertaines que sur le graphique et dépendent, entre autres, des cibles visées. Mais le seuil se situe probablement entre une centaine et quelques milliers des armes stratégiques actuelles.

De 1945 à aujourd'hui, l'augmentation des stocks américains et soviétiques est indiquée par les lignes noires pleines. La ligne de points et de tirets montre la somme de ces deux arsenaux (qui est proche du chiffre total de l'arsenal mondial). Bien que la distinction entre armes tactiques et armes stratégiques ou de théâtre ne soit plus très nette, ces dernières ne sont pas décomptées ici. La baisse des stocks stratégiques aux Etats-Unis dans les années 1960 reflète la prédominance croissante des missiles balistiques sur les bombardiers. Les diverses sources ne concordent pas totalement sur ces chiffres. Celles que nous utilisons ici sont empruntées notamment à l'ouvrage de Harold Brown (1981), au « Report of Secretary of Defense to the Congress on the FY 1982 Budget, FY 1983 Authorization Request and FY 1986 Defense Programs », et aux « National Defense Budget Estimates, FY 1983 » (Office of the Assistant Secretary of Defense, Comptroller, mars 1982). A droite du schéma, le passage des lignes continues aux lignes pointillées indique qu'il s'agit là d'extrapolations à partir des tendances actuelles.

soviétique — toujours sans le savoir — au milieu des années 1960. Pendant tout ce temps, les dirigeants des Etats-Unis, d'Union soviétique et d'autres nations ont pris des décisions fondamentales pour la vie et la mort de chaque individu de notre planète sans savoir quelles seraient les conséquences d'une Guerre Nucléaire, et en les supposant bien moins graves qu'elles ne nous apparaissent désormais. L'arsenal mondial, qui atteint actuellement environ vingt fois la puissance nécessaire pour déclencher un hiver nucléaire, continue de s'accroître. L'arsenal stratégique de la Grande-Bretagne, de la France et de la Chine arrive au moins à ce seuil. D'autres nations accumulent les armes nucléaires ou les moyens d'en fabriquer. La courbe de la *Figure 3* devient de plus en plus abrupte.

Revenons à *Halloween*. Cette « Conférence sur le Monde après une Guerre Nucléaire » se tient les 31 octobre et 1er novembre pour des raisons purement matérielles. *Halloween*, que l'on fête aujourd'hui, c'est le jour des fantômes et des esprits malfaisants qui, nous le savons, n'existent pas. Mais les horreurs d'une Guerre Nucléaire, en revanche, ne sont pas l'œuvre de notre imagination, elles ne sont pas non plus des projections de notre inconscient, mais des réalités avec lesquelles nous devons compter dans un monde susceptible d'être dominé par des émotions individuelles et des actions politiques irréfléchies. La Guerre Nucléaire vaut qu'on s'en préoccupe, et pas seulement un 31 octobre.

Pourtant, cette date peut être considérée comme un symbole. A l'origine, à l'époque préchrétienne, on y célébrait une fête celte appelée Samhain. Elle marquait le début de l'hiver et on allumait de grands feux. Elle était consacrée au Seigneur de la Mort dont elle portait le nom. Nous retrouvons là les trois éléments essentiels des scénarios du rapport TTAPS : le feu, le froid, la mort.

Les armes nucléaires sont fabriquées par des êtres humains. La confrontation stratégique entre les Etats-Unis et l'Union soviétique a été pensée et élaborée par des êtres humains. En cette matière, rien n'est inévitable. Si nous sommes suffisamment motivés, nous pouvons tirer l'espèce humaine de ce piège que nous lui avons inconsidérément posé. Mais le temps joue contre nous.

REMERCIEMENTS

Cet article n'aurait pas été possible sans la haute compétence scientifique et le dévouement de Richard Turco, Brian Toon, Thomas Ackerman et James Pollack, coauteurs du rapport TTAPS. Je dois beaucoup, pour nos conversations stimulantes et pour leur lecture minutieuse de versions antérieures de cet article, à Hans Bethe, Mark Harwell, John P. Holdren, Eric Jones, Carson Mark, Theodore Postol, Joseph Rotblat, Stephen Schneider, Edward Teller et Albert Wohlstetter, ainsi qu'à Lester Grinspoon, Steven Soter et surtout Ann Druyan. Shirley Arden, Mary Maki, Mary Roth et Joanne Vago ont mis à mon service leur grande compétence. Enfin, je remercie mes collègues du Comité pour l'étude des conséquences planétaires à long terme d'une Guerre Nucléaire.

QUESTIONS

Vikas Saini (Comité directeur de Nuclear Free America) : J'aurais deux questions sur vos hypothèses. La première concerne les effets ressentis dans l'hémisphère Sud. Proviennent-ils uniquement d'explosions dans l'hémisphère Nord ou avez-vous pris en compte des cibles dans l'hémisphère Sud ?

Carl Sagan : Nous n'avons pas tenu compte de cibles importantes dans l'hémisphère Sud. Dans le scénario de *Ambio*, il y a environ 100 mégatonnes qui explosent en zone tropicale ou dans l'hémisphère Sud. Les poussières et la fumée de ces explosions se trouveront donc dans le Sud avant que n'arrivent les aérosols provenant de l'hémisphère Nord. Des cibles dans l'hémisphère Sud ne feraient qu'aggraver les effets prévus.

Vikas Saini : Ma seconde question concerne les effets imprévus des explosions nucléaires et leur rapport avec les ceintures de Van Allen. Je me demandais si vous aviez des informations à ce sujet et si vous pourriez nous éclairer sur ce qui semble être un des aspects les plus préoccupants de la situation actuelle, c'est-à-dire la militarisation de l'espace.

Carl Sagan : L'introduction imminente d'armes dans l'espace est une question politique qui n'entre pas dans le cadre de cette Conférence. Il est certainement vrai que, si l'on fait exploser une bombe nucléaire en altitude, on injecte des particules irradiées dans les ceintures de Van Allen. Mais je ne pense pas que cela aurait un effet climatique de l'ampleur évoquée ici.

George B. Field (professeur d'astronomie à Harvard University et directeur de recherches au Smithsonian Astrophysical Observatory) : J'aimerais avoir des éclaircissements sur un point. Dans les dernières minutes de votre intervention, vous avez donné un peu d'espoir à ceux qui voudraient s'engager dans la voie du contrôle des armements. Vous avez dit que, si nous pouvions limiter à 1 000 le nombre d'armes nucléaires dont disposent les Etats-Unis et l'Union soviétique, nous pourrions éviter certaines des terribles conséquences que vous avez décrites. D'un autre côté, vous aviez auparavant examiné le cas où le conflit ne concernerait qu'une centaine de ces armes nucléaires, et les effets étaient tout à fait terribles.

CARL SAGAN : Je suis désolé de ne pas avoir été assez clair. Je parlais alors de 100 mégatonnes de puissance pour environ un millier d'armes de 100 kilotonnes.

GEORGE FIELD : Est-ce là le cas limite à votre avis ?

CARL SAGAN : A peu près. Un peu moins si des villes sont visées, un peu plus pour des attaques de forte puissance sur des silos. (Pour plus de détails, voir la note 19.)

LARRY SMARR (professeur d'astronomie et de physique, université de l'Illinois) : Les récents rapports de l'Agence américaine pour la Protection de l'Environnement [EPA] et de *Science* concernant l'effet de serre parlent du réchauffement provoqué par le CO_2. J'imagine que les incendies produiront d'énormes quantités de CO_2. Y avez-vous songé et de quelle façon la chaleur du CO_2 compensera-t-elle le refroidissement causé par la poussière ?

CARL SAGAN : Je suis heureux que vous ayez posé cette question parce qu'il y a là une source potentielle de confusion. Une étude a effectivement montré comment la combustion des énergies fossiles dégage dans l'atmosphère des gaz qui réchauffent la Terre, et moi je viens de vous dire que la Guerre Nucléaire projette dans l'atmosphère des particules qui refroidissent la Terre. Certains pourraient penser que ces deux effets s'annulent. Nous n'en sommes pas arrivés à cette conclusion, et ce pour de multiples raisons.

Tout d'abord, le CO_2 dégagé, même par tous ces incendies, ne serait pas suffisant pour entraîner un véritable effet de serre. Les 0,03 % de CO_2 contenus normalement dans l'atmosphère terrestre représentent trois fois plus de CO_2 que n'en dégagerait l'incendie des villes et des forêts.

Laissez-moi ajouter que l'effet de serre dû au CO_2 est une tendance à long terme. On ne peut l'annuler en quelques décennies. Nous parlons ici d'une baisse soudaine de température, qui disparaît en quelques années, superposée à cette augmentation très lente des températures due à la combustion des combustibles fossiles.

ARNOLD W. WOLFENDALE (professeur de physique, université de Durham, Angleterre) : Ma question concerne l'importance des vérifications effectuées par des scientifiques qui n'ont pas participé initialement à la découverte. Il est évident que tout ce qui est nouveau et surprenant doit être corroboré par d'autres savants. L'excellent rapport de 1975 de l'Académie nationale des Sciences avait abouti à des conclusions beaucoup moins pessimistes. Je me demande si les auteurs de ce rapport ont été consultés pour vérifier ou commenter vos résultats.

CARL SAGAN : La vérification de nos estimations est cruciale, et c'est pourquoi nous avons mis si longtemps à communiquer au public ces résultats impressionnants.

Nos travaux ont fait l'objet de cinq jours de discussion à l'Académie américaine des Arts et des Sciences de Cambridge, Massachusetts, en avril 1983 — de la part d'une centaine de spécialistes des questions atmosphériques, de physique nucléaire et de biologie, qui avaient des opinions politiques très différentes. Des représentants des centres de recherche militaires du gouvernement étaient également présents.

Ma communication, comme celle de Paul Ehrlich, a été examinée par un comité de lecture avant publication dans une revue spécialisée, *Science* [1,2].

De plus, les six ou huit autres études consacrées à nos résultats — dont deux en Union soviétique — les ont toutes corroborés.

ARNOLD WOLFENDALE : Est-ce que cela signifie que les auteurs du rapport de 1975 sont revenus sur leurs conclusions ?

CARL SAGAN : J'espère sincèrement que la nouvelle équipe de l'Académie nationale des Sciences abordera cet important problème. Permettez-moi d'évoquer ici rapidement les raisons qui expliquent que notre modèle — l'hiver nucléaire — soit si différent des conclusions de ce rapport.

Tout d'abord, les effets climatiques avaient été déduits, par analogie, de ceux qu'on avait observés lors de l'explosion du Krakatoa, et non simulés avec des données appropriées. En 1883, disait-on, l'explosion d'un volcan avait eu pour unique effet une baisse globale de la température de un demi-degré centigrade — sans parler de merveilleux couchers de soleil sur toute la planète. La puissance de cette explosion était (peut-être) comparable à celle que nous avons envisagée pour une Guerre Nucléaire, alors pourquoi se faire du souci ?

Cet argument néglige plusieurs faits : premièrement, l'essentiel de ce qu'émit le Krakatoa retomba sur place, dans l'archipel des îles de la Sonde. Deuxièmement, les matières éjectées par le volcan (principalement des silicates et de l'acide sulfurique) ont des coefficients d'absorption beaucoup plus bas que la fumée noire engendrée par une Guerre Nucléaire. Troisièmement, la répartition des particules en fonction de leur taille est différente ; et, quatrièmement, nous parlons de milliers de sources simultanées de particules fines, alors que l'explosion du Krakatoa fut un événement unique. Et il y a d'autres différences importantes. Une fois toutes les données replacées dans leur contexte, elles concordent avec les calculs que nous vous avons présentés.

Robert Ehrlich (président du département de physique, George Mason University, Virginie) : Le fait qu'une attaque de 100 mégatonnes, soit moins de 1 % de l'arsenal mondial, entraîne des résultats aussi catastrophiques, prouve que la cause principale du problème climatique est la fumée qui serait produite par les incendies des villes. Je me demande si vous avez évalué — dans le cas d'un conflit nucléaire touchant toutes les agglomérations de plus de 100 000 habitants de l'hémisphère Nord — quelle serait la probabilité que la moitié de la surface des villes parte réellement en fumée et que l'incendie dure des semaines, voire des mois. Est-ce que vos calculs, sur ce point, concordent avec d'autres estimations ?

Carl Sagan : Oui. C'est l'un des nombreux problèmes que Richard Turco a tout spécialement étudiés. Je crois que la réponse est : une semaine, peut-être, des mois, non. De très forts incendies éclateront parce que la proportion de matières combustibles dans les villes est considérable.

Ralph Nader (représentant des unions de consommateurs) : Si on imagine une première frappe réussie de l'adversaire A contre l'adversaire B, à quel niveau devrait se situer ce premier coup, selon vos calculs, pour que l'agresseur A se soit en fait suicidé ?

Carl Sagan : En d'autres termes, comment porter le premier coup sans atteindre le seuil d'un hiver nucléaire ? Est-ce qu'une première frappe réellement efficace se retournerait contre l'agresseur ? Je crois que nous entrons ici dans le domaine de la politique et je ne veux pas m'y étendre. Mais je pense que pour être certain d'atteindre tous les objectifs stratégiques essentiels on ne peut que dépasser le seuil de l'hiver nucléaire.

Ralph Nader : Ma question était plus générale. Il s'agit de l'effet boomerang. Quel serait le seuil d'un effet boomerang ?

Carl Sagan : Il y a toutes les chances pour que, si la Nation A attaque la Nation B avec une première frappe réussie sur les seules cibles stratégiques, la Nation A se soit suicidée, même si la Nation B n'a pas levé le petit doigt pour riposter.

Mason Rumney (secrétaire exécutif de la First Step Foundation) : Où avez-vous pris l'idée qu'une attaque de 100 mégatonnes serait dirigée contre les villes où se trouvent les combustibles plutôt que contre les sites où il n'y en a pas ?

Carl Sagan : Il ne s'agissait là que de l'un de nos nombreux scénarios possibles.

Herbert Scoville Jr. (président de l'Arms Control Association ;

ancien directeur délégué de la CIA) : Dans quelle mesure les conséquences à long terme dépendent-elles du fait que la fumée atteigne la stratosphère ?

CARL SAGAN : En règle générale, les incendies ne projettent pas de suie dans la stratosphère, et nous n'avons pas considéré qu'ils le feraient de façon notable. Presque tous nos effets dus aux fumées sont des phénomènes troposphériques. Dans le cas de référence, nous avons considéré que la fumée des basses couches de la troposphère serait rapidement entraînée par les pluies.

Peut-on envisager des circonstances, vraisemblables ou non, où des panaches de fumée atteindraient la stratosphère ? Dans ce cas, les effets seraient pires et plus durables que ne l'indiquent nos calculs. Nous n'avons pas tenu compte de la possibilité qu'une masse notable de suie atteigne la stratosphère. D'après des avis autorisés comme celui de George Carrier, de Harvard, c'est tout à fait improbable. Je dirais que la question reste ouverte.

MICHAEL J. PENTZ (doyen de la faculté des sciences de l'Open University à Milton Keynes, Royaume-Uni, et représentant du SANA, Scientists Against Nuclear Arms) : Ma question porte sur le *Tableau 1*, qui indique les différents scénarios que vous avez choisis. Les cas 11 et 16 m'ont tout particulièrement intéressé. Pouvez-vous expliquer les hypothèses de base de ces deux cas, c'est-à-dire l'attaque stratégique de 3 000 mégatonnes et celle de 5 000 mégatonnes ? Je voudrais que vous m'expliquiez pourquoi la colonne « Pourcentage de puissance visant des cibles urbaines ou industrielles » porte un zéro dans les deux cas.

Je me pose des questions à ce sujet, parce que le SANA a réalisé récemment une simulation sur ordinateur d'une attaque stratégique visant 343 cibles au Royaume-Uni. Nous avons prévu une puissance totale de 220 mégatonnes, les engins explosant au sol et dans les airs. Nous nous sommes rapidement aperçus qu'une très grande proportion de ces cibles stratégiques se situaient soit dans les grandes villes soit à proximité immédiate de celles-ci ou, en tout cas, dans des zones de population très dense. Je pense que cette situation se retrouve très fréquemment en Europe, et c'est la raison pour laquelle je m'étonne de votre zéro dans cette colonne. Peut-être pourriez-vous introduire une petite décimale pour la Grande-Bretagne et le reste de l'Europe dans votre tableau ?

CARL SAGAN : Ce que vous dites, sauf en ce qui a trait à cette décimale, est tout à fait juste. Nous nous sommes seulement pliés à une tradition scientifique : la séparation des variables. Nous disons : imaginons une attaque purement stratégique de plusieurs milliers de mégatonnes. Quels effets produirait-elle s'il n'y avait pas d'incendies, pas même la combustion d'une seule maison ou d'un seul arbre ? C'est l'effet minimum.

Il faut donc, pour une estimation plus réaliste, se reporter au cas de référence, le cas 1, où nous avons additionné les effets d'une attaque stratégique et ceux des incendies des villes.

MICHAEL PENTZ : Pour 20 % seulement ?

CARL SAGAN : C'est exact.

MICHAEL PENTZ : Je pense que c'est un pourcentage réaliste pour les grandes cibles stratégiques aux Etats-Unis ou peut-être en Union soviétique. Mais ce n'est pas réaliste du tout pour la Grande-Bretagne.

CARL SAGAN : Vous avez absolument raison. Il en découle que la situation de l'Europe est bien pire que nous ne l'avons dit — ce qui ne fait qu'accentuer le côté très prudent de nos calculs.

H. JACK GEIGER (professeur de médecine sociale, City College. City University of New York) : Je connais l'ingéniosité de ceux qui défendent l'idée que l'on pourrait gagner une Guerre Nucléaire et y survivre, et cela me rend un peu inquiet. Ne pourront-ils pas réinterpréter ou manipuler ces chiffres, surtout en ce qui concerne des concepts comme celui de seuil ? Quels sont les éléments que vous avez utilisés pour déterminer ce seuil : le nombre total d'armes utilisées, la puissance totale, ou une combinaison des deux ?

CARL SAGAN : Une combinaison des deux, qui tient compte aussi du choix des cibles. Il faut savoir qu'avec l'arsenal actuel et son degré de précision, en dessous de vingt kilotonnes, il est difficile de détruire des cibles construites pour résister à une attaque. Je pense qu'il y a réellement, dans les conditions actuelles, un minimum en dessous duquel on ne peut descendre si les diverses nations veulent préserver la possibilité d'une attaque anti-forces.

ED PASSERINI (président de Carrying Capacity Inc., Washington, D.C., professeur d'études de l'environnement humain, université de l'Alabama) : Ma question est un prolongement de la précédente. On va vers l'utilisation de plus faibles puissances associées à une précision de tir plus grande. Croyez-vous nécessaire de continuer vos recherches pour déterminer les effets d'un bombardement atteignant des cibles très précises, et dont la puissance serait inférieure au seuil que vous avez défini ?

CARL SAGAN : Comme je le disais à Ralph Nader, étant donné la puissance et la précision des engins existant actuellement, j'ai de sérieux doutes quant à la possibilité d'une première frappe visant des cibles étroitement définies, et qui resterait en dessous de ce seuil. (On trouvera à la note 19 les références d'une réflexion plus approfondie sur ces possibilités futures.)

Francis B. Porzel (Foundation for Unified Dynamics) : On ne peut oublier qu'il y a trente et un ans, presque jour pour jour, explosait la première bombe à hydrogène.

Je pense qu'il serait utile que vous reveniez sur les expériences passées, sur les essais atomiques. En regardant les schémas, on remarque qu'il y eut de nombreuses périodes, pendant les années 1950, où les Etats-Unis et l'Union soviétique ont procédé à des expériences dont la puissance totale approchait les 100 mégatonnes. A elle seule, la première explosion de l'opération Bravo, en 1954, atteignait 14 mégatonnes.

Vous avez dit que le modèle n'était qu'unidimensionnel et ne s'appliquait donc pas à cela, mais pourriez-vous nous dire ce qu'il faudrait faire pour tenter d'appliquer votre modèle à cette expérience ?

Carl Sagan : C'est-à-dire : que *prédit* le modèle pour les explosions d'armes nucléaires dans l'atmosphère des années 1950 ? La réponse est qu'il ne prédit aucun effet décelable et pour la raison suivante : les 100 mégatonnes n'ont pas mis le feu à 100 villes. Il y a eu de la poussière, mais pas de suie. On peut en rendre compte en utilisant le concept de densité optique : la lumière transmise à travers un milieu absorbant est environ *e*, la base des fonctions logarithmiques naturelles, à la puissance moins la profondeur optique. Quand la densité optique est proche de 1/10e, la réduction de la lumière est égale à 1 moins la densité optique. Elle est très faible.

Quand la densité optique s'élève à 1, ce que nous n'avons jamais approché dans les années 1950, la réduction de la lumière prend une valeur notable. Et elle devient grave quand la densité optique tend vers 10. Comme il s'agit d'un processus non linéaire, nous *prévoyons* que ce qui est arrivé dans les années 1950 ne devrait avoir aucun effet climatique... et aucun effet climatique ne fut observé. Mais, d'après nos calculs, la densité optique serait élevée et les conséquences importantes.

Marion Edey (directeur exécutif de la League of Conservation Voters) : Quels seraient les effets sur la couche d'ozone dans l'hémisphère Sud ?

Carl Sagan : Je pense que les trous dans l'ozonosphère se déplaceraient rapidement et gagneraient l'hémisphère Sud depuis l'hémisphère Nord.

Philip Greenberg : Ce que j'ai entendu aujourd'hui m'inspire une brève réflexion. Je suis frappé par la décision d'éviter toute discussion politique et, étant donné les circonstances, je m'y attendais et je l'accepte.

Néanmoins, je crois que nous sentons tous que certaines implications politiques découlent de ce travail et je remarque dans bien des cas, de la part de ceux qui posent des questions et de votre part, une tendance à s'interroger sur le choix de vos hypothèses, qui ne tiennent compte que des minima de risque.

Mais je pense que ce serait une erreur, même pour vous, membres de la communauté scientifique, d'attacher trop d'importance à la recherche d'hypothèses « prudentes ». Si cette prudence est de règle dans un rapport scientifique, le problème se trouve inversé quand on entre dans l'arène politique et que l'on considère les conséquences encourues, même si les probabilités sont minimes.

Je voulais seulement vous dire — et c'est une critique que vous aurez à subir de la part de vos collègues qui n'ont peut-être pas les mêmes perspectives politiques que vous — qu'il ne faut pas oublier, dans cette discussion, que la prudence politique est bien différente de la prudence scientifique.

CARL SAGAN : Je suis tout à fait d'accord. Chacun sait qu'en période de crise, comme dans l'exploitation de statistiques, ce qui compte, ce n'est en soi ni la probabilité des événements, ni leur coût s'ils s'accomplissent, mais le produit des deux. Nous en sommes tout à fait conscients, et, en fait, nous n'avons jusqu'à présent essuyé aucune critique notable dans ce domaine.

THOMAS C. HUTCHINSON (professeur de botanique, université de Toronto, Canada) : Quelle est la proportion des océans de l'hémisphère Nord qui pourrait geler en un an à une température de −25°C ?

CARL SAGAN : En ce qui concerne l'eau douce, la couche de glace serait d'environ un mètre à un mètre et demi en général. Il y aurait certainement plus de blocs de glace charriés par les océans, mais il est impensable que les océans gèlent, du fait de leur inertie thermique.

LES CONSÉQUENCES BIOLOGIQUES D'UNE GUERRE NUCLÉAIRE

Paul R. Ehrlich

Pouvoir vous présenter les conclusions unanimes d'un groupe d'éminents biologistes sur les effets probables d'une Guerre Nucléaire à grande échelle est un assez triste privilège, mais néanmoins un privilège. Le consensus s'est dégagé pendant le déroulement d'une réunion, qui s'est tenue aussitôt après le colloque regroupant les physiciens auquel se réfère Carl Sagan et au cours de la rédaction de deux documents traitant des répercussions de la Guerre Nucléaire. Ceux qui connaissent le monde scientifique savent qu'obtenir l'assentiment d'une cinquantaine de savants sur un vaste ensemble de conclusions sans divergence notable est déjà inhabituel en soi. Obtenir un tel assentiment est extraordinaire lorsque le problème en cause correspond à une préoccupation importante et actuelle du grand public.

Depuis l'exposé de Carl Sagan, la raison de notre consensus doit vous paraître claire. Après un holocauste thermonucléaire, l'environnement serait si profondément modifié et si pernicieux qu'il causerait inévitablement des dommages d'une extrême gravité et d'une grande ampleur à tout ce qui vit sur Terre. Les seules répercussions biologiques d'une telle guerre, *sans même tenir compte* des effets directs des incendies, du souffle et du rayonnement instantané, pourraient parfaitement marquer la fin de toute civilisation dans l'hémisphère Nord. Les biologistes n'ont aucune peine à se mettre d'accord sur ce point ; c'est aussi évident que le risque d'un empoisonnement lorsque le cuisinier confond le cyanure et le sel.

Je me propose essentiellement de vous fournir quelques bases techniques permettant de comprendre *pourquoi* de nombreux biologistes (et surtout les spécialistes de l'écologie) sont convaincus que les dirigeants de bien des pays sous-estiment énormément les risques potentiels que nous ferait encourir une Guerre Nucléaire.

Effets directs

Je m'attacherai surtout aux conséquences indirectes qu'une Guerre Nucléaire entraînerait pour les êtres humains. Mais je ne veux pas passer entièrement sous silence les effets directs, si connus soient-ils, car ils sont véritablement épouvantables. Considérons ce qui se passerait en cas de Guerre Nucléaire avec explosion de 5 000 à 10 000 mégatonnes (principalement dans l'hémisphère Nord). Pour comparaison, précisons que cela équivaut *grosso modo* à 500 000 ou 750 000 bombes de la puissance d'Hiroshima, ce qui ne représente d'ailleurs qu'une partie de l'arsenal nucléaire actuel des Etats-Unis et de l'Union soviétique.

Les effets dépendraient, dans une certaine mesure, de l'ampleur de la guerre, du choix des cibles, du nombre d'explosions au sol et dans l'atmosphère et de divers autres facteurs. Mais notre analyse des conséquences biologiques reste fiable en toute hypothèse. Cela signifie qu'il serait extrêmement difficile de concevoir une Guerre Nucléaire étendue qui n'entraînerait pas une catastrophe biologique sans précédent.

Notre article pour *Science*, davantage centré sur le cas d'une guerre de 10 000 mégatonnes que le rapport TTAPS, nous semblait utile pour informer le public des effets plausibles. Nous avons donc plus particulièrement envisagé l'hypothèse de 10 000 mégatonnes, mais la description générale des effets reste valable pour tout scénario de Guerre Nucléaire à grande échelle.

Une étude évalue à 750 millions le nombre de morts dus au seul souffle de l'explosion. Le nombre des personnes qui seraient pulvérisées, désintégrées, broyées, réduites en bouillie et déchiquetées par la force des explosions atteindrait un chiffre égal à la *totalité de la population de notre planète au moment de la création des Etats-Unis*. Une autre étude prévoit 1,1 milliard de morts et autant de blessés dès les explosions à cause du souffle, de la chaleur et du rayonnement. En d'autres termes, presque la moitié de la population mondiale actuelle (et presque toute la population des pays riches de l'hémisphère Nord) pourrait mourir ou être atteinte en l'espace de quelques heures.

Ce qui est également clair, c'est que cette guerre détruirait la trame même de la civilisation industrielle. Dans leur quasi-totalité, les villes (qui sont les centres politiques, industriels, commerciaux, financiers et culturels de nos sociétés) cesseraient simplement d'exister. Avec elles disparaîtrait presque tout l'acquis de l'Humanité. Les soins médicaux et autres secours d'urgence seraient pratiquement inexistants : l'aide ne pourrait venir de nulle part. Les survivants des ex-pays riches n'auraient pas uniquement à subir le poids écrasant d'avoir assisté à la plus grande catastrophe de l'Humanité ; ils auraient aussi conscience de l'absence de tout espoir de secours.

Nous avons tant de répugnance à imaginer une telle situation que beaucoup veulent y voir l'hypothèse la plus pessimiste possible sur les risques qu'une troisième guerre mondiale ferait encourir à l'*homo sapiens*. Or, nous allons voir que tout cela ne décrit, au contraire, que la partie visible de l'iceberg. Le destin des deux à trois milliards d'individus qui ne seraient pas immédiatement tués (en particulier, les habitants des pays très éloignés des cibles) pourrait se révéler pire à bien des égards. Bien entendu, ces survivants subiraient directement le froid, l'obscurité et les retombées radioactives dont Carl Sagan a parlé. Mais les effets les plus marquants à long terme seraient indirects, dus aux modifications de l'environnement provoquées par le froid, l'obscurité, les retombées et divers autres facteurs.

Ecosystèmes

Pour comprendre, il faut quelques notions sur les systèmes écologiques (ou *écosystèmes*). Un écosystème est une communauté biologique (l'ensemble des plantes, des animaux et des microbes qui vivent dans une zone donnée) associée à l'environnement physique dans lequel vivent les différentes populations qui la composent. Cet environnement comprend le rayonnement solaire, les gaz de l'atmosphère, l'eau des rivières, les fragments rocheux du sol, etc. L'essence d'un écosystème est un enchevêtrement de processus qui relient les différents organismes entre eux et à leur environnement physique.

Les processus en question comportent notamment un flux d'énergie à sens unique qui traverse l'écosystème, et des déplacements cycliques de matière à l'intérieur de celui-ci. La plupart d'entre vous connaissent bien le mécanisme de la photosynthèse, qui permet aux plantes de capter l'énergie de la lumière solaire. Une partie de cette énergie monte ensuite le long des « chaînes alimentaires », étant d'abord utilisée par les plantes, dont elle permet la croissance et les autres fonctions vitales, puis par les herbivores qui mangent les plantes, ensuite par les carnivores qui ont pour nourriture des herbivores ou d'autres espèces carnivores, enfin par les nécrophages et décomposeurs qui se nourrissent de déchets et d'organismes morts.

L'énergie solaire fait fonctionner tous les écosystèmes importants, non seulement par la photosynthèse mais aussi par des mécanismes purement physiques comme, par exemple, l'évaporation de l'eau à la surface de la mer et de la terre, qui permet au cycle de l'eau de se perpétuer. On voit donc immédiatement que tout événement bloquant la lumière solaire et l'empêchant de parvenir à la surface de la Terre risquerait d'être catastrophique pour le fonctionnement des écosystèmes.

Mais qu'est-ce que cela changerait ? Il est indispensable de comprendre que *tous* les êtres humains sont insérés dans des écosystèmes dont ils dépendent totalement pour leur agriculture et pour une foule de « services publics » gratuits. Parmi ces « services publics », on peut notamment citer la régulation climatique et le maintien de la composition gazeuse de l'atmosphère, l'alimentation en eau douce, le traitement des déchets, le recyclage des éléments nutritifs (en particulier, ceux qui sont essentiels à l'agriculture et à la sylviculture), la formation et la préservation des sols, la régulation des populations d'insectes nuisibles aux cultures et porteurs de maladies transmissibles aux hommes, l'apport alimentaire de la mer et le maintien d'une vaste « bibliothèque génétique » dont l'Humanité a déjà tiré les bases de sa civilisation (notamment les cultures et les animaux domestiques).

Une détérioration des écosystèmes priverait les hommes de ces services essentiels. Or, les deux à trois milliards de rescapés ayant survécu aux effets immédiats de la guerre thermonucléaire en auraient particulièrement besoin, encore bien plus que nous-mêmes actuellement.

Agressions contre les écosystèmes

A quels genres d'agressions les écosystèmes seraient-ils soumis en cas de Guerre Nucléaire totale entre les Etats-Unis et l'URSS ? Carl Sagan a mis en évidence les deux phénomènes qui seraient probablement les plus importants : une immense obscurité et un climat continental très froid. Mais d'autres agressions s'y ajouteraient, notamment la fumée toxique (qui pourrait envahir tout l'hémisphère Nord) ; le rayonnement ultraviolet UV-B (lorsque les rayons solaires pourraient de nouveau atteindre la Terre) dont l'un des effets est la détérioration du matériel génétique (ADN) ; un rayonnement nucléaire important ; les pluies acides ; les dégagements de produits chimiques toxiques qui pénétreraient dans le sol et se disperseraient à sa surface et dans les eaux littorales ; l'envasement des lacs, des rivières et du littoral ainsi que leur pollution par les eaux d'égouts ; enfin les violents orages sur les régions côtières.

Et il ne faut jamais oublier que la plupart des phénomènes se produiraient *simultanément*. De plus, il faut prendre en considération le synergisme lorsqu'il y a deux ou plusieurs agressions (leurs effets cumulés aboutissent à un résultat plus grave que la simple somme de leurs effets individuels). Par exemple, le fond de rayonnement dû aux retombées radioactives sur l'ensemble de la planète (c'est-à-dire non imputable aux retombées d'une bombe particulière) risque d'être beaucoup plus élevé que ne le prévoyaient les études antérieures, qui avaient généralement négligé les retombées provenant des couches supérieures de la troposphère.

Par ailleurs, il est important de comprendre que, contrairement aux effets directs du souffle, de la chaleur et du rayonnement initial, qui dépendent beaucoup des caractéristiques précises des explosions, les effets écosystémiques étudiés par les biologistes en dépendent beaucoup moins. Un conflit nucléaire vraiment limité serait la seule hypothèse dans laquelle notre analyse qualitative ne serait peut-être pas valable. Quoique cette hypothèse soit envisageable, de nombreux spécialistes l'estiment hautement improbable car il est douteux qu'une Guerre Nucléaire puisse être contenue une fois déclenchée. En tout état de cause, il faut que les responsables soient pleinement informés des conséquences potentielles des affrontements nucléaires à grande échelle, car ceux-ci auraient très certainement des effets à long terme extrêmement destructeurs.

Il est possible que nos analyses sous-estiment ces conséquences car nous sommes encore trop ignorants des mécanismes des écosystèmes pour pouvoir évaluer toutes les interactions possibles entre les multiples agressions que subiraient les êtres humains et les écosystèmes, ou pour avoir une idée précise du synergisme de ces agressions. A vrai dire, même si les effets climatiques n'envahissaient pas la totalité du globe, ni même tout l'hémisphère Nord, une Guerre Nucléaire aurait des répercussions considérables sur les écosystèmes de notre planète.

Le froid et les ténèbres

La chute de la température aurait immédiatement des effets spectaculaires sur les populations animales, dont un grand nombre seraient éliminées par le froid inhabituel. Toutefois, l'effet sur les plantes chlorophylliennes est la clef de voûte des conséquences de la Guerre Nucléaire pour les écosystèmes. L'activité des plantes fournit ce que nous appelons la *production primaire* : la fixation de l'énergie (par la photosynthèse) et l'accumulation des éléments nutritifs nécessaires au fonctionnement de toutes les composantes biologiques des écosystèmes agricoles et naturels. Sans l'activité de photosynthèse des plantes, presque toutes les espèces animales (notamment l'Homme) cesseraient d'exister. Toute chair est en fait de l'« herbe ».

Le froid et l'obscurité sont deux ennemis des plantes et de la photosynthèse. Le *Tableau* 1 présente les modifications de température et de luminosité qui pourraient survenir à la suite d'une guerre thermonucléaire. Par exemple, à l'intérieur des terres, les températures au sol pourraient parfaitement rester inférieures à zéro pendant un an dans l'hémisphère Nord ; ce froid glacial pourrait éventuellement s'étendre à l'hémisphère Sud et y sévir pendant des mois.

Les effets sur les plantes dépendraient, entre autres, de la saison au cours de laquelle ce froid glacial surviendrait, de la durée du phénomène et de la tolérance des différentes variétés, mais un coup de froid brutal serait particulièrement nocif. Une Guerre Nucléaire entraînerait une chute très brutale des températures : il y a donc peu de chances que les plantes qui résistent normalement au froid aient le temps de s'acclimater. Certaines plantes résistent d'ailleurs très mal à un froid même peu rigoureux, sans compter d'autres agressions non indiquées dans le *Tableau 1* (rayonnement, pollution de l'air, faible luminosité) dont le résultat serait d'intensifier les dommages causés à la végétation par le froid ou le gel. En outre, lorsque des plantes sont malades ou détériorées, leur capacité d'acclimatation au froid diminue.

Tout cela peut se résumer en une phrase : presque toutes les plantes terrestres de l'hémisphère Nord seraient endommagées ou détruites si la guerre se produisait peu avant la saison de croissance ou pendant celle-ci. Si la guerre avait lieu pendant la période de croissance active, les récoltes de l'année seraient en majeure partie détruites sur le coup et de nombreuses plantes vivaces souffriraient sérieusement. Les dégâts pourraient naturellement être moindres si elle avait lieu pendant la période de repos germinatif.

Si la guerre était déclenchée en automne ou en hiver, les principales ressources alimentaires (blé, riz et autres céréales) auraient déjà été récoltées. Mais la température pourrait rester inhabituellement basse pendant des mois, empêchant la croissance des plantes pendant le printemps et l'été qui suivraient, et ce même si les autres conditions étaient favorables. D'autre part, les températures hivernales très inférieures aux minima normaux risqueraient de faire mourir de nombreuses plantes vivaces (dont les arbres fruitiers et d'autres plantes importantes). Néanmoins, en règle générale, les graines des plantes des régions tempérées ne souffriraient pas du froid (contrairement à celles des plantes tropicales).

Une Guerre Nucléaire qui aurait lieu en automne ou en hiver serait probablement beaucoup moins grave pour la végétation des latitudes moyennes de l'hémisphère Nord qu'une guerre au printemps ou en été, mais elle pourrait cependant avoir des conséquences très rudes sur la végétation tropicale, dont la croissance s'étend sur toute l'année. Dans l'hémisphère Nord, les seules zones où les plantes

TABLEAU 1

TEMPÉRATURE ET ÉCLAIREMENT APRÈS UNE GUERRE NUCLÉAIRE DE 10 000 MÉGATONNES DANS L'HÉMISPHÈRE NORD

(Hypothèse pessimiste mais plausible, scénario TTAPS n° 17)

TEMPÉRATURES AU SOL DANS LES RÉGIONS CONTINENTALES DE L'HÉMISPHÈRE NORD*

Température prévue (°C)	*Durée*	*Zone affectée*	*Minimum/maximum possibles (°C)*
− 43	4 mois	Latitudes moyennes	− 53 à − 23
− 23	9 mois	Tout l'hémisphère	− 33 à − 3
− 3	1 an	Tout l'hémisphère	− 13 à + 7

TEMPÉRATURES AU SOL DANS LES RÉGIONS CONTINENTALES DE L'HÉMISPHÈRE SUD*

Température prévue (°C)	*Durée*	*Zone affectée*	*Minimum/maximum possibles (°C)*
− 18	1 mois	Latitudes moyennes	− 33 à − 3
− 3	2 mois	Latitudes moyennes	− 23 à + 7
+ 7	10 mois	Latitudes moyennes	− 13 à 13

INTENSITÉ DE LA LUMIÈRE SOLAIRE DANS L'HÉMISPHÈRE NORD EXPRIMÉE EN POURCENTAGE DE LA VALEUR NORMALE

% de la valeur normale (prévu)	*Durée*	*Zones affectées*	*Minimum/maximum possibles (en %)*
0,01	1,5 mois	Latitudes moyennes	0,003 à 0,03
0,05	3 mois	Latitudes moyennes	0,01 à 0,15
0,25	5 mois	Tout l'hémisphère	0,1 à 0,7
0,50	8 mois	Tout l'hémisphère	0,3 à 1,0

INTENSITÉ DE LA LUMIÈRE SOLAIRE DANS L'HÉMISPHÈRE SUD EXPRIMÉE EN POURCENTAGE DE LA VALEUR NORMALE

% de la valeur normale (prévu)	*Durée*	*Zone affectée*	*Minimum/maximum possibles (en %)*
0,1	1 mois	Latitudes moyennes	0,03 à 0,3
0,5	2 mois	Zone intertropicale et latitudes moyennes	0,1 à 0,9
0,8		Tout l'hémisphère	0,3 à 1,0

* Régions côtières : climat moins froid mais tempêtes.

terrestres pourraient éventuellement être épargnées par le froid seraient le littoral et les îles, la proximité de la mer ayant une influence modératrice sur les températures. En revanche, les régions côtières seraient soumises à des orages d'une grande violence.

N'oublions pas que le froid ne serait que l'*une* des agressions subies par les plantes. L'absorption de la lumière solaire, cause de ce froid, conduirait aussi à une diminution ou à une interruption de la photosynthèse dont les conséquences innombrables se répercuteraient sur les chaînes alimentaires, notamment celles des humains. La productivité primaire diminuerait à peu près dans la même proportion que la lumière, même si la végétation ne souffrait d'aucune autre agression. Si la luminosité devenait inférieure ou égale à 5 % du niveau normal (ce qui serait certainement le cas pendant plusieurs mois aux latitudes moyennes de l'hémisphère Nord), la plupart des plantes ne pourraient plus maintenir leur croissance. Même si les températures restaient normales, la productivité des plantes cultivées et des écosystèmes naturels diminuerait donc considérablement à cause de l'absorption de la lumière solaire.

Les ultraviolets

Au fur et à mesure que s'atténueraient le froid et l'obscurité, les plantes seraient exposées à un autre danger important. Les boules de feu nucléaires auraient projeté dans la stratosphère de grandes quantités d'oxydes d'azote. Ceux-ci provoqueraient une réduction considérable (de l'ordre de 50 %) de l'écran d'ozone. L'ozone fait normalement barrière aux UV-B. Dans les premières semaines ou les premiers mois après la Guerre Nucléaire, la suie et les poussières empêcheraient les rayons UV-B d'atteindre la surface terrestre. Mais la raréfaction de l'ozone persisterait ; lorsque la suie et les poussières auraient disparu de l'atmosphère, les organismes vivants seraient donc exposés à des rayonnements UV-B dont l'intensité dépasserait très largement les seuils considérés comme dangereux pour les écosystèmes et le genre humain.

Face à une augmentation des UV-B, l'une des réactions des plantes consiste à réduire la photosynthèse. Les feuilles qui se développent dans une semi-obscurité sont d'ailleurs deux ou trois fois plus sensibles aux UV-B que celles qui ont poussé en pleine lumière. Les UV-B parachèveraient ainsi les détériorations précédemment causées par le manque de lumière. On sait que les UV-B, même à faible dose, détruisent les défenses immunitaires de l'*homo sapiens* et des autres mammifères. En conséquence, c'est l'un des principaux moyens de défense des mammifères qui serait mis hors d'état de fonctionner, au moment même où ceux-ci seraient exposés à d'importants rayonnements ionisants (autre facteur de destruction du système immunitaire), à des maladies, et à la foule d'agressions diverses que supposerait le monde de l'après-Guerre Nucléaire. On pense aussi qu'une exposition prolongée à un rayonnement UV-B d'une certaine importance peut conduire à la cécité.

Retombées radioactives

A cause de retombées radioactives, les écosystèmes de l'hémisphère Nord subiraient également des niveaux de rayonnement ionisant très supérieurs aux chiffres avancés dans le passé. Une estimation a été faite qui prévoit un rayonnement égal ou supérieur à 1 000 rems en moins de 48 heures dans une zone couvrant environ 500 millions d'hectares (dans la direction du vent). Un tel rayonnement serait mortel pour tous les humains irradiés, ainsi que pour de nombreuses espèces animales et végétales.

Sur près d'un tiers de la superficie émergée des latitudes moyennes de l'hémisphère Nord, une dose supérieure à 500 rems pourrait être reçue en une seule journée. Une telle dose provoquerait la mort d'une moitié des adultes *en bonne santé*. Or, du fait des diverses agressions, il y aurait peu d'adultes en bonne santé dans la zone concernée, de sorte que ce rayonnement risquerait d'achever des millions de survivants blessés, malades, affaiblis par le froid, la faim et la soif. Ceux qui ne mourraient pas resteraient malades pendant des semaines et prédisposés au cancer pendant le reste de leur vie. Au total plus d'un milliard de personnes seraient certainement touchées, et peut-être tous les habitants de l'hémisphère Nord.

Un rayonnement moins intense, mais néanmoins égal à plusieurs centaines de fois le fond naturel de rayonnement, affecterait au moins la moitié de l'hémisphère, prédisposant les survivants aux maladies, entraînant une multiplication des cancers et des mutations génétiques.

Les effets d'une radioactivité importante sur les écosystèmes sont plus difficiles à prévoir. Les organismes animaux et végétaux sont plus ou moins sensibles aux effets du rayonnement. Les conifères qui forment les grandes forêts des régions froides de l'hémisphère Nord comptent parmi les espèces les plus vulnérables à cet égard. Ils pourraient être tués dans un périmètre atteignant 2 % de la superficie émergée totale de l'hémisphère Nord et leur dessèchement créerait ensuite des conditions favorables au développement d'énormes incendies.

Les oiseaux et les mammifères sont également des groupes éminemment sensibles. Ainsi, associées aux autres agressions, les retombées radioactives pourraient contribuer à interrompre le fonctionnement normal des écosystèmes en de nombreuses régions. En outre, certains isotopes radioactifs pénétreraient dans les chaînes alimentaires, et s'y concentreraient, exposant peut-être les survivants à des risques supplémentaires.

Incendies, brouillards et synergismes

Il ne faut pas croire que cette énumération épuise la liste des répercussions que subiraient les écosystèmes. Naturellement, le souffle, les incendies et le rayonnement, après l'explosion de milliers d'armes nucléaires, détérioreraient ou détruiraient de nombreux écosystèmes. Les puits de pétrole, les réserves de charbon, les gisements houillers, les tourbières, etc., continueraient de brûler pendant des mois ou des années. Et puis, les incendies de rase campagne s'allumeraient sur peut-être 5 % de la superficie émergée de l'hémisphère Nord et dévasteraient directement les écosystèmes, surtout ceux qui ne sont pas adaptés à des incendies périodiques. Si par exemple des explosions aériennes multiples avaient lieu au-dessus de la Californie en fin d'été ou en début d'automne, une grande partie de cet Etat pourrait être détruite par le feu, ce qui provoquerait ensuite des inondations et une érosion absolument catastrophiques au moment de la saison pluvieuse. L'envasement, les effluents toxiques et les retombées entraînées par la pluie pourraient tuer une grande partie de la faune vivant en eau douce et dans les eaux littorales. Les survivants essayant de se procurer une nourriture en bord de mer trouveraient morts les mollusques qui recueillent par filtration les agents pathogènes (moules, par exemple) ; s'ils étaient vivants, ces coquillages concentreraient d'ailleurs une telle radioactivité que leur consommation serait mortelle.

On sait peu de chose sur l'ampleur que prendraient les tempêtes de feu car nous connaissons mal les conditions qui les créent, c'est-à-dire les combustibles et les conditions dans lesquelles ceux-ci s'enflamment. Dans certains cas, ces gigantesques conflagrations pourraient éventuellement élever la température du sol au point de détruire les graines en repos germinatif qui sont la « banque des semences » dont dépend toute possibilité de régénération de la flore. La tempête de feu relativement modeste qui détruisit Hambourg au cours de la Seconde Guerre mondiale a lancé dans le ciel des flammes d'environ 5 000 mètres, la fumée dépassant l'altitude de 12 000 mètres. La chaleur était telle qu'elle faisait fondre l'aluminium ; dans les abris souterrains, la température était si élevée que les produits inflammables et même les cadavres prenaient feu au moment de l'ouverture, quand l'oxygène y pénétrait. Cette tempête de feu s'était étendue sur près de 1 600 hectares ; chacune des nombreuses tempêtes de feu qui se produiraient au cours d'une Guerre Nucléaire serait au moins 100 fois plus considérable que l'incendie de Hambourg.

Les incendies et tempêtes de feu provoqueraient, sur tout l'hémisphère, un brouillard d'épaisseur variable, chargé de divers produits chimiques particulièrement toxiques, tels les chlorures de vinyle, dans les zones des villes incendiées. L'une des conséquences probables de la projection d'oxydes d'azote et de soufre dans l'atmosphère serait l'apparition de pluies acides localisées. Par ailleurs, la modification de la dynamique atmosphérique pourrait conduire à une extrême sécheresse en d'autres endroits. D'une manière générale, le fait de soumettre les écosystèmes à un ensemble de conditions associant, avec quelques variantes, le froid, l'obscurité, les incendies, les UV-B, la radioactivité, le brouillard, les pluies acides et la sécheresse est susceptible de déclencher l'apparition de maladies et d'insectes nuisibles dans des proportions inconnues jusque-là et dont les effets pourraient s'étendre dans le temps et l'espace bien au-delà des ravages directement causés par la guerre.

Certains effets cumulés sont faciles à prévoir. Par exemple, la disparition de la lumière solaire peut accentuer les conséquences de certains autres traumatismes subis par les plantes, car un apport supplémentaire d'énergie (donc de lumière) est indispensable aux plantes pour se défendre contre ces derniers et réparer les détériorations qui peuvent en résulter. Mais nous sommes très loin de pouvoir évaluer les synergismes qui se manifesteraient inévitablement dans les écosystèmes très modifiés d'un après-Guerre Nucléaire. Il semble cependant certain que ces effets cumulés seraient nombreux et qu'ils pourraient se révéler extrêmement destructeurs.

Le sort des vertébrés et des organismes du sol

A la suite d'un affrontement nucléaire, le désastre qui frapperait une grande partie, sinon la quasi-totalité, des plantes de l'hémisphère Nord s'accompagnerait d'un désastre au moins aussi important pour les espèces animales supérieures. Sauvages ou domestiques, carnivores ou herbivores, les animaux qui auraient réussi à survivre au froid mourraient de faim, ou de soif car les eaux seraient gelées. Si la guerre avait lieu en automne ou en hiver, beaucoup d'animaux en hibernation pourraient survivre dans les pays froids, mais se trouveraient ensuite confrontés aux conditions extrêmement difficiles d'un printemps et d'un été plongés dans le froid et l'obscurité.

Les charognards capables de résister à l'extrême rigueur du froid auraient des chances de prospérer dans l'après-guerre grâce aux milliards de cadavres sans sépulture. Du fait de leur taux de reproduction particulièrement rapide, les rongeurs, les cafards et les mouches pourraient rapidement devenir les espèces dominantes après la troisième guerre mondiale, dès que viendrait le dégel.

Les organismes qui vivent dans le sol ne dépendent pas directement de la photosynthèse et sont capables de rester au repos pendant longtemps. Ils seraient relativement peu touchés par le froid et l'obscurité. Ils ne seraient peut-être pas très sensibles aux effets atmosphériques. Mais, en de très nombreux endroits, la disparition de la végétation de surface permettrait au vent et à l'eau d'éroder fortement le sol et des écosystèmes entiers pourraient bien être détruits.

Effets sur l'agriculture

Les écosystèmes agricoles seraient sujets aux mêmes types d'effets que les écosystèmes naturels. Ils méritent cependant une attention particulière car les ressources alimentaires actuellement fournies par l'agriculture dépassent de très loin les possibilités des écosystèmes naturels.

Il y a peu de stocks de denrées alimentaires de première nécessité dans les centres urbains ; pour l'essentiel, la viande et les autres aliments proviennent d'une production récente. Seules les céréales sont stockées en quantités réellement importantes, mais généralement assez loin des villes. Après une Guerre Nucléaire, les réserves alimentaires de l'hémisphère Nord seraient donc détruites ou contaminées, trop éloignées ou rapidement épuisées. Ceux qui auraient survécu aux autres effets de la guerre mourraient rapidement de faim. Qui plus est, des pays qui dépendent aujourd'hui des importations de produits alimentaires, et qui ne seraient pas obligatoirement touchés par les explosions nucléaires, verraient leur approvisionnement en denrées alimentaires s'interrompre totalement du jour au lendemain. Ils en seraient réduits à recourir aux cultures locales et aux écosystèmes naturels. Dans bien des pays en voie de développement, cela signifierait probablement la famine pour une fraction importante de la population.

Le rétablissement de l'agriculture après la guerre serait certainement très difficile. La plupart des cultures dépendent au plus haut point des apports énergétiques et des engrais. En outre, une bonne récolte suppose un ensoleillement normal, une qualité d'eau correcte, la destruction des parasites et le maintien dans des limites tolérables des facteurs d'agression tels que la pollution de l'air et les rayons UV-B. Cela ne serait pas le cas immédiatement après la guerre.

Après le retour à des conditions plus ou moins « normales » (sauf pour certains sols irrémédiablement détruits), la reprise du travail agricole sur une échelle de quelque importance serait fonction des possibilités de réorganisation sociale (elles-mêmes conditionnées par différents facteurs, notamment les ressources énergétiques, l'état psychologique de la population...) ; tout dépendrait aussi de ce qui subsisterait de semences et d'animaux capables de se reproduire. Il est à noter que, pour les principales cultures d'Amérique du Nord, d'Europe et d'Union soviétique, la récolte et le stockage ne sont généralement pas assurés au niveau de fermes individuelles ; le nombre déjà limité de variétés génétiques se réduirait encore après les destructions de stocks de semences. Les variétés restantes seraient d'ailleurs assez mal adaptées à l'environnement post-nucléaire dans lequel elles seraient appelées à se développer.

Pendant les premiers temps, il se peut que le climat hostile et indécis persiste, rendant les récoltes incertaines, avec des échecs relativement fréquents. Toute modification climatique, si minime soit-elle, peut engendrer des répercussions importantes pour l'agriculture. Aux Etats-Unis, par exemple, il suffirait d'une chute de 3 °C de la moyenne saisonnière de juillet pour faire reculer la limite septentrionale de la zone de production céréalière de plusieurs degrés de latitude vers le sud, et la faire descendre jusqu'au sud de l'Iowa ou au centre de l'Illinois.

Enfin, il faut souligner que les écosystèmes agricoles dépendent obligatoirement des écosystèmes naturels dans lesquels ils sont insérés. Les changements subis par ces derniers, en particulier ceux qui affecteraient l'eau douce, la lutte antiparasitaire et la pollinisation, seraient de nature à freiner le rétablissement de l'agriculture.

Le sort des Tropiques

Jusqu'à présent, j'ai surtout traité de l'hémisphère Nord, lieu présumé de la Guerre Nucléaire. Mais que se passerait-il sous les Tropiques et dans l'hémisphère Sud ? La réponse dépend naturellement, dans une large mesure, du choix des cibles et du nombre de tempêtes de feu (car celles-ci pourraient projeter dans la stratosphère d'énormes quantités d'aérosols qui passeraient très rapidement de l'hémisphère Nord à l'hémisphère Sud).

Quel que soit le scénario considéré, il est plus que probable que le froid et l'obscurité atteindraient le tropique Nord, la propagation jusqu'au tropique Sud étant moins certaine mais cependant possible. Même si le froid et l'obscurité restaient confinés, pour l'essentiel, dans les régions tempérées de l'hémisphère Nord, il serait possible que des flux d'air froid pénètrent jusqu'aux Tropiques. Il est donc utile d'envisager les risques encourus dans l'éventualité de cette propagation du froid et de l'obscurité.

Les plantes des régions tropicales et subtropicales sont souvent privées du mécanisme de repos germinatif qui permet de supporter la saison froide. A ces latitudes, les dommages causés aux plantes par le froid prendraient des proportions importantes même si la température restait un peu supérieure à zéro. Par surcroît, il existe de vastes zones où la végétation tropicale est très proche du « point de compensation » photosynthétique (la quantité d'oxyde de carbone absorbée est à peine supérieure à la quantité rejetée). Si la luminosité diminuait, ces plantes commenceraient à dépérir même en l'absence de tout refroidissement. Si elle restait faible pendant longtemps, ou si la faible luminosité s'ajoutait à une température très basse, les forêts tropicales pourraient être détruites en grande partie, entraînant dans leur disparition certaines des ressources les plus précieuses de la Terre, notamment les réserves de diversité génétique de la majorité des espèces animales et végétales. Les animaux et les hommes qui vivent sous les Tropiques meurent plus facilement de froid que ceux des régions tempérées. En résumé, dans les zones tropicales affectées par des changements climatiques, les conséquences risqueraient d'être encore plus graves que dans les régions tempérées.

Par ailleurs, même si les phénomènes de froid et d'obscurité étaient épargnés aux pays tropicaux, des fractions importantes de leur population seraient obligées de quitter les villes pour tenter de cultiver les restes de forêts tropicales dont elles accéléreraient encore la destruction en les exploitant à outrance.

Le sort des systèmes aquatiques

Pour terminer, que deviendraient les parties immergées ? Les organismes aquatiques tendent à être protégés contre des fluctuations spectaculaires de la température grâce à la lenteur des modifications thermiques dans l'eau. En principe, les organismes aquatiques devraient donc être moins affectés que les organismes terrestres. Il n'en demeure pas moins qu'un grand nombre de cours d'eau douce et de lacs gèleraient sur une profondeur considérable (voire totalement). Après une Guerre Nucléaire qui aurait eu lieu au printemps, par exemple, il se formerait une couche de glace épaisse d'environ un mètre (au minimum) sur toutes les étendues d'eau douce, au moins dans la zone tempérée de l'hémisphère Nord. Dans un monde déjà très obscurci, cela aurait pour effet de réduire encore la luminosité dans les lacs, les rivières et les fleuves. L'oxygène serait épuisé et de nombreux organismes aquatiques périraient. La glace, en outre, empêcherait les hommes et les animaux terrestres d'avoir accès à des eaux de surface.

Dans les océans, l'obscurité ferait obstacle à la photosynthèse des petites algues qui forment la base de toute chaîne alimentaire de quelque importance. La reproduction de ces algues collectivement désignées par les termes de phytoplancton ou de plancton végétal serait ralentie ou arrêtée en de nombreux endroits ; le phytoplancton subsistant serait rapidement dévoré par la minuscule faune flottante (zooplancton ou plancton végétal) qui s'en nourrit. Dans la zone proche de la surface, la production du phytoplancton est déjà très affectée par le niveau actuel du rayonnement UV-B. Après une Guerre Nucléaire, une augmentation de ce rayonnement constituerait donc une agression supplémentaire. Dans l'hémisphère Nord, la rupture des chaînes alimentaires pourrait durer assez longtemps pour provoquer l'extinction de nombreuses espèces de poissons, surtout après une guerre déclenchée au printemps ou en été.

Bien entendu, outre la destruction de la vie marine, les eaux poissonneuses du littoral subiraient aussi de violentes tempêtes. Enfin, dans l'hypothèse où ils seraient au port au moment du déclenchement de la guerre, une grande part des bateaux de pêche qui exploitent actuellement les richesses de la mer seraient détruits, et leurs équipages tués. Les survivants qui voudraient pêcher auraient les pires difficultés pour trouver le combustible nécessaire, des ports, des installations de traitement. Au total, nous n'avons pas lieu de croire que les formes de vie marine qui représentent aujourd'hui une des grandes ressources alimentaires de l'Humanité resteraient accessibles aux survivants, tout au moins dans l'hémisphère Nord.

Le sort de la Terre

Parmi les hypothèses plausibles, on peut concevoir des scénarios de Guerre Nucléaire dont les effets atmosphériques se répandraient sur la quasi-totalité de la planète. Alors la survie de l'Humanité ne serait possible que dans les îles et le long des côtes de l'hémisphère Sud, et le mode de vie risquerait de tomber au niveau d'une civilisation préhistorique.

A la lecture du livre de Jonathan Schell, *Le sort de la Terre*, beaucoup d'entre nous furent très impressionnés par son approche du problème. Mais je pense que bien des biologistes ont trouvé, comme moi, que l'auteur allait trop loin en imaginant que notre espèce pût réellement disparaître de la planète. Cela ne semblait pas plausible dans l'état des connaissances de l'époque.

Par la suite, les biologistes furent obligés d'envisager l'éventualité que le froid et l'obscurité envahissent toute la planète, y compris l'hémisphère Sud. Ils continuèrent à considérer comme improbable qu'une mort immédiate pût en résulter pour tous les habitants de l'hémisphère Sud. Certes, il y aurait probablement des survivants éparpillés dans l'hémisphère Sud, dans les îles par exemple, et peut-être même quelques-uns dans l'hémisphère Nord.

Mais la question que nous devons nous poser concerne le sort à long terme de ces petits groupes ou de ces individus isolés. L'Homme est par excellence un animal social. Il dépend beaucoup des structures sociales qu'il crée. Or, les survivants seraient confrontés à un environnement fortement modifié, très étrange, et à certains égards beaucoup plus hostile que tout ce qui a existé sur Terre. Ils en seraient réduits à une sorte d'économie de chasse et de cueillette. Mais les hommes préhistoriques qui vivaient de la chasse et de la cueillette possédaient, par héritage culturel, une connaissance de leur environnement qui leur permettait d'y vivre en autarcie. Les survivants de l'holocauste seraient au contraire dépourvus de ce type d'habitudes culturelles et ils devraient soudain affronter un environnement entièrement nouveau, un climat rigoureux et une radioactivité importante. Si les groupes sont très restreints, la consanguinité risque de se développer. Naturellement, les structures économiques et sociales seraient entièrement brisées. L'état psychologique des survivants est difficile à imaginer. Tous les membres de notre groupe d'étude sont d'accord pour penser que, dans de telles conditions, on ne saurait exclure l'hypothèse que des survivants disséminés, incapables de recréer une population, ne s'éteignent progressivement en quelques siècles, voire en quelques décennies. En d'autres termes, nous ne pouvons écarter l'éventualité de la disparition de l'*homo sapiens* à la suite d'une Guerre Nucléaire.

Résumé

Je voudrais brièvement résumer ce que nous venons de dire. Dans l'hémisphère Nord, selon toute vraisemblance, une Guerre Nucléaire à grande échelle laisserait au mieux quelques survivants isolés. En outre, ces survivants seraient confrontés à un froid d'une extrême rigueur, au manque d'eau, à un brouillard épais... toutes choses auxquelles ils devraient faire face dans la pénombre ou l'obscurité, sans le secours de la moindre structure sociale organisée.

Les écosystèmes dont ils dépendraient alors subiraient des modifications que nous pouvons à peine prévoir. Le fonctionnement des écosystèmes serait très gravement altéré. On ne connaît pas suffisamment bien les mécanismes de ces systèmes compliqués pour savoir si la biosphère reviendrait à un état présentant quelque ressemblance avec ce qu'elle est aujourd'hui.

Dans l'hémisphère Nord, il est très peu probable que la civilisation puisse survivre. Au sud de l'équateur la tournure des événements dépendrait pour une large part de la propagation des effets atmosphériques. Mais il est de toute façon certain que les habitants de l'hémisphère Sud pâtiraient eux aussi d'une guerre dans le Nord.

Enfin, si les effets atmosphériques s'étendaient effectivement à toute la planète, la survie même de l'*homo sapiens* serait compromise.

QUESTIONS

OWEN CHAMBERLAIN (université de Berkeley, prix Nobel de physique en 1959) : Pourriez-vous reprendre certains points essentiels concernant la culture du blé ? A partir de quelle chute de température le blé meurt-il ? Je suppose que l'on peut facilement perdre toute la récolte annuelle du simple fait d'un ensoleillement insuffisant pour permettre la totalité du cycle du blé, mais vous avez donné des renseignements concernant la baisse de la température.

PAUL EHRLICH : Je me fondais sur le scénario d'une attaque antiforces de 3 000 mégatonnes, dont parle Carl Sagan ; il me semble qu'il était question d'une baisse de température d'environ 8 °C. Remarquez qu'il ne s'agit pas uniquement de la température que le blé mûrissant dans les champs peut supporter pendant une durée donnée. Par exemple, une diminution de la température moyenne écourte la période de croissance. C'est donc une question très compliquée, à laquelle même les spécialistes de l'écologie des végétaux ont du mal à répondre avec précision. Mais je crois pouvoir dire qu'une chute de température de cet ordre, à titre de moyenne pour une région donnée, est plus que suffisante pour anéantir la récolte de blé. D'autre part, les variétés que nous cultivons actuellement sont adaptées aux conditions précises dans lesquelles nous les faisons pousser. Donc, même s'il était théoriquement possible de cultiver du blé après une guerre nucléaire, les hommes n'auraient pas le temps de réinventer une agriculture, ni de sélectionner et planter des espèces adaptées aux nouvelles conditions.

ARTHUR KUNGLE (président du Library Tree Project) : En dehors du problème des graines, avez-vous envisagé les conséquences qu'auraient les modifications de la température, de la luminosité et de la radioactivité pour les organismes du sol, les mycorhizes ou pour les différentes catégories d'algues ?

PAUL EHRLICH : Permettez-moi de paraphraser la question : avons-nous envisagé ce qui adviendrait au système écologique extraordinairement compliqué qui existe dans le sol ? La réponse est oui.

Et nous avons acquis la certitude que les effets seraient très différenciés. Le sol n'est pas un simple mélange de roches pulvérisées, mais un système vivant qui contient, par exemple, des champignons microscopiques qui se fixent sur les racines des plantes et jouent un rôle essentiel dans l'assimilation des éléments nutritifs du sol par de nombreux arbres. Lorsque vous êtes dans une forêt, vous avez l'impression que les arbres constituent l'espèce dominante mais, en fait, ces mycorhizes, dont la mort entraînerait la disparition des arbres, sont très importants. Malheureusement, notre connaissance des écosystèmes du sol est encore très insuffisante. Leur chimie est très complexe, et leur biologie mal maîtrisée. Il y aurait donc incontestablement des problèmes mais personne ne saurait en prévoir exactement la nature. C'est une question très grave et l'un des domaines où nous risquons d'avoir sous-estimé les risques encourus.

WARD MOREHOUSE (président du Council on International and Public affairs) : Déjà aujourd'hui, sans guerre nucléaire, on entend dire que beaucoup de biologistes s'inquiètent de l'appauvrissement accéléré et apparemment irréversible du matériel génétique mondial. Quelles seraient les conséquences prévisibles d'une guerre nucléaire sur le stock génétique ?

PAUL EHRLICH : C'est une part importante de la diversité génétique des cultures qui disparaîtrait du fait de la destruction des stocks de graines, mais aussi par l'élimination de nombreuses espèces, surtout si les séquelles de la guerre s'étendaient jusqu'aux Tropiques. De nombreux spécialistes voient la guerre nucléaire comme un condensé de l'évolution dans laquelle l'Homme semble engagé : le résultat serait le même, mais en une heure et demie au lieu de 50 à 150 ans, une Guerre Nucléaire concentrant les destructions sur une période beaucoup plus courte.

GERALD O. BARNEY (président de Barney and Associates) : Si l'on veut amener le public en général, et aussi nos dirigeants, à comprendre la gravité de ces questions, il importe d'étudier les choses en laissant de côté l'hypothèse du pire. Or, je crois comprendre que votre analyse concerne essentiellement le cas de 10 000 mégatonnes.

PAUL EHRLICH : C'est inexact.

GERALD O. BARNEY : Pouvez-vous nous parler un peu des différences en fonction des cas, et nous dire dans quelle mesure vos conclusions varient d'un scénario à l'autre ?

PAUL EHRLICH : La conclusion fondamentale des biologistes est que les conséquences biologiques seraient désastreuses même dans l'hypothèse du scénario de 100 mégatonnes (attaque concentrée sur des villes) ou dans celle du scénario de 3 000 mégatonnes (attaque anti-forces). Dans ce dernier cas, la destruction de la culture du blé sur une grande partie de l'hémisphère Nord serait susceptible de provoquer un désastre sans précédent dans l'histoire de notre espèce, et cela même s'il n'y avait pas une seule personne directement tuée ou blessée. Certains chiffres, notamment les doses de rayonnement, sont empruntés au scénario de 10 000 mégatonnes car nous pensions devoir donner aux biologistes la possibilité d'étudier les conditions limites ; en outre, il faut que les responsables soient avertis des risques les plus graves qu'il est plausible d'envisager.

Mais ces résultats sont fiables pour toute une gamme de scénarios. Certes, les détails diffèrent. Mais, quel que soit le scénario choisi, une perturbation énorme serait imposée aux systèmes écologiques, au moins dans l'hémisphère Nord. Celle-ci produirait ensuite des répercussions catastrophiques pour les survivants. Les incertitudes majeures des biologistes ne concernent pas les latitudes moyennes de l'hémisphère Nord, mais les Tropiques : ils ne savent pas dans quelle mesure les répercussions s'étendraient jusqu'au tropique Nord, puis jusqu'au tropique Sud. Mais les conséquences alimentaires seraient épouvantables même si les effets atmosphériques ne se propageaient pas au-delà de l'équateur.

PETER SHARFMAN (Office of Technology Assessment, Congrès des Etats-Unis) : Admettons que votre découverte capitale soit de réfuter la conclusion du rapport de 1975 de l'Académie nationale des Sciences, qui prévoyait la survie de l'espèce humaine ; je crois tout de même que vous devriez davantage approfondir certaines différences, comme semble l'avoir fait l'équipe de Carl Sagan. Si l'on examine rapidement les courbes du rapport TTAPS, on constate que certaines d'entre elles ont un profil très pointu par rapport à d'autres. De toute évidence, il y a une grande différence pour l'agriculture entre les effets d'une guerre d'été, probablement le pire des cas, et ceux d'une guerre déclenchée après la récolte, et qui serait vraisemblablement le cas le plus favorable. Le fait de dire simplement que les conclusions sont fiables pour presque toutes les variantes ne constitue pas une conclusion ayant autant de poids qu'une étude précise des effets positifs ou négatifs d'un certain nombre de cas présentant manifestement des différences.

PAUL EHRLICH : Nous n'avons jamais prétendu qu'il était inutile d'approfondir cet aspect. Lorsque nous en saurons davantage, nous découvririons certainement des cas où les conséquences de l'explosion de 5 000 mégatonnes d'armes nucléaires seraient plus ou moins graves suivant l'époque de l'année. Par exemple, une guerre en hiver pourrait avoir des effets plus graves sur les régions tropicales, et les prolongements risqueraient de se révéler pires au printemps, où l'agriculture est particulièrement fragile. Il y a assurément des différences quant aux effets biologiques. Ce qui reste valable et fiable, c'est qu'il s'agit d'effets si horribles, si nombreux, si imbriqués — et qui s'aggravent cumulativement — qu'il est vraiment difficile d'imaginer qu'un seul des scénarios puisse aboutir à une situation dans laquelle les effets médiatisés par les systèmes écologiques seraient moins graves pour l'Homme que les effets directs.

Je ne veux absolument pas dire que tous les scénarios produiraient des conséquences identiques. Nous pourrions difficilement prétendre quelque chose de semblable car les physiciens eux-mêmes n'ont pas pu nous fournir de précisions. Même si nous possédions tous les renseignements, nous connaissons si peu le fonctionnement des systèmes écologiques qu'il nous serait impossible de prédire les détails de ce qui se passerait pour différents types de perturbations. Après tout, nous ne pouvons pas procéder à une expérimentation (et nous n'y tenons pas). Que ce soit sur la question des effets atmosphériques ou sur celle des effets écosystémiques, nous devrons nous contenter de généralités car nous ne disposerons pas de données précises dans les prochaines décennies, si tant est que nous puissions en posséder un jour.

JACK VALLENTYNE (Canada Center for Inland Waters, Burlington/Ontario) : Je voudrais faire une observation et poser une question. Vous avez fait ressortir un grand nombre de points qui m'ont paru terribles et je ne crois pas qu'ils soient exagérés. Par contre, vous avez souvent employé les verbes au futur, ce qui implique une certitude qui, en fait, n'existe pas.

PAUL EHRLICH : Mea culpa. J'espère bien que la Guerre Nucléaire n'est pas une certitude dont il convient de parler au futur. J'espère que ce type d'information conduira les Hommes du monde entier à se ressaisir pour régler leurs différends autrement qu'en faisant sauter la planète. Tout à fait d'accord avec vous. Je n'aurais pas dû employer le futur, mais le conditionnel.

JACK VALLENTYNE : J'en viens à ma question. Les raisons pour lesquelles l'environnement marin serait aussi gravement touché ne m'apparaissent pas comme une évidence immédiate. C'est un milieu où semblent s'accumuler beaucoup d'éléments nutritifs. En certains endroits (notamment le lac Erié et la mer du Nord), on voit par exemple le poisson reparaître en nombre dès que l'on arrête la pêche commerciale. Les prédateurs, c'est-à-dire les hommes, ne gêneraient plus beaucoup.

PAUL EHRLICH : Vous avez raison. La reprise serait probablement beaucoup plus rapide dans les milieux marins. Mais ceux-ci souffriraient beaucoup du manque de lumière qui tuerait le phytoplancton.

On peut présumer que le phytoplancton ne serait pas uniformément détruit sur toute la planète et qu'il se reconstituerait ; certains milieux réapparaîtraient. Les spécialistes de biologie marine qui ont participé à nos travaux pensent qu'un bon nombre d'espèces de poissons exploitables seraient perdues, ou tout au moins certains grands bancs. Les systèmes marins pourraient donc se rétablir plus vite, mais ils ne seraient pas préservés du simple fait de la régulation thermique assurée par l'eau.

INTERVENANT ANONYME : Je voudrais faire remarquer que, si nous ne parlons pas de politique, nous allons émettre beaucoup de vœux pieux. Et puis, il n'est pas juste de nous imposer votre vue politique du problème si nous n'abordons pas cet aspect. L'hypothèse de 100 mégatonnes implique une foule de questions.

PAUL EHRLICH : Nous ne parlerons pas de politique au cours de cette réunion. Mais chacun de nous a ses propres idées ; nous accepterons tous d'en parler dans un autre colloque. Ici, nous n'essayons pas d'imposer des vues politiques. L'attaque de 100 mégatonnes sur les villes n'était pas une prédiction. Le groupe TTAPS s'est contenté de faire ce que font toujours les scientifiques pour aborder un sujet complexe : prendre quelques exemples pour les étudier à fond. Il ne s'agit que d'exemples. Personne ici n'imagine qu'il y aura une guerre nucléaire au cours de laquelle 100 mégatonnes (1 000 bombes de 100 kilotonnes chacune) seront précisément réparties sur 1 000 villes, en suivant exactement le scénario. De même, comme Carl Sagan l'a déjà indiqué, personne ne pense que 3 000 mégatonnes exactement seront lancées sur des cibles stratégiques. Mais il faut bien un point de départ pour concevoir un modèle.

Le groupe TTAPS a fait un excellent travail en définissant un ensemble de modèles qui fournissent justement ce que les modèles sont censés fournir dans un travail scientifique : en l'occurrence, un moyen de réfléchir au niveau planétaire sur des questions compliquées avec un certain degré de simplification. Lors des précédents colloques, les physiciens et les climatologues ont examiné le rapport TTAPS et la sélection des modèles n'a fait l'objet d'aucune critique de fond, malgré le grand nombre de questions très précises sur d'autres points. Tous ceux qui ont participé aux réunions ont gardé le sentiment que le groupe TTAPS avait accompli un travail remarquable.

Le fait d'employer de tels modèles n'a rien à voir avec la politique. Tous les documents sont là, tout le monde peut comprendre les résultats et les hommes politiques peuvent s'en servir et en tirer leurs propres conclusions.

ROBERT EHRLICH (université George Mason, Virginie) : Je comprends que le froid et l'obscurité sont les causes principales des dommages biologiques. Mais au cours de votre exposé vous avez dit que chacun des autres effets pris individuellement (les retombées radioactives, la destruction de la couche d'ozone...) serait également catastrophique pour l'environnement. Est-ce exact ?

PAUL EHRLICH : Jusqu'à un certain point. Tout dépend de la nature de l'effet concerné et du lieu. Mais, dans l'ensemble, c'est bien exact.

ROBERT EHRLICH : Carl Sagan a mentionné, me semble-t-il, que l'effet sur la couche d'ozone était approximativement ce que décrivait le rapport de 1975 de l'Académie nationale des Sciences. Or, dans ce rapport, la diminution de la couche d'ozone est définie comme importante, mais en aucun cas catastrophique.

PAUL EHRLICH : Je ne veux pas chicaner sur les adjectifs *important* et *catastrophique*. Mais, à ma connaissance, aucun biologiste ne pense que l'on pourrait tranquillement exposer les écosystèmes naturels à ce genre de rayonnement UV-B sans craindre diverses sortes de modifications très sérieuses, dont certaines nous sont encore incompréhensibles. Nous avons là un exemple d'effet important qui pourrait se révéler catastrophique.

ED PASSERINI (Washington) : Vous présentez comme une bonne nouvelle le fait que certains feuillus pourraient éventuellement survivre. Mais ni Carl Sagan ni vous-même n'avez beaucoup parlé des pluies alors que vous avez décrit le froid, l'obscurité et les tempêtes en mer. Avec les températures et la quantité de poussières que nous envisageons, il semble logique de prévoir des pluies assez rapidement. En fait, lorsque l'eau des océans s'évaporerait, la pluie retomberait au-dessus de la mer, sans atteindre le continent, qui en reçoit normalement une grande partie ? Avez-vous étudié ce phénomène et quel en serait l'effet ?

PAUL EHRLICH : Nous sommes en train de le faire, et avons déjà eu des discussions concernant ce sujet. Il est évident que certains arbres pourraient perdre leurs feuilles et survivre grâce à leurs réserves. Mais ils souffriraient probablement de la sécheresse ou du froid. Si de nouvelles feuilles poussaient, elles seraient, selon toute vraisemblance, complètement atrophiées. On ne peut pas certifier que ces arbres survivraient longtemps. Leurs pousses nouvelles, tendres et délicates, sortiraient dans un environnement où existeraient de curieux herbivores. Les humains affamés dévoreraient toutes les pousses tendres, et les rongeurs s'orienteraient vers des végétaux qu'ils n'ont pas l'habitude de manger.

La végétation qui n'aurait pas été tuée par le froid, l'obscurité et le rayonnement devrait lutter dans une atmosphère enfumée, pleine d'agents phytotoxiques particulièrement nocifs pour les jeunes pousses. Savoir si les UV-B désorienteront les pollinisateurs à un point très gênant pour les écosystèmes est un problème dont il est difficile de se préoccuper, sachant que la plupart des plantes auraient été détruites. Il resterait vraiment fort peu de plantes et d'animaux susceptibles de souffrir de désorientation, de cécité, d'immunodépression, de brûlures et de tout ce que provoquent les UV-B.

INTERVENANT ANONYME : Vous risqueriez-vous à évaluer le temps qu'il faudrait, dans l'hypothèse où l'Homme survivrait, pour rétablir une civilisation comparable à celle d'il y a 5 000 ans, par exemple, et ensuite pour retrouver éventuellement une civilisation comparable à la nôtre ? Ce n'est qu'une simple conjecture, mais il me semble qu'il faudrait plusieurs centaines ou même plusieurs milliers d'années, et que le retour au niveau actuel serait de toute façon très incertain. En tout cas, il ne suffirait pas de quelques générations, ni même d'une dizaine de générations. Je suis très intéressé par votre opinion.

PAUL EHRLICH : Cela dépendrait beaucoup du scénario et de divers éléments que nous ne connaissons pas. A mon avis, ce qui est important pour la plupart des êtres humains, c'est que le monde dans lequel nous vivons aujourd'hui cesserait d'exister. Essayer de savoir ce qui le remplacerait et prévoir le cours de l'évolution sociale et biologique serait vraiment se livrer à un jeu de devinettes ; les perspectives dépendent surtout des connaissances et des techniques qui subsisteraient. Naturellement, si l'ensemble des connaissances, techniques et ressources accumulées par l'Humanité était perdu, elle serait ramenée des centaines de milliers d'années en arrière. A partir de là, on peut supposer qu'elle suivrait une voie entièrement différente — si son histoire devait continuer.

Néanmoins, si quelques centres culturels importants étaient préservés, et si certaines villes de l'hémisphère Sud continuaient à exister, la civilisation pourrait peut-être revenir beaucoup plus rapidement à son « niveau supérieur ».

Mais je crois surtout que nous sommes terriblement prétentieux et égocentriques en faisant cette hiérarchisation. J'ai vécu avec des Esquimaux et je pourrais me contenter de vous objecter que leur culture est supérieure à la nôtre à bien des égards.

INTERVENANT ANONYME : Je souhaite vous poser une question sur quelque chose qui peut être considéré comme secondaire dans vos modèles. Dans les années 1960 et 1970, la plupart des travaux qui s'intéressaient aux écosystèmes naturels n'envisageaient pas les tempêtes de feu ; ils les mentionnaient tout au plus comme une éventualité (soit par manque d'informations, soit par manque de compréhension du phénomène). Vous avez signalé que les travaux de votre équipe avaient plutôt minimisé ce problème. Je voudrais savoir si cette modération correspondait au même état d'esprit.

PAUL EHRLICH : Eh bien, je pense qu'il s'agit principalement d'un manque d'informations. C'est le problème de l'expérimentation. Les ouvrages spécialisés ne contiennent que des suppositions en ce qui concerne le combustible capable de déclencher les tempêtes de feu. Pour les feux en rase campagne, nous disposons de nombreux renseignements (degré de réchauffement du sol, etc.) ; il est bien connu que même les fourrés épais de ronces et d'épineux du Far West américain, qui sont propices aux incendies, peuvent parfois, lorsque le sol est humide, connaître des problèmes de perte d'azote, de destruction des graines, etc. Peut-être faudrait-il en fait chercher à savoir ce qui se passerait si de grandes étendues prenaient feu simultanément. Le résultat serait-il une tempête de feu ou un incendie qui avance en brûlant tout sur son passage ? Personne ne semble le savoir.

INTERVENANT ANONYME : Mais les meilleurs exemples de tempêtes de feu sont Hiroshima, Nagasaki et Dresde.

PAUL EHRLICH : Non. Les observateurs n'étaient pas sur place à Nagasaki ou Hiroshima. D'ailleurs, il y a une controverse au sujet de la nature de ces incendies. Les meilleurs exemples que nous possédions sont Dresde et Hambourg, où les quantités de combustibles étaient très importantes et les superficies relativement petites. Nous ne savons que très peu de chose par rapport à ce que nous aurions théoriquement pu apprendre par les événements de Nagasaki et Hiroshima. La question des séquelles médicales est constamment débattue par les spécialistes, de même que celle de l'incendie dont nous ne savons toujours pas s'il correspondait bien à une tempête de feu.

J. SALATUN (membre du Parlement indonésien) : Peu après que les bombes eurent été lâchées sur Nagasaki et Hiroshima, je me rappelle avoir lu des articles de journaux relatant les thèses des savants ; or, les hommes de science disaient que plus rien ne pousserait à Hiroshima ni à Nagasaki pendant 75 ans. Les faits ont prouvé qu'ils se trompaient car la récolte (melons, légumes et plantes diverses) a été bonne l'année suivante. Ma question est donc celle-ci : dans quelle mesure vos conclusions sont-elles exactes ?

PAUL EHRLICH : Je pense qu'elles sont extrêmement fiables. Il est possible que des savants aient fait ce genre d'affirmations, bien que je ne voie pas sur quoi ils auraient pu s'appuyer même en l'état de la science de l'époque, mais il y a toujours des hommes de science qui profèrent des absurdités isolément, un peu partout. Ici, en tout cas, nous présentons le consensus d'un très vaste groupe de savants. N'oubliez pas que la plus grande joie d'un chercheur est de pouvoir montrer les erreurs d'un autre chercheur. Je suis sûr du bien-fondé de nos conclusions. Nous sommes en train de présenter des résultats, et nous continuerons à le faire, dans un esprit scientifique extrêmement critique. Nous pourrions éventuellement être amenés à apporter des changements significatifs (encore que cela paraisse *hautement* improbable), mais c'est bien ainsi que la science progresse. D'ailleurs, le fait que des melons aient poussé à Nagasaki et Hiroshima un an après la bombe est sans rapport direct avec le type d'effets dont nous parlons.

THOMAS M. LEVENSON (reporter au *Discover*) : Existe-t-il quant au nombre des disparitions d'espèces un seuil à partir duquel les extinctions s'étendent de proche en proche tout au long de la chaîne alimentaire ?

PAUL EHRLICH : On peut penser qu'il existe des seuils pour certaines extinctions. Notre problème est que nous ne savons pas où les situer, ni comment les dénombrer. Les biologistes n'ont pas encore réussi à trancher définitivement la question du nombre d'espèces qui existent sur Terre : 3 à 5 millions ou 30 millions ? Notre ignorance est grande. Toutefois, ce que nous savons sur les systèmes écologiques nous permet de supposer qu'il existe des effets de seuil de cette nature ; nous en avons constaté dans de petits systèmes. Si l'on extermine certaines espèces que nous appelons les « espèces clefs », celles-ci entraînent immédiatement dans leur disparition d'autres espèces vivant dans le même secteur.

THOMAS C. HUTCHINSON (université de Toronto) : Quelle est l'importance des accumulations de poussières pour les zones de grandes prairies ?

PAUL EHRLICH : Dans l'hémisphère Nord, la quantité de poussières accumulées dépendrait notamment des vents. Les retombées de poussières seraient indéniablement énormes sur diverses régions et la poussière est biocide par elle-même, comme vous savez. Ce n'est que l'une des multiples agressions à prévoir contre les plantes et les insectes.

COMMISSION D'ÉTUDE DES CONSÉQUENCES ATMOSPHÉRIQUES ET CLIMATIQUES

Thomas F. Malone (président de la Commission d'étude des conséquences atmosphériques et climatiques) : Après les exposés introductifs de Carl Sagan et Paul Ehrlich, nous allons approfondir certains détails.

Etant donné les effets à peine concevables des engins nucléaires, il est bon de rappeler qu'au cours de la Seconde Guerre mondiale une arme conventionnelle puissante était un énorme bloc de dix tonnes. La bombe atomique lâchée sur Hiroshima multiplia par mille cette puissance explosive. L'invention de la bombe H multiplie encore par mille la puissance des premières bombes A. Nous parlons donc maintenant de bombes qui ont chacune un million de fois la puissance de celles qui furent utilisées pendant la Seconde Guerre mondiale... C'est pourquoi leurs conséquences seraient planétaires. Et la question est aujourd'hui celle de la survie de l'espèce humaine. On estime la durée de vie des espèces de la planète à 10 millions d'années. Il ne s'agit que d'un chiffre moyen et nous en sommes à la moitié. Reste à savoir si notre espèce est appelée à connaître les 5 autres millions d'années.

John P. Holdren (membre de la Commission) : Je ne parle pas ici en tant que membre de l'équipe dont certaines découvertes ont été exposées à cette Conférence, mais comme familier des questions d'armement nucléaire, de détermination des cibles et de calculs sur les retombées des explosions. Je voudrais aborder deux questions que vous vous êtes sans doute posées.

La première est de savoir si les scénarios présentés ici offrent une base crédible pour l'analyse des conséquences d'éventuelles guerres nucléaires, étant donné la taille des arsenaux existants et ce que nous pouvons imaginer de leur utilisation.

La seconde est de savoir si les diverses estimations avancées pour les doses de rayonnement radioactif provenant des retombées sont exactes et si elles correspondent à celles auxquelles avaient abouti d'autres spécialistes.

L'arsenal mondial d'armes nucléaires stratégiques opérationnelles en 1983 comprend 19 000 armes totalisant une puissance d'environ 10 000 mégatonnes (*Tableau 1*). Le mot « opérationnelles » indique le nombre d'armes placées dans des missiles ou transportées par des bombardiers et qui pourraient être lancées par les nations en conflit si elles utilisaient d'un seul coup tous leurs moyens de lancement. C'est-à-dire que nous ne prenons pas en considération le fait que les lance-missiles puissent être rechargés ni que les bombardiers puissent accomplir plusieurs vols chacun.

Les Etats-Unis possèdent 9 800 armes d'une puissance totale d'environ 4 000 mégatonnes, et l'Union soviétique environ 8 600 armes d'une puissance totale de 6 000 mégatonnes. Les chiffres pour l'Union soviétique comprennent les SS-4, SS-5 et SS-20, qui sont des missiles à moyenne portée visant l'Europe et l'Asie, parce que ces armes ont principalement des fonctions stratégiques. De même, les chiffres pour les Etats-Unis comprennent les FB-111, les bombardiers supersoniques à géométrie variable assignés aux forces nucléaires stratégiques des Etats-Unis.

TABLEAU 1

ARSENAL NUCLÉAIRE MONDIAL, 1983

Portée des armes		*Nombre de têtes nucléaires*	*Mégatonnes*
« Stratégiques » opérationnelles	USA	9 800	4 000
	URSS	8 600	6 000
	Autres	300	200
	Sous-total	≃ 19 000	≃ 10 000
« De théâtre » navales et de réserve	USA	16 000	2 000
	URSS	14 000 ?	3 000 ?
	Autres	600 ?	150 ?
	Sous-total	≃ 30 000	≃ 5 000
TOTAL		≃ 50 000	≃ 15 000

La France, la Grande-Bretagne et la Chine possèdent un arsenal plus réduit, mais, bien qu'il soit fort modeste par rapport à ceux des superpuissances, son nombre de mégatonnes n'en est pas moins formidable quand on se souvient que l'engagement d'une centaine de mégatonnes pourrait, sous certaines conditions, produire des conséquences atmosphériques et biologiques catastrophiques.

La seconde catégorie d'armes nucléaires comprend les armes « de théâtre », locales, de défense aérienne et de combat en mer ainsi que les armes de réserve que les deux parties n'ont pas encore placées sur un système de lancement. Cette catégorie comporte 16 000 bombes et têtes nucléaires aux Etats-Unis pour un total de 2 000 mégatonnes et environ 14 000 bombes et têtes nucléaires en Union soviétique pour une puissance totale qui pourrait avoisiner les 3 000 mégatonnes.

La France, la Grande-Bretagne et la Chine posséderaient 600 têtes nucléaires — soit 150 mégatonnes environ —, mais ces chiffres sont très incertains. On arrive à un total d'approximativement 30 000 têtes nucléaires et 5 000 mégatonnes de puissance pour les diverses armes non stratégiques.

Le monde recèlerait donc 50 000 bombes nucléaires et têtes nucléaires totalisant 15 000 mégatonnes.

On peut donc considérer que le scénario de base présenté à cette Conférence n'est pas exagéré. Le cas retenu dans le rapport TTAPS prend en compte 5 000 mégatonnes, le tiers de la puissance mondiale totale, et environ la moitié de la puissance mondiale stratégique. Il se situe dans la même fourchette que d'autres scénarios typiques étudiés et utilisés par d'autres groupes de recherche ces dernières années.

Par exemple, le scénario paru dans le numéro d'*Ambio* (revue internationale consacrée à l'environnement publiée par l'Académie royale suédoise des Sciences) intitulé « Les suites » — précurseur en quelque sorte du présent ouvrage — était de 5 700 mégatonnes. Un ensemble de scénarios récents étudiés par le Lawrence Livermore National Laboratory dans le même dessein donne un scénario de base de 5 300 mégatonnes.

On peut se demander si les cas plus importants qui ont également été envisagés — disons 10 000 mégatonnes — sont crédibles. C'est-à-dire si, dans la réalité, de telles puissances pourraient être atteintes. Hélas, la réponse est oui ! On peut imaginer une Guerre Nucléaire débutant avec l'échange d'armes de « frappe chirurgicale », passant à l'utilisation des armes de « théâtre » et finissant par l'explosion de l'arsenal stratégique, soit un engagement de plus de 10 000 mégatonnes.

Les projets actuels de « modernisation » de l'arsenal nucléaire stratégique augmenteront le nombre des armes, mais pourraient ne pas augmenter la puissance totale engagée. Ces vingt dernières années, le nombre total de mégatonnes a diminué alors que le nombre d'armes augmentait, parce que la diminution de la puissance moyenne des armes modernes dépassait l'augmentation de leur nombre· De toute façon, le déclenchement de multiples incendies produisant de la suie dépend davantage du nombre de têtes nucléaires explosant que de leur puissance totale.

Autre question importante soulevée par l'exposé de Carl Sagan : les doses d'irradiation des retombées radioactives.

Les humains peuvent absorber des rayonnements provenant à la fois de sources externes et internes. On calcule généralement la dose externe en ne comptant que la dose reçue sur le corps entier et due à des sources extérieures de rayons gamma. Les humains peuvent également absorber des rayonnements en ingérant de la nourriture et de l'eau contaminées.

Le *Tableau 2* montre quelques estimations de retombées radioactives tirées de l'étude TTAPS et les compare avec des chiffres émanant d'autres études.

Dans le scénario TTAPS de 5 000 mégatonnes, la dose moyenne extérieure de rayons gamma par individu est estimée à 20 rems dans l'hémisphère Nord, pendant la période intermédiaire.

Cette dose de la période intermédiaire ne comprend pas la dose à court terme provenant des retombées individuelles des milliers d'armes ayant explosé. Elle ne représente que la part des retombées de la phase *intermédiaire*, c'est-à-dire la phase s'étendant de quelques

TABLEAU 2

DOSES DE RAYONNEMENT DES RETOMBÉES DE LA PÉRIODE INTERMÉDIAIRE

Etude	*Zone et type de rayonnement*	*Doses par individu (rems)*
TTAPS 5 000 mégatonnes	Hémisphère Nord, moyenne, rayons gamma seuls	20
	Hémisphère Nord, latitudes moyennes, rayons gamma seuls	40 – 60
	Hémisphère Nord, latitudes moyennes, total	≃ 100
Knox, LLNL, 5 300 mégatonnes	Hémisphère Nord, latitudes moyennes, rayons gamma seuls	20
	Hémisphère Nord, points chauds, rayons gamma seuls	40 – 100
	Hémisphère Nord, latitudes moyennes, attaque des infrastructures nucléaires	+ 200 – 300
TTAPS 10 000 mégatonnes (cas cité par Ehrlich *et al.*)	Court terme, 30 % des zones terrestres des latitudes moyennes	> 500

jours à un mois environ après le conflit nucléaire. La plupart des calculs antérieurs étaient centrés soit sur les retombées à court terme (durant les quelques jours suivant l'explosion) soit sur les retombées à très long terme (plus d'un mois après le conflit) provenant de la stratosphère. Les retombées intermédiaires proviennent de matériaux radioactifs en particules projetés dans la couche supérieure de la troposphère et dans la couche inférieure de la stratosphère, qui retombent pendant la période intermédiaire.

L'estimation des doses (pour l'hémisphère Nord) a été faite à partir de cette catégorie intermédiaire négligée jusque-là, et qui augmente assez gravement la dose totale à laquelle seraient exposés les survivants.

Sous les latitudes moyennes de l'hémisphère Nord, les retombées *locales* de la période intermédiaire seront beaucoup plus fortes à cause de la concentration des explosions nucléaires dans la région. Le groupe TTAPS a estimé que la dose externe par individu serait de 40 à 60 rems sous ces latitudes. Et quand il compta l'ensemble, et pas seulement les doses gamma externes, mais également la possibilité de doses internes provenant de radioéléments ingérés avec la nourriture et la boisson, il obtint une dose totale de l'ordre de 100 rems pour les habitants des latitudes moyennes.

Nous pouvons comparer ces résultats à ceux d'une étude très récente menée au Lawrence Livermore National Laboratory (LLNL) par Joe Knox. La dose de rayons gamma pour les latitudes moyennes de l'hémisphère Nord était de 20 rems selon le scénario de 5 300 mégatonnes du LLNL ; elle est de 40 à 60 rems selon TTAPS.

La différence n'est pas si grande si l'on considère l'énorme variété des hypothèses de départ concernant la distribution des explosions. Ces hypothèses variées touchent le nombre d'explosions au sol, en basse altitude, en haute altitude, la taille des bombes, etc.

Je suis assez impressionné par le fait que ces deux études parviennent à des chiffres aussi proches. Le groupe Knox, en incluant dans ses calculs les points névralgiques de l'hémisphère Nord, arrive à un total de 40 à 100 rems. Lors de discussions privées, Knox et ses collègues du laboratoire de Livermore ont laissé entendre, qui plus est, que la part des doses *internes* pourrait être supérieure aux estimations de départ des groupes TTAPS et LLNL.

Enfin, je voudrais revenir au chiffre que Paul Ehrlich a cité et vous rappeler que les biologistes ont retenu la perspective d'un scénario de 10 000 mégatonnes. Leur estimation la plus élevée (500 rems sur environ 30 % des zones émergées de l'hémisphère Nord) résultait de la prise en compte des retombées à court terme des nuages d'explosions individuelles. Elles sont très importantes dans un scénario de 10 000 mégatonnes. Ces résultats sont tout à fait comparables, quant à la méthode et au contexte, aux autres dont nous avons parlé.

Résumons-nous : les estimations TTAPS et KNOX représentent des tentatives pour calculer non pas les retombées à court terme des nuages individuels des milliers d'armes utilisées, mais plutôt les retombées de la période intermédiaire, qui se produiront durant le mois qui suivra les explosions. C'est la catégorie de retombées qui a été la plus négligée lors de calculs antérieurs. Ces retombées de la période intermédiaire contribuent de façon non négligeable à la dose totale.

Knox et ses collègues ont calculé un chiffre tout à fait horrifiant que n'aborde pas l'étude TTAPS. Il s'agit de ce qui se passerait si les infrastructures nucléaires de l'hémisphère Nord — les réacteurs, les centrales nucléaires et les installations de traitement des déchets ainsi que les grands sites de stockage — étaient délibérément visées avec des armes de taille suffisante pour vaporiser ces réserves. Dans ce cas, on peut ajouter, sous les latitudes moyennes, une dose de rayons gamma de l'ordre de 200 à 300 rems, ce qui aboutit à un total assez stupéfiant.

Richard P. Turco (membre de la Commission) : Je voudrais parler de certains des aspects des incendies. Environ le tiers de l'énergie totale d'une explosion nucléaire à basse altitude provient de la boule de feu, semblable à une pulsation intense de « lumière atomique ». Sur le plan spectral, cette lumière est très comparable à celle du Soleil, si ce n'est qu'elle est très fortement concentrée. A une distance de dix kilomètres de l'explosion d'une mégatonne à basse altitude, par exemple, la boule de feu serait pendant une ou deux secondes 1 000 fois plus brillante que le Soleil, après quoi elle faiblirait rapidement. Mais ce bref moment suffirait pour que les vêtements, le papier et d'autres matériaux irradiés par la lumière de la bombe se mettent à fumer et s'enflamment. La peau exposée à cette lumière serait brûlée au troisième degré.

Les seules utilisations de bombes nucléaires en temps de guerre remontent à Hiroshima et Nagasaki en août 1945. Deux bombes relativement petites, d'une puissance de 10 à 20 kilotonnes, furent lancées et explosèrent à basse altitude au-dessus du centre des villes. Que pouvons-nous en apprendre quant aux incendies urbains d'origine nucléaire ? Tout d'abord, les zones brûlées furent très étendues : environ 13 kilomètres carrés à Hiroshima et 7 à Nagasaki. Dans le périmètre de l'incendie, la plupart des matériaux combustibles se consumèrent. Des nuages de fumée s'élevèrent et une pluie noire et grasse tomba. Selon un témoin d'Hiroshima, « la température chuta rapidement au cours de la forte pluie et les gens grelottaient en plein été ». Il y aurait donc eu dès le départ un puissant effet sur la lumière et la chaleur, la température s'abaissant fortement sous le panache de fumée des incendies.

Des photographies prises dans les deux villes montrent quelle zone immense peut être réduite en cendres et en ruines par une *petite* bombe atomique.

A Hiroshima et Nagasaki, toute une gamme d'effets nucléaires contribua à la gravité des incendies. La lumière de la bombe alluma de nombreux feux ardents ou couvant alimentés par une grande variété de matériaux sur une très vaste étendue. L'onde de choc éteignit certains de ces premiers feux, mais en alluma d'autres en dispersant les braises, en répandant les carburants et en causant des courts-circuits. L'origine des incendies qui accompagnent les tremblements de terre est très semblable à celle des feux secondaires dus à une explosion nucléaire. Le choc brise aussi les constructions, disperse les matériaux inflammables et empêche une lutte efficace contre le feu parce que les personnes sont blessées, les équipements endommagés, les points d'eau inutilisables et les rues bloquées. Il semble que la boule de feu nucléaire, en s'élevant, aspire derrière elle les premières fumées et les premiers feux, attisant de ce fait les flammes par le fort appel d'air qui s'établit ainsi.

Les conséquences des explosions nucléaires et les incendies observés au Japon renforcent nos idées sur les suites d'une attaque nucléaire massive. On peut raisonnablement extrapoler à partir d'Hiroshima et de Nagasaki pour imaginer les destructions que provoquerait une attaque sur une ville moderne beaucoup plus importante. Ce genre d'extrapolation est également justifié par des calculs théoriques détaillés — provenant de centres d'étude gouvernementaux — des effets d'une explosion nucléaire sur de grandes villes. Il faut remarquer que les tempêtes de feu qui ravagèrent Hambourg, Dresde et d'autres villes allemandes lors de la Seconde Guerre mondiale préfigurent la férocité des incendies d'origine nucléaire qui pourraient toucher les villes modernes. Cependant, les incendies prévisibles lors d'une Guerre Nucléaire seraient d'une envergure et d'une intensité jamais vues. En comparaison, ceux de la Seconde Guerre mondiale étaient des feux de paille.

L'incendie nucléaire urbain se déroule en cinq étapes. Dans la première, la lumière de la bombe vaporise et enflamme les matériaux combustibles sur une vaste zone. Dans la deuxième étape — celle du souffle — l'onde de choc de l'explosion se propage à travers la ville, abattant les immeubles, allumant des feux secondaires et rendant presque désespérées les conditions de lutte contre le feu. C'est aussi à ce moment que la boule de feu commence à s'élever dans les airs, créant un puissant courant de convection au-dessus des régions en flammes. La troisième étape intervient dans les suites de l'explosion. Dans les lieux dévastés, bon nombre des petits feux des premières minutes grandissent, produisant une fumée très dense. On peut s'interroger sur le déroulement de cette étape. Il est possible que, dans la plupart des cas, les incendies croissent en intensité et en étendue pendant une période de plusieurs jours. Ces feux destructeurs gagneraient probablement une grande partie de la ville.

C'est dans les agglomérations les plus densément construites que la quatrième phase, la « tempête de feu », serait le plus spectaculaire. A ce moment, des incendies isolés s'unissent en une seule masse de feu qui enveloppe tout le centre de la ville. Lors d'une tempête de feu, un rapide dégagement d'énergie thermique et un puissant mouvement ascendant de l'air au-dessus des flammes s'associent à des vents au niveau du sol qui convergent vers le centre avec la violence d'un ouragan. Les tempêtes de feu créent des cumulus, qui surmontent la zone d'incendie, et d'épaisses pluies noires. A la cinquième étape d'un incendie nucléaire, il ne reste plus qu'un champ de ruines, recouvert d'un suaire de fumée suffocante.

Ce ne sont là que quelques brefs aperçus des conséquences d'une attaque nucléaire. Bien qu'un gros travail ait déjà été accompli pour évaluer les conséquences d'un incendie nucléaire, par Paul Crutzen et John Birks et par le groupe TTAPS, il reste encore beaucoup à faire pour affiner notre analyse des faits prévisibles. Néanmoins, toutes les informations scientifiques évoquées aujourd'hui indiquent qu'une destruction immédiate défiant l'imagination ne serait, lors d'une attaque nucléaire, que le prélude à des conséquences à long terme encore plus catastrophiques pour les survivants.

PAUL J. CRUTZEN (membre de la Commission) : Au départ, John Birks et moi avons réexaminé le problème des perturbations occasionnées à la couche d'ozone. On savait, depuis l'étude de l'Académie nationale des Sciences de 1975, que l'ozone serait en partie détruit quand l'oxyde d'azote produit par les explosions nucléaires atteindrait la stratosphère. Mais depuis cette date nous avions commencé à comprendre que, bien que les oxydes d'azote détruisent l'ozone dans la stratosphère, ils ont l'effet opposé quand ils sont diffusés dans la troposphère, et produisent de l'ozone. Quand ces oxydes d'azote interviennent, l'oxydation du monoxyde de carbone avec deux molécules d'oxygène produit du CO_2 et donc de l'ozone.

Notre connaissance du phénomène avait donc beaucoup progressé depuis 1975. Avec ces données de base, nous avons établi de nouvelles estimations de la production d'ozone dans la troposphère par l'effet des aérosols.

Nous nous sommes également intéressés à l'absorption de la lumière du Soleil par le dioxyde d'azote. Nous avons trouvé des résultats intéressants. Cependant, alors que nous travaillions sur ce problème, nous avons soudain pensé que si des villes étaient visées, ce qui serait le cas selon le scénario de guerre nucléaire élaboré par *Ambio*, d'innombrables incendies seraient allumés. La fumée s'élèverait naturellement dans l'atmosphère. Nous nous mîmes alors à réfléchir à l'absorption de la lumière solaire par les particules de suie noire dans la fumée. En premier lieu, nous observâmes un phénomène que je connaissais assez bien : les feux de forêts. Avec certains de mes collègues, j'avais fait des recherches sur les conséquences atmosphériques des feux de forêts dans les régions tropicales du Brésil.

Nous avons évalué la quantité de suie qui serait produite lors d'une guerre nucléaire. A notre grande surprise, nous avons découvert que la fumée et la suie dégagées par les incendies intercepteraient une fraction non négligeable de la lumière solaire atteignant, en temps normal, la surface de la Terre.

Je vais vous donner certains des résultats d'une étude que j'ai réalisée avec Ian Galbally, du CSIRO, en Australie. Nous avons tenté d'évaluer la quantité de fumée que produiraient les incendies des villes et des complexes industriels. Bien que l'article Crutzen-Birks ait suggéré que ces incendies pourraient être d'une importance énorme, il ne comportait pas d'estimations chiffrées.

Pour cette nouvelle étude, Ian Galbally et moi nous sommes intéressés à la coagulation et aux propriétés optiques des particules d'aérosols. Les particules de matière que nous avons étudiées avaient une taille allant d'un dixième de micron à un micron de diamètre. La plupart des particules produites par les feux de forêts ont environ un dixième de micron de diamètre. Par la coagulation, elles augmentent de taille. Tant qu'elles n'ont pas plus d'un micron de diamètre, elles peuvent arrêter la lumière solaire ; les particules de cette taille sont celles qui restent le plus longtemps dans l'atmosphère. Pour calculer les propriétés optiques réelles des particules en fonction de leur taille (en fait le rapport entre la taille de la particule et la longueur d'onde), nous avons utilisé des paramètres mesurés d'efficacité d'absorption et de diffusion de la lumière. Nous avons également étudié la coagulation des particules, puisque l'efficacité d'absorption et de diffusion de la lumière par gramme de matière diminue quand ces particules se coagulent.

En évaluant la quantité de matériaux qui serait brûlée dans le cas de feux urbains, nous avons estimé qu'une chaleur de 20 calories par centimètre carré serait suffisante pour déclencher des incendies de grande envergure. Et c'est là un chiffre très modéré. Il coïncide avec le cas de Nagasaki, mais à Hiroshima la chaleur dégagée était de l'ordre de 7 calories seulement par centimètre carré, et elle suffit à déclencher d'énormes incendies.

Nos calculs, fondés sur le scénario *Ambio* d'une Guerre Nucléaire, montraient qu'environ 500 000 kilomètres carrés de villes brûleraient. Nous avons évalué la masse des matériaux combustibles dans les villes à environ 40 kilogrammes par mètre carré. Je pense qu'il s'agit là d'une sous-estimation assez flagrante parce que, dans la plupart des villes, du moins à l'Est des Etats-Unis et en Europe, les matériaux combustibles pourraient dépasser 200 kilogrammes au mètre carré.

Nous avons émis l'hypothèse que la moitié seulement de ces matériaux se consumerait parce que les ondes de choc éteindraient les incendies. Dans la mesure où les ondes de choc peuvent aussi provoquer des incendies, il y a là une marge d'incertitude, et cette incertitude nous a entraînés à ne retenir que les chiffres les plus bas. Même si l'on se montre très optimiste, les résultats sont si impressionnants qu'il n'y a aucune raison de prendre le risque d'une exagération, surtout lorsqu'on veut démontrer l'importance d'une telle étude. Nous n'avons pas voulu paraître pessimistes et notre analyse a néanmoins fait état d'une production de 300 à 400 millions de tonnes de fumée dont 30 % formés de carbone, qui a une forte capacité d'absorption de la lumière (voir *Tableau 3*).

Nos travaux indiquent que dans la zone située entre 30° et 60° de latitude Nord, où les incendies éclateraient au départ et qui couvre une surface totale de 6×10^{13} m^2, presque aucune lumière solaire ne parviendrait jusqu'au sol, où elle n'aurait qu'un millionnième de sa valeur normale.

La fumée serait transportée sur de grandes zones de la troposphère, et au bout d'un mois elle couvrirait l'essentiel de l'hémisphère Nord. Dans l'atmosphère, les particules peuvent subsister de 10 à 30 jours, et plus longtemps encore dans la stratosphère, ce qui affecte à différents degrés la transmission de la lumière solaire à la surface de la Terre.

Nos calculs montrent qu'après un mois, en tenant compte d'une longévité de 30 jours des particules en suspension dans l'atmosphère et de l'effet de coagulation, 10 % seulement de la lumière du Soleil

TABLEAU 3

CAUSES POTENTIELLES D'OBSCURITÉ POUR UNE SUPERFICIE DE 6×10^{13} m²*

Catégorie	*Combustibles brûlés (g)*	*Aérosols produits (g)*	*Carbone produit (g)*	d_s d_a d_{ext}
Villes/industries, forêts	$1,0 \times 10^{16}$	$1,0 \times 10^{14}$	$2,0 \times 10^{13}$	6,6 2,0 8,6
Pétrole, asphalte, polymères	$1,5 \times 10^{15}$	$0,8 \times 10^{14}$	$5,6 \times 10^{13}$	5,4 5,6 11,0
Incendies de forêts (10^6 km²)	$4,0 \times 10^{15}$	$1,6 \times 10^{14}$	$1,3 \times 10^{13}$	10,7 1,3 12,0
TOTAL	$1,5 \times 10^{16}$	$3,4 \times 10^{14}$	$8,9 \times 10^{13}$	22,7 8,9 31,6

* Compilation des densités optiques sur 60 % de la zone de latitude allant de 30° à 60° de latitude Nord, immédiatement après une guerre nucléaire, selon le scénario *Ambio*. Les quantités d_s, d_a, d_{ext} sont des estimations de densités optiques moyennes respectivement pour la diffusion, l'absorption et l'extinction totale, calculées dans des conditions d'ensoleillement maximal.

parviendrait jusqu'au sol. Si les particules restent moins longtemps dans l'atmosphère, davantage de lumière réussira naturellement à traverser le nuage. Mais même dans ce cas il y aurait une diminution de 10 à 20 % de la lumière solaire.

Si, au contraire, les particules subsistaient plus longtemps dans l'atmosphère, la situation serait pire encore.

GEORGI S. GOLITSYNE (membre de la Commission) : Nous avons élaboré un modèle très simple de bilan énergétique qui évalue le rayonnement dans les hautes couches de l'atmosphère et à la surface du sol. Notre modèle est arrivé à des résultats tout à fait semblables à ceux du modèle TTAPS.

J'aimerais m'étendre un peu sur les ressemblances entre les tempêtes de poussière de Mars et les conséquences d'un conflit nucléaire mondial.

Pendant de nombreuses années, j'ai étudié les planètes et participé aux programmes spatiaux consacrés à Mars et Vénus en Union soviétique. J'ai passé environ un an et demi à étudier les tempêtes de poussière.

Les tempêtes de poussière sur Mars débutent dans une zone assez étroite de latitude tempérée ceinturant la planète dans son hémisphère Sud. En une quinzaine de jours, la tempête s'étend à toute la planète, principalement sous l'effet d'une forte rétroaction non linéaire. La lumière du Soleil est absorbée par le nuage de poussière, dans lequel l'atmosphère se réchauffe, alors que les régions adjacentes, où l'atmosphère est dégagée, restent fraîches. Il en résulte une circulation locale d'ampleur moyenne, qui étend très rapidement le nuage à tout le globe.

Le membre de la Commission qui interviendra après moi vous montrera comment cela se déroule dans les modèles de circulation générale. Mais les modèles devraient être vérifiés et je pense que l'exemple de Mars est un très bon point de référence pour nos prévisions.

Après une première étude des résultats de Mars, nous nous sommes posé une question : Que veulent dire ces résultats pour l'Humanité ? Nous savons maintenant qu'ils nous rendent un service fondamental : ils sont liés à notre survie car ils nous montrent ce qui pourrait arriver.

Pendant une tempête de poussière, la température chute considérablement et cela a été vérifié par les vaisseaux Viking qui se sont posés sur Mars pendant de nombreuses années. Avec les tempêtes de poussière, la température chute de 10° à 15 °C. Notre modèle simple le montre très clairement.

Avec les tempêtes de poussière, le gradient vertical de la température de l'atmosphère de Mars devient très stable. L'atmosphère devient presque isotherme, et cela a une profonde influence sur la structure de la circulation générale. Tandis que la stabilité statique augmente, ce qu'on appelle l'instabilité baroclinique de l'atmosphère, qui est à l'origine des cyclones, est atténuée. Dans l'atmosphère limpide de Mars, les cyclones sont très réguliers, beaucoup plus que sur la Terre. Mais, selon nos observations, quand arrive la poussière, les cyclones cessent d'exister. On peut donc s'attendre à la même chose sur Terre ; les nuages de fumée et de poussière recouvriraient notre planète.

Comme Carl Sagan l'a dit précédemment, j'ai quelque idée de la façon dont un tel nuage pourrait influencer considérablement le cycle de l'eau. Ce cycle est très important — et pas seulement pour les êtres humains — parce qu'il renouvelle continuellement les réserves d'eau de la Terre. Et c'est principalement grâce aux précipitations que l'atmosphère est nettoyée de la poussière, de la suie et des autres aérosols.

Si un nuage nucléaire de fumée et de poussière devait apparaître, qu'arriverait-il au cycle de l'eau ? Il y aurait une stabilité statique beaucoup plus forte — un gradient presque isotherme — et même des inversions. Le taux d'échange de l'eau entre le sol et l'atmosphère grâce à la chaleur pourrait alors se trouver gravement perturbé. C'est là une évidence, parce que la micrométéorologie de la couche limite est très bien connue.

Alors que j'étudiais les tempêtes de poussière il y a dix ou douze ans, j'ai observé un autre phénomène qui me parut intéressant. Quand l'atmosphère est chargée de particules lourdes, comme de la poussière, elle acquiert une stabilité supplémentaire parce que la poussière est suspendue dans l'atmosphère par la turbulence. De cette façon, la stabilité de l'atmosphère est augmentée, ce qui réduit fortement l'échange de chaleur et d'eau avec le sol.

Pour cette simple raison, il y a moins d'humidité absolue, c'est-à-dire moins de vapeur d'eau dans l'atmosphère. L'atmosphère est réchauffée, comme Carl Sagan l'a démontré, et comme le montrent également nos modèles. L'humidité relative de l'atmosphère diminue considérablement, et les conditions nécessaires à la condensation de gouttelettes d'eau sont pratiquement inexistantes.

Les conditions de condensation seraient encore moins favorables dans une atmosphère lourdement chargée de particules d'aérosols. La concurrence entre les centres de condensation, si les deux premiers effets opéraient réellement, empêcherait les gouttelettes d'eau d'atteindre la taille de gouttes de pluie.

Une autre conséquence climatique éventuelle est liée à la différence de température entre les océans et les continents. Les océans ne se refroidiraient pas autant que les continents. Ce phénomène pourrait bien aboutir à une circulation de type mousson — la mousson d'hiver.

Je suis d'accord avec ceux qui ont signalé que nous avons toutes les raisons de craindre nombre de conséquences funestes que nous ne sommes pas encore parvenus à imaginer.

STEPHEN H. SCHNEIDER (membre de la Commission) : Je voudrais vous parler de la « fiabilité ». C'est un mot que vous avez déjà maintes fois entendu dans cette Conférence. Il fait référence au fait que les calculs résistent à toute critique. Paul Crutzen, Carl Sagan et d'autres vous ont dit que les très grandes incertitudes concernant chaque élément de l'étude aboutissent à des désaccords de détail, mais que tout le monde s'accorde sur les principes généraux. « Comment cela se peut-il ? » ai-je entendu murmurer parmi vous. Je vais donc répondre à cette question.

Je vais également vous présenter les hypothèses de base qui sous-tendent le calcul en trois dimensions que nous avons élaboré. Nous sommes partis de notre modèle général de circulation et nous y avons rajouté des aérosols de fumée. Pour ce faire, nous avions besoin de connaître la masse de fumée. Nous avons utilisé le chiffre de 200 millions de tonnes réparties uniformément entre 30° et 70° de latitude Nord. Ce chiffre se fonde sur le cas de référence de la récente étude de l'Académie nationale des Sciences, menée par George Carrier.

La densité optique est une quantité déterminée par la quantité de matière en particules contenue dans l'atmosphère qui interromprait un rayon venant à la verticale. Notre densité optique d'absorption de 3 fut appliquée à une bande située entre 30° et 70° de latitude dans l'hémisphère Nord. Si le nuage de fumée devait s'étendre à tout l'hémisphère, la densité optique serait d'environ 1,5. Et si certains processus, dont je parlerai plus tard, devaient répandre la fumée sur le globe entier sans déperdition, la densité optique serait d'environ 0,7.

On pourrait me dire : « Eh bien ! Qu'est-ce qui est fiable ? La densité optique semble diminuer très vite. » Mais considérons maintenant ce qu'on appelle la transmission, c'est-à-dire la quantité de lumière qui traverserait. Dans la mesure où les rayons du Soleil sont inclinés, l'angle caractéristique d'un rayon solaire allonge son trajet, le multipliant par 2. Donc, pour une densité optique d'absorption de 3 entre 30° et 70° de latitude Nord, environ 0,2 % de la lumière solaire traverserait le nuage de fumée sous ces latitudes moyennes, ce qui amènerait presque certainement aux résultats décrits d'obscurité et de froid. Si nous considérons l'hémisphère Nord, environ 5 % de la lumière solaire passerait, 95 % étant absorbés par le nuage de fumée. Cela rejoint d'assez près le scénario de référence du TTAPS.

Au niveau du globe entier, 200 millions de tonnes de fumée impliquent que la transmission de lumière serait d'environ 25 %, ce qui voudrait dire que 75 % de la lumière du Soleil serait absorbée avant d'atteindre le sol. Et nous serions confrontés à de graves perturbations climatiques.

Les résultats semblent fiables parce que le chiffre de 200 millions de tonnes utilisé pour évaluer la quantité totale de fumée est loin de refléter le cas le plus grave. On pourrait avoir une quantité beaucoup plus importante de fumée et de poussière. Certains disent cependant que des processus d'élimination des aérosols et d'autres phénomènes pourraient faire baisser ces chiffres. A cause de la nature exponentielle de la densité optique, il est cependant très probable que l'essentiel de la lumière solaire serait absorbée avant d'atteindre le sol pendant les quelques semaines qui suivraient le début des incendies, au moins sur de vastes régions de l'hémisphère Nord.

Que veulent dire les densités optiques d'absorption dans les calculs d'un modèle climatique ? Il faut distinguer entre les modèles climatiques à une, deux et trois dimensions. Les modèles unidimensionnels du rapport TTAPS considèrent que l'atmosphère est passive, qu'elle est là, immobile, transmettant les rayonnements d'énergie vers le bas ou vers le haut. On y introduit de la fumée ou de la poussière, et ensuite on calcule les températures sur la base d'échanges de rayonnements d'énergie. Mais en réalité la fumée et la poussière diffuseraient et absorberaient l'énergie solaire, ce qui modifierait les températures atmosphériques, modification qui perturberait les mouvements de l'atmosphère et finirait par transporter la fumée ailleurs. Cela peut aussi bien augmenter ou réduire les effets climatiques locaux, c'est-à-dire rétroagir négativement ou positivement sur les résultats du modèle climatique. Notre modèle à trois dimensions nous permet maintenant de rendre compte de la moitié peut-être du phénomène. Nous pouvons observer comment les mouvements sont perturbés, et de quelle façon cela influence les températures et les possibilités de diffusion de la fumée en dehors de la zone de guerre. Malheureusement, personne n'a encore été capable de faire évoluer la fumée, dans le modèle, comme elle évoluerait en réalité. Je vais maintenant vous communiquer les résultats de certains modèles qui permettent des spéculations quantitatives sur les effets à attendre.

En travaillant sur un modèle tridimensionnel, mes collègues Curt Covey, Startley Thompson et moi-même avons tout d'abord étudié le cas de 200 millions de tonnes de fumée uniformément réparties entre 30° et 70° de latitude dans l'hémisphère Nord, au mois de juillet. Nous avons découvert qu'il y aurait d'importantes perturbations de la température de l'atmosphère avec des températures très élevées dans les couches supérieures du nuage de fumée, et un refroidissement important sous le nuage, près de la surface de la Terre, au-dessus des continents. Dans le nuage, la température s'élèverait d'environ 80° C, et l'air en dessous du nuage serait refroidi. Les températures les plus élevées des couches supérieures de l'atmosphère seraient dans ce cas d'environ 300 K (27 °C) et elles se situeraient entre 50° et 70° de latitude Nord et à environ 8 000 mètres d'altitude. En cela, nous sommes à nouveau d'accord avec les résultats du rapport TTAPS, bien que les chiffres soient différents parce que les nôtres sont tirés d'un modèle saisonnier tridimensionnel qui inclut les effets des vents alors que le rapport TTAPS s'appuie sur un modèle unidimensionnel fondé sur une moyenne annuelle et sans intervention des effets provoqués par les vents.

Considérons maintenant les températures de surface, toujours pour le cas du mois de juillet. Il y a trois illustrations *(Fig. 1)*. La première (T = 0) est la figure de référence, représentant la température

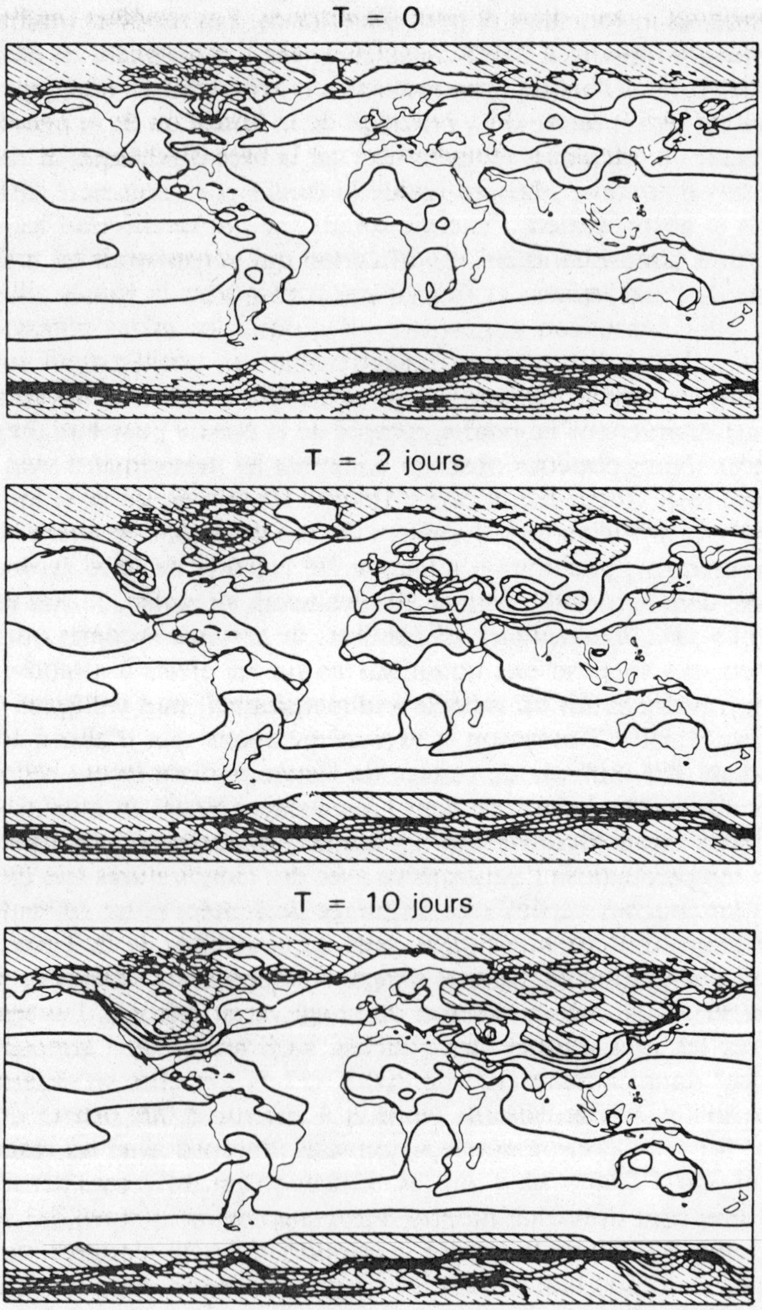

Figure 1. *Températures de surface du modèle NCAR (simulation de juillet avec perturbation par la fumée) à trois moments sélectionnés : T = 0, moment précédant immédiatement l'introduction de fumée dans l'atmosphère. Les lignes isothermes sont tracées tous les dix degrés Kelvin. Les températures inférieures à 270 K (c'est-à-dire en dessous du gel) sont grisées. La*

normale d'un jour de juillet. Toutes les zones grisées ont une température inférieure à 270 K, ce qui représente – 3 °C.

La deuxième illustration montre ce qui arrive deux jours après l'injection d'un nuage de fumée entre 30° et 70° de latitude Nord. Il y a des températures inférieures à 0 °C dans le Nord-Ouest des Etats-Unis et des zones de froid semblables en Europe centrale, sur le plateau tibétain et sur certaines régions de l'URSS. Que s'est-il passé ? La lumière solaire a été en grande partie arrêtée et les températures de juillet ont chuté en dessous de 0 °C en deux jours seulement. Ces résultats nous ont tout d'abord surpris jusqu'à ce que nous nous souvenions que la différence de température entre la nuit et le jour est de l'ordre de 5 à 20 °C. Deux jours sans presque aucune lumière atteignant la surface de la Terre équivalant à quatre nuits consécutives ; il n'est donc peut-être pas si surprenant que les températures chutent aussi rapidement.

La troisième illustration représente la situation dix jours après que la fumée a été introduite dans notre atmosphère. A ce moment, le refroidissement s'est étendu et les températures sont tombées bien en dessous de 0 °C sur une grande partie de l'Amérique du Nord et de l'Eurasie. L'Europe est moins froide qu'au deuxième jour en partie parce que la perturbation a amené de forts vents côtiers qui ont réduit l'effet de refroidissement. En moyenne, les températures au sol chutent de 20 °C en juillet et peut-être de moitié moins en avril.

Nous avons également utilisé ce modèle pour étudier la circulation des vents. Considérons, par exemple, le mois d'avril (*voir Fig. 2*). Dans les conditions normales, l'air s'élève autour de l'équateur et des Tropiques pour s'infléchir ensuite et plonger dans les régions subtropicales des deux hémisphères. C'est le cours normal, et on l'appelle la circulation tropicale de Hadley. Mais 16 à 20 jours après l'apparition de la fumée, la structure des vents sera bien différente. Wladimir Alexandrov vous montrera plus tard une simulation soviétique qui est assez semblable à la nôtre.

Au lieu de la circulation normale de Hadley, la structure des vents perturbés de juillet ou d'avril ressemble à celle d'une autre planète. A cause des changements dans la circulation atmosphérique, la fumée serait soulevée des latitudes moyennes et transportée vers l'hémisphère Sud. Cela fournit certainement un argument quantitatif à l'appui de l'hypothèse selon laquelle la fumée ou la poussière seraient projetées

---

valeur maximale sous les Tropiques est de 300 K (27 °C). (Sources : C. Covey, S.H. Schneider et S.L. Thompson, « Global Atmospheric Effects of Massive Smoke Injections from a Nuclear War : Results from General Circulation Model Simulations », Nature, *vol. 308, pp. 21-25, mars 1984.)*

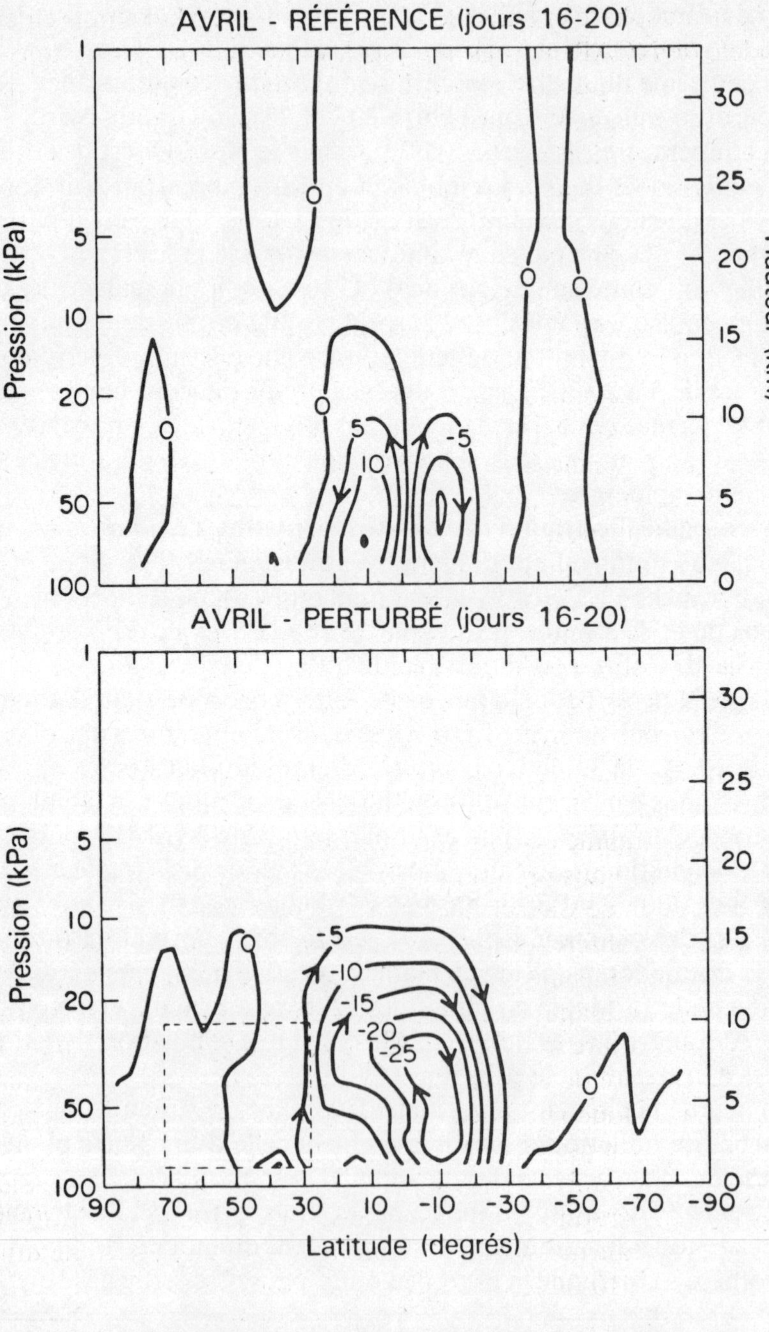

Figure 2. *Circulation atmosphérique dans le modèle NCAR pour la simulation d'avril. Les flèches indiquent la direction des mouvements. La période choisie va du jour 16 au jour 20. La zone d'où seraient émises les fumées est indiquée par le carré en pointillé. Sont représentés ici le cas de référence (simulation sans fumée) et le cas perturbé (avec fumée). La circula-*

dans la stratosphère et traverseraient l'équateur. Malheureusement, le modèle de NCAR ne présente pas les interactions de la fumée et des vents. Il est donc difficile de dire si le nuage s'étendrait plus rapidement ou plus lentement que nos cartes de vents perturbés ne le suggèrent. La résolution de notre modèle est également trop grossière pour permettre une simulation réaliste d'effets de mélange à échelle moyenne, qui pourraient soit éliminer la fumée, soit la répandre, à un rythme différent de celui que nous attendons.

Nos études montrent également que les changements dans la circulation varient considérablement avec les saisons. Ils sont beaucoup plus prononcés en juillet qu'en janvier, mais nous pensons qu'une partie de la fumée pourrait être transportée hors des latitudes moyennes de l'hémisphère Nord en toutes saisons. Il est nécessaire d'étudier les résultats de modèles tridimensionnels qui tiennent compte des interactions des rayonnements, de l'élimination de la poussière et des processus de transport, pour parvenir à des conclusions plausibles. Cependant, tout ce que nous avons vu jusqu'à présent indique que, bien que les détails des diverses études atmosphériques portant sur les conséquences d'une guerre nucléaire varient, la gravité fondamentale de la situation reste constante.

Wladimir Alexandrov (membre de la Commission) : Je voudrais vous montrer certains des résultats que nous avons obtenus en utilisant un modèle climatique hydrodynamique tridimensionnel au Centre Informatique de l'Académie des Sciences de l'URSS. Nous avons utilisé un programme climatique créé il y a quelques années. Les travaux que je vais vous présenter m'ont été inspirés par ma participation à la réunion de Cambridge en avril 1983, réunion tenue sous les auspices de la Conférence sur le Monde après une Guerre Nucléaire.

En utilisant le scénario TTAPS, nous avons simulé une diffusion uniforme des polluants (suie et poussière) sur l'hémisphère Nord à l'heure 0, c'est-à-dire immédiatement après une Guerre Nucléaire. La suie et la poussière de l'atmosphère absorbent de l'énergie ; le nuage polluant serait donc réchauffé. Mais en dessous, près de la surface de la Terre, il y aurait une chute de température.

Quarante jours après l'apparition du nuage de suie et de poussière (*Fig. 3*), la température de l'hémisphère Nord aurait chuté de 20 °C, et au bout de huit mois, 243 jours après le jour 0, la température serait encore de 10 °C en dessous de la normale.

---

tion normale est radicalement modifiée dans le deuxième cas. (Sources : S.L. Thompson, W.V. Alexandrov, G.L. Stenchikov, S.H. Schneider, C. Covey et R.M. Chervine, « Global Climatic Consequences of Nuclear War : Simulations with Three-Dimensional Models », sous presse, Ambio.*)*

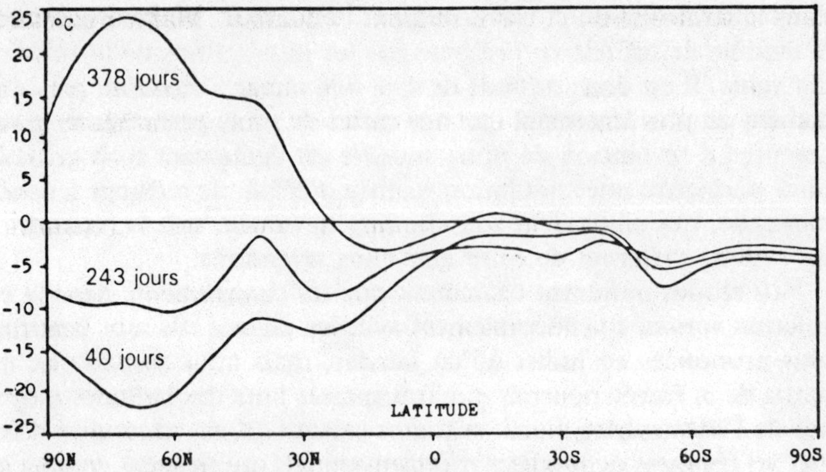

Figure 3. *Changement des températures de l'air en surface (°C) du pôle Nord au pôle Sud, aux jours 40, 243 et 378 après le début d'une Guerre Nucléaire.*

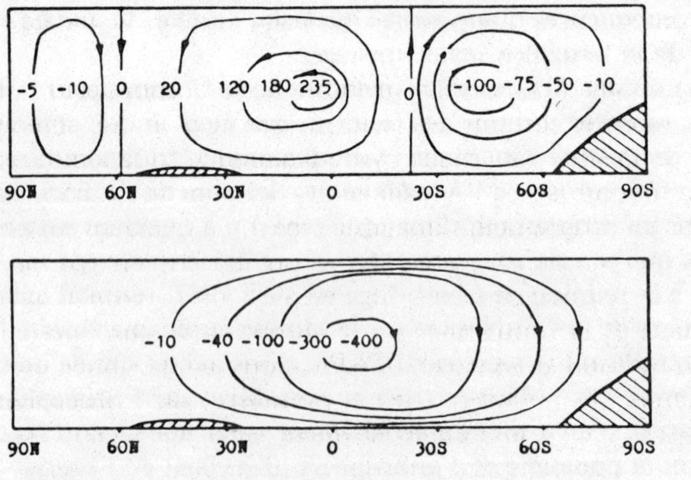

Figure 4. *La circulation atmosphérique pour le jour 0 a) et le jour 297 b).*

Le taux de diminution de la température en fonction de l'altitude, ou gradient vertical de la température de l'air, montre comment la température de l'atmosphère évolue avec l'altitude. Notre modèle démontre qu'à la suite d'une Guerre Nucléaire il y aurait des écarts importants par rapport au gradient normal. La circulation générale serait modifiée, le mouvement vertical de l'atmosphère étant en grande partie supprimé. Le cycle des eaux serait bloqué, ce qui empêcherait l'élimination naturelle de la poussière et de la suie de l'atmosphère par les précipitations.

Nous avons également étudié les courants. Stephen Schneider a montré les résultats analogues de son étude. Nous avons trouvé que les schémas généraux de circulation de l'atmosphère seraient profondément bouleversés : même 297 jours après l'injection de la suie et de la poussière (*Fig. 4b*), les schémas de circulation naturels auraient changé au point que la suie et la poussière atmosphériques de l'hémisphère Nord seraient transportées dans l'hémisphère Sud. Ainsi, la situation de l'hémisphère Sud, y compris les régions tropicales, serait aussi mauvaise que celle de l'hémisphère Nord.

Quarante jours après le jour 0 (*Fig. 5*), la température au sol aurait chuté de 30 °C dans les régions occidentales des Etats-Unis, de 40 °C dans les régions de l'Est des Etats-Unis, de 50 °C en Europe, de 50 °C dans les régions du golfe Persique et de 15 °C dans les régions arctiques.

Huit mois (243 jours) après l'injection de poussière et de fumée dans l'atmosphère, la température aux Etats-Unis et en Union soviétique serait encore inférieure de 30 °C à la normale (*Fig. 6*). En Arabie Saoudite, elle serait de 20 °C en dessous de la normale, en Afrique, 10 °C en dessous de la normale. Pour ces calculs, nous n'avons pas tenu compte du transport de la suie et de la poussière de l'hémisphère Nord à l'hémisphère Sud (bien que nous eussions dû le faire). Si nous avions tenu compte de cet effet dans nos calculs, la situation dans l'hémisphère Sud serait plus grave que ne le montre l'illustration.

J'aimerais souligner l'importance d'un effet que nous avons découvert alors que nous travaillions à cette simulation. Huit mois après l'apparition de la suie et de la poussière, la couche supérieure de la troposphère devient très chaude et, à basse altitude, la troposphère devient très froide. Les systèmes de haute montagne seront donc soumis à un réchauffement intense : la température sur le plateau tibétain sera supérieure de 20 °C à la normale, et au sommet des Rocheuses il fera 7 °C de plus que d'habitude. La neige et les glaciers des montagnes vont donc fondre, ce qui entraînera des inondations à l'échelle d'un continent, je répète, à l'échelle d'un continent*.

Arrêtons-nous maintenant à la dynamique des courants dans la circulation générale. Sous l'effet des perturbations causées par la poussière et la suie, la branche Sud de la Cellule de Hadley augmen-

* Cette suggestion — une inondation à l'échelle de continents entiers au stade final de l'élimination de la suie et de la poussière — n'a pas encore été soumise à analyse (NdE).

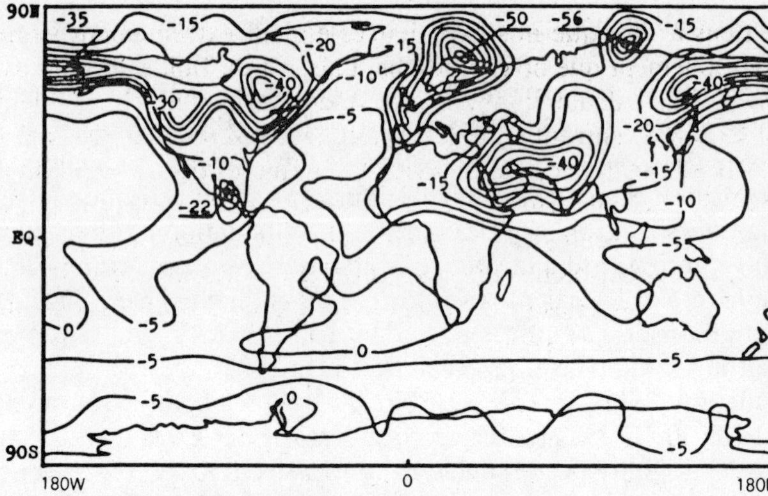

Figure 5. *Le changement de la température de l'air en surface au jour 40. Lignes pleines, températures de 0 °C ou moins. Intervalles de 5 °C.*

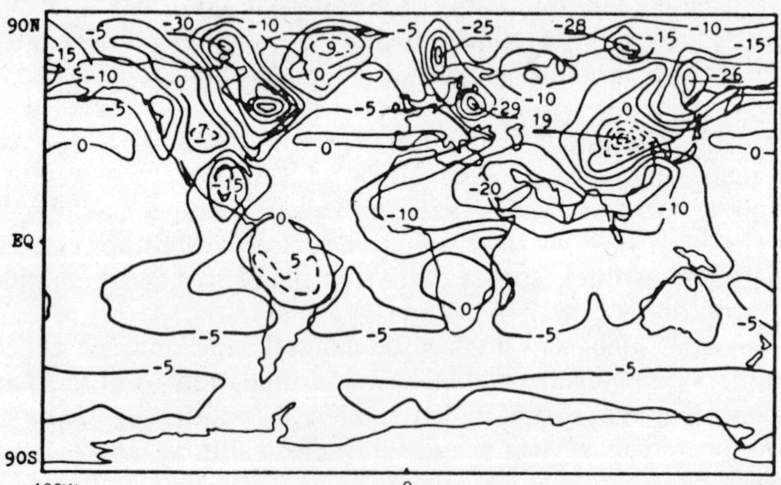

Figure 6. *Changement de la température de l'air en surface au jour 243. Les lignes continues indiquent les températures de 0 °C ou moins et les lignes discontinues les températures supérieures à 0 °C.*

terait d'intensité et progresserait vers le Sud en 35 jours. La poussière et la suie de l'hémisphère Nord se dirigeraient donc vers l'hémisphère Sud. Dans le même temps, la chute de l'intensité de la branche Nord de la Cellule de Hadley serait de dix fois supérieure. La même tendance continuerait jusqu'au jour 70. Au jour 105, le schéma de la circulation des courants serait complètement changé par rapport à la normale.

Je tiens à dire que nos expériences étaient extrêmement simples. L'environnement que nous étudions, l'air, est un fluide, et nous avons donc tenté de calculer comment ce fluide réagirait au changement de densité optique entrant dans les conséquences d'une guerre nucléaire.

A cette Conférence, j'ai vu pour la première fois les schémas provenant du travail effectué au National Center for Atmospheric Research et présentés par Stephen Schneider. J'ai été très heureux de constater que, bien que ces expériences et les nôtres soient totalement différentes (les modèles et les ordinateurs sont différents), les principaux résultats sont les mêmes.

Exode de la population des villes. Dans l'hémisphère Nord, moins d'une semaine après une guerre nucléaire, la quantité de lumière solaire parvenant à la surface de la Terre pourrait se réduire à moins de 10% de la normale dans des secteurs très éloignés des cibles. Les citadins qui survivraient auraient à affronter un froid d'une extrême rigueur, manqueraient d'eau, de nourriture et de combustible, et subiraient des problèmes graves de rayonnement, de pollution et de santé. Ils tenteraient probablement de fuir les villes, en quête de nourriture.

Conséquences pour l'agriculture : Une guerre qui aurait lieu au printemps ou en été détruirait ou détériorerait la quasi-totalité des récoltes de l'hémisphère Nord, à cause des températures glaciales. La faible luminosité bloquerait la photosynthèse ; toutes les chaînes alimentaires seraient progressivement touchées. La plupart des animaux domestiques seraient ou tués ou très affaiblis par la radioactivité. Les survivants mourraient bientôt de soif, car l'eau douce gèlerait.

Déversement de produits chimiques : Les explosions nucléaires à proximité des villes mettraient le feu aux stocks de gaz et de pétrole et briseraient les réservoirs contenant des produits chimiques toxiques ; ces derniers se déverseraient dans les fleuves et les rivières, faisant périr les organismes aquatiques.

Illustrations de Rob Wood, Stansbury Ronsaville Wood, Inc.

Le froid et les ténèbres qui s'abattraient sur l'hémisphère Nord à la suite d'une guerre nucléaire s'étendraient probablement aux zones tropicales et subtropicales, tant dans l'hémisphère Nord que dans l'hémisphère Sud. La faune et la flore de ces régions seraient très sévèrement touchées. Les forêts tropicales ombrophiles, qui constituent une des grandes réserves vitales de la Terre, seraient très endommagées, voire entièrement détruites. Dans certains secteurs, comme en Amérique centrale par exemple, la population devrait errer en quête d'abri et de nourriture.

Scène paisible d'une forêt du Nord des Etats-Unis. Un castor vient de terminer sa digue, deux ours fourragent dans les herbes, un papillon bat des ailes au premier plan, un martin-pêcheur cherche un poisson, un grèbe nage calmement.

Après une guerre nucléaire, l'eau douce gèlerait jusqu'à une profondeur considérable, détruisant toute nourriture. Les retombées radioactives anéantiraient les conifères.

Les conifères morts et secs deviendraient très facilement la proie des grands incendies.

Image de la mer dans des conditions normales. La coupe montre la vie marine à différentes profondeurs. Parmi les espèces que l'on distingue : maquereau, hareng, raie-aigle, thon, sébaste, calmar géant, baleine mégaptère, requin. Les hauts fonds de la plate-forme continentale portent des coraux et des étoiles de mer. Dans le fond, un bateau de pêche. Le minuscule plancton constitue une source de nourriture pour les différentes formes de vie marine.

Image de la mer après une guerre nucléaire. La coupe montre de qu'il est advenu du paysage marin. Par suite de l'obscurité et de l'interruption de la photosynthèse, le phytoplancton meurt rapidement, les chaînes alimentaires sont détruites et la vie décline. Les produits toxiques et les boues provenant de la terre contaminent les eaux littorales. La différence thermique entre les masses continentales très froides et les océans plus chauds produit des orages violents sur les côtes. Les ressources alimentaires de la mer disparaissent entièrement et le peu qui en reste devient très difficilement accessible.

QUESTIONS

THOMAS MALONE : Cette Commission a démontré que la communication de Carl Sagan était corroborée par des analyses scientifiques larges et diverses.

GEORGE M. WOODWELL : Nous sommes tous très impressionnés par le côté évident des conséquences évoquées ici. Mais je me demande comment nous n'avons pas su tout cela plus tôt. Il est peu courant de rencontrer une telle unanimité parmi les scientifiques, et cela doit signifier que nous traitons d'informations banales. Alors pourquoi a-t-il fallu attendre trente-huit années pour que cette communauté scientifique si brillante et compétente tombe d'accord sur un problème aussi important que celui-ci ?

THOMAS MALONE : Nous attendions un Paul Crutzen pour stimuler notre réflexion !

JOHN STEINBACK : Si la température de l'atmosphère est élevée au point de rompre le cycle de l'eau, est-ce que l'évaporation — le peu qui se produit — ne va pas se concentrer dans l'atmosphère ? Et après une longue période, quand les particules de poussière se déposeront sur le sol, est-ce qu'il y n'aura pas, à un moment, très longtemps après le cataclysme, des pluies torrentielles qui dénuderont la terre de toute végétation ?

STEPHEN SCHNEIDER : Je répondrai partiellement à votre question en disant que j'ai très peu confiance dans les modèles qui dépassent une semaine ou deux, tout simplement parce qu'ils ne sont pas interactifs : ils ne mélangent pas la fumée en la déplaçant. Tout ce que je dirai sera donc le produit d'une pure spéculation intuitive. Et voilà ma réponse intuitive : « Cela dépendra. » La température des océans ne changera pas beaucoup. L'évaporation diminuera sans doute. Notre modèle indique que les couches inférieures de l'atmosphère auront une humidité relative plus élevée, mais une humidité absolue plus faible et que les couches supérieures auront une humidité très faible et pas de nuages. Ce qui se passera en matière de précipitations est très difficile à estimer ; quand interviennent des changements d'une telle ampleur, n'importe quoi peut arriver... ou presque.

ALAN ROBOCK (professeur de météorologie, département de météorologie, université du Maryland) : Nous avons étudié, Cliff Mass et moi-même, les températures au sol après l'éruption volcanique du mont Sainte-Hélène, alors que l'atmosphère était chargée de poussière. Nous avons découvert que les températures au sol restaient relativement constantes. La nuit il faisait plus chaud qu'en temps normal (sans poussière), et le jour plus froid que prévu. Nous avons interprété ce phénomène comme le signe que le sol se mettait en équilibre thermique avec l'atmosphère chargée de poussière et que la surface du sol, complètement isolée du rayonnement solaire venant de l'espace, ne refroidissait pas parce qu'elle était réchauffée par les rayons infrarouges de la poussière.

J'aimerais demander à ceux qui ont élaboré les modèles s'ils ont pris en compte le rayonnement à onde longue dans leurs calculs. Si vous supprimez le rayonnement à onde courte, il y aura naturellement un refroidissement. Mais la couche chaude de poussière dans l'atmosphère devrait produire un réchauffement de la surface du sol.

STEPHEN SCHNEIDER : Je pense que la situation qui suivrait une guerre nucléaire ne serait pas analogue à celle du mont Sainte-Hélène.

Les propriétés des aérosols de fumée nucléaire, pour autant que nous ayons pu les déterminer, sont telles que l'opacité infrarouge est d'un ordre de grandeur plus faible que l'opacité visible. Pour une densité optique d'environ 3 à 5 dans le spectre visible, la densité optique infrarouge est inférieure à 1. La lumière du Soleil est donc bloquée à haute altitude, et la surface du sol se refroidit par rayonnement d'énergie infrarouge vers l'espace à travers la couche de fumée. Il en résulte une inversion des températures, donc un refroidissement de la surface.

S'il y avait dix fois plus de fumée, cela pourrait empêcher un fort refroidissement du sol parce que l'atmosphère devient presque isotherme si l'opacité infrarouge y est assez grande, comme dans le cas du nuage de cendres du mont Sainte-Hélène. Au cas où il y aurait beaucoup plus de fumée, l'effet de refroidissement du sol pourrait disparaître ! Mais plus tard, quand une partie de la fumée serait retombée, le refroidissement aurait bien lieu. Ce n'est que lorsque l'opacité visible de la fumée est de l'ordre de 1 à 10 que l'opacité infrarouge est trop basse pour constituer un facteur important. C'est du moins ce que montrent les modèles unidimensionnels de convection des rayons.

PETER SCHARFMAN (Office of Technology Assessment, US

Congress) : A force de réfléchir à la présentation de Carl Sagan, je comprends de moins en moins de quelle façon la quantité de suie dans l'atmosphère est sensible à toute une gamme de facteurs : nombre d'armes, nombre total de mégatonnes, ou peut-être équivalent de ce total, ou pourcentage d'explosions sur les zones urbaines, les forêts, ou les silos à missiles, ou les explosions en surface sur les silos à missiles. Est-ce que quelqu'un pourrait me classer ces différents facteurs ?

RICHARD TURCO : Le chiffre de la quantité de suie est lié à la puissance totale des explosions aériennes au-dessus des régions urbaines et des forêts ; cela dépend naturellement du scénario. Dans l'étude TTAPS, nous avons pris en compte un grand nombre de scénarios et toute une gamme d'hypothèses concernant les cibles urbaines ou proches des villes. Les émissions de suie sont très fortement conditionnées par le nombre d'explosions sur les zones urbaines, qui renferment la plus grosse concentration de produits inflammables produisant la fumée la plus noire. Néanmoins, les explosions intervenant sur des forêts ou des régions de prairies peuvent dégager également une grande quantité de fumée. Nous avons peu de données précises sur des facteurs tels que la quantité de matériaux combustibles et la probabilité de leur combustion.

J. ALLAN KEAST (professeur de biologie, Queens University, Kingston, Canada) : Est-ce que Stephen Schneider ou Wladimir Alexandrov pourraient s'étendre un peu sur le mécanisme qui transporte ces matériaux de l'hémisphère Nord vers l'hémisphère Sud ? Wladimir Alexandrov a dit qu'un transfert important commencerait au bout de vingt-cinq jours. Carl Sagan, si je l'ai bien compris, a expliqué qu'un déséquilibre des températures aurait une grande influence dans ce mouvement. Selon le scénario qui nous a été présenté, il y aurait sur l'hémisphère Nord une couche de suie qui se déplacerait rapidement vers le Sud. Quel mécanisme entraîne ce mouvement et le nuage ne se déplacera-t-il pas en panaches plutôt qu'en masse ?

WLADIMIR ALEXANDROV : Il nous semble que ce transfert devra apparaître dans le modèle. Bien que les résultats obtenus ainsi puissent dans une certaine mesure diverger entre eux, ils devraient s'écarter globalement de ceux que S. Schneider et moi-même avons présentés, parce que le transfert du nuage de suie et de poussière vers l'hémisphère Sud produira des effets tout à fait différents. Il est donc primordial qu'on s'intéresse au transfert vers l'hémisphère Sud.

STEPHEN SCHNEIDER : Vous avez tout à fait raison. Le mécanisme que nous avons découvert pour le transport du nuage n'est pas un mouvement lent et modéré vers le Sud. Rappelez-vous que notre modèle n'est pas interactif. Nous avons découvert que le mouvement vers le Sud en avril et en juillet est d'environ 3 à 5 mètres à la seconde dans la branche supérieure de la Cellule de Hadley perturbée. Il faudrait donc trois semaines pour déplacer la suie des latitudes moyennes jusqu'aux Tropiques — si ce sont bien là les mécanismes du transport.

Le mouvement est composé de nombreux petits jets, qui ont une vitesse de 20 à 50 mètres par seconde. Cela signifie que des coulées ou des plaques de suie pourraient se déplacer assez rapidement disons de la côte Est des Etats-Unis ou de la Sibérie vers les Tropiques.

Nous avons étudié des courants à 500 et 200 millibars (respectivement à 5 et 12 kilomètres d'altitude). En fait, dans l'un des cas, des plaques de fumée auraient pu atteindre l'Australie en 3 jours. Ce ne serait naturellement pas suffisant pour couvrir tout l'hémisphère Sud de fumée, mais, si de grands nuages de suie étaient transportés à des milliers de kilomètres et devaient persister ne serait-ce que pendant quelques jours, le gel apparaîtrait très rapidement. Au début, la situation générale serait très compliquée : il y aurait de nombreuses coulées de fumée qui se mélangeraient.

PAUL CRUTZEN : Au départ, les nuages de fumée, surtout le sommet de ces nuages, seraient soumis à un réchauffement, dû aux rayons du Soleil, si énorme que d'intenses systèmes locaux se mettraient en place. J'ai calculé qu'il y aurait un réchauffement de 40 degrés à l'heure au sommet de ces nuages. Vous pouvez imaginer la suite : la fumée s'élèverait rapidement dans les couches supérieures de l'atmosphère.

WLADIMIR ALEXANDROV : Les panaches de fumée détachés des nuages de poussière et de suie peuvent donner des gradients de température très élevés, en fonction de la latitude. Dans le cas auquel Stephen Schneider a fait allusion, la situation ne peut être étudiée que par un modèle à trois dimensions.

MARTIN H. EDWARDS (chef du département de physique, Royal Military College, Canada) : Ceux qui refusent de croire aux résultats de ces études attendent ne serait-ce qu'une toute petite faille dans l'argumentation, et je suis certain qu'ils relèveront le fait qu'il y a eu des milliers d'essais d'armes nucléaires. Dans certains cas, on a fait exploser des bombes d'une puissance atteignant 58 mégatonnes, et aucun effet climatique catastrophique n'en a découlé. Je pense que quelqu'un devrait réfuter cet argument.

JOHN HOLDREN : Comme de nombreuses personnes l'ont signalé hier, même si leur puissance totale est assez impressionnante, les essais ont été isolés et conduits sans risque de déclencher de grands incendies. Nous devons insister à nouveau sur la principale source de différence entre les calculs présentés lors de cette Conférence et ceux qui ont été effectués antérieurement : les nouveaux calculs prennent en compte les très grands incendies, et la grosse production de suie qui, naturellement, n'a pas eu lieu lors des essais nucléaires, mais qui résulterait à coup sûr d'une véritable guerre nucléaire.

JOSEPH ROTBLAT (professeur honoraire de physique, Université de Londres) : Quelles sont vos hypothèses sur la durée de ce conflit nucléaire ? Se terminerait-il en une heure, en quelques jours, en quelques semaines ? Quelle serait l'incidence de la durée du conflit sur votre modèle ?

RICHARD TURCO : Nous avons considéré qu'une guerre nucléaire ne durerait que peu de temps, de l'ordre de quelques jours. Bien que certains envisagent un conflit nucléaire s'étendant sur des mois, nous avons pensé qu'il serait plus réaliste de considérer une passe d'armes assez rapide. Si le conflit durait une semaine, les conséquences optiques et climatiques risqueraient d'être pires parce que les matériaux seraient beaucoup plus dispersés par les vents, qui persisteraient pendant une période plus longue. Si le conflit devait se prolonger sur des mois, ou des années — si tant est qu'une telle idée d'un conflit nucléaire vaille qu'on s'y arrête — alors les effets de l'hiver nucléaire pourraient être minimisés, parce que chaque émission de fumée aurait le temps de s'éliminer par des processus naturels avant que d'autres ne soient injectées dans l'atmosphère, et il n'y aurait pas d'accumulation d'aérosols.

JOSEPH ROTBLAT : Je veux dire que dans votre scénario 43 % des explosions sont des explosions aériennes. Si l'on commençait par d'autres armes qui produisent une certaine charge de particules, surtout dans l'atmosphère, et si à ce moment il y a des explosions aériennes, les particules seront piégées dans la troposphère et il pourrait y avoir de plus fortes retombées atmosphériques. Il faudrait également tenir compte des informations présentées par Georgi Golitsyne, qui pourraient aller à l'encontre de cela.

Les calculs présentés ici montrent un fond de rayonnement radioactif d'environ 50 rads. Ces 50 rads, en rayons gamma externes, seraient étalés sur une période plus longue. Ils ne produiraient donc pas de symptômes graves, la destruction des cellules sanguines s'effectuant à un rythme plus rapide que celui de l'irradiation. Je pense donc que nous ne devrions pas inclure cet effet dans l'ensemble de ceux qui constituent un danger immédiat. Pourquoi ? Parce qu'il y a de graves effets à long terme — comme la prédisposition au cancer et la probabilité de séquelles génétiques. Il me semble que les conséquences décrites ici sont déjà tellement graves que la prise en compte des effets de l'irradiation ne change guère les résultats.

RICHARD TURCO : Ce que vous dites de l'exposition aux retombées radioactives est vrai. Si nous avons insisté sur les données à long terme relatives à l'exposition aux rayonnements, c'est seulement parce que leur ordre de grandeur est supérieur à ce qui avait été évalué antérieurement. Nous avons là un exemple de la nécessité de perpétuellement revoir et réactualiser les conséquences potentielles d'une guerre nucléaire.

JOHN A. HARRIS (Club de Rome) : Dans son exposé, Carl Sagan a dit que si A attaquait B et le détruisait, A serait à son tour pris dans les conséquences qu'il aurait lui-même déclenchées. J'aimerais savoir ce que les membres de la Commission pensent de cela, car, comme vous vous en rendez certainement compte, nous avons là un énorme problème politique. J'aimerais également savoir si les Soviétiques sont d'accord sur ce point précis.

THOMAS MALONE : Est-ce qu'un membre de la Commission serait en désaccord avec Carl Sagan sur le fait que le premier à déclencher un bombardement nucléaire se suiciderait ?

CARL SAGAN : Certaines premières frappes pourraient ne pas être suicidaires. La question décisive est celle de la puissance engagée. Or si l'on veut vraiment détruire préventivement, par une première frappe, l'essentiel des capacités de riposte de l'adversaire, on est immédiatement conduit, comme l'envisagent nos scénarios, à utiliser des puissances dépassant le seuil que nous avons défini.

George Woodwell a posé, il y a quelques instants, une question très importante. Les connaissances nécessaires pour découvrir la réalité de l'hiver nucléaire existaient déjà il y a dix ou vingt ans, et l'armée, aux Etats-Unis comme en Union soviétique, dispose de plusieurs centaines de millions de dollars par an pour étudier les conséquences d'une guerre nucléaire et en informer les dirigeants politiques.

C'est donc là une excellente question à laquelle j'aimerais également qu'on me donne une réponse : Pourquoi est-ce que tout le monde n'a pas été mis au courant de cela, au ministère de la Défense, il y a vingt ans ?

STEPHEN SCHNEIDER : J'aimerais donner mon avis sur l'affirmation qu'une première frappe serait suicidaire. J'en ai discuté avec certains de mes collègues et nous avons établi un scénario que nous appelions la « première frappe rétroactive » : celui qui prend l'initiative d'une première frappe semble gagner pendant deux semaines, jusqu'à ce que le nuage de fumée ou de poussière nucléaire arrive sur lui. Cette affirmation n'est correcte que si l'ampleur de la première frappe est suffisante pour dépasser le seuil dont nous parlons ici. Il ne faudrait cependant pas donner au concept de « seuil » un sens trop littéral, car il n'y a pas de ligne magique que l'on franchisse soudain en dépassant 100 mégatonnes. Mais, comme on l'a souligné hier, les chiffres indiquant qu'il gèlera sont fondés sur toute une série d'hypothèses ; si les hypothèses sont trop optimistes, le « seuil » de conséquences climatiques graves pourrait se situer en dessous de 100 mégatonnes. En résumé, je vois les effets climatiques comme un spectre continu de conséquences de plus en plus graves mais de moins en moins probables : des gels courts et disséminés du côté des conséquences faibles, et un hiver nucléaire à long terme, englobant toute la planète, à l'autre bout du spectre.

Mais tant que le nombre total de mégatonnes sera proche de ce que nous appelons le seuil, et que de nombreuses villes seront touchées, il n'y a aucune raison d'espérer que celui qui frappera le premier coup ne subira pas, comme celui qui a été visé, les mêmes conséquences sur l'environnement : le froid et l'obscurité.

KARL Z. MORGAN (Département de Physique et d'Astronomie, Appalachian State University) : En ce qui concerne l'irradiation on a parlé de doses touchant l'individu, ce qui fait peut-être référence directement à la leucémie. Cependant, on ne devrait pas sous-estimer les atteintes malignes qui toucheront des organes particuliers comme les poumons, le gros intestin et la thyroïde, par exemple.

Autre réflexion sur l'irradiation. On a dit à plusieurs reprises que la dose létale pour 50 % des individus exposés (DL_{50}) avoisinerait 400 à 450 rems. Cependant, quand le système immunitaire ou le tissu réticulé de l'endothélium sont touchés, il y a de fortes chances pour que la DL_{50} soit proche de 50 à 100 rems.

Jusqu'à présent, il y a très peu de chiffres concernant les êtres humains. On n'a eu connaissance que de dix décès dus au syndrome d'irradiation, et dans l'un de ces cas la radioactivité a été estimée au maximum à 200 rems.

JOHN HOLDREN : J'aimerais redire que le but principal des travaux présentés à cette Conférence n'était pas d'évoquer les conséquences à relativement court terme de fortes irradiations, car c'est un sujet qui a été très bien étudié dans le passé. Les nouveaux chiffres sur l'exposition au rayonnement nous ont surpris quant à leurs effets à long terme.

J'ajouterai que les doses d'irradiation non seulement sont importantes dans le cadre de cette étude pour leurs effets directs sur les êtres humains — les cancers, les effets génétiques, etc. —, mais présentent également un grand intérêt pour tous ceux qui sont concernés par l'environnement, du fait des conséquences sur le système écologique de doses d'irradiation couvrant de vastes étendues et atteignant des dizaines ou des centaines de rems.

Bien des points devraient être étudiés en détail dans l'avenir. Nos études ne pouvaient cependant pas englober tous ces points dans une première étape.

MYRTLE JONES (Mobile Bay Audubon Society) : J'apprécie beaucoup la présence de Soviétiques à cette Conférence. J'aimerais leur demander s'ils pourraient organiser une rencontre de ce genre en URSS qui rassemblerait des gens concernés par tous les aspects de la vie ? Serait-il possible que nos dirigeants, vos dirigeants et ceux de la Chine, de la Grande-Bretagne et de la France se rencontrent autour d'une table et soient mis au courant de nos découvertes afin qu'ils parviennent à une solution raisonnable ?

GEORGI GOLITSYNE : En mai dernier s'est tenue à Moscou une conférence semblable à celle-ci, au cours de laquelle bon nombre des conséquences — biologiques, climatiques et socio-psychologiques — furent discutées. Les interventions viennent d'être publiées dans le numéro de septembre de *Comptes rendus de l'Académie des Sciences*.

MYRTLE JONES : En anglais ?

GEORGI GOLITSYNE : Pour l'instant, les textes ne sont disponibles qu'en russe, mais j'en ai apporté quelques exemplaires au cas où quelqu'un s'y intéresserait. J'ai pensé qu'ils pourraient être traduits ici.

COMMISSION D'ÉTUDE DES CONSÉQUENCES BIOLOGIQUES

GEORGES M. WOODWELL (président de la Commission d'étude des conséquences biologiques) : Les sujets de nos recherches font intervenir des mécanismes complexes à l'échelle planétaire qui rendent extrêmement difficiles la réunion des données, et à plus forte raison l'expérimentation. Il faut donc des équipes entières de chercheurs et un matériel très sophistiqué pour réaliser des progrès apparemment modestes. Dans un monde de plus en plus compliqué, de plus en plus intensivement exploité, l'existence de nombreuses équipes de chercheurs occupés à une même tâche est une nécessité vitale. C'est le prix de l'utilisation intensive de la biosphère. Une recherche continue est indispensable si l'on veut maintenir les connaissances fondamentales et l'échange des idées, et éviter ainsi des surprises comme celles dont il est question ici. Le problème est aussi nouveau pour les biologistes que pour les météorologues. Toute la communauté scientifique est en train d'amorcer un départ sur une *grande question*.

C'est pour entamer ce processus que nous avons réuni un groupe d'éminents spécialistes.

JOHN HARTE (membre de la Commission) : Nous dépendons tous des écosystèmes qui nous entourent, exactement comme les malades en soins intensifs dépendent des perfusions et du matériel médical qui les maintiennent en vie. Livrer une Guerre Nucléaire équivaudrait à lancer de la dynamite dans une unité de soins intensifs, rompant ainsi tous les liens qui permettent la survie des malades. Un environnement normal, naturel et sain, fournit un certain nombre de « services » essentiels à la vie, notamment la régulation du cycle de l'eau, ce qui a entre autres pour effet d'atténuer les phénomènes de sécheresse et d'inondation, par exemple en ralentissant l'écoulement de l'eau et en permettant ainsi aux fleuves et rivières d'avoir un cours plus tranquille ; c'est le cas des coteaux couverts de végétation. Autre type de « service » naturel : l'atténuation de la pollution de l'air et de l'eau ainsi que le traitement des déchets solides grâce à des mécanismes microbiens et atmosphériques naturels. A titre de troisième exemple, citons la régulation climatique assurée par les grandes forêts capables de créer le microclimat dont elles ont besoin pour leur propre existence.

Dans les six premiers mois qui suivraient une Guerre Nucléaire, ces différents « services » écologiques seraient quasiment interrompus. D'autres participants parleront de la disette ; je voudrais décrire certains aspects liés à l'eau, et dire un mot des perspectives à long terme, des espérances de reconstitution des « services » biologiques détériorés.

L'année dernière, en découvrant les résultats du rapport TTAPS et en particulier la chute spectaculaire des températures au sol, j'ai compris que l'eau douce consommée par les humains et les animaux domestiques gèlerait en profondeur. D'après mes estimations, il se formerait environ un mètre de glace sur les cours d'eau, dans les régions situées à l'intérieur des terres. Sans combustible ni électricité pour faire fondre la glace ou pomper l'eau des puits, un grand nombre d'êtres humains et d'animaux d'élevage mourraient de soif. A cet égard, il est à noter que les effets cumulés semblent agir en notre faveur lorsque tout va bien et se retourner contre nous lorsque la nature et nous-mêmes sommes en état de faiblesse. L'eau du tout-à-l'égout nous fournit encore un exemple de ces processus : étant gelée, elle n'emporterait plus les déchets et exacerberait les problèmes d'épidémies déjà aggravés par la moindre résistance aux infections et aux maladies, cette faible résistance ayant elle-même été induite par l'irradiation.

Les conséquences d'une obscurité prolongée sur les organismes aquatiques ont été évaluées par des expérimentations dans mon laboratoire, et chiffrées par C. McKay et D. Milne à partir de simulations mathématiques. Ces deux types de travaux ont abouti à des résultats identiques. Les chaînes alimentaires composées de phytoplancton, de zooplancton et de poisson risquent de souffrir énormément d'une disparition de la lumière. Après quelques jours d'obscurité, le phytoplancton (la base de la chaîne alimentaire) mourrait ou se mettrait en sommeil. Dans les zones tempérées, les populations d'animaux aquatiques diminueraient de manière catastrophique, et même irréversible pour bien des espèces ; cela en l'espace de deux mois environ si le conflit survenait à la fin du printemps ou en été, et en trois à six mois s'il survenait en hiver. Ces calculs approximatifs (qui ne considèrent que la réduction de la lumière) sont certainement au-dessous de la réalité, car nous n'avons pas tenu compte des effets thermiques, ni de la forte turbidité de l'eau provoquée par l'érosion du littoral et par les dépôts de poussières et de suie. Sous les Tropiques, la vie marine est probablement beaucoup plus sensible aux effets d'une obscurité prolongée que dans les régions tempérées, car les réserves d'éléments nutritifs y sont plus faibles et le métabolisme plus élevé. Dans les régions polaires, où l'adaptation à un hiver sans lumière est une nécessité vitale, la sensibilité à l'obscurité est moindre. Les lacs d'eau douce seraient marqués par une anoxie importante après déposition des poussières et remontée des températures. D'immenses quantités de déchets organiques, notamment des cadavres dégelés, rendraient mortelle la consommation de l'eau. Nous n'avons pas lieu de croire que les formes de vie marine constituant actuellement des ressources alimentaires importantes survivraient en quantités suffisantes pour être exploitées, du moins si la Guerre Nucléaire était déclenchée au printemps ou en été. C'est, en tout cas, la situation que l'on peut craindre pour les premières années de l'« après-guerre ».

D'année en année, la capacité de l'environnement terrestre à fournir tout ce qui est utile à la vie continuerait à se dégrader considérablement, même si la luminosité et la température redevenaient proches des conditions antérieures à la guerre. L'extrême rigueur caractérisant les premiers mois de l'après-guerre aurait très gravement altéré les influences favorables de certains climats locaux, les caractéristiques des terres arables, la qualité de l'eau et la possibilité d'en disposer en permanence, ainsi que l'existence des ressources génétiques. Les destructions massives de grandes aires de végétation, par le feu ou l'obscurité, auraient engendré des modifications locales du climat et du sol qui ne seraient certainement pas propices aux nouvelles plantations. Un grand nombre de leurs ennemis naturels ayant disparu, les insectes nuisibles détruiraient les nouvelles récoltes, qui seraient d'ailleurs déjà vouées à l'échec à cause de l'érosion du sol mis à nu. La nuisance écologique que représente le rayonnement ultraviolet persisterait probablement bien au-delà de la première année.

Les quelques survivants seraient-ils à même de rétablir les liens indispensables avec les écosystèmes dont dépendrait leur survie ? De tels liens ne pourraient pas être rétablis avant la reconstitution des écosystèmes eux-mêmes ; pour exploiter ensuite les écosystèmes reconstitués il faudrait retrouver, dans les bribes de société, une structure sociale et une technologie adéquates. La réalisation de cette dernière condition exigerait un laps de temps très difficile à prévoir, mais à coup sûr aussi long que le rétablissement des écosystèmes sans lesquels il est impossible de s'organiser en société technologique structurée, car les besoins élémentaires ne sont même pas assurés. Il est vraisemblable que la reconstitution des écosystèmes dévastés prendrait au moins 10 ans (estimation fondée sur des exemples historiques d'écosystèmes très affaiblis, bien connus des spécialistes de l'écologie). Dans l'intervalle, les populations humaines déjà très réduites risqueraient fort de continuer à diminuer, ce qui augmenterait les probabilités de disparition complète.

OWEN CHAMBERLAIN (université de Berkeley, Californie) : Savez-vous s'il est question de procéder à des expériences sur la sensibilité du phytoplancton aux modifications thermiques ?

JOHN HARTE : A ma connaissance, les seules expériences prévues dans un proche avenir concernent les effets d'une obscurité prolongée. Les effets des variations de température n'ont pas autant d'intérêt pour la vie marine du fait de la stabilité thermique de la mer, qui réduit l'amplitude des changements de température de l'eau.

ANONYME : Avez-vous étudié le risque de prolifération de bactéries, champignons microscopiques, organismes inférieurs et insectes ?

JOHN HARTE : Il faudrait le faire. Actuellement, de nombreux spécialistes de l'écologie s'intéressent aux possibilités de recherches expérimentales dans ce domaine. C'est un travail que l'on peut commencer en laboratoire, tout au moins sur les petits organismes comme le plancton et les champignons microscopiques. J'espère que cela se fera bientôt. Mais je ne possède pas de résultats à vous communiquer en ce qui concerne l'effet de l'obscurité sur les organismes qui vivent dans le sol.

DAVID MCGRATH (sous-directeur, Global Tomorrow Coalition, Washington, D.C.) : Personne n'a précisé si l'absence prolongée de photosynthèse conduirait à une réduction très marquée de la quantité d'oxygène de l'atmosphère. Et, dans ce cas, quelles seraient les conséquences ?

JOHN HARTE : C'est un problème qui ne nous préoccupe pas beaucoup. Les chiffres indiquent que les modifications seraient négligeables tant pour l'oxygène que pour le gaz carbonique (CO_2). Ce sont là des effets peu importants ; c'est pourquoi nous ne les avons pas particulièrement approfondis.

J.A. BERRY (membre de la Commission) : Je voudrais vous exposer les phénomènes fondamentaux qui nous amènent à prévoir un blocage important de la photosynthèse à l'échelle planétaire dans les conditions atmosphériques qui régneraient après une Guerre Nucléaire. Je me permets de vous rappeler un point sur lequel les différents exposés ont déjà très longuement insisté : la photosynthèse constitue le plus grand apport d'énergie chimique à la biosphère, et le moteur essentiel du fonctionnement des écosystèmes naturels et agricoles.

La photosynthèse suppose deux conditions fondamentales. Il faut d'abord que la lumière parvienne à la surface de la Terre, à l'endroit où se trouvent les plantes. Ensuite, cette lumière doit être absorbée par les chloroplastes de ces plantes ; ce qui implique également d'autres conditions favorables. Formulons la question plus concrètement : comment une réduction de la quantité de lumière pénétrant dans l'atmosphère affecterait-elle la photosynthèse ? De nombreuses expériences ont démontré que la photosynthèse brute des forêts et des plantes cultivées était proportionnelle à l'intensité de la lumière reçue *(Figure 1)*. Même au cours d'une journée normale, la photosynthèse varie en fonction de la lumière pour culminer à midi sous un ciel dégagé ; elle est plus faible lors des passages nuageux, ainsi que le matin et le soir. La photosynthèse totale sur une période donnée est proportionnelle au total de lumière reçue. Il s'ensuit que toute diminution de la lumière provoque une réduction proportionnelle de la photosynthèse. Or, dans cette relation, nous ne tenons pas compte du fait que les plantes doivent subvenir à leurs propres besoins et donc assurer un excédent qui leur permet de produire tout ce qui sert à la consommation des humains et des animaux.

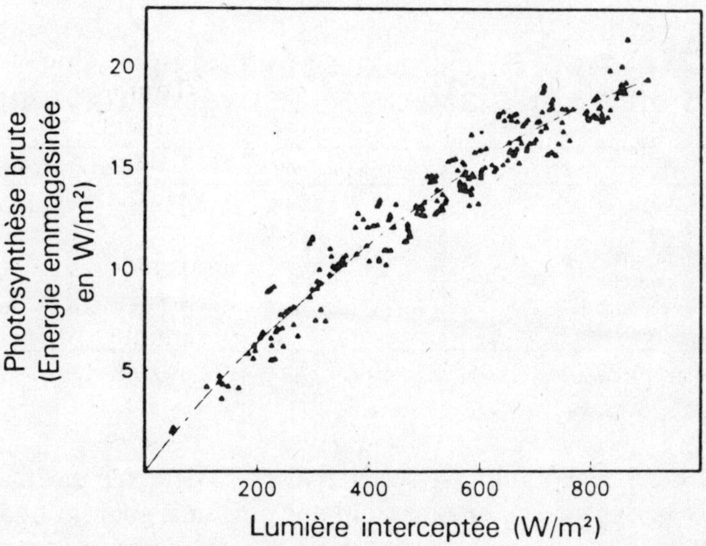

Figure 1. *Photosynthèse des plantes cultivées, exprimée en équivalent énergie des produits formés (watts par mètre carré). Cette photosynthèse est proportionnelle à l'énergie lumineuse absorbée. Chiffres relevés sur le terrain pour des cotonniers, par une journée d'été normalement ensoleillée (*in *Baker* et al., Crop Science *12 : 431 [1972]).*

En règle générale, les plantes ont besoin de 15 à 20 % au moins du produit de la photosynthèse totale de 24 heures pour assurer leurs besoins respiratoires, c'est-à-dire leur simple survie. Dans les écosystèmes complexes comportant de nombreuses biomasses sur pied et de nombreux agents consommateurs vivant à l'intérieur de ces biomasses (forêts tropicales ombrophiles, par exemple), la proportion est encore plus importante car les plantes doivent parfois utiliser la quasi-totalité de la photosynthèse brute pour couvrir leurs besoins respiratoires. Une diminution de 15 à 20 % de l'intensité lumineuse normale arrête donc totalement la productivité nette. Dans les forêts tropicales ombrophiles, il suffit même d'une diminution plus infime pour arrêter la productivité. Cela signifie naturellement l'interruption de la croissance des nouvelles pousses, des fruits et des graines, c'est-à-dire des parties les plus nutritives et les plus comestibles. Après une longue période de faible luminosité, les espèces animales consommant les plantes pourraient ainsi faire considérablement diminuer la biomasse végétale. Après le retour à une luminosité normale, ce serait une biomasse réduite qui absorberait la lumière ; en conséquence, la photosynthèse serait moindre tant que la couverture végétale ne se serait pas reconstituée.

TABLEAU 1

MINIMA (en °C) AUXQUELS LES PLANTES DES DIFFÉRENTES RÉGIONS PEUVENT SURVIVRE*

Groupe de plantes	*Feuilles actives*	*Bourgeons dormants*
Tropical	+4 à −5	Néant
Subtropical	−1 à −5	−6 à −12
Température maritime	−5	−8 à −25
Hivers rigoureux	−10	−30 à −80
Cultures céréalières	−2 à −5	−20 à −30
Cultures tropicales	+15 à −5	Néant

* *In* Larcher et Bauer, *Encyclopaedia of Plant Physiology*, vol. 12A, pp. 413-17 (1981).

La densité de la biomasse serait également affectée par un autre facteur : la rigueur extrême du froid qui suivrait un conflit nucléaire. On sait, en effet, que le froid peut détériorer ou même tuer les plantes *(Tableau 1)*, mais il y a de grandes différences climatiques suivant les régions, et donc des différences dans la sensibilité des plantes au froid. Par exemple, les plantes tropicales, qui vivent dans des zones

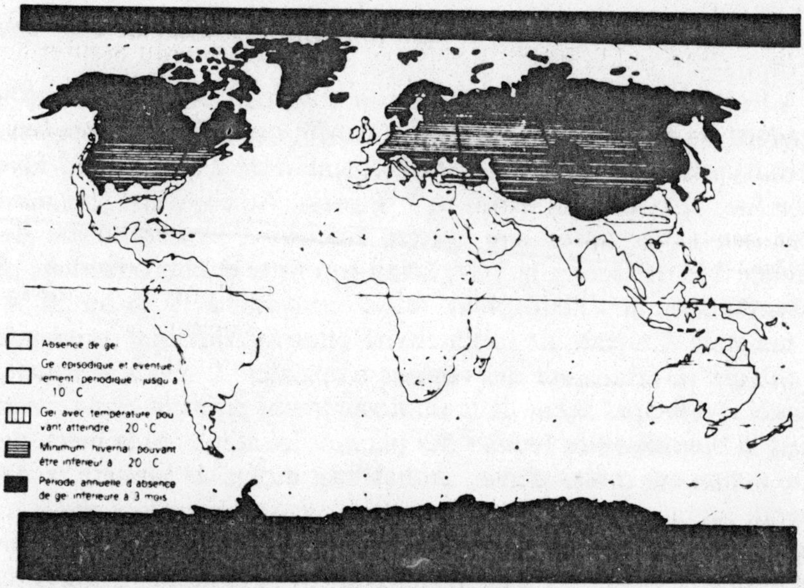

Figure 2. *Zones où les températures terrestres descendent en dessous de 0 °C (*in *W. Larcher,* Psysiological Plant Ecology, *2e édition, Springer Verlag, Berlin 1980, p. 82).*

où la température ne descend pratiquement jamais à un niveau voisin de 0° C, peuvent être tuées par le froid. Dans les régions où les hivers sont rigoureux, le bourgeon dormant peut supporter jusqu'à – 80° C à condition d'avoir été préalablement préparé à une telle température. Les plantes ont une tolérance au froid qui correspond approximativement aux températures minimales susceptibles de se produire dans leur habitat (voir *Figure 2).* Après une Guerre Nucléaire, il est probable que les températures seraient bien inférieures aux minima normaux. Les plantes pourraient donc être tuées par le froid, surtout dans les régions où il ne constitue pas un facteur écologique normal.

Dans les régions froides, l'effet de ces températures particulièrement rigoureuses dépendrait de l'état de la végétation, donc de la saison : état de repos germinatif en hiver ou état actif en été. En toutes régions, les feuilles actives sont très sensibles au froid. A une température de 4 ou 5° C, les plantes tropicales peuvent déjà être très sérieusement dégradées. En été, au moment de leur croissance active, les conifères des Alpes peuvent être endommagés dès une température de – 10° C. Dans l'hypothèse d'une Guerre Nucléaire déclenchée en été, toutes ces espèces subiraient donc une chute de température très brutale et les feuilles en souffriraient probablement, de sorte qu'il ne subsisterait plus qu'une biomasse bien réduite pour reprendre la photosynthèse lorsque la lumière reviendrait à un niveau normal.

A l'échelle planétaire, que pourrait-il advenir de la photosynthèse pendant les années qui suivraient le conflit nucléaire ? Le rendement photosynthétique est vraisemblablement resté constant, au niveau mondial, au cours des temps (à 5 % près). Au contraire, pendant la première année après une Guerre Nucléaire, la diminution de la lumière à la surface de la Terre serait très forte et la productivité photosynthétique de l'hémisphère Nord tomberait à 10 % ou 20 % de la normale. Ce reste de productivité photosynthétique proviendrait d'ailleurs certainement des régions tropicales. L'année suivante, la lumière, principal agent de la photosynthèse, pourrait certes revenir, mais la biomasse (les feuilles des plantes, les algues de la mer), devenue nettement moins dense, absorberait moins de lumière et effectuerait moins de photosynthèse. C'est la raison pour laquelle je crois pouvoir dire que la photosynthèse ne se rétablirait pas aussi rapidement que la lumière. La persistance du froid et les ultraviolets (UV-B) seraient des obstacles supplémentaires au développement des feuilles et des algues. On peut imaginer que la couverture végétale et la photosynthèse reviendraient à un niveau comparable à la normale en quelques années ou quelques dizaines d'années. Mais il est difficile de savoir à quoi ressembleraient alors les écosystèmes contenant cette biomasse.

THOMAS C. HUTCHINSON (université de Toronto) : Avez-vous supposé que toutes les plantes existant actuellement seraient au rendez-vous, prêtes à reprendre leur état normal ?

JOSEPH A. BERRY : Ce n'est pas ce qui est envisagé. Naturellement, si toutes les plantes existaient encore, toutes prêtes à se rétablir, on pourrait concevoir une reprise très rapide de la photosynthèse puisque la lumière devrait revenir assez vite, dans le courant de la deuxième année. Je pense que le temps nécessaire à la reconstitution de la couverture végétale de la Terre est en fait la raison primordiale de la lenteur du rétablissement du potentiel photosynthétique.

THOMAS C. HUTCHINSON : Vous estimez donc qu'il faudrait disons 4 ans pour que la couverture végétale se reconstitue ?

JOSEPH A. BERRY : Oui. Mais il s'agit d'un chiffre très approximatif. Tout dépend de l'importance des dégâts subis par les plantes au cours de la première année.

MARK A. HARWELL [1] (membre de la Commission) : Cette Conférence a principalement traité des conséquences à long et moyen terme d'une Guerre Nucléaire, en s'attachant plus particulièrement aux analyses très alarmantes qui ont récemment mis en évidence les modifications climatiques prévisibles après une Guerre Nucléaire de grande envergure ; nous avons également vu les catastrophes biologiques évidentes et inéluctables qu'entraînerait un tel outrage à la biosphère. Ayant compris l'étendue et la nature des conséquences atmosphériques, les nombreux écologues et biologistes qui avaient eu une réunion préliminaire à Cambridge, en avril 1983, sont assez facilement parvenus à des opinions convergentes sur les conséquences biologiques. Le consensus atteint par ce groupe de spécialistes vous a été présenté par Paul Ehrlich [2], et a fait l'objet d'un article plus détaillé, rédigé par la Commission de biologie [3], expliquant notamment les effets indirects à long terme. Je n'ai pas l'intention de reprendre ce qui a été décrit dans ce rapport, mais je voudrais souligner certains éléments concernant les rétroactions réciproques entre les écosystèmes et les êtres humains. Je souhaiterais aussi donner un bref aperçu global de ce que représenteraient pour l'Humanité les effets directs des explosions nucléaires et leur impact à plus long terme. Je me fonde sur une série d'études que j'ai effectuées au cours des derniers mois [4].

Je voudrais commencer par insister sur les liens très étroits qui existent entre l'Homme et son environnement. Sur Terre, presque toute vie dépend, en dernière analyse, de la lumière solaire dont l'énergie traverse les écosystèmes et dirige les multiples flux de matière nécessaires à la subsistance des êtres vivants. Les plantes et les animaux sont en quelque sorte des machines qui fonctionnent à l'énergie solaire, et il en va de même pour l'*homo sapiens*.

Les humains comptent sur les écosystèmes pour assurer un grand nombre de fonctions vitales, dont les principales sont évidemment l'apport de nourriture et d'eau pure, l'approvisionnement en énergie, la régulation climatique, l'épuration de l'air, la lutte contre la prolifération des maladies et des parasites et une foule d'autres « services ».

On peut distinguer deux types d'écosystèmes : les écosystèmes naturels et les écosystèmes dirigés par l'Homme. Ces derniers sont essentiellement les écosystèmes agricoles, mais ils englobent également d'autres types de gestion des ressources (par exemple, les ressources minières et forestières). D'une manière générale, je classe dans la seconde catégorie les systèmes à base biologique qui sont directement contrôlés par l'Homme ainsi que les systèmes qu'il organise. La raison de cette distinction est la suivante : actuellement, la population mondiale dépasse 4,5 milliards d'individus. Même si les écologues et autres spécialistes ne sont pas toujours d'accord lorsqu'il s'agit de définir la capacité biogénique de la Terre dans l'hypothèse où les besoins de l'Humanité sont conjointement assurés par *les deux* catégories d'écosystèmes (naturels et dirigés), une chose est certaine : la capacité biogénique des écosystèmes *naturels* ne peut à *elle seule* suffire aux besoins de la population actuelle. En d'autres termes, il serait tout simplement impossible aux écosystèmes naturels d'assurer la subsistance de 4,5 milliards d'individus vivant de la chasse et de la cueillette ; il n'y a pas assez d'animaux à chasser et de plantes à cueillir pour nourrir une telle population, même lorsque les écosystèmes sont sains.

Les systèmes biologiques dirigés qui fournissent un apport indispensable à l'Humanité dépendent eux-mêmes de cette dernière, car ils ne peuvent exister sans les structures sociales humaines. Ainsi, par exemple, l'agriculture ne peut produire la nourriture que si l'Homme lui fournit les graines, effectue le labourage, apporte des engrais et parfois de l'eau, etc. L'Homme doit accomplir diverses activités pour préserver la productivité des écosystèmes dirigés. Par ailleurs, même si la production alimentaire est suffisante, des réseaux de transport et de distribution sont indispensables. Or, toute cette organisation humaine qui sous-tend les écosystèmes dirigés ne fonctionnerait plus après une Guerre Nucléaire de l'ampleur envisagée à cette Conférence.

Ainsi, parmi les séquelles d'une Guerre Nucléaire, l'Humanité perdrait l'apport des écosystèmes dirigés *même si* les conséquences climatiques et d'autres perturbations dont il a été question ne se produisaient pas. Les survivants seraient obligés de faire appel à la nature pour essayer d'en tirer des moyens de subsistance que celle-ci ne peut déjà pas offrir en quantités suffisantes lorsque les conditions sont saines, et qu'elle pourrait d'autant moins offrir en un moment où les écosystèmes seraient sous le coup d'agressions sans précédent. En résumé, *aujourd'hui* les écosystèmes naturels ne pourraient nourrir qu'une petite fraction de la population mondiale, mais, après une Guerre Nucléaire, l'apport qu'ils seraient susceptibles de fournir aux humains serait terriblement diminué.

Dans ce contexte, il faut aussi poser le problème des liens qui existeraient entre l'Homme et son environnement lorsque le « pire » serait passé, c'est-à-dire après l'hiver nucléaire. La situation dépendrait en partie du niveau de dépopulation et du degré de régression des systèmes écologiques, mais il est probable que l'Humanité ne pourrait pas se rétablir plus rapidement que les écosystèmes naturels dont elle risquerait précisément de retarder la guérison, car elle en aurait particulièrement besoin. Prenons un seul exemple : les survivants affamés pourraient arracher aux systèmes écologiques les excédents énergétiques que ceux-ci économisent pour assurer la croissance, la reproduction, les réserves nutritives, etc. Ce faisant, ces survivants retarderaient les processus naturels de reconstitution des écosystèmes.

Nous avons déjà mentionné les difficultés que rencontreraient les survivants des régions situées en bord de mer pour trouver leur subsistance dans les écosystèmes. Nous avons souligné que les régions littorales subiraient des orages très violents en raison de la différence de température très marquée entre le continent et les masses d'air marin. De plus, les noyaux radioactifs et l'étendue des ravages causés à l'environnement y seraient particulièrement importants à cause des facteurs suivants : les zones urbaines sont majoritairement implantées à proximité des côtes ; la défense anti-sous-marins aurait des répercussions ; les estuaires se trouvent en aval de la plupart des écosystèmes, ils en reçoivent donc les effluents. En outre, les écosystèmes marins sont spécialement vulnérables à la fois à la diminution de lumière et à l'augmentation des UV-B, deux phénomènes susceptibles d'anéantir le phytoplancton, base de la chaîne alimentaire. Nous avons été amenés à conclure que ces perturbations, associées au manque de sources d'énergie et à l'impossibilité de pêcher en haute mer, ne laisseraient pas grand-chose pour nourrir les humains après une Guerre Nucléaire. Cela dit, le sort des écosystèmes terrestres ne serait guère plus enviable.

Par exemple, presque toute l'eau douce des régions continentales de l'hémisphère Nord gèlerait totalement jusqu'à une profondeur de 1 à 1,5 mètre[4]. A cause des retombées radioactives de particules de suies, de substances toxiques, l'eau potable deviendrait rare. Et lorsque surviendrait enfin le dégel, il provoquerait des inondations catastrophiques, éventuellement aggravées par la chaleur qui s'abattrait sur les zones montagneuses pendant la période intermédiaire, comme nous l'a indiqué W. Alexandrov.

D'autres exemples peuvent être cités, notamment le fait que les parties comestibles des plantes terrestres seraient particulièrement touchées. Les sols étant gelés, il n'y aurait plus de tubercules, ni de racines ; les fruits, les baies et les nouvelles pousses ne se développeraient plus par suite du manque de lumière et de chaleur. En conséquence, la biomasse sur pied serait essentiellement réduite aux éléments à base de cellulose, et l'Homme ne peut malheureusement ni consommer ni digérer les troncs d'arbres.

Comme les humains, la plupart des vertébrés terrestres mourraient en masse. Leurs carcasses gelées ne pourraient que très provisoirement fournir une nourriture à l'Homme. En effet, au fur et à mesure que les populations animales se reconstitueraient, elles seraient décimées au rythme de leur reproduction car les hommes déploieraient des trésors d'énergie pour se procurer de la viande. Le peuplement animal resterait donc très limité. Seules les espèces capables de se reproduire très rapidement réussiraient à rétablir rapidement leurs effectifs ; mais ce sont précisément les animaux nuisibles qui entrent dans cette catégorie. Il est donc très improbable que de telles espèces puissent fournir un apport en énergie, sans compter que leur prolifération s'accompagne d'une multitude d'effets négatifs dont l'un des plus importants est la propagation des maladies.

Enfin, il est à noter que la reconstitution des écosystèmes pourrait être plus lente qu'il ne semble à première vue, même en l'absence de toute intervention humaine. Le sol et les substances nutritives ainsi que les réserves de graines seraient partiellement perdus, les effets de l'augmentation des UV-B se feraient continuellement sentir, les températures resteraient relativement basses et s'accompagneraient peut-être d'une diminution des précipitations, l'exposition à l'ozone et aux radionucléides persisterait, etc. Tout cela tendrait à ralentir le rétablissement. Plusieurs années de perturbation de la température et de l'éclairement engendreraient des réponses à long terme qui pourraient se traduire par une réduction du rendement des forêts et une altération des espèces, sur des dizaines d'années [4]. Bref, les écosystèmes terrestres ne permettraient pas aux survivants de subsister facilement.

Examinons maintenant le nombre de morts et de blessés dus aux effets directs et indirects d'une Guerre Nucléaire. Une étude récente de l'Organisation mondiale de la Santé estime que le souffle et les autres effets immédiats feraient 1,1 milliard de morts et autant de blessés [5], au niveau mondial. L'analyse parue dans *Ambio* avait précédemment chiffré à 750 millions le nombre de morts sur l'ensemble de la planète [6]. Mes collègues et moi-même avons plus particulièrement étudié le cas de la population des Etats-Unis [4].

Travaillant sur un scénario très voisin de celui d'*Ambio* [6], j'ai étudié les effets d'une attaque mixte anti-forces (cibles militaires) et anti-valeurs (cibles industrielles et civiles) sur les Etats-Unis, en supposant que toutes les agglomérations urbaines dépassant 100 000 habitants ainsi que la plupart des grandes installations industrielles et militaires seraient visées. J'ai dressé un tableau récapitulatif des conséquences d'une telle attaque *(cf. Tableau 2, p. 62-63)*.

50 à 80 millions d'Américains seraient victimes du souffle dans la zone de risque direct (c'est-à-dire à l'intérieur du périmètre des villes visées), sur un total de 110 millions d'individus ; en outre,

30 millions de personnes souffriraient de blessures graves induites par le souffle. L'exposition directe aux infrarouges et les brûlures qui en résulteraient pourraient faire entre 1 et 15 millions de victimes supplémentaires. Enfin, de 1 à 7 millions de personnes pourraient périr dans les incendies et les tempêtes de feu qui ravageraient les villes. Le rayonnement ionisant initial n'ajouterait pas par lui-même d'autres victimes car le périmètre mortel défini par l'effet de choc et l'effet thermique serait plus étendu que la zone d'irradiation mortelle due aux neutrons rapides et au rayonnement gamma émis, dans le cas des armes du scénario en question (100 kilotonnes à 1 mégatonne chacune). Tous ceux que ce rayonnement intense aurait pu tuer seraient déjà morts. Néanmoins, les retombées locales seraient susceptibles de tuer entre 12 et 18 millions d'individus irradiés le premier jour, et 40 à 50 millions d'autres personnes subiraient des retombées mortelles au cours des jours et des semaines qui suivraient.

Au total, notre scénario de référence causerait la mort de 125 à 170 millions d'Américains, auxquels s'ajouteraient 30 à 50 millions de blessés graves — tous étant directement victimes des explosions nucléaires elles-mêmes. Il ne resterait donc que 10 à 75 millions d'Américains, et deux ou trois milliards de survivants sur toute la Terre, pour faire face à l'hiver nucléaire et à ses suites.

La plupart des autres conséquences mentionnées dans le *Tableau 2* précité (effets à long terme et conséquences indirectes) ont déjà été développées [2,3] et ne seront pas reprises, mais il me paraît utile d'ajouter quelques remarques.

La pollution de l'air pourrait produire des effets d'une très grande ampleur ; le rapport TTAPS [7] prévoit, par exemple, la persistance d'une concentration moyenne d'ozone de 150 parties par milliard en volume sur les latitudes moyennes, pendant plusieurs mois. Deux heures d'exposition à une telle concentration suffisent pour endommager la plupart des espèces végétales.

Le manque de nourriture dû à l'effondrement inéluctable des systèmes agricoles, l'interruption des circuits de transport et de distribution des produits alimentaires, l'incapacité des plantes à survivre aux changements climatiques pourraient provoquer la mort de centaines de millions ou même de milliards d'individus. Cette famine ne toucherait pas uniquement les pays directement engagés dans le conflit, mais aussi les pays éloignés qui dépendent de l'Amérique du Nord pour leur nourriture. La lenteur de la reconstitution des écosystèmes agricoles, qui se heurterait à des obstacles physiques et structurels, pourrait affecter considérablement le rythme de la reprise démographique pendant de nombreuses années.

Comme l'ont expliqué les Physicians for Social Responsibility, les structures médicales disparaîtraient elles aussi. Les soins dispensés aux millions de blessés seraient très insuffisants, voire inexistants. Des maladies contagieuses se déclareraient et tueraient des millions de personnes, surtout dans les premiers temps, alors que la population serait regroupée dans les abris pour se protéger contre les intempéries et le rayonnement. Ensuite, les maladies continueraient à frapper de nombreux individus dans un monde privé d'installations sanitaires et d'eau non polluée. Les maladies intestinales seraient particulièrement répandues. Plus tard, les maladies endémo-épidémiques, propagées par les animaux vecteurs, prendraient des proportions considérables, notamment la rage et la peste.

Enfin, il ne faudrait pas omettre un dernier paramètre très important : l'énorme choc psychologique infligé à tous les survivants de la planète. L'effet de ce choc se conjuguerait avec l'effondrement des structures sociales ; la civilisation organisée ayant cessé d'exister, l'Humanité se réduirait à des individus ou à des groupes restreints projetés dans un environnement dont les conditions seraient extrêmement dures et où ils se livreraient à une lutte inimaginable, se disputant les rares ressources. La tournure que prendrait l'évolution sociale est donc très incertaine, mais il est évident que la rareté des denrées de base provoquerait une rivalité qui conduirait à d'autres hécatombes.

Il ressort très clairement que le monde d'un après-guerre nucléaire serait bien inhospitalier pour la grande majorité des hommes, sur la Terre entière. Toute Guerre Nucléaire (sauf très limitée) dépasse le cadre d'une guerre entre adversaires ; c'est une guerre contre la biosphère elle-même et la totalité de ses habitants. Pour l'Humanité, les conséquences ne se limiteraient pas au nombre de morts et de blessés à proximité des cibles. En réalité, une Guerre Nucléaire aurait des répercussions extrêmement profondes pour tous les êtres humains en vie — ainsi que pour les générations ultérieures si, bien sûr, la disparition irréversible de l'*homo sapiens* était évitée.

George M. Woodwell : Les conséquences dont nous avons parlé, et qui sont le résultat inévitable de toute utilisation des armes nucléaires dans un contexte de guerre, n'impliquent pas seulement une modification fondamentale de l'environnement humain ; c'est un changement qui affecte tout l'habitat terrestre, un changement capital et irréversible de la biosphère. La vie n'existe pas sur la Lune ni sur aucune planète connue : ni sur Mars, ni sur Vénus, ni sur Jupiter. Nulle part ailleurs que sur Terre. Sur ces planètes, les plus proches de la nôtre, les conditions physiques particulières à chacune sont très loin de pouvoir permettre la vie. Or, nous voyons maintenant à quel point il serait facile de libérer suffisamment d'énergie dans la biosphère pour transformer radicalement la Terre et éliminer totalement ou partiellement des tranches importantes de sa faune et de sa flore. Quels seraient les premiers changements ? Qui survivrait ? Qui serait le premier à disparaître ?

L'Homme nous apparaît comme l'espèce dominante dans la biosphère. Cependant, son agriculture n'occupe que 10 % de la surface émergée, le reste de la Terre étant constitué de milieux naturels que l'Homme influence mais ne gère pas, et qui exercent une action primordiale sur la biosphère. Ainsi, par exemple, le métabolisme des forêts régule depuis toujours (tout au moins dans certaines limites) la teneur en gaz carbonique de l'atmosphère.

Les forêts interviennent dans presque tous les calculs concernant le fonctionnement de la biosphère ; elles constituent la principale végétation sur la plus grande partie de la superficie terrestre occupée par l'Homme ; elles contiennent deux ou trois fois plus de carbone que l'atmosphère ; elles forment le plus grand réservoir de diversité biotique du globe. L'exemple des forêts est un bon point de départ pour réfléchir aux changements de la biosphère. Quelle serait la nature des changements ? Que signifieraient-ils pour l'Humanité si elle existe encore ? Même sans expérimentation directe, nous pouvons prévoir ce que deviendrait le monde en procédant par raisonnement logique. Paul Ehrlich pense que les extinctions d'espèces (disparition d'une espèce et de son capital génétique) seraient très fréquentes. C'est un phénomène irréversible qui se produit très couramment lorsque l'environnement se modifie à l'extrême. Notre expérience à ce sujet est assez limitée. Quelles sont les espèces vulnérables ? Quelles sont les espèces résistantes ? Si l'Homme survivait, comment se présenterait le monde ?

Nous pouvons nous fonder sur plusieurs exemples, notamment les paysages dévastés par le traitement du cuivre et d'autres minerais dans les régions de Copperhill (Tennessee), Palmerton (Pennsylvanie) et Sudbury (Ontario). Mais l'une des expériences les plus significatives pour notre sujet, et dont les résultats sont particulièrement faciles à interpréter, est une étude portant sur les changements intervenus dans une forêt de chênes et de pins de Long Island (New York) en 15 ans d'exposition chronique à la radioactivité. Les doses variaient entre plusieurs milliers de röntgens par jour et des niveaux voisins du fond naturel de rayonnement, qui est inférieur à 1/10 röntgen par an dans l'environnement normal. Des différences de quelques röntgens par jour provoquèrent des modifications très accusées. Malgré leur origine (c'est-à-dire le rayonnement ionisant, qui est un traumatisme inhabituel pour la biosphère), les changements ressemblaient à ce que l'on peut constater ailleurs lorsque la végétation se transforme peu à peu au fur et à mesure qu'elle est soumise à des conditions climatiques extrêmes — comme c'est le cas par exemple pour la transition de la forêt à la toundra ou autour d'une source de pollution du type de Sudbury. Nous savons aujourd'hui que ce type de changements se produit sous l'effet d'une série de perturbations et correspond à un appauvrissement biotique. Sauf cas très particulier, toute utilisation des armes nucléaires dans le cadre d'un conflit déclencherait au niveau de l'hémisphère, et peut-être au niveau de la planète, les mécanismes généraux de cet appauvrissement biotique mis en évidence par les expériences précitées.

L'expérience de Long Island, réalisée par le Brookhaven National Laboratory, avait pour objet d'étudier les effets écologiques de la radioactivité. Une source de rayons gamma (assez similaires aux rayons X) avait été placée au centre d'une forêt soigneusement choisie. Au cours de la première année, les changements affectèrent une zone située autour de la source de rayonnement. Pendant les années suivantes, les changements devinrent plus accusés et le périmètre affecté s'étendit.

Toute la forêt fut touchée. Les arbres se révélèrent particulièrement fragiles, dans l'ensemble. On constata que l'espèce la plus vulnérable était le pin (*pinus rigida*) mais tous les arbres disparurent, aussi bien les chênes que les pins, tandis que subsistait intact le reste de la communauté : les arbustes, les herbes, les mousses et les lichens. Ensuite, au fur et à mesure qu'augmentait l'irradiation, les autres espèces furent éliminées, d'abord les arbustes et ensuite les herbes. Il ne resta finalement que quelques mousses et lichens. Par ailleurs, une sélection apparut à l'intérieur de chacun des groupes : les variétés caractérisées par une petite taille résistèrent mieux que les autres. Les lichens crustacés résistèrent mieux que les foliacés et fruticuleux.

Les principes généraux tirés de cette expérience, et de quelques autres expériences consistant également à appauvrir systématiquement le milieu, sont simples mais importants. En règle générale, les espèces les plus sensibles à un changement quelconque, chronique ou aigu, de leur environnement sont celles qui se caractérisent par une grande taille et un long cycle de reproduction. Les plus résistantes sont au contraire celles qui ont une petite taille et une grande capacité de reproduction. Dans cette seconde catégorie, certaines espèces que nous appelons « nuisibles » sont extrêmement gênantes pour l'Homme. Il s'agit des insectes, des mauvaises herbes de jardin, des espèces qui poussent au bord des autoroutes et autres lieux chroniquement perturbés. Tout environnement gravement ou chroniquement transformé est susceptible de connaître ce genre d'appauvrissement. Dans le monde actuel, les exemples sont nombreux ; un œil exercé perçoit la progression dans le continuum de transformations dont nous sommes entourés.

Cependant, une Guerre Nucléaire provoquerait une série de transformations de la faune et de la flore défiant l'imagination. Le monde de l'après-Guerre Nucléaire favoriserait les espèces de petite taille et à reproduction rapide ; à l'opposé, les espèces de grande taille s'éteindraient. L'Homme est sensible à ce type de changements, de même que la plupart des mammifères, les arbres, les arbustes et un grand nombre de plantes « supérieures ». Les formes inférieures, bactéries, mycophytes, lichens, algues et protozoaires sont plus résistantes.

Les forêts seraient rares dans ce monde nouveau ; dans un premier temps, de vastes superficies de forêts auraient été dévastées par le souffle, les incendies et le rayonnement avant de disparaître à l'échelle de continents entiers à cause de la persistance du froid et de l'obscurité. Nous n'exagérons pas l'ampleur du désastre. Néanmoins, des poches isolées de forêts seraient probablement préservées et des individus de diverses espèces pourraient y survivre, y trouver refuge peut-être.

Le problème est vaste, capital et urgent. Il nécessite des travaux beaucoup plus approfondis. Mais on voit immédiatement que les effets potentiels s'étendent bien au-delà du domaine des analyses écologiques actuelles, et nous entraînent dans un univers d'incertitude où la disparition de l'*homo sapiens* ne peut être exclue étant donné le contexte d'extinctions d'espèces et d'appauvrissement de la nature.

THOMAS EISNER (membre de la Commission) : Chargé du dernier exposé, j'aborderai deux points particuliers avant de terminer par une sorte d'appel.

Le premier point concerne l'ampleur des phénomènes envisagés. Quelle est l'importance de l'arsenal nucléaire actuel ? On nous pose souvent cette question, mais comment faire « sentir » l'importance de cet arsenal ? La puissance (équivalent TNT) de la bombe d'Hiroshima était de 13 000 tonnes. Nous connaissons les effets de cette bombe par les photographies. Or, le stock stratégique mondial actuel est de 13 000 mégatonnes, ce qui signifie que nous disposons aujourd'hui d'une puissance égale à un million de fois Hiroshima. Essayons de nous rendre compte de ce que cela veut dire. Supposons que j'entreprenne de lancer des bombes de la même puissance que celle d'Hiroshima une à une, au rythme de une bombe par seconde, soit 60 par minute, 3 600 en une heure. Quand serais-je à court de bombes ? La réponse est stupéfiante : au bout de 11,6 jours. Pour épuiser l'arsenal mondial en 48 heures, le temps de notre Conférence, il faudrait lancer les bombes sans discontinuer au rythme de 6 par seconde. Comment s'étonner qu'une guerre atomique (même une guerre limitée n'engageant que la moitié du stock nucléaire) puisse faire des ravages d'une monstruosité inimaginable ?

Le second point concerne l'unanimité des biologistes ayant participé à cette Conférence, qui sont tous d'accord sur les principales conclusions. On me demande constamment, depuis le début de ces travaux, si nous admettons les prévisions des physiciens et si nous partageons exactement le même avis sur toutes les questions relatives aux implications biologiques de leurs prévisions. En premier lieu, il est parfaitement clair qu'il n'existe aucune divergence quant aux effets à court terme d'un conflit nucléaire, les effets du souffle, des incendies, du rayonnement ; dans une guerre de 5 000 à 10 000 mégatonnes, il faut s'attendre à plus d'un milliard de morts immédiatement et autant de blessés à cause de ces effets directs. Je voudrais ensuite faire comprendre que nous avons acquis la conviction qu'un « hiver nucléaire », s'accompagnant de toutes sortes de calamités biologiques, était réellement à envisager après une Guerre Nucléaire. Nous sommes persuadés qu'une longue période de froid glacial et de faible luminosité associée à des rayonnements ionisants et à des ultraviolets d'intensité renforcée pourrait détruire tout le système biologique qui soutient la civilisation ; le risque est certain pour l'hémisphère Nord mais il n'est même pas écarté pour les régions de l'hémisphère Sud éloignées du conflit en raison du processus de propagation des phénomènes climatiques et biologiques. Tout en étant d'accord sur l'essentiel, certains d'entre nous se demandent en fait si nous *n'avons pas sous-estimé* les conséquences biologiques. Les effets cumulés et les réactions en cascade sont la suite normale d'une dislocation de l'environnement et leurs effets, assez imprévisibles, ne peuvent généralement être identifiés qu'à posteriori. Ce que nous pouvons prévoir dans le domaine des conséquences biologiques d'une Guerre Nucléaire est déjà très fâcheux ; la réalité pourrait-elle être pire ? Pendant quarante ans, nous sommes restés dans l'ignorance du risque d'un hiver nucléaire. Et pensons à tout ce qui a encore pu échapper à notre attention. L'extinction de l'Humanité nous apparaîtra-t-elle un jour comme la conséquence inévitable d'une Guerre Nucléaire ? Ce jour-là, la poursuite de la course aux armements nous aura-t-elle conduits encore plus loin, au bord de la catastrophe ?

L'appel que je voudrais lancer est simple. Je réfléchis à la Guerre Nucléaire depuis des années, mais je n'avais jamais pensé devoir m'engager directement en tant que biologiste. Je me suis occupé de protection de l'environnement et, étant passionné par l'écologie, j'ai participé à des actions d'information et de protection de la nature. Aujourd'hui, je me rends compte que le problème de la Guerre Nucléaire englobe tous les autres et qu'il est essentiellement un problème de biologie. D'où l'appel que je lance non seulement aux Américains qui m'ont élu président de la Section de Biologie de l'AAAS (American Association for the Advancement of Science), il y a quelques années, mais aussi aux biologistes du monde entier. Je crois que tous les biologistes, sans en excepter un seul, doivent intervenir personnellement dans le problème de la Guerre Nucléaire. Quelles que soient leurs spécialisations ou les matières qu'ils enseignent, ils peuvent et doivent s'engager car toutes ces spécialités ont obligatoirement un lien avec l'une ou l'autre des conséquences biologiques d'une Guerre Nucléaire. Dans leur enseignement comme dans leurs articles, les biologistes doivent hautement exprimer leurs idées. Il faut propager ce que nous avons appris sur l'hiver nucléaire ; il faut porter à la connaissance du monde entier les inquiétudes exprimées à cette Conférence. Eclairer l'Humanité sur ce problème est le seul moyen d'éviter les ténèbres nucléaires. Il ne s'agit pas d'une controverse politique mais de la survie biologique. L'ennemi n'est pas l'Union soviétique ou l'Amérique mais les armes nucléaires seules.

MOSCOU EN DIRECT

Un dialogue entre savants américains et soviétiques

THOMAS F. MALONE (président) : La Conférence sur le Monde après une Guerre Nucléaire est une entreprise scientifique destinée à rassembler l'ensemble des connaissances, anciennes ou récentes, concernant les effets climatiques et atmosphériques d'une Guerre Nucléaire, et leurs conséquences pour la vie sur toute notre planète. Les organisateurs de la Conférence ont strictement évité de tirer les moindres conclusions politiques de leurs découvertes.

Nous nous sommes donné pour but de fournir des informations, non de défendre une quelconque opinion. Il est entendu pour tous les participants que cette Conférence n'est pas un forum politique. L'échange de vues entre les savants réunis à Washington et à Moscou se fonde également sur cet engagement de s'abstenir de discussions politiques.

L'émergence d'une inquiétude partagée par de nombreux savants, commune au monde scientifique et au grand public, marque un nouveau pas dans un processus amorcé l'année dernière, à Rome, par cette déclaration unanime des plus grands savants du monde : « Depuis 1945, la nature de la guerre est si profondément modifiée qu'elle met en péril l'avenir de la race humaine et des générations à naître. » La discussion des problèmes scientifiques que soulève ce sujet continuera bientôt à Stockholm, sous les auspices du Comité international des Associations scientifiques.

IEVGHENI VELIKOV (à Moscou) : Je me trouve ici en compagnie de Iouri Israel, membre correspondant de l'Académie des Sciences de l'URSS et directeur du Comité d'Hydrométéorologie et de Contrôle de l'Environnement. Je voudrais aussi vous présenter l'académicien Alexandre Bayev, spécialiste de biologie et de génétique moléculaire, qui est en outre secrétaire du Département de Biochimie, Biophysique et Chimio-Physiologie de l'Académie des Sciences de l'URSS, ainsi qu'un autre académicien, Nicolas Bochkov, membre de l'Académie médicale et directeur de l'Institut de Génétique de l'Académie des Sciences de l'URSS.

Carl Sagan : Je suis chargé de vous exposer les conclusions du rapport sur les conséquences physiques et climatiques. Nous avons examiné en détail les effets d'une Guerre Nucléaire en fonction de divers scénarios.

Nous avons, par exemple, observé le profil de la stratosphère et celui de la troposphère (voir *Figure 1A*, p. 50). Les produits projetés dans la stratosphère, au cours d'une Guerre Nucléaire, retombent très lentement ; ceux de la troposphère retombent plus rapidement. Ainsi, lors des explosions d'armes nucléaires de forte puissance, les poussières sont entraînées dans la boule de feu qui s'élève, parviennent au sommet du champignon et montent dans la stratosphère d'où elles retombent lentement. Au contraire, les armes nucléaires de faible puissance projettent les poussières dans la troposphère, d'où celles-ci retombent relativement vite. Au cours d'une Guerre Nucléaire, qui s'accompagne d'incendies de villes et de forêts, de très fines particules (particules noires de fumée et de suie) pénètrent dans les couches inférieures de l'atmosphère. D'après nos calculs, les poussières provenant des explosions d'armes nucléaires et la suie des incendies de villes et de forêts (que provoquent toutes les explosions aériennes, quelle que soit leur puissance) produiraient un voile sombre qui obscurcirait et refroidirait considérablement la Terre. La structure de l'actuelle troposphère serait profondément modifiée.

Parmi les différents scénarios, nous avons étudié le cas de référence d'un conflit de 5 000 mégatonnes, caractérisé par une chute brutale des températures continentales qui atteindraient plusieurs dizaines de degrés au-dessous de zéro après les premières semaines, sans pouvoir revenir à un niveau normal avant des mois (voir *Tableau 1*, p. 55).

Un autre des scénarios étudiés correspondait au cas d'une attaque anti-forces de 3 000 mégatonnes, visant donc uniquement les cibles militaires sans incendier les villes. Il s'agit d'une attaque assez modeste dans le contexte de la stratégie moderne. Avec ce scénario, les températures baissent de 7 à 8° C et le retour à la normale exige environ un an.

Il suffirait que la température du globe baisse de 7 ou 8° C, pour que disparaissent les zones de production céréalière des Etats-Unis, du Canada et de l'Union soviétique, ce qui serait en soi un terrible cataclysme pour l'environnement de notre planète. Nous avons également envisagé un certain nombre de cas beaucoup plus graves, mais ce qu'il faut peut-être souligner, c'est qu'il suffit d'un conflit de 100 mégatonnes avec explosion de 100 kilotonnes d'armes nucléaires sur plusieurs villes pour produire une quantité de fumée susceptible de provoquer des catastrophes climatiques persistant pendant des mois.

Outre le manteau noir qui recouvrirait la Terre et le froid glacial, une Guerre Nucléaire aurait encore d'autres effets : en particulier, les gaz toxiques, produits par les incendies des villes, ou la radioactivité, dont le niveau serait dangereux pour les hommes dans une bonne partie de l'hémisphère Nord (100 rads ou plus). Lorsque la poussière et la fumée seraient retombées apparaîtrait le problème de l'augmentation des ultraviolets dans la bande des UV-B dont le flux serait multiplié par deux à quatre selon la puissance totale des explosions.

Nous remémorant les découvertes récentes qui tendent à prouver que l'hémisphère Sud aussi serait très sérieusement touché, nous sommes obligés de conclure que toute Guerre Nucléaire, même de puissance relativement faible, serait suivie d'un ensemble de phénomènes constituant des agressions simultanées de la biosphère, d'une ampleur jamais égalée (voir *Tableau 2*, pp. 62-63).

Le seuil à partir duquel apparaissent les effets climatiques est fonction du choix des cibles, et se situe autour de mille explosions d'armes nucléaires. Nous savons que l'arsenal stratégique réuni des Etats-Unis et de l'Union soviétique représente environ 17 fois ce seuil. Nous nous rendons compte aujourd'hui que, depuis le début des années 1950, les dirigeants des deux Grands ont pris des décisions concernant toute la planète en ignorant les effets climatiques catastrophiques que peut entraîner l'utilisation des armes nucléaires. Nous nous apercevons, pour la première fois, qu'une Guerre Nucléaire pourrait dévaster des pays très éloignés du conflit. Pour finir, je voudrais insister sur le fait que ces conclusions s'appuient sur une vaste série de travaux tant américains que soviétiques.

PAUL EHRLICH : La triste nouvelle que j'ai le devoir de vous annoncer n'étonnera certainement pas mes collègues soviétiques. Voici ce dont il s'agit : après avoir travaillé sur les scénarios que Carl Sagan vient de décrire, un vaste groupe de biologistes a réussi à présenter des conclusions unanimes sur les conséquences d'une Guerre Nucléaire. Aux Etats-Unis, une telle unanimité est inhabituelle dans notre discipline, et je suis convaincu qu'il en est de même dans votre pays.

Nous allons parler de ce qui se passe après une Guerre Nucléaire, lorsque les bombes ont déjà éclaté, faisant aussitôt environ un milliard de morts. C'est alors que les survivants (humains, animaux, végétaux) subissent simultanément un certain nombre d'agressions inconnues jusque-là.

La température baisse de plusieurs dizaines de degrés et atteint un niveau très inférieur à zéro, même en été ; si la guerre survient en hiver, le froid se maintient au printemps. En même temps, il n'y a plus de lumière, de sorte que la photosynthèse diminue ou s'interrompt. Le rayonnement atteint un niveau suffisant pour tuer les conifères sur de grandes étendues, peut-être plus de 2 % de la superficie émergée de l'hémisphère Nord.

Ensuite, une fumée toxique — une couche empoisonnée d'air pollué — se répand sur la totalité de l'hémisphère Nord. Lorsque les effets atmosphériques commencent à se faire moins sentir et que le processus de disparition de la suie s'amorce, la Terre est inondée par un flux d'ultraviolets, des UV-B.

Ainsi, la capacité de production de notre planète serait frappée (tout au moins dans l'hémisphère Nord) d'une série de maux dont chacun serait extraordinairement grave à lui seul.

Pour nous tous, il est manifeste qu'une Guerre Nucléaire à grande échelle marquerait la fin de la production agricole de l'hémisphère Nord, pour au moins un an et probablement beaucoup plus longtemps. En outre, la majorité des denrées alimentaires existantes auraient été détruites. En de nombreux endroits, il serait difficile de se procurer de l'eau car l'eau douce des régions continentales gèlerait jusqu'à une profondeur de l'ordre de 1 à 2 mètres.

Plus généralement, nous pouvons prévoir l'effondrement de tous les écosystèmes nécessaires à la vie, dans les régions tempérées de l'hémisphère Nord tout au moins ; la survie de la civilisation y deviendrait donc excessivement difficile, sinon impossible.

Nous ne sommes pas absolument sûrs que les effets s'étendraient à l'hémisphère Sud. Par contre, il semble quasiment certain que le nuage de poussière et de suie gagnerait le tropique Nord et y couvrirait de vastes zones. Les végétaux, les animaux et les micro-organismes constituent une sorte de « bibliothèque génétique » qui est un capital inestimable dont nous avons déjà tiré la base même de notre civilisation, et c'est cet éventail génétique qui serait menacé ou anéanti en grande partie si les effets se propageaient à l'hémisphère Sud. D'ailleurs, si les effets climatiques se propageaient effectivement à tout l'hémisphère Sud, nous pensons que quelques groupes humains pourraient certes survivre (notamment sur le littoral et les îles) mais se trouveraient confrontés à des conditions écologiques et sociales extrêmement pernicieuses et sans aucun précédent. Nous ne croyons pas pouvoir exclure l'éventualité d'un déclin progressif de l'Humanité jusqu'à son extinction totale si cet événement se produit.

Les résultats biologiques nous ont paru évidents et nous pensons qu'ils sont fiables pour la totalité des scénarios, depuis l'hypothèse de l'attaque de 100 mégatonnes sur des villes jusqu'au conflit de

10 000 mégatonnes, en passant par les attaques anti-forces et anti-valeurs.

Une conclusion qui nous semble très impressionnante vient immédiatement à l'esprit : il est théoriquement possible aux Etats-Unis comme à l'Union soviétique de lancer une première frappe de 3 000 mégatonnes sur les silos de l'adversaire et de les détruire sans toucher un seul habitant du pays attaqué, et sans susciter de contre-offensive. Or, ceci pourrait néanmoins suffire pour provoquer la destruction des deux pays à cause de la perte de productivité agricole due à la diminution de la lumière et de la température. Il est inutile de rappeler que le plus grand « réservoir » alimentaire du monde vient de la production céréalière de l'hémisphère Nord, en particulier celle du centre des Etats-Unis et du Canada. La disparition de cette production, ne serait-ce que pendant un an, représenterait un cataclysme sans précédent pour l'Humanité.

Les résultats présentés par les climatologues et physiciens permettent facilement aux biologistes de conclure avec une quasi-certitude qu'une Guerre Nucléaire comporte des dangers plus importants que le nombre épouvantable de victimes immédiates et les effets à court terme, pourtant déjà catastrophiques.

Iouri Israel : La course aux armements a conduit de nombreux pays à utiliser de manière de plus en plus intensive les ressources naturelles et à développer constamment leur industrie, ce qui a déjà créé maints problèmes écologiques mondiaux. Mais, en cas de Guerre Nucléaire, il est évident que les modifications de la biosphère seraient d'un tout autre ordre de grandeur ; les résultats seraient catastrophiques pour l'Humanité et l'ensemble de la biosphère. Les conséquences d'une Guerre Nucléaire éventuelle sont donc actuellement l'objet de nombreuses discussions dans le monde entier. Pour nos estimations, nous avons pris l'hypothèse d'une guerre susceptible d'engager 6 000 à 15 000 mégatonnes.

Je voudrais brièvement exposer les conséquences géophysiques et géologiques de différents facteurs.

Premièrement, de grandes quantités de produits radioactifs pénétreraient dans l'atmosphère ; le rayonnement causerait des dégâts aux écosystèmes, modifierait les propriétés électriques de l'atmosphère et conduirait à des changements dans l'ionosphère. Ces différents effets auraient ensuite des répercussions biologiques.

Le deuxième facteur serait la pollution atmosphérique provoquée par les aérosols qui résulteraient des explosions nucléaires de forte puissance, soit à cause de l'énorme dégagement de poussières, soit à cause de la suie des incendies faisant suite à ces explosions.

L'atmosphère, dont les caractéristiques seraient altérées par les aérosols, laisserait beaucoup plus difficilement passer les rayons du Soleil. La conséquence serait une destruction des systèmes écologiques, suivie de modifications climatiques.

Troisièmement, les produits gazeux (méthane, ozone troposphérique...) viendraient aussi polluer l'atmosphère. Cette pollution entraînerait des changements dans les caractéristiques d'absorption de l'atmosphère, donc des changements climatiques. Les oxydes qui se développeraient dans la boule de feu des explosions détruiraient une partie importante de la couche d'ozone, ce qui conduirait à une augmentation des rayonnements ultraviolets susceptible de causer des effets biologiques et climatiques indésirables.

Enfin, le quatrième facteur serait la transformation de l'albédo de la surface de la Terre, cause supplémentaire de conséquences climatologiques.

Pour prévoir les effets les plus importants des aérosols, il est indispensable de déterminer la quantité de particules qui subsisteraient pendant longtemps dans l'atmosphère. Les aérosols ont une faible longévité dans la troposphère (environ deux semaines, au maximum). Il faut donc calculer le pourcentage d'aérosols à haute dispersion qui pénétreraient dans la stratosphère. D'après nos estimations, ce pourcentage serait de l'ordre de 1 %. Ceci correspond approximativement à la proportion d'aérosols à haute dispersion projetés dans la stratosphère lors d'une très forte éruption volcanique.

Assurément, les aérosols troposphériques provoqueraient une diminution de la température au sol pendant la première semaine après les explosions nucléaires. Ce refroidissement aurait des répercussions dramatiques sur les écosystèmes et le rendement des cultures.

Mais, de notre point de vue, l'éventuel réchauffement de la troposphère, après les chutes d'aérosols, aurait des effets encore plus graves. Ce réchauffement serait dû à l'absorption du rayonnement à onde longue, conséquence de l'apparition de mélanges gazeux dans l'atmosphère, notamment ozone troposphérique, éthane, méthane, etc. Le doublement du taux de CO_2 élèverait la température de 3 ou 4° C. Le doublement de la proportion d'ozone dans la troposphère provoquerait un réchauffement de près de 1 °C. Actuellement, la concentration d'ozone dans la troposphère est de 3 parties par milliard ; en cas de Guerre Nucléaire, ce taux serait multiplié par trois ou par quatre. La quantité de méthane serait multipliée plusieurs fois ; quant à la concentration d'éthane, elle serait multipliée par trente à quarante. La température augmenterait de 3 ou 4 °C du simple fait de cette concentration accrue des mélanges gazeux. Il se produirait un effet de serre susceptible d'altérer très gravement le climat pendant longtemps et de provoquer l'écroulement de l'activité agricole humaine.

La présence dans l'atmosphère de ces mélanges gazeux exercerait aussi des effets sur l'hémisphère Sud. La baisse immédiate de la température, au début du processus, serait ultérieurement suivie par une remontée progressive, ces deux phénomènes s'accompagnant de conséquences écologiques à long terme. Le refroidissement initial détruirait la végétation. Ensuite, au moment de la remontée de la température, interviendraient les changements climatiques, de sorte que la possibilité de renouvellement des ressources biologiques serait annihilée.

Je me permets de vous rappeler, encore une fois, que les caractéristiques électriques de l'atmosphère seraient considérablement altérées à cause de la radioactivité, surtout dans les premiers temps. Une concentration de produits radioactifs de 1 nanocurie par mètre cube modifierait d'environ 10 % la conductivité de l'atmosphère, ce qui pourrait déclencher des orages fréquents. Par ailleurs, nous avons déjà signalé les dommages écologiques que provoquerait l'opacité de l'atmosphère en bloquant la lumière. Enfin, la couche d'ozone de la stratosphère serait détruite.

Nous savons que, dans un conflit de 10 000 mégatonnes, chaque mégatonne produit 10^{32} molécules d'oxydes d'azote. Le pourcentage d'ozone détruit serait partiellement fonction de la hauteur atteinte par le nuage lors des explosions, mais il devrait se maintenir autour de 7 % pendant des mois ou même des années. Dans le cas d'une explosion unique, la couche d'ozone détruite se reconstitue en quelques jours. Après des explosions multiples, il n'y aurait aucune diffusion et l'ozone ne se reconstituerait pas. La modification de sa concentration persisterait donc. A des altitudes de 25 ou 30 km, l'ozone serait détruit à environ 60 %. Il ne faut pas oublier que cet effet se propagerait rapidement à l'hémisphère Sud, même si les explosions étaient confinées à l'hémisphère Nord.

Ce qu'il faut retenir, c'est que les explosions nucléaires, surtout si elles étaient massives, ne dévasteraient pas uniquement les secteurs où elles auraient lieu ; elles provoqueraient des ravages et des modifications affectant toute la planète. Elles seraient suivies de modifications climatiques irréversibles, conduiraient à la destruction d'une grande partie de la couche d'ozone et mettraient en péril les écosystèmes de notre Terre. De plus, leurs effets seraient cumulatifs. Il n'est pas exclu que les conséquences écologiques différées puissent faire plus de morts et de victimes que les effets directs immédiats, tant dans les pays impliqués dans la guerre que dans les régions plus lointaines — et ceci, même dans l'hypothèse d'un conflit dit limité. Une Guerre Nucléaire ne peut avoir ni vainqueurs ni vaincus. En définitive, Carl Sagan l'a déjà souligné, l'issue serait fatale pour tous. Ainsi, le problème posé est le problème de l'existence même de la vie sur Terre.

ALEXANDRE BAYEV : L'opinion des spécialistes, biologistes et médecins est très claire : une Guerre Nucléaire serait immorale et inadmissible à cause des pertes gigantesques qu'elle causerait aux hommes. Il n'est pas possible de tolérer une Guerre Nucléaire car elle mettrait en cause la survie de l'Humanité, et même la persistance sur Terre des formes de vie que nous connaissons.

Je voudrais dire quelques mots des pertes de vies humaines. Les estimations de nos savants correspondent à celles de nos collègues américains. Les pertes que provoqueraient immédiatement les explosions nucléaires dans la population peuvent être calculées avec précision, car nous possédons les renseignements nécessaires depuis la triste expérience d'Hiroshima et de Nagasaki. Les essais nucléaires nous ont également fourni des indications. Nous avons donc pu nous livrer à des calculs théoriques et déterminer qu'un quart de la population périrait dans la région du conflit nucléaire.

La plupart de ces personnes brûlées, blessées ou irradiées ne survivraient pas pour la simple raison qu'elles n'auraient pas la possibilité de recevoir des secours médicaux. Il n'existerait plus aucun moyen d'assurer les conditions de vie minimales, une nourriture normale et un approvisionnement en eau, et, de plus, les conditions extrêmement hostiles apparues à la suite des explosions se feraient sentir en permanence, notamment les changements climatiques et le rayonnement. La réunion de tous ces éléments causerait la mort d'un second quart de la population. Ainsi, près de la moitié de la population périrait presque immédiatement dans la zone du conflit.

Et ceux qui survivraient à toutes ces conséquences immédiates des bombes ? Tout ce que nous ont appris nos collègues américains, et tout ce que nous savons, indique qu'ils auraient beaucoup de mal à survivre. La majeure partie de ces rescapés de la première heure serait vouée à une mort rapide. Il faudrait compter avec la famine, les modifications météorologiques, l'écroulement de toute la structure sociale. Il est évident que tout cela conduirait inévitablement à des conséquences dramatiques. Nous présumons donc que, dans le meilleur des cas, les individus qui pourraient survivre dans la zone du conflit nucléaire ne formeraient qu'un flot d'Humanité perdu dans un environnement hostile et mort.

Il faut insister sur l'effet cumulé de tous les changements qui interviendraient ; un grand nombre d'influences dangereuses et nocives s'exerceraient simultanément.

NIKOLAÏ BOCHKOV : Lorsque nous envisageons les conséquences écologiques et biologiques, il est naturel que nous nous préoccupions surtout de l'Humanité. Ayant donc réfléchi aux possibilités de survie humaine après un holocauste nucléaire, nous devons affirmer que les conditions régnantes ne permettraient plus la survie de l'Humanité en tant qu'espèce. Nous devons partir de l'hypothèse que l'Homme s'est adapté à son environnement par une longue évolution, au prix de la sélection naturelle. Il n'a commencé à adapter l'environnement à ses besoins que depuis quelques millénaires, créant ainsi une sorte d'environnement artificiel qui lui assure sa nourriture, son abri et bien d'autres nécessités élémentaires. L'Homme moderne ne peut survivre sans cet environnement. Contrairement à la technologie, dont les progrès ont été spectaculaires, la nature biologique ne s'est pas modifiée dans le passé récent. Les exposés de Paul Ehrlich et Alexandre Bayev nous ont donné un aperçu des nombreuses entraves qui rendraient la survie de l'Humanité difficile après une catastrophe nucléaire. Mais, dans la mesure où nous sommes obligés de considérer ce qui se passerait dans un avenir un peu lointain, je voudrais souligner que les effets les plus marquants à long terme seraient les effets génétiques. Si des îlots d'Humanité (ou, selon les termes de Paul Ehrlich, des groupes disséminés sur quelques îles, au milieu des océans) devaient survivre, quels problèmes génétiques affronteraient-ils ? Lorsqu'une population connaît une chute démographique brutale, elle se trouve rapidement confrontée au problème du seuil critique au-dessous duquel il n'y a plus assez d'individus pour assurer sa reproduction. D'une part, le nombre des êtres humains vivants serait réduit au minimum et, d'autre part, étant en petit nombre, ces individus seraient isolés. Il est absolument certain qu'il se poserait un problème de consanguinité, d'où résulteraient des mutations létales par suite de l'irradiation fœtale et néo-natale et à cause des retombées radioactives. De nouvelles mutations apparaîtraient ; l'altération des gènes et des chromosomes par la radioactivité poserait un problème génétique supplémentaire. En raison des aberrations naturelles et de la mortalité périnatale, les maladies héréditaires ne seraient qu'une partie de l'ensemble du désordre génétique engendré par le rayonnement. Tout cela devrait assurément concourir à l'extinction de l'Humanité devenue incapable de se reproduire.

Les effets cumulés exerceraient une influence particulière dans le domaine de la reproduction humaine ; en effet, la consanguinité et les mutations qu'elle engendre se conjugueraient avec des conditions d'existence extrêmement difficiles pour aboutir à une situation qui ne favoriserait pas la survie de l'Homme.

Les perspectives de l'Humanité après une Guerre Nucléaire doivent évidemment s'envisager dans le cadre d'un monde dont les écosystèmes et les ressources écologiques auraient été perturbés ou détruits. Les conditions biologiques et sociales ne seraient donc pas de nature à permettre aux hommes de survivre en tant qu'espèce.

THOMAS F. MALONE : Je remercie mes collègues de Moscou. Parmi les savants soviétiques réunis avec nous à Washington, nous avons la présence du Pr Nikita Moïsseïev. Je voudrais lui demander de nous décrire quelques-uns des résultats de l'étude réalisée sur ordinateur à l'Académie des Sciences de l'URSS. Nous avons l'impression que ces résultats corroborent ceux que nous avons nous-mêmes obtenus grâce à nos simulations météorologiques.

NIKITA MOÏSSEÏEV : Je voudrais commencer par remercier mes collègues américains de m'avoir donné l'occasion de participer à cette très intéressante Conférence, à Washington. Nous partageons leurs inquiétudes et pensons que l'étude des conséquences potentielles d'un conflit nucléaire est une priorité pour les scientifiques du monde entier.

Chez nous aussi, diverses recherches sont actuellement réalisées dans ce domaine. Au Centre Informatique de l'Académie, que je représente, nos études s'orientent dans trois directions.

La première est l'étude des conséquences éventuelles d'une Guerre Nucléaire sur le climat. La deuxième est l'étude des processus biologiques et des modifications de la faune et de la flore. A la troisième, correspond une autre approche. D'une manière générale, nous restons optimistes et gardons l'espoir que l'Humanité deviendra un jour suffisamment sage pour renoncer définitivement à l'idée d'utiliser les armes nucléaires. Mais, dans cette éventualité, de nouvelles questions se poseraient : comment l'Humanité devrait-elle employer cette puissance nouvelle ? C'est un sujet qui mérite aussi réflexion, si l'on reste optimiste.

Je pense que cette Conférence est exceptionnelle, non seulement à cause des sujets qu'elle aborde, mais aussi en raison des discussions techniques qu'elle a suscitées. Etant ici à Washington, je vois sur l'écran deux de mes collègues de Moscou, qui ont directement participé aux travaux effectués au Centre Informatique de l'Académie des Sciences de l'URSS pour calculer divers effets climatiques : les Prs Georgi Stenchikov et Valeri Parkhomenko. Nos résultats indiquent qu'une catastrophe nucléaire mondiale ferait brutalement chuter la température moyenne sur Terre. Il faudrait cinq ou six mois, environ, avant une quelconque amélioration des températures au niveau mondial. Localement, le refroidissement serait en fait beaucoup plus accusé. Huit mois après le conflit nucléaire (240 jours), la température serait encore très au-dessous de son niveau d'avant le conflit dans bon nombre de régions. Les conséquences écologiques d'une telle situation sont faciles à imaginer.

Nous avons aussi étudié les perturbations qu'un conflit nucléaire mondial provoquerait dans la circulation atmosphérique, et avons établi que son caractère serait totalement modifié. Au lieu de la circulation atmosphérique classique, il ne resterait qu'une seule cellule de circulation et la pollution (toutes les impuretés provenant de l'hémisphère Nord) se déplacerait vers l'hémisphère Sud. Manifestement, aucun endroit de notre Terre ne serait épargné par les conséquences d'un conflit nucléaire mondial.

THOMAS F. MALONE : Nikita Moïsseïev a soulevé un problème intéressant lorsqu'il a parlé de l'énorme modification qui affecterait ce que les météorologues appellent la circulation générale. Certains d'entre nous estiment qu'il y a tout lieu de prévoir des échanges considérables entre les deux hémisphères. Le Pr Israel pourrait peut-être nous dire ce que ses collègues et lui-même pensent de la propagation des effets catastrophiques de l'hémisphère Nord à l'hémisphère Sud ? Nous sommes très intéressés par votre opinion, ne serait-ce qu'à titre indicatif, car nous nous rendons bien compte que les recherches sont loin d'être terminées.

IOURI A. ISRAEL : Effectivement, des modifications de température surviendraient, consistant en un refroidissement aussitôt après les explosions nucléaires ; un réchauffement pourrait avoir lieu ultérieurement à cause de l'effet de serre. Il est hors de doute que ceci affecterait la circulation atmosphérique.

En ce qui concerne les échanges de masses d'air, et donc de produits polluants et de mélanges gazeux, entre les deux hémisphères, les études du fond naturel de radioactivité menées dans le passé lors de certains essais nucléaires ont démontré qu'il y avait bien un échange de masses d'air entre les deux hémisphères. Cet échange s'étend sur une période de plusieurs mois, voire plusieurs années, mais nous sommes certains qu'il a lieu. Je suis absolument convaincu que, si le drame dont nous parlons survenait, les modifications apparues dans l'hémisphère Nord migreraient vers l'hémisphère Sud.

Kirill Kondratiev : En complément aux résultats extrêmement intéressants auxquels ont abouti les travaux sur les effets climatiques à long terme des explosions nucléaires, j'ai quelques remarques à ajouter concernant l'exploitation de l'observation du rayonnement solaire. Après avoir mesuré le rayonnement solaire à partir de ballons placés à des altitudes atteignant 30 km, nous avons analysé les données obtenues et constaté que l'une des principales causes d'affaiblissement du rayonnement solaire était le dioxyde d'azote qui s'était formé dans l'atmosphère après les explosions nucléaires de forte puissance des essais de 1962 et 1963. Il s'avérait donc que le NO_2 contribuait largement à empêcher le rayonnement solaire de parvenir à la surface de la Terre. Après les essais de 1962-1963, nous avons essayé d'estimer le refroidissement et nous avons découvert que le NO_2 pouvait avoir été responsable d'une baisse de température d'un demi-degré. Nous avons ensuite employé le modèle publié dans *Ambio* et procédé par extrapolation pour imaginer ce qui se passerait en cas de Guerre Nucléaire. Les résultats indiquent un refroidissement de 9,5 °C pour l'ensemble de la planète, ce qui est naturellement important en soi. Mais ce qui me paraît encore plus important, c'est le fait que le NO_2 est un gaz et que nous parlons de la stratosphère. Autrement dit, il s'agit d'un phénomène à long terme, infiniment plus persistant que la présence des fumées et particules polluantes dans la stratosphère. La propagation de cet effet vers l'hémisphère Sud est un problème très grave, qui peut signifier que les conséquences seraient aussi tragiques dans l'hémisphère Sud que dans l'hémisphère Nord. Nous avons constaté le phénomène NO_2 en observant le rayonnement solaire en 1963. Sa présence était encore très nette en 1964 et en 1965. Or, ceci se passait dans des conditions normales de circulation atmosphérique. Nos collègues ont démontré que l'effet serait encore plus considérable s'il y avait circulation transéquatoriale.

Paul Ehrlich : Je voudrais demander au Pr Kondratiev de bien vouloir renseigner un biologiste sur un point de physique atmosphérique. Si je vous ai bien compris, l'effet du NO_2 sur la couche d'ozone produirait une diminution de température de 8 à 9 °C au sol ; est-ce exact ?

Kirill Kondratiev : Non, ce n'est pas ce que j'ai dit. Je voulais noter que le NO_2 a une forte capacité d'absorption dans les fréquences autour du demi-micron, si bien que le NO_2 de l'atmosphère lui-même absorbe les radiations solaires avec la plus grande intensité dans les fréquences d'absorption qui lui sont propres. Cela correspond justement au spectre de rayonnement solaire maximal. Ce fait ne concerne donc en rien l'ozone. Il s'agit d'un autre aspect de l'action du dioxyde d'azote dans l'atmosphère.

Carl Sagan : Vous me permettrez peut-être de soulever une question d'ordre général. Je dois d'abord dire que la similitude des résultats obtenus me fait plaisir car les recherches ont été menées indépendamment les unes des autres, d'une part en Union soviétique et d'autre part aux Etats-Unis, et elles concernent un sujet particulièrement grave et capital. Dans tous nos travaux, il y a une marge d'incertitude sur divers paramètres : les scénarios, la quantité de poussières après des explosions de forte puissance au sol, l'agglomération des particules dans l'atmosphère et le laps de temps qui s'écoulerait avant les retombées radioactives, la question de la circulation atmosphérique et celle des doses de rayonnement à court, moyen et long terme. Les résultats dépendent du calcul mais ils dépendent aussi en partie des données initiales. Ainsi, par exemple, ils dépendent des données dont on dispose sur la taille des particules provenant des incendies et des explosions d'armes nucléaires, sur le coefficient d'absorption et l'indice de réfraction complexe de ces particules. Nos collègues soviétiques pensent-ils avoir acquis des indications sur la taille des particules lors des essais nucléaires effectués avant le traité de 1963 instituant la limitation des essais nucléaires ? Sont-ils en mesure de nous communiquer des renseignements sur la taille des particules et leur coefficient d'absorption d'après ce qu'ils ont observé lors des grands incendies survenus en Union soviétique ? Pourraient-ils éventuellement nous préciser dans quel ordre de grandeur ils situent les scénarios de Guerre Nucléaire qu'ils considèrent comme plausibles ?

Iouri Israel : Je crois qu'il conviendrait de poursuivre ce dialogue à l'occasion de certains colloques scientifiques. Pour ma part, j'aurais un grand nombre de questions à poser aux collègues américains au sujet des données à partir desquelles ils ont construit leurs modèles, notamment sur ce qui concerne la répartition des particules selon leur taille, et les dimensions et quantités de particules d'aérosols projetées dans l'atmosphère. Je peux vous dire, par exemple, que les calculs que nous avons effectués pour déterminer les quantités d'aérosols à haute dispersion ont évalué à 1 %, ou même moins de 1 %, les particules inférieures au micron. Ce chiffre, quoique proche du vôtre — il me semble que vous avez parlé de 0,5 % d'aérosols à haute dispersion (très petites dimensions) — est donc inférieur à 1 %. Ce sont là des problèmes strictement scientifiques que je souhaiterais approfondir avec vous dans un proche avenir. Comme Carl Sagan, je trouve très intéressant que nos travaux, menés indépendamment les uns des autres, aient conduit à des résultats aussi similaires ; nos descriptions générales des conséquences d'une Guerre Nucléaire au plan écologique, géophysique et biologique sont très voisines.

Roald Sagdeïev : Au cours des vingt dernières années, de nombreux travaux ont été consacrés à la mise au point de scénarios envisageant l'évolution de la biosphère et de l'atmosphère après une Guerre Nucléaire. C'est ce qui nous a permis de parvenir à des modèles très sérieux dont les résultats sont présentés par deux groupes distincts, le groupe représenté par Carl Sagan d'une part, et le groupe soviétique d'autre part. Ce sérieux que nous constatons aujourd'hui dans nos modèles témoigne que nous avons réussi à les concevoir sur la base d'une approche planétaire (c'est-à-dire une approche interdisciplinaire). Je crois que nous devrions tous convenir de coopérer très étroitement à leur affinement. Nos travaux pourront peut-être bénéficier des renseignements que nous avons tirés des essais nucléaires sur certains points comme, par exemple, la dispersion et la composition des aérosols. Désormais, nous avons à notre disposition la technologie de l'espace. Nous disposons aussi de données provenant de quelques phénomènes naturels qui, malgré leur faible échelle, peuvent s'avérer utiles pour simuler les conséquences d'un cataclysme nucléaire. Dans cette seconde catégorie d'observations, nous avons non seulement les éruptions volcaniques qui projettent des aérosols, mais aussi les protubérances solaires, qui sont à l'origine de certains changements dans la stratosphère — notamment l'apparition d'oxydes d'azote. Il serait vraiment souhaitable de joindre nos recherches dans ce domaine et d'avoir recours aux nouvelles techniques planétaires, surtout les techniques de l'espace.

Thomas F. Malone : Dans l'avenir, nous aurons l'occasion d'échanger nos connaissances et de développer conjointement des scénarios auxquels de nombreux pays pourront souscrire, comme point de départ de l'étude des conséquences d'une Guerre Nucléaire. Je me réjouis d'avoir prochainement l'occasion de rencontrer Georgi Scriabine, et Ievgheni Velikov, lors des entretiens de Stockholm auxquels participeront de nombreux savants venant du monde entier, et dont l'objet sera précisément de discuter de la mise en commun des informations.

Carl Sagan : J'ai été très heureux d'entendre les propos de Roald Sagdeïev. En Union soviétique, il est le responsable de l'exploration des planètes inhabitées. Un fait vaut la peine d'être remarqué : cette branche scientifique, très éloignée des problèmes de vie et de mort que pose la Guerre Nucléaire, a considérablement contribué au démarrage des recherches dont nous nous occupons ici.

L'exploration des planètes inhabitées a stimulé aussi bien nos propres travaux que certains des travaux décrits par Georgi Golitsyne ; les nôtres ont débuté, en 1971, par l'étude de la tempête de poussière observée sur Mars par Mariner 9. S'il subsistait le moindre doute sur l'utilité pratique de l'exploration des planètes, j'espère donc qu'il a disparu.

Paul Ehrlich : Je voudrais remercier Nikolaï Bochkov d'avoir mis en avant l'aspect génétique. Si nous n'avons pas insisté sur cette question, c'est en grande partie à cause de l'énormité des effets biologiques immédiats, rapides et à court terme (entre plusieurs mois et plusieurs années) ; ceux-ci sont si tragiques, du moins pour les habitants de l'hémisphère Nord, qu'ils nous ont amenés à négliger quelque peu la prédisposition aux cancers et les anomalies génétiques des générations futures.

Mais Nikolaï Bochkov a signalé quelque chose qui nous semble aussi de la plus haute importance : le risque de consanguinité et d'augmentation des cancers chez les survivants disséminés en petits groupes. Un autre point pourrait être très important : les modifications génétiques affectant les écosystèmes eux-mêmes, dont nous ne savons pas très bien ce qu'ils deviendraient après une Guerre Nucléaire. Les populations qui les composent auraient été soumises à toutes sortes de sélections nouvelles ; les petits groupes humains qui auraient survécu seraient donc confrontés à un environnement entièrement inhabituel, auquel ils n'auraient pas été préparés par leur culture. Ils ne se trouveraient pas dans la situation des hommes des temps reculés qui connaissaient intimement leur environnement et pouvaient ainsi facilement y vivre de la chasse et de la cueillette. Nos survivants seraient au contraire habitués à la « civilisation », et devraient subsister dans un type d'écosystème totalement inconnu. Cette situation créerait certainement des problèmes extrêmement difficiles tant sur le plan économique que sur le plan psychologique.

Nikolaï Bochkov : J'ajoute à ce que vient de dire Paul Ehrlich que l'espoir d'une sorte de renouveau de l'Humanité, d'une nouvelle spirale d'évolution, serait une idée réellement naïve ; en effet, à l'aube de l'ère qui commencerait, l'Homme aurait certes conservé ses qualités biologiques antérieures, mais il serait malheureusement affecté de grandes tares. L'Homme de l'après-Guerre Nucléaire aurait des problèmes somatiques et psychologiques, et le milieu auquel il devrait s'adapter serait, de loin, le plus hostile que l'Humanité ait connu.

GEORGI SCRIABINE : Cette Conférence me laisse une impression légèrement ambiguë. D'un côté, j'y vois une grande inquiétude à l'idée de la tragédie qui nous menace, qui plane sur nous tous et qui met en péril toute vie sur Terre. C'est une perspective épouvantable, qui ne peut qu'inquiéter un être humain normal.

Mais, d'autre part, cette Conférence présente aussi un aspect très réconfortant : le consensus atteint par les grands savants qu'elle réunit — nos propres savants et leurs collègues américains. Ils sont unanimes à penser qu'il faut éviter une Guerre Nucléaire, qui signifierait désastre et mort pour l'Humanité. Personnellement, cela me réjouit et me rassure car, à notre époque, l'autorité des hommes de science est considérable. Nous devrions tous essayer d'user de notre influence pour que cesse la course aux armements, et qu'ainsi il n'y ait jamais de Guerre Nucléaire.

IEVGHENI VELIKOV : L'un de nos collègues américains voudrait-il ajouter quelques mots ?

PAUL EHRLICH : Il n'y a rien à ajouter ; nous souhaitons tous très ardemment qu'il n'y ait jamais de Guerre Nucléaire. Nous espérons que les peuples du monde et leurs dirigeants se rendront compte qu'une confrontation Est/Ouest n'est pas un péril limité à l'Union soviétique, aux Etats-Unis et à leurs alliés directs ; chacun des habitants de notre planète est menacé d'un danger grave et même d'un danger de mort.

C'est sur cette base que devraient raisonner tous les hommes politiques du monde.

THOMAS F. MALONE : Notre Conférence et ce dialogue pourraient parfaitement, et à juste titre, apparaître un jour comme un tournant dans l'histoire de l'Humanité.

Je me souviens d'un incident survenu en 1954 à la suite d'un essai de bombe à hydrogène ; des cendres provenant de l'essai tombèrent sur un bateau de pêche japonais, le *Dragon heureux*. Une vague d'inquiétude déferla sur le monde ; on prenait conscience que ces essais étaient dangereux pour l'atmosphère, bien commun de l'Humanité. Peu après, des mesures furent prises pour réglementer plus strictement ce type d'essais.

J'espère donc que cette Conférence, dont le but est d'élucider le problème et qui se place dans la perspective d'un échange d'idées amical, rendra les responsables politiques plus conscients, et marquera effectivement le tournant que nous espérons de tout cœur.

ALEXANDRE KOUZINE : En tant que radiobiologiste, je désirerais attirer votre attention sur un point précis. Si un holocauste nucléaire devait survenir, les retombées de radionucléides seraient naturellement très importantes sur tout le globe, et le fond de rayonnement deviendrait plus élevé. Du fait de ma profession, je connais la sensibilité de différentes espèces aux radiations. L'Homme est l'une des espèces les plus sensibles. Chez lui, une irradiation importante engendrerait de nombreux changements ; son système immunitaire serait détruit. Par contre, les micro-organismes pathogènes, que nous avons l'habitude de considérer comme nuisibles, possèdent, eux, de très bonnes défenses contre cette radioactivité. Il y aurait donc un déséquilibre biologique supplémentaire, s'ajoutant aux causes de dépérissement des petits groupes humains qui auraient échappé aux conséquences immédiates de la Guerre Nucléaire.

Il incombe donc aux savants, qu'ils soient soviétiques ou américains, de révéler à tous l'immense danger que constituerait tout engagement d'un conflit nucléaire, quel qu'il soit ; les savants doivent faire en sorte que soit annihilée la possibilité même d'une Guerre Nucléaire car ils savent d'une manière certaine que toute forme de vie risquerait alors de disparaître de notre planète, pas seulement notre forme de civilisation.

PAUL EHRLICH : Je me permets une dernière observation. Au cas où les effets de la Guerre Nucléaire se propageraient à l'hémisphère Sud, l'Humanité se réduirait à quelques groupes d'individus qui pourraient à la limite surmonter tous les obstacles décrits (et éventuellement même ceux dont nous a parlé Alexandre Kouzine), mais notre technologie serait perdue, et vraisemblablement à jamais. Il ne faut pas oublier cela (et il faut le dire aux hommes politiques).

Lorsque l'Humanité a commencé à se « civiliser » et à s'industrialiser, les matières premières étaient abondantes à proximité de la surface de la terre : pour trouver du pétrole, il suffisait d'enfoncer un bâton pointu dans le sol et de creuser ainsi un puits. Ce que l'on extrait aujourd'hui est de très basse teneur et il faut creuser sur des kilomètres de profondeur pour exploiter les gisements. Or, les séquelles d'une Guerre Nucléaire s'étendraient sur une durée si longue que la technologie se perdrait ; les stocks de fer et d'autres ressources importantes seraient détruits par la corrosion et dispersés. Il est donc très improbable qu'un groupe d'individus vivant de la chasse et de la cueillette, ou d'une quelconque culture strictement destinée aux besoins alimentaires, puisse un jour retrouver le chemin de la civilisation technologique.

IEVGHENI VELIKOV : Je crois que nous sommes tous d'accord sur l'importance de cette Conférence ; elle donnera peut-être une nouvelle impulsion au désarmement nucléaire. Elle a fourni à tous divers renseignements scientifiques. Tout un chacun doit pouvoir en tirer des déductions sur le plan pratique.

En ce qui me concerne, je trouve que l'une des conclusions à retenir est celle-ci : il suffirait d'une faible fraction des arsenaux existants pour produire des résultats tragiques : non seulement la mort immédiate d'une multitude d'innocents, mais aussi les conséquences catastrophiques des modifications climatiques et écologiques. D'une manière générale, l'Humanité se trouve, dès aujourd'hui, dans un système écologique instable ; le moindre écart menacerait donc son existence.

A la lumière de ce que nous savons maintenant, les différentes théories de « conflit limité », d'« attaque de cibles stratégiques », de « guerre contrôlée », de « réponse graduée » ou de « guerre prolongée » ont donc perdu tout fondement. Toutes ces formes de guerres conduisent aux drames et cataclysmes que nous avons vus.

Aucun des nombreux arguments militaires ou psychologiques qui ont actuellement cours ne pourra réfuter nos résultats. Les équipements nucléaires ne sont pas des armes, ni des instruments de guerre, ni des outils politiques. Utilisés à de pareilles fins, ils ne sont que des instruments de suicide. Voilà, à mon avis, la seule conclusion possible.

Il est à noter que les analyses présentées ne correspondent pas aux cas les plus graves envisageables, car elles omettent délibérément diverses circonstances susceptibles de se produire. Ainsi, par exemple, nous n'avons pas essayé de calculer les conséquences d'une attaque nucléaire visant certains des énormes stocks de déchets toxiques. De même, nous n'avons pas examiné ce qui se passerait si les cibles étaient des centrales nucléaires. Or, dans ces deux cas, les conséquences, et surtout les conséquences à long terme, seraient nettement plus graves. On peut donc dire que la supériorité nucléaire, elle-même, est illusoire, car l'Humanité a accumulé d'énormes quantités d'armes nucléaires. Nous savons désormais que les armes nucléaires ne sont pas les muscles de l'Etat moderne, mais au contraire une excroissance cancéreuse qui menace toute la vie de la planète. Tout comme un cancéreux, qui ne peut espérer vivre longtemps avec son cancer, l'Humanité ne peut pas espérer coexister indéfiniment avec la bombe. Si nous n'éliminons pas l'excroissance, elle nous tuera.

La décision à prendre est une décision de fond ; nous ne pouvons nous contenter de solutions provisoires. Cela me paraît le point capital.

Walter Orr Roberts : C'est un grand honneur de participer à cet événement. Je partage l'opinion de Tom Malone au sujet de l'importance de ce dialogue entre Américains et Soviétiques ; c'est un tournant dans notre approche de la Guerre Nucléaire. Cet échange a été extrêmement fructueux et je tiens à remercier Ievgheni Velikov et ses collègues d'avoir pris part à nos entretiens.

Lors de la Conférence sur le Monde après une Guerre Nucléaire, Paul Ehrlich nous a fait remarquer quelque chose d'essentiel : les développements ultérieurs de la situation créée par la Guerre Nucléaire pourraient comporter bien d'autres dangers et potentialités imprévisibles. J'ai été particulièrement intéressé par la communication de Iouri Israel concernant l'éventualité d'un réchauffement faisant suite au refroidissement. Il me semble que cela fait partie des conséquences inattendues. D'ailleurs, nous ne pouvons pas parler des risques de la Guerre Nucléaire sans citer les paroles de Carl Sagan : « Et pensons à tout ce qui a encore pu échapper à notre attention. »

Mais, même si nous n'avons pas su voir certaines conséquences, nous avons des preuves amplement suffisantes pour pouvoir affirmer que l'Humanité doit absolument éviter la Guerre Nucléaire. A cet égard, je pense que les discussions franches et ouvertes que nous avons eues ici à Washington, au moment de la Conférence sur le Monde après une Guerre Nucléaire et surtout dans le cadre du dialogue avec les Soviétiques, qui constitue un événement de grande importance, auront été vraiment utiles.

Nous avons tous conscience que de nombreux problèmes scientifiques ont été posés, sans être tous entièrement résolus. J'espère très sincèrement que nous pourrons unir nos cerveaux et nos efforts pour en résoudre certains, pour réduire les incertitudes et acquérir l'assurance de n'avoir rien omis de trop important. D'ores et déjà, nous en savons suffisamment pour comprendre qu'il est impératif, au nom de toute l'Humanité, d'accélérer la recherche de solutions politiques et techniques en vue de garantir la sécurité du monde.

En tant que citoyens de nos nations respectives, en tant qu'habitants de ce fragile vaisseau spatial qu'est la Terre, nous nous devons d'imaginer et de mettre en vigueur des lois nouvelles, capables d'assurer l'avenir de notre planète et de tous ses habitants. Nous remercions nos collègues soviétiques d'avoir participé avec nous à ces entretiens.

THOMAS F. MALONE : Après ces paroles très sages, nous allons interrompre la liaison par satellite avec Moscou. Une toute dernière réflexion avant de vous laisser. C'est la Raison qui doit faire valoir ses droits. Il y a deux siècles, Emmanuel Kant disait que, en matière de raison, tout tourne autour de trois questions : « Que puis-je savoir ? », « Que dois-je faire ? » (c'est-à-dire quel est l'impératif moral ?) et enfin « Que m'est-il permis d'espérer ? ». Je vois dans ce dialogue une raison d'espérer.

Que chacun de nous emporte donc ce sujet de méditation avec lui, et se rappelle en particulier que notre dialogue offre une raison d'espérer.

POSTFACE

par

Walter Orr Roberts

William D. Ruckelshaus, dirigeant de l'Agence américaine pour la Protection de l'Environnement (EPA), déclarait dans un récent article paru dans *Science* qu'un climat de peur dominait souvent les discussions sur les problèmes de l'environnement. Il exhortait les scientifiques à unir leurs efforts pour expliquer au public de façon simple et en y mettant toute leur compétence les découvertes fondamentales de la recherche, y compris les incertitudes de la connaissance fondamentale et donc de l'estimation des risques. Aucun autre thème n'illustre mieux cette urgence que celui des conséquences biologiques à long terme d'une Guerre Nucléaire mondiale. Aucun autre risque écologique ne représente une plus grande menace potentielle pour la vie sur la planète, surtout quand ce risque écologique est associé aux destructions directes et aux pertes en vies humaines qu'entraînerait une Guerre Nucléaire.

Dans son article, W. Ruckelshaus citait Thomas Jefferson : « Si nous pensons que [le peuple] n'est pas assez éclairé pour exercer son contrôle avec une saine sagesse, le remède n'est pas de lui retirer le contrôle, mais d'informer sa sagesse. »

Ce but fut magnifiquement servi par cette Conférence. Nous avons voulu informer les peuples du monde, dans l'espoir qu'une plus grande compréhension des faits conduira à l'exercice d'une saine sagesse dans les affaires internationales. Nous avons tenté de nous en tenir strictement à des données scientifiques pour expliquer quelques découvertes, jusque-là peu prévisibles, de la plus haute importance pour la vie de la planète, et pour réétudier, dans la perspective des nouvelles recherches, certains des anciens travaux sur le sujet. Nous sommes tous d'accord, fondamentalement, sur les découvertes physiques et biologiques exposées lors de cette Conférence.

Nous ne sommes probablement plus aussi unis quant à la façon de régler les problèmes politiques soulevés par ces résultats scientifiques. Je suis certain que nombre d'entre nous s'opposeraient au moment de procéder à des choix d'ordre social, économique, politique ou même éthique, choix qui s'imposent à nous en tant que citoyens d'Etats-nations et en tant que citoyens de la communauté mondiale. Nous avons donc délibérément évité toute discussion de problèmes politiques. Il est évident que les problèmes politiques sont d'une importance cruciale et qu'on doit y penser intensément, en débattre à fond, et finalement agir. Il est de plus en plus urgent de faire entrer le raisonnement politique dans une ère nouvelle.

Thomas W. Wilson, Jr. a récemment insisté sur la priorité à donner à ces questions politiques dans une magnifique analyse intitulée « L'évolution des mentalités sur la question de la sécurité nationale », dont je vais citer un extrait :

« Au bout du compte, ce sujet [la sécurité nationale] est entré dans le domaine public, sortant plus ou moins de l'isolement bureaucratique des secrets officiels et des arcanes des calculs stratégiques. [...] Nous n'en sommes qu'aux étapes préliminaires d'un profond réexamen de nos croyances, de nos théories, de nos doctrines, de nos traditions et de nos formes de pensée, qui sous-tendent la politique et la stratégie dans le domaine de la sécurité pour les nations et les peuples. Il est vraisemblable que ce sera un processus pénible, long et spectaculaire — traumatisant peut-être — car les enjeux sont très élevés et le sujet suscite des réactions passionnées...

Dans le monde réel d'aujourd'hui, les intérêts nationaux des différents Etats convergent dans la nécessité de défendre et de maintenir le système de la vie sur la planète Terre — système dont nous faisons partie. Ce qui veut dire que la seule façon de sauver notre propre existence est de rendre la sécurité à la Terre. La sécurité mondiale est la politique des pragmatistes — et aussi des poètes. Elle propose une stratégie faite pour les saints — et aussi pour les soldats. »

Il est important, autant que possible, que ce « processus pénible, long et spectaculaire » parte d'une base commune de compréhension des connaissances physiques et biologiques. C'est ce que le Comité réuni pour mettre sur pied cette Conférence nous a assigné comme but, et je ne doute pas que les participants et le public de cette Conférence n'adhèrent à cette base commune.

Le scénario de Guerre Nucléaire auquel nous nous sommes principalement référés prévoyait l'engagement de 5 000 mégatonnes d'armes nucléaires qui projetteraient une quantité importante de poussière et de fumée provenant des villes et des forêts en feu dans les couches supérieures de la troposphère (la partie supérieure de la couche inférieure de l'atmosphère) et dans les couches inférieures de la stratosphère (la partie inférieure de la haute atmosphère), au-dessus du niveau normal des nuages. Cette puissance est largement inférieure à la moitié de l'arsenal nucléaire total des Etats-Unis et de l'Union soviétique. Elle équivaut en gros à celle envisagée dans une étude datant de juin 1982, publiée par la revue *Ambio*, et dans d'autres comptes rendus antérieurs.

Des conflits de puissance plus limitée semblent devoir également causer de graves préjudices à l'environnement et de grandes pertes biologiques, dépassant celles directement dues au souffle et au rayonnement. Les altérations subies par l'environnement ne semblent pas très sensibles à l'ampleur du conflit dès lors que la puissance est suffisante pour déclencher de gigantesques incendies. Des modèles ne considérant l'engagement que de 100 mégatonnes ont montré que, même avec une puissance aussi faible, le fait que des zones urbaines soient visées entraînerait de graves conséquences. Bon nombre des dangers décrits dans le scénario de 5 000 mégatonnes apparaissent déjà avec des puissances beaucoup plus faibles.

Avec un scénario de 5 000 mégatonnes, trois groupes au moins ont conçu des modèles climatologiques afin de déterminer les conséquences encourues d'un point de vue climatique et météorologique. Ces modèles mathématiques ont maintenant atteint un degré de précision tel que la plupart des savants spécialisés en la matière tendent à penser qu'ils simulent avec réalisme les grands traits de la météorologie du monde après un conflit, à condition que les hypothèses de base soient correctement définies. Les nouveaux résultats sont assez étonnants et encore plus alarmants. Les gigantesques incendies qui suivraient une Guerre Nucléaire jouent un grand rôle dans la destruction de notre environnement à cause du brouillard de suie transporté très haut dans l'atmosphère. Ces conditions particulières bouleverseraient l'équilibre des rayonnements atmosphériques. Non seulement elles pourraient produire cette « obscurité à midi » dont Crutzen et Birks ont été les premiers à parler en 1982, mais elles pourraient transformer fondamentalement les schémas des vents, de la pluie et de la neige à l'échelle du globe tout entier.

Le scénario part de l'idée d'une guerre se déroulant dans l'hémisphère Nord. Une guerre de grande envergure, mais d'une envergure plausible si l'on considère l'arsenal mondial d'armes nucléaires. Il est pratiquement certain qu'après une telle guerre la quantité moyenne de lumière solaire atteignant la surface de la Terre dans l'hémisphère Nord serait énormément réduite, n'atteignant peut-être que quelques pour cent de sa valeur normale. Si un tel scénario se réalisait, les températures chuteraient vertigineusement dans les premiers jours qui suivraient la guerre. Le temps nécessaire pour un retour à la normale du rayonnement solaire, des températures, des précipitations et des vents se compterait en mois, voire en années.

L'exposé de physique présenté à cette Conférence par Carl Sagan s'appuie sur l'étude que nous connaissons sous le nom de rapport TTAPS et dont une première version a été examinée et évaluée par un groupe de physiciens au printemps dernier. L'exposé de biologie présenté par Paul Ehrlich se fonde également sur un large consensus d'un grand nombre de biologistes renommés qui s'étaient, eux aussi, retrouvés sur ce projet au printemps dernier à la suite de la réunion des physiciens.

Le modèle TTAPS nous dit que si la guerre a lieu en été dans l'hémisphère Nord les températures au-dessus des terres émergées chuteront bien en dessous de 0 °C dans la plupart des régions agricoles des latitudes moyennes comme, par exemple, dans les grandes régions de culture d'Amérique du Nord, principale source mondiale des exportations de céréales. Selon ce modèle, un échange nucléaire limité à 100 mégatonnes touchant les centres urbains peut provoquer, même en été, des températures inférieures à 0 °C pendant des mois.

L'énergie solaire nécessaire à la photosynthèse des plantes serait masquée — la plupart des plantes ne se développent pas dans la pénombre, même s'il fait assez chaud. Il semble que la fumée génératrice d'obscurité traverserait rapidement l'équateur. Ainsi, les conséquences de la projection de particules dans l'atmosphère en ce qui concerne le climat et la vie des plantes pourraient s'étendre à tout le globe en un temps assez court.

Selon les modèles NCAR parallèles et complémentaires élaborés par Schneider, Covey et Thompson, sur la base du même scénario, il y aurait probablement, à peine quelques jours après les explosions, des températures inférieures à 0 °C même sous les Tropiques, par exemple dans le bassin de l'Amazone. Ces résultats, comme ceux du TTAPS, montrent un froid intense couvrant les terres des régions agricoles des latitudes moyennes même après une guerre déclenchée en été. Dans leur modèle, le refroidissement rapide dans les jours suivant immédiatement la guerre est vite remplacé par une amélioration des températures des régions côtières orientées à l'ouest grâce à l'effet modérateur de la stabilité thermique des océans, des vents violents transportant la chaleur des océans vers les terres. Mais les cultures et toutes les autres sources de nourriture auraient déjà été très gravement atteintes.

Il est probable que l'essentiel de l'agriculture et de la nourriture fournie par la nature sans intervention humaine serait pratiquement détruit pour une année dans l'hémisphère Nord, et que la production alimentaire serait également dangereusement réduite dans l'hémisphère Sud. Même avec des réserves normales de nourriture, il est possible qu'un tiers de la population mondiale meure de maladies dues à la malnutrition en plus du tiers qui mourrait immédiatement à cause du souffle et des rayonnements radioactifs au moment même d'une Guerre Nucléaire mondiale. D'autres succomberaient au froid intense et à l'obscurité. D'autres encore ne résisteraient pas au manque d'eau potable et à l'absence d'autres services due au gel, à la destruction ou à la pollution de l'environnement et des infrastructures édifiées par l'Homme. Même les populations des pays en voie de développement vivant sous les Tropiques, loin des lieux de la guerre, subiraient de grandes famines. L'Afrique du Sahel, qui manque déjà de nourriture et dont la survie dépend d'importations de produits agricoles en provenance des zones tempérées, n'échapperait pas aux conséquences d'une guerre pourtant lointaine.

De plus, les boules de feu de la Guerre Nucléaire produiraient, selon toute vraisemblance, assez d'oxydes d'azote (NO_x) pour réduire la couche d'ozone et par ce fait augmenter considérablement le rayonnement ultraviolet du Soleil pendant des années, gênant la convalescence des plantes et des animaux pour très longtemps encore. Même le plancton marin serait touché, donc la nourriture venant de la mer. Les hommes et les animaux risqueraient de devenir aveugles à cause de cataractes provoquées par les rayons ultraviolets qui attaquent les tissus cornéens. L'atteinte du système immunitaire des hommes et des autres mammifères, entraînant la multiplication des cas de maladie, est une autre conséquence néfaste des ultraviolets. De plus, on doit envisager une prolifération d'insectes et autres animaux nuisibles qui s'adapteraient fort bien aux nouvelles conditions de vie.

Ehrlich souligne que « *tous* les systèmes humains sont insérés dans des écosystèmes dont dépendent totalement leur agriculture et une foule de "services" gratuits. Au titre de ces "services", on peut notamment citer : la régulation climatique et le maintien de la composition gazeuse de l'atmosphère, l'alimentation en eau douce, le traitement des déchets, le recyclage des éléments nutritifs (en particulier, ceux qui sont essentiels à l'agriculture et à la sylviculture), la formation et la protection des sols, la régulation des populations d'insectes nuisibles aux récoltes et porteurs de maladies transmissibles à l'homme, l'apport alimentaire fourni par la mer et la préservation d'une vaste "bibliothèque génétique" dont l'Humanité a déjà tiré la base même de sa civilisation (notamment les cultures et les animaux domestiques). » Une Guerre Nucléaire empêcherait le bon fonctionnement de ces « services » de la nature à un moment où ils seraient plus nécessaires que jamais.

Des incertitudes persistent dans tous les modèles météorologiques et climatiques. Le modèle TTAPS, le modèle NCAR et le modèle présenté par nos collègues d'Union soviétique divergent sur de nombreux points de détail (comme nous l'avons vu lors de la discussion). Le modèle soviétique, par exemple, montre qu'après le brusque refroidissement les températures pourraient remonter au-dessus des températures « normales ». Mais tous s'accordent sur un refroidissement immédiat et désastreux. De plus, l'évaluation des conséquences biologiques dépend des modèles élaborés par les physiciens — et on sait que ces modèles ont leurs limites — et ajoute ses propres incertitudes. Mais les découvertes de base sont crédibles même si l'on considère ces différentes incertitudes, et elles nous montrent la voie de la raison. Si nous avions besoin d'autres motivations pour éviter un holocauste nucléaire, en plus des raisons que nous fournissaient les conséquences directes d'une conflagration, nous en trouvons ici en abondance. Cette Conférence n'a pas abordé les mesures politiques nécessaires pour contrôler le potentiel de confrontation nucléaire mondial. Mais elle a fourni des preuves que les risques encourus par le système biologique sont plus grands que nous ne l'avions pensé, et qu'ils menacent en fait tout ce que nous avons gagné en plusieurs millénaires de civilisation humaine.

Comme l'a noté Carl Sagan : « L'*homo sapiens* pourrait revenir à son état préhistorique, ou pire encore, et l'extinction de la race humaine en tant qu'espèce ne peut être exclue. » Et Paul Ehrlich a repris ce thème en des termes très proches.

Donald Kennedy a souligné au début de cette Conférence que dans les études présentées persistaient de grandes incertitudes, mais également que « ces découvertes s'intègrent dans le cadre normal de l'évolution actuelle de la pensée scientifique qui nous a progressivement amenés à nous détacher des effets immédiats et manifestes pour concentrer notre attention sur les *séquelles* à long terme de nature complexe ». Il ajoutait que ces nouvelles conséquences sont encore plus graves et pourtant encore plus difficiles à estimer avec précision. Il déclarait ensuite : « Les responsables politiques [devraient être sensibilisés] à l'incertitude qui règne quant aux conséquences possibles de leurs décisions. Ce que montrent nos études, c'est qu'un conflit nucléaire important produirait à côté d'un grand nombre d'autres effets plausibles la plus grande rupture physique et biologique que notre planète ait connue en soixante-cinq millions d'années. Tous ceux qui participent à la définition de la politique des Etats en matière de sécurité, que ce soit dans notre pays ou ailleurs, doivent toujours garder à l'esprit l'ampleur du risque encouru. » Nous espérons que les divers exposés contribueront à atteindre les objectifs que Thomas Jefferson nous avait fixés : que le peuple soit informé pour qu'il puisse exercer son contrôle en toute connaissance de cause.

Les problèmes scientifiques, c'est évident, ne sont pas encore totalement résolus. Je suis heureux de constater que des institutions internationales, entre autres le SCOPE, le comité scientifique traitant des problèmes de l'environnement humain, prévoient d'approfondir ces études. La partie scientifique du processus doit continuer pour que les incertitudes soient réduites. Mais nous connaissons déjà suffisamment de conséquences irréfutables pour comprendre qu'il est impératif, au nom de l'Humanité, d'accélérer la recherche d'une sécurité mondiale d'ordre politique. En tant que citoyens de nos propres pays, et en tant qu'habitants du « vaisseau spatial Terre », nous devons impérativement imaginer et mettre en œuvre des moyens qui assureront un avenir à notre planète, à tous les pragmatistes, aux poètes, aux saints et aux soldats, et en fait à tout être vivant et sensible.

ANNEXES

L'hiver nucléaire : Conséquences mondiales d'explosions nucléaires multiples

R.P. Turco, O.B. Toon, T.P. Ackerman,
J.B. Pollack et Carl Sagan

R.P. Turco est à R & D Associates, Marina del Rey, Californie 90291 ; O.B. Toon, T.P. Ackerman et J.B. Pollack sont au NASA Ames Research Center, Moffett Field, Californie 94035 ; et Carl Sagan à Cornell University, Ithaca, New York 14853.

Article publié dans *Science*, Vol. 222, p. 1283-1292, 23 décembre 1983.

Certains commencent à s'interroger sur les conséquences à court et à long terme de la poussière, de la fumée, de la radioactivité et des vapeurs toxiques qui seraient libérées par une Guerre Nucléaire [1-7]. La découverte qu'un nuage dense de particules en provenance du sol aurait pu jouer jadis un rôle important dans les grandes disparitions d'espèces sur Terre [8-10] a poussé à reconsidérer les effets d'explosions atomiques. Crutzen et Birks ont récemment signalé que de grands feux allumés par des explosions nucléaires pourraient produire des quantités de fumée et de suie qui atténueraient la lumière du Soleil et perturberaient le climat. Ces récentes études nous ont incités — en utilisant de nouvelles données et des modèles améliorés — à calculer les effets potentiels sur l'environnement, à l'échelle mondiale, de nuages de poussière et de fumée (que nous appellerons poussière nucléaire et fumée nucléaire) provoqués par une Guerre Nucléaire [11]. Nous ne nous sommes pas arrêtés sur les effets à court terme du souffle, des incendies et du rayonnement [12-14]. La plupart des habitants de cette planète pourraient probablement survivre au conflit et hériteraient de l'environnement créé par lui. Nous avons donc pensé que les effets à long terme, touchant le globe entier, qui suivraient la guerre pourraient être aussi importants que ses conséquences immédiates.

Pour étudier ces phénomènes, nous avons utilisé une série de modèles de physique : le modèle d'un scénario de Guerre Nucléaire, un modèle de microphysique des particules, et un modèle de rayonnement-convection. Le modèle du scénario de Guerre Nucléaire précise l'altitude à laquelle seraient projetés la poussière, la fumée, les éléments radioactifs et le NO_x pour chaque explosion lors d'un conflit nucléaire (en tenant compte de la taille, du nombre et du type d'explosions, y compris leur altitude, leur localisation et leur puissance). Les divers paramètres du modèle sont détaillés dans un autre article [15], et nous y reviendrons plus loin. Le modèle de microphysique unidimensionnel [15,17] prévoit l'évolution dans le temps des nuages de poussière et de fumée qui se diffusent rapidement et uniformément. Le modèle unidimensionnel de rayonnement-convection (abrégé en MRC-1D) se fonde sur la répartition par taille et par constantes optiques des particules de poussière et de fumée, et sur la théorie de Mie pour calculer les propriétés optiques visibles et infrarouges, les flux de lumière et les températures de l'air en fonction du temps et de l'altitude. Comme les températures de l'air sont influencées par la capacité thermique du sol, on a procédé à des simulations différentes pour les environnements terrestres et océaniques afin de définir d'éventuelles différences de température. Il existe de bonnes descriptions des techniques utilisées pour nos calculs selon le MRC-1D [15,18].

Bien que nos modèles puissent fournir une approximation des effets moyens produits par de grands nuages de poussière et de fumée, ils ne peuvent prédire précisément les effets à court terme ou les effets locaux. L'applicabilité de nos résultats dépend du taux de dispersion des nuages et des panaches de fumée dus aux explosions et de leur étendue. Peu après un conflit nucléaire grave, des milliers de nuages de poussière et de fumée se répandront dans le ciel des latitudes moyennes de l'hémisphère Nord à des altitudes pouvant atteindre 30 kilomètres. Des turbulences horizontales, des vents verticaux et une émission continuelle de fumée pourraient étendre les nuages formés de débris nucléaires sur toute la zone, et les espaces libres entre les différents nuages se combleraient en une à deux semaines. Concernant cette période initiale durant laquelle les nuages s'étendent, les simulations, ne donnant qu'une moyenne, doivent être utilisées avec précaution : les effets seront plus faibles à certains endroits et plus importants à d'autres, et se modifieront énormément au cours du temps en un lieu donné.

Les résultats que nous présentons ne reflètent pas non plus le lien entre les mouvements atmosphériques généraux et le changement des conditions de réchauffement et de refroidissement de l'atmosphère par le rayonnement solaire et infrarouge, modification prise en compte dans le MRC-1D. Les schémas de circulation à l'échelle du globe seraient certainement modifiés en réponse aux profonds bouleversements touchant les forces motrices que nous avons calculées [19]. Bien que le MRC-1D ne précise que des moyennes horizontales, diurnes et saisonnières, il permet d'estimer les réponses climatiques essentielles de l'atmosphère, ce qui constituait l'objectif de cette étude.

SCÉNARIOS

On évalue l'arsenal nucléaire mondial [20-24] d'armes de théâtre et d'armes stratégiques à un total de 12 000 mégatonnes (Mt) de puissance, réparties inégalement en 17 000 engins. Cet arsenal équivaut en gros à la puissance explosive d'un million de bombes d'Hiroshima. Bien que le nombre total de bombes de forte puissance diminue, 7 000 Mt reviennent à des bombes de plus de 1 Mt de puissance. Il existe également environ 30 000 engins tactiques de plus faible puissance et des munitions dont nous ne tenons pas compte ici. Les scénarios envisageant l'utilisation des armes nucléaires sont complexes et sujets à controverse. Historiquement, les études sur les effets à long terme d'un conflit nucléaire se sont penchées sur un échange engageant de 5 000 à 10 000 Mt [2,12,20]. De tels échanges sont possibles étant donné les arsenaux existants et la nature imprévisible de la guerre, et surtout d'une Guerre Nucléaire, au cours de laquelle pourrait se produire une escalade massive [25].

Le *Tableau 1* donne un résumé des scénarios adoptés ici. Notre scénario de référence envisage un échange de 5 000 Mt. D'autres cas envisagent des échanges allant de 100 à 25 000 Mt. Bon nombre de cibles militaires et industrielles de toute première priorité sont situées dans les zones urbaines ou très près d'elles [26]. Nous avons donc attribué une modeste fraction de 15 à 30 % de la puissance totale aux cibles urbaines ou industrielles. A cause de la forte puissance des armes stratégiques (généralement supérieure ou presque égale à 100 kilotonnes), les coups « ponctuels » dirigés contre des cibles précises sont difficiles ; par exemple, une explosion aérienne de 100 kilotonnes peut raser et brûler une zone d'environ 50 km^2, et une explosion aérienne de 1 Mt environ cinq fois cette superficie [27,28] — ce qui sous-entend d'énormes dégâts annexes pour toute explosion « anti-valeurs » et pour bien des explosions « anti-forces ».

Les propriétés de la poussière et de la fumée nucléaires sont très importantes pour

TABLEAU 1

SCÉNARIOS D'ÉCHANGES NUCLÉAIRES

*Cas**	*Puissance totale (Mt)*	*Pourcentage de puissance*		*Puissances des têtes nucléaires (Mt)*	*Nombre total d'explosions*
		Explosions en surface	*Cibles urbaines et industrielles*		
1. Cas de référence	5 000	57	20	0,1 à 10	10 400
2. Explosions aériennes de faible puissance	5 000	10	33	0,1 à 1	22 500f
9. Cas maximum de 10 000 Mt (a)	10 000	63	15	0,1 à 10	16 160
10. Conflit de 3 000 Mt	3 000	50	25	0,3 à 5	5 433
11. Anti-forces 3 000 Mt	3 000	70	0	1 à 10	2 150
12. Conflit de 1 000 Mt (b)	1 000	50	25	0,2 à 1	2 250
13. 300 Mt dans l'hémisphère Sud (c)	300	0	50	1	300
14. 100 Mt sur les villes (d)	100	0	100	0,1	1 000
16. Cas « grave » d'attaque des silos (e)	5 000	100	0	5 à 10	700
18. 25 000 Mt (a) « Guerre du futur »	25 000	72	10	0,1 à 10	28 300f

* Les numéros des cas correspondent à la liste complète donnée dans le texte référencé en note 15. Le détail des explosions n'est pas indiqué ici. Sauf quand le contraire est précisé, les attaques sont concentrées sur l'hémisphère Nord. Les paramètres de base de la poussière et de la fumée sont décrits dans les *Tableaux 2 et 3*.

(f) Prévoit un assez grand nombre de têtes multiples à trajectoires indépendantes et le déploiement possible de nouveaux missiles à moyenne et à longue portée [20,23].

(a) Bien que cette puissance totale importante sous-entende probablement un engagement de tout le globe dans la guerre, on n'a cependant envisagé que les conséquences sur un hémisphère pour faciliter la comparaison.

(b) Les régions touchées par les feux en terrain découvert sont réduites de 5×10^5 à 5×10^4 km^2.

(c) Les régions touchées par les feux en terrain découvert sont réduites de 5×10^5 à 5×10^3 km^2.

(d) La charge en combustibles des centres villes est de 20 g/cm^2 (deux fois la quantité du cas de référence) et l'émission de fumée due aux incendies est de 0,026 g par gramme de matériaux brûlés. L'influence de l'opacité due aux incendies en terrain découvert et à la poussière est négligeable.

(e) La quantité de poussière soulevée par mégatonne de puissance est ici multipliée par six.

cette analyse. Les paramètres de référence sont décrits dans les *Tableaux 2 et 3*. Pour chaque scénario d'explosion, il faut connaître la quantité totale de poussière fine (grains de taille $\leqslant$ 10 microns) et de suie projetées dans l'atmosphère pour pouvoir établir les prévisions optiques et climatiques.

Les explosions nucléaires au niveau du sol ou à très basse altitude produisent des particules fines par divers mécanismes [27] :

TABLEAU 2

PARAMÈTRES CONCERNANT LA POUSSIÈRE POUR LE CAS DE RÉFÉRENCE

Type d'explosion	*Matériaux constituant les nuages stabilisés d'explosions nucléaires**		
	Masse de poussière (tonnes/Mt)	*Répartition par taille des particules de poussière ([a]) $[r_m$ (μm)/σ/α]*	*H_2O (tonnes/Mt)*
Au sol	$3{,}3 \times 10^5$	0,25/2,0/4,0	$1{,}0 \times 10^5$
Près du sol	$1{,}0 \times 10^5$	0,25/2,0/4,0	$1{,}0 \times 10^5$

Composition de la poussière : minéraux siliceux et verres

Indice de réfraction aux longueurs d'onde visibles ([b]) : $n = 1{,}50 - 0{,}001\, i$.

Nuage nucléaire stabilisé : altitudes de la base et du sommet du champignon, z_b et z_s pour les explosions au sol ou à basse altitude ([c]) : $z_s = 21\ Y^{0,2}$; $z_b = 13\ Y^{0,2}$; où Y = puissance en mégatonnes. Nous ne tenons pas compte de l'interaction des explosions multiples.

Injections de poussière

Poussière totale $\simeq 9{,}6 \times 10^8$ tonnes ; 80 % dans la stratosphère ; 8,4 % < 1 micron de rayon.

Injection de poussières de moins de 1 micron : ~ 25 tonnes/kilotonne pour les explosions au sol, ce qui représente ~ 0,5 % du total de la masse soulevée.

Zone initiale totale de boules de feu stabilisées $\simeq 2 \times 10^6$ km².

* On considère que les matériaux sont répartis uniformément dans les nuages.

([a]) La répartition des particules selon leur taille (nombre/cm³ — rayon en micron) suit le mode logarithmique normal, mais avec une loi de puissance pour les particules les plus volumineuses. Les paramètres r_m et σ sont respectivement la fonction logarithmique normale du rayon et la variance de la taille des particules, α étant l'exposant de la dépendance r^{α} pour les grosses particules. Ces répartitions sont liées à un rayon inférieur ou presque égal à 1 micron [15].

([b]) Les indices de réfraction de la poussière aux longueurs d'onde des infrarouges sont étudiés sous la référence 10.

([c]) On a adopté le modèle de Foley et Ruderman [87] mais on a abaissé l'altitude des nuages d'environ 0,5 km. Cette évaluation de l'altitude d'origine des nuages s'appuie sur des données fournies par les essais américains dans le Pacifique, et peut éventuellement surestimer de plusieurs kilomètres les altitudes au-dessus des latitudes moyennes.

a) éjection et désagrégation de particules du sol [29] ;
b) vaporisation et renucléation de la terre et des pierres [30] ;
c) soulèvement et balayage des poussières et des fumées de surface [31].

L'analyse des données obtenues lors des essais nucléaires indique qu'environ 1×10^5 tonnes de poussières sont contenues dans les nuages stabilisés des explosions en surface par mégatonne de puissance d'explosion [32]. De plus, l'analyse de la taille des grains de poussière recueillis dans les nuages nucléaires indique une part importante de particules de taille inférieure à un micron [33]. Les explosions nucléaires en surface semblent beaucoup plus aptes à produire de la poussière fine que les éruptions volcaniques [15,34], dont l'exemple a été utilisé à tort pour estimer dans le passé les effets d'une Guerre Nucléaire [2].

La lumière intense émise par la boule de feu nucléaire suffit à amener au point de combustion les matériaux inflammables sur une zone très vaste [27]. Les explosions sur Hiroshima et Nagasaki ont toutes deux été à l'origine de conflagrations

TABLEAU 3

PARAMÈTRES DES INCENDIES
ET DE LA FUMÉE POUR LE CAS DE RÉFÉRENCE

Zones d'incendies et émissions d'aérosols

- Zones d'incendies urbains allumés par un rayonnement thermique de 20 cal/cm^2 (0,35 kg/cm^2 de pression maximum) avec transmission atmosphérique moyenne de 50 % : A (km^2) = 250 Y où Y = puissance en mégatonnes des explosions sur des villes ; on ne tient pas compte des débordements hors des zones définies.
- La quantité de matériaux inflammables en ville est en moyenne de 3 g/cm^2 dans les banlieues et de 10 g/cm^2 dans les centres des agglomérations (5 % des zones urbaines).
- Combustion moyenne des produits inflammables dans les incendies urbains = 1,9 g/cm^2.
- Le taux net d'émission moyenne de fumée est de 0,027 g par gramme de matériaux brûlé (pour les centres urbains il n'est que de 0,011 g/g).
- Zones de feux en terrain découvert : 5 × 10^5 km^2, avec 0,5 g/cm^2 de combustibles brûlés, et un taux d'émission de fumée de 0,032 g/g.
- Les incendies à long terme consument 3 × 10^{14} g de combustibles avec un taux d'émission de 0,05 g/g.

Hauteur des panaches de fumée (altitudes à la base et au sommet)

- Incendies urbains : 1 à 7 km.
- Tempêtes de feu (5 % des incendies urbains) : $z_b \leqslant$ 5 km ; $z_s \leqslant$ 19 km.
- Feux en terrain découvert : 1 à 5 km.
- Feux à long terme : 0 à 2 km.

Durée des incendies

- Incendies urbains : 1 jour.
- Incendies en terrain découvert : 10 jours.
- Incendies à long terme : 30 jours.

Propriétés de la fumée

- Densité : 1 g/cm^3.
- Incendie complexe de réfraction : 1,75 − 0,30 *i*.
- Répartition par taille : selon la fonction mode logarithmique normale avec r_m (μm)/σ = 0,1/2 pour les incendies urbains et 0,05/2 pour les incendies en terrain découvert et les incendies à long terme.

Fumée injectée

- Emission totale de fumée : 2,25 × 10^8 tonnes, 5 % dans la stratosphère.
- Les incendies urbains et suburbains comptent pour 52 % des émissions, les tempêtes de feu pour 7 %, les feux en terrain découvert pour 34 % et les feux à long terme pour 7 %.
- Total des zones brûlées :
  — par les incendies urbains et suburbains : 2,3 × 10^5 km^2 ;
  — par les tempêtes de feu : 1,2 × 10^4 km^2 ;
  — par les incendies en terrain découvert : 5 × 105 km.

énormes [35]. Dans chaque cas, la région, déjà très touchée par le souffle, fut ravagée par les flammes [36]. Depuis vingt ans, tout le monde s'accorde à penser que de grands incendies seraient la conséquence de la plupart des explosions nucléaires au-dessus des forêts et des villes [37-44]. L'hémisphère Nord a environ 4 × 10^7 km^2 de forêts qui contiennent une quantité de matériaux combustibles approchant

2,2 g/cm² [7]. Les zones urbaines et suburbaines du monde couvrent une surface d'environ 1,5 × 10⁶ km² [13]. Les villes principales, qui occupent 5 à 10 % du total des zones urbaines, contiennent environ de 10 à 40 g/cm² de matériaux combustibles, alors que les zones résidentielles en contiennent environ 1 à 5 g/cm² [41,42,44,45]. Les émissions de fumée provenant des feux en terrain découvert et des grands incendies urbains se situent probablement dans les 2 à 8 % de la masse de combustibles brûlés [46]. La fraction de suie très absorbante (composée principalement de graphite) pourrait constituer jusqu'à 50 % de la masse des émissions [47,48]. Dans les incendies en terrain découvert, et probablement dans les incendies urbains, sans doute plus de 90 % de la masse de fumée consiste en particules de rayon inférieur à un micron [49]. Pour l'estimation des effets aux longueurs d'onde visibles, on affecte aux particules de fumée une fraction imaginaire de l'indice de réfraction 0,3 [50].

Simulations

Les prévisions dont nous parlons ici représentent généralement des valeurs moyennes pour l'hémisphère Nord. Les explosions nucléaires et les incendies se concentreraient essentiellement [31] sur les latitudes moyennes de l'hémisphère Nord (de 30 à 60° de latitude Nord). En conséquence, l'opacité moyenne prévue de la poussière et de la fumée pourrait être multipliée par 2 ou 3 à ces latitudes, mais pourrait être plus faible ailleurs. La *Figure 1* montre les moyennes hémisphériques des densités optiques à des longueurs d'onde visibles [52] pour l'ensemble des nuages nucléaires de poussière et de fumée correspondant aux scénarios du *Tableau 1*. La densité optique verticale est un diagnostic pratique des caractéristiques du nuage nucléaire et peut être utilisée pour évaluer approximativement les niveaux de lumière atmosphérique et les températures dans les divers scénarios.

Dans le scénario de référence (cas 1 de 5 000 Mt), la densité optique initiale dans l'hémisphère Nord est d'environ 4, dont à peu près 1 est dû à la poussière stratosphérique et le reste à la fumée troposphérique. Après un mois, la densité optique est encore proche de 2. Au-delà de deux à trois mois, c'est la poussière qui provoque l'essentiel des effets optiques car la suie a en grande partie été entraînée par les précipitations [54]. Dans le cas de référence, environ 240 000 km² de zones urbaines sont brûlés à 50 % par des explosions d'une puissance totale de 1 000 Mt (20 % seulement de la puissance totale utilisée). Cela correspond en gros à un sixième des zones urbanisées du monde, à un quart de celles de l'hémisphère Nord et à la moitié des centres urbains de plus de 100 000 habitants dans les pays membres de l'OTAN ou signataires du Pacte de Varsovie. La quantité moyenne des matériaux combustibles consumés dans les zones brûlées est de 1,9 g/cm². Des incendies en terrain découvert allumés par les 4 000 Mt de puissance restante enflammeraient encore 500 000 km² de forêts, de buissons et de prairies [7,39,55], et, ce faisant, brûleraient environ 0,5 g/cm² [7].

L'émission totale de fumée du cas de référence est de 225 millions de tonnes (en plusieurs jours), alors qu'on peut évaluer la quantité annuelle de fumée émise sur toute la Terre à l'heure actuelle à environ 200 millions de tonnes [15]. Mais celle-ci n'a pas 1 % de l'efficacité de la fumée nucléaire pour ce qui est de perturber l'atmosphère [56].

Les simulations de la densité optique pour les cas 1, 2, 9, 10 de la *Figure 1* montrent que des échanges de 3 000 à 10 000 Mt de puissance pourraient créer des effets similaires. Même les cas 11, 12, 13, bien que moins graves dans l'absolu, produisent des densités optiques comparables à celles des grandes éruptions volcaniques ou pires encore. Il ne faut pas oublier que des éruptions comme celle du Tambora

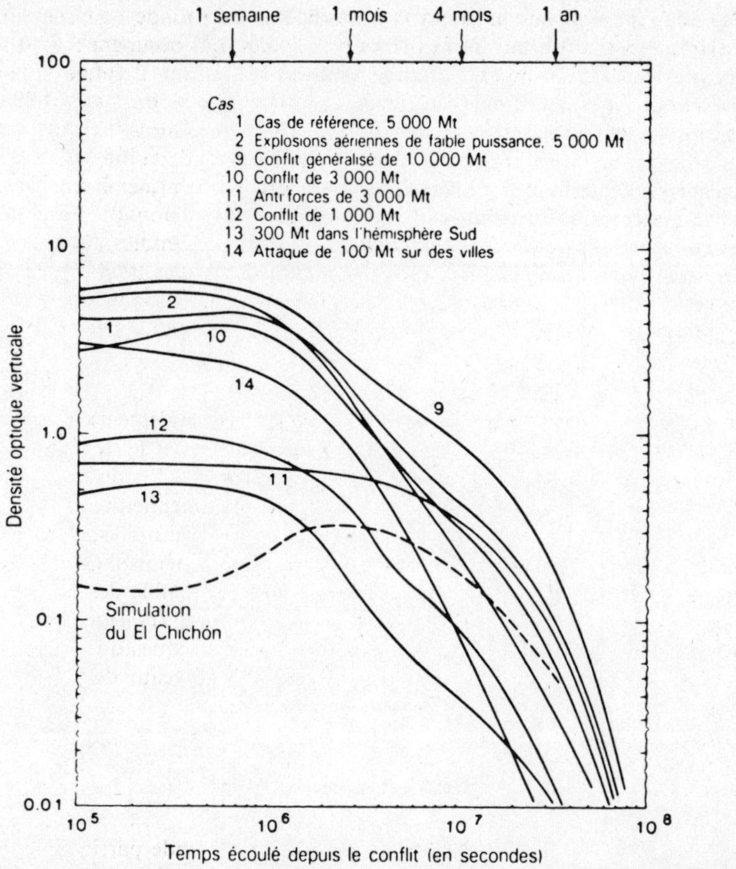

Figure 1. *Moyennes hémisphériques des densités optiques verticales (dispersion plus absorption) des nuages de poussière et de fumée nucléaire, en fonction du temps écoulé, pour une longueur d'onde de 550 µm. Les densités optiques ⩽ 0,1 sont négligeables, ~ 1 sont importantes et > 2 impliquent la possibilité de conséquences extrêmes. La transmission de la lumière solaire ne se fait plus du tout de façon linéaire à des densités optiques ⩾ 1. Sont reproduits ici les résultats pour quelques cas du* Tableau 1. *A titre de comparaison, on a calculé les densités optiques pour l'éruption du volcan El Chichón* [53].

en 1815 auraient entraîné d'importantes perturbations climatiques, bien que la chute moyenne des températures au sol soit restée proche de 1K seulement [57-60].

Le cas 14 simule une attaque de 100 Mt sur des villes avec 1 000 ogives de 100 kilotonnes. Lors de cette attaque, 25 000 km² de zones urbaines construites seraient brûlés (cette surface représente à peu près 100 grandes villes). L'émission de fumée est calculée d'après des paramètres d'incendie qui diffèrent du cas de référence. Le poids moyen de matériaux combustibles dans les centres des villes est de 20 g/cm² (contre 10 g/cm² dans le cas 1) et la proportion moyenne d'émissions de fumée est de 0,026 g de fumée par gramme de matériaux brûlés (contre le chiffre minimum de 0,011 g/g adopté pour les incendies urbains du cas de référence). Environ 130 millions de tonnes de fumées urbaines sont projetées dans la troposphère dans les deux cas (la stratosphère dans le cas 14). Dans le cas de référence, 10 % seulement de la fumée urbaine provient de l'incendie du centre des villes *(Tableau 3).*

Le seuil à partir duquel la projection de fumée dans l'atmosphère déclencherait d'importantes perturbations optiques à l'échelle de l'hémisphère, semble se situer aux alentours de 1×10^8 tonnes. Dans le cas 14, on peut envisager environ 1×10^6 tonnes de fumée dégagées par chacun des 100 principaux incendies urbains où se consumeraient environ 4×10^7 tonnes de matériaux combustibles par ville. Il suffirait d'un conflit d'une puissance totale de 100 Mt pour que de tels incendies soient allumés. Nous avons été surpris de constater que moins de 1 % de l'arsenal stratégique existant, s'il était utilisé sur des villes, suffirait déjà à produire des perturbations optiques et climatiques beaucoup plus importantes que celles qu'on attribuait jadis à un échange nucléaire massif d'environ 10 000 Mt [2].

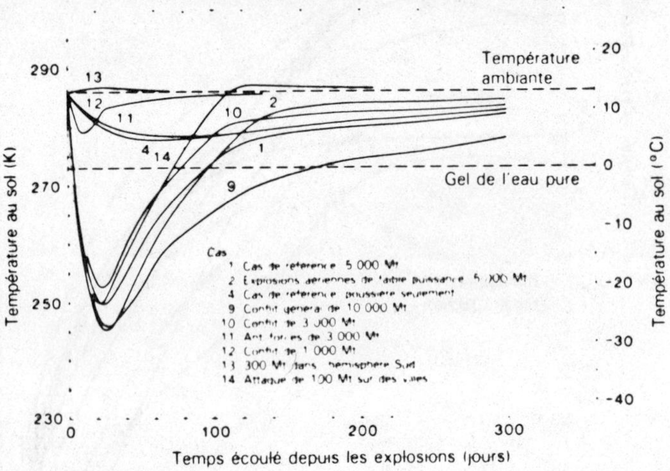

Figure 2. *Moyenne hémisphérique des variations de températures au sol après un conflit nucléaire. Résultats pour plusieurs des cas cités au* Tableau 1. *Ici, contrairement à la* Figure 1, *l'échelle de durée est linéaire. Les températures sont généralement celles de l'intérieur des continents. Seuls les cas 4 et 11 ne tiennent pas compte des effets des incendies.*

La *Figure 2* montre les perturbations enregistrées par les températures au sol sur les continents de l'hémisphère Nord, calculées à partir des densités optiques de la poussière et de la fumée pour divers scénarios. La conséquence la plus frappante est la température extrêmement basse qui prévaudrait trois à quatre semaines après le conflit. Dans le cas de référence de 5 000 Mt, on atteindrait une température minimale au sol d'environ 250 K (– 23 °C) en trois semaines. Le gel persisterait pendant plusieurs mois. Dans les cas étudiés, même les plus petites baisses de température au sol sont de 5 à 10 °C (cas 4, 11 et 12), ce qui suffit à transformer l'été en hiver. Ainsi donc, nous pouvons nous attendre à de graves conséquences climatiques dans tous les cas. Le scénario envisageant 100 Mt d'explosions sur les villes (cas 14) entraîne deux mois de gel avec des températures au sol atteignant 250 K. Le retour à la normale des températures dans ce cas précis est accéléré par l'absorption de la lumière solaire par des restes de nuages de suie optiquement fins (voir ci-dessous). Des conflits comparables par la puissance engagée, mais qui comportent ou non l'émission de fumée (par exemple les cas 10 et 11), montrent que les couches de suie présentes dans la troposphère provoquent un rapide refroidissement en surface, qui ne dure pas, alors que la fine poussière dans la stratosphère entraîne un refroidissement prolongé durant un an ou plus. (Sur le plan climatique, un refroidissement au sol à long terme, ne serait-ce que de 1 °C, est important [60].) Dans tous les cas de figure, la poussière nucléaire entraîne un refroidissement de la surface de la Terre. La suie entraîne également un refroidissement au sol sauf quand le nuage de suie est à la fois optiquement mince et situé près de la surface (cas sans importance parce que seuls des réchauffements éphémères ne dépassant pas 2 K y trouvent place).

Les variations de température de l'air au-dessus des océans, associées aux changements dans les transferts radiatifs atmosphériques, sont toujours faibles (refroidissement ne dépassant pas 3 K) à cause du grand pouvoir de conservation de la chaleur de ces énormes masses d'eau et à cause du fait que les eaux de surface sont rapidement mélangées. Cependant, les modifications dans les schémas de circulation atmosphérique des différentes zones (voir ci-dessous) peuvent modifier de manière significative les courants océaniques, et le renouvellement des eaux, comme nous l'avons vu récemment à une petite échelle dans l'océan Pacifique (El Niño) [62]. Le réservoir thermique des océans modérerait également la chute des températures continentales, en particulier dans les régions côtières [10]. Les effets sont difficiles à prévoir parce qu'il est probable qu'interviendraient des bouleversements dans les schémas de circulation atmosphérique. La chute réelle des températures à l'intérieur des continents pourrait être moins forte que prévu de 30 %, et sur les côtes, elle pourrait être atténuée de 70 % [10]. Dans le cas de référence cependant, les températures pourraient descendre jusqu'à 260 K avant de revenir à la normale.

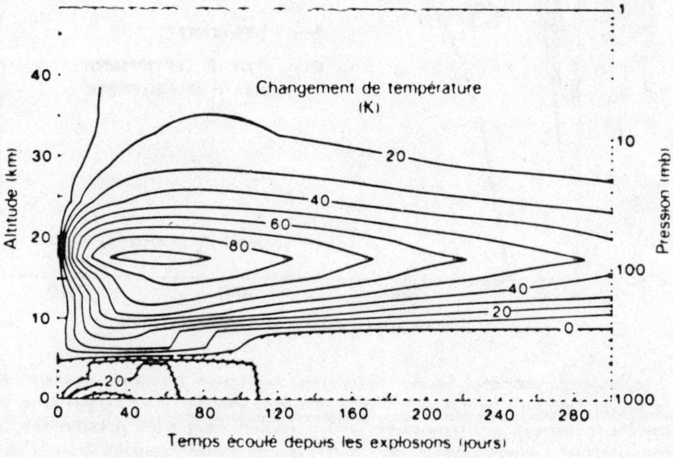

Figure 3. *Perturbation des températures (en Kelvins : 1 K = 1 °C) dans la troposphère et la stratosphère de l'hémisphère Nord, après le conflit nucléaire de référence (cas 1). La zone hachurée indique un refroidissement. On a également donné les niveaux de pressions ambiants en millibars.*

La *Figure 3* représente les modifications du profil vertical de la température en fonction du temps, pour le conflit nucléaire de référence. Les traits dominants de cette température perturbée sont un important réchauffement (jusqu'à 80 K) des couches inférieures de la stratosphère et des couches supérieures de la troposphère, et un fort refroidissement (jusqu'à 40 K) de la température au sol et des couches inférieures de la troposphère. Le réchauffement est causé par l'absorption du rayonnement solaire dans les couches supérieures des nuages de poussière et de fumée. Il persiste pendant une longue période parce que les particules restent longtemps en haute altitude. L'ampleur du réchauffement est due à la faible puissance thermique des couches supérieures de l'atmosphère, à leur faible émission de rayons infrarouges, et à la température initiale très basse en haute altitude. Le refroidissement au sol est dû à l'atténuation du flux solaire incident par les nuages d'aérosols (voir *Figure 4*) pendant le premier mois de la simulation. L'effet de serre ne se produit pas dans nos calculs parce que l'énergie solaire est déposée au-dessus de l'altitude à laquelle l'énergie infrarouge rayonne vers l'espace.

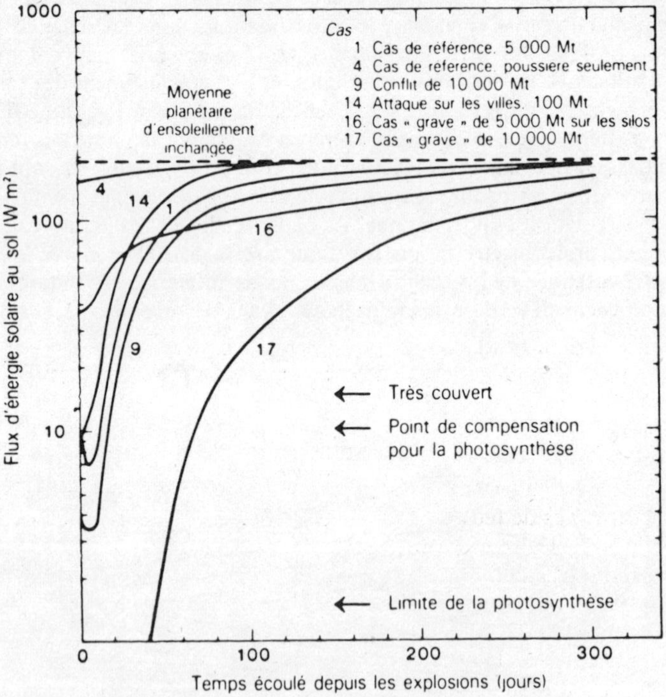

Figure 4. *Flux d'énergie solaire au sol sur l'hémisphère Nord après un conflit nucléaire. Résultats pour plusieurs des cas du* Tableau 1 *(remarquer l'échelle de temps linéaire). On a indiqué la moyenne des flux solaires diurnes sur l'ensemble de l'hémisphère. On n'a pas tenu compte des incendies dans les cas 4 et 16. On a également indiqué le niveau approximatif de flux auquel la photosynthèse ne suffit plus à assurer la respiration des plantes (point de compensation) et celui auquel la photosynthèse cesse. Ces limites varient selon les espèces.*

La *Figure 4* montre la diminution du rayonnement solaire pour divers scénarios de Guerre Nucléaire. Dans le cas de référence, la moyenne hémisphérique du flux solaire au sol reste pendant plusieurs semaines inférieure ou presque égale à 10 % des valeurs normales (on suppose que les nuages de poussière et de fumée sont continus et homogènes). Outre qu'elle occasionnerait les chutes de température mentionnées ci-dessus, la diminution du rayonnement solaire au sol pourrait avoir des conséquences néfastes pour la croissance des plantes et pour le maintien des cycles biologiques dans les mers, sur le littoral et sur terre. Dans le cas « grave » de 10 000 Mt, la moyenne du niveau de luminosité est inférieure au minimum nécessaire à la photosynthèse pendant environ 40 jours sur la plus grande partie de l'hémisphère Nord. Dans un certain nombre d'autres cas, le degré d'ensoleillement pourrait, pendant plus de deux mois, tomber en dessous du point de compensation où la photosynthèse est juste suffisante pour entretenir le métabolisme des plantes. Comme les nuages nucléaires resteront probablement en blocs distincts pendant une ou deux semaines après le conflit, des passages de lumière solaire par les interstices pourront maintenir la croissance des plantes à un niveau plus élevé que si la couche de nuages était continue. Mais peu après les interstices ont toutes les chances de disparaître.

Tests de sensibilité

Au cours de cette étude, on a effectué un grand nombre de calculs de sensibilité. Nous en résumons les résultats. Des variations plausibles des paramètres de la poussière nucléaire produisent au départ, dans le scénario de référence, des densités optiques moyennes de 0,2 à 3 pour l'hémisphère. Selon ces résultats, la poussière nucléaire à elle seule pourrait avoir d'importantes conséquences climatiques. Dans le cas de référence, l'opacité de la poussière est beaucoup plus importante que l'opacité totale des aérosols produits par les éruptions des volcans El Chichón et Agung [59,64]. Même si l'on affecte aux paramètres de la poussière des valeurs moins défavorables tout en restant dans des limites raisonnables, les effets sont comparables à ceux des grandes explosions volcaniques.

La *Figure 5* établit, pour le cas de référence, la densité optique du nuage nucléaire en fonction des diverses variations des paramètres de la fumée (poussière incluse). Dans ce cas, on a considéré que les tempêtes de feu ne projetteraient dans la stratosphère qu'une petite fraction (environ 5 %) du total de la fumée émise [65]. Les cas 1 et 3 (sans tempêtes de feu) sont donc très semblables. Dans l'hypothèse contraire, toute la fumée nucléaire est injectée dans la stratosphère et se répand rapidement autour du globe (cas 26). Des densités optiques très importantes pourraient alors persister pendant une année *(Figure 5)*. Une prolongation des effets optiques se remarque dans le cas 22, où la durée de vie des particules de fumée, avant qu'elles ne soient éliminées de la troposphère par les précipitations, augmente de 10 à 30 jours près du sol. Au contraire, la fumée nucléaire disparaît beaucoup plus rapidement quand elle est retenue à l'origine près du sol et que les processus dynamiques et hydrologiques d'évacuation restent inchangés (cas 25). Mais, même dans ce cas, une partie de la fumée atteint les hautes couches de la troposphère et y reste pendant des mois [66].

Pour les indices compris entre 0,1 et 0,3, les densités optiques calculées sont pratiquement les mêmes (cas 1 et 27, *Figure 5*). Pour un indice de 0,5, la densité optique d'absorption est réduite d'environ 50 % seulement, et pour un indice de 0,01 d'environ 85 %. De plus, l'opacité générale (absorption plus dispersion) augmente d'environ 5 %. Les résultats montrent que l'absorption de la lumière et le réchauffement dans les nuages de fumée nucléaire restent élevés jusqu'à ce que la fraction de graphite de la fumée s'abaisse à quelques pour cent.

Un des tests de sensibilité (cas 29, non représenté) porte sur les effets optiques produits, dans l'hémisphère Sud, par la poussière et la suie transportées depuis la stratosphère de l'hémisphère Nord. Dans ce calcul, on associe la fumée du cas

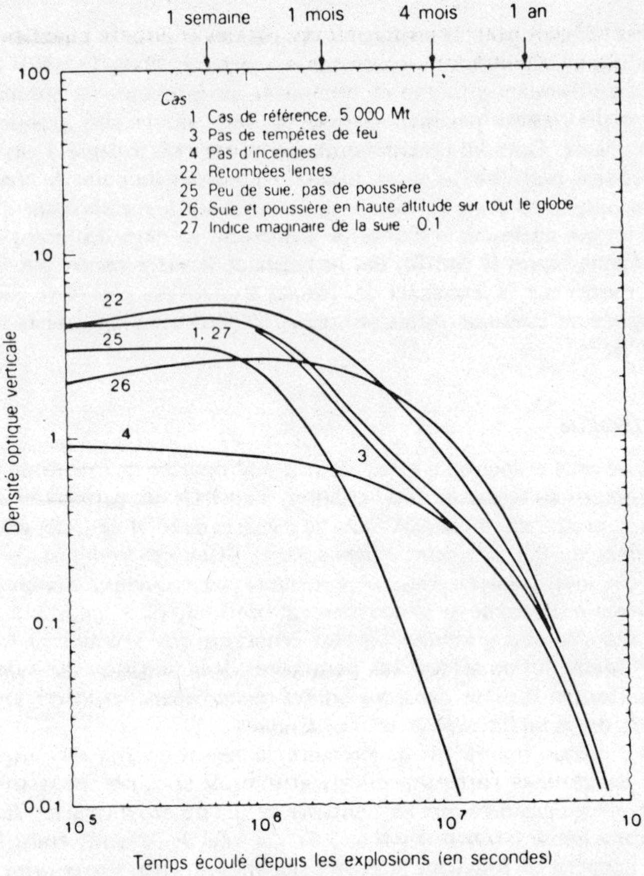

Figure 5. *Densité optique verticale (absorption plus dispersion à 550 μm) d'un nuage nucléaire en fonction du temps écoulé, lors d'une analyse de sensibilité. Il s'agit des densités optiques moyennes sur tout l'hémisphère Nord. Tous les cas correspondent à des variations des paramètres du cas de référence (cas 1) : cas 3, pas de tempêtes de feu ; cas 4, pas d'incendies ; cas 22, élimination trois fois moins rapide de la fumée par les précipitations ; cas 25, fumée cantonnée au départ dans les 3 km inférieurs de l'atmosphère ; cas 26, fumée répartie au départ entre 13 et 19 km d'altitude sur tout le globe ; cas 27, partie imaginaire de l'indice de réfraction de la fumée réduite de 0,3 à 0,1. A des fins de comparaison, dans le cas 4, on n'a pris en considération que la poussière du modèle de référence (sans tenir compte des incendies).*

13 de 300 Mt dans l'hémisphère Sud avec la moitié de la poussière et de la fumée stratosphériques du cas de référence (pour évaluer une dispersion globale rapide dans la stratosphère). La densité optique d'origine dans l'hémisphère Sud, proche de 1, chuterait à environ 0,3 en 3 mois. Les températures continentales au sol, dans l'hémisphère Sud, baisseraient en moyenne de 8 K en quelques semaines et resteraient au mieux à 4 K au-dessous de la normale pendant presque 8 mois. On devrait cependant tenir compte de l'influence des saisons. Dans l'hémisphère Nord, par exemple, le pire des cas serait un conflit au printemps ou en été, quand les cultures sont vulnérables et les risques d'incendies plus élevés. L'hémisphère Sud, alors en automne ou en hiver, serait moins sensible au refroidissement et à la baisse de luminosité. Les implications de ce scénario dans les régions tropicales des deux

hémisphères semblent néanmoins très graves. Des facteurs saisonniers peuvent également moduler la réponse atmosphérique aux perturbations dues à la fumée et à la poussière et devraient être pris en compte.

D'autres essais de sensibilité considèrent des cas plus graves de conflits engageant de 1 000 à 10 000 Mt et de paramètres de fumée et de poussière aux valeurs plus défavorables mais plausibles. Les effets prévus sont beaucoup plus importants (voir plus bas).

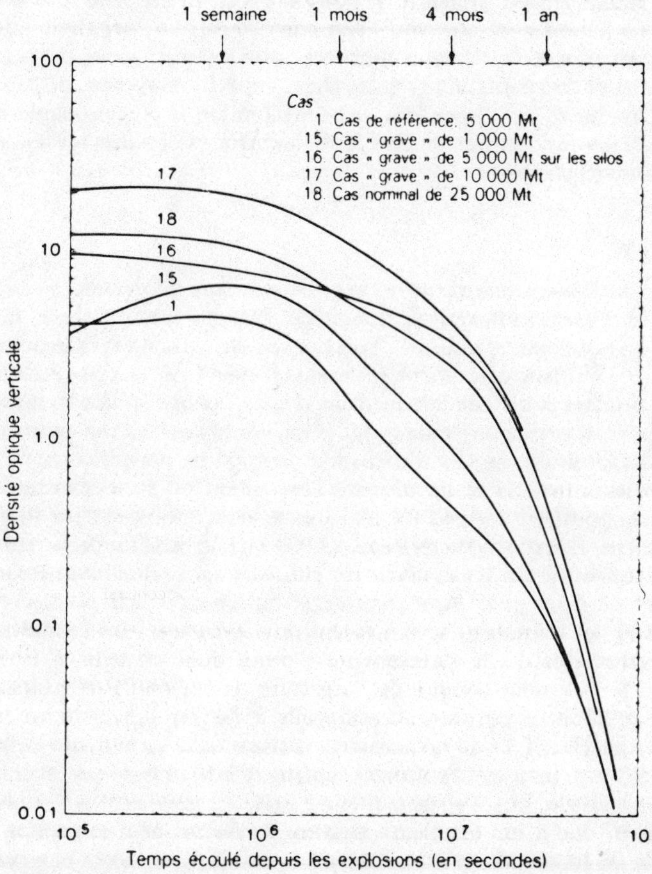

Figure 6. *Densités optiques verticales (absorption plus dispersion à 550 µm) pour divers cas, selon la puissance des explosions et la quantité de poussière et de fumée nucléaire. Voir détails en note 15. La puissance des armes est identique aux cas nominaux de même puissance totale décrits au* Tableau 1 *(cas 16 et 18 inclus). Les cas « graves » comptent généralement une multiplication par six des projections de poussière fine et un doublement de l'émission de fumée. Dans les cas 15, 17 et 18, la fumée est responsable de l'opacité au cours du premier ou des deux premiers mois. Dans le cas 16, les incendies ne sont pas pris en compte et la poussière des explosions au sol produit seule la totalité de l'opacité.*

Avec ces réserves, nous présentons, dans la *Figure 6*, les densités optiques résultant des cas les plus graves. Une opacité importante peut durer une année et les températures au sol pourraient s'abaisser jusqu'à 230 ou 240 K (environ 50 K en dessous de la normale). Associées à un très faible niveau de luminosité, les conséquences de ces scénarios rendent possibles des retentissements écologiques catastrophiques à grande échelle.

Deux essais de sensibilité ont été menés pour déterminer approximativement les implications sur les caractéristiques optiques des agglomérats d'aérosols au début de l'expansion des nuages. (La simulation prend déjà en compte la coagulation continuelle des particules dans les nuages dispersés.) On a émis l'hypothèse que la diffusion des nuages initiaux stabilisés de poussière et de fumée serait très lente et prendrait presque 8 mois pour couvrir l'hémisphère Nord. La coagulation des particules réduit d'environ 40 % l'opacité moyenne après 3 mois. Quand on augmente également l'adhérence des particules entre elles, l'opacité moyenne, après 3 mois, est réduite d'environ 75 %. Cependant, dans la situation la plus probable, l'agglomération rapide pourrait réduire de 20 à 50 % les densités optiques moyennes des nuages sur l'hémisphère Nord.

Autres effets

Nous avons également considéré, sans entrer dans les détails, les effets à long terme des retombées radioactives, des oxydes d'azote produits par la boule de feu et des gaz pyrogéniques toxiques [15]. La physique des retombées radioactives est bien connue [2,5,12,27,67]. Nos calculs portent essentiellement sur la vaste accumulation de retombées pendant la période intermédiaire due au fait que les dépôts au sol de poussière nucléaire dispersée seraient entraînés par les pluies [68]. Pour estimer les degrés possibles d'exposition, nous adoptons une fraction de puissance de fission de 0,5 pour toutes les armes. En ce qui concerne l'exposition aux seules émissions de rayons gamma de la poussière radioactive qui commence à retomber deux jours après les explosions dans le scénario de référence (5 000 Mt), la dose totale moyenne sur l'hémisphère, accumulée par les humains sur plusieurs mois, atteindrait environ 20 rads (dans le cas où ils ne pourraient se protéger ou échapper à la poussière). Pendant cette période, les retombées se situeraient principalement aux latitudes moyennes de l'hémisphère Nord ; la radioactivité y serait donc de deux à trois fois plus forte [69,70]. Si l'on tient compte de l'ingestion de radionucléides biologiquement actifs [27,71] et d'une exposition occasionnelle à des retombées localisées, la dose moyenne totale chronique de rayonnement ionisant dans les latitudes moyennes pour le cas de référence serait probablement supérieure à 50 rads de rayonnement gamma externe par individu, plus une dose presque égale ou supérieure à 50 rads, pour certains organes, due à des émetteurs internes de rayons bêta et gamma [71,72]. Lors d'un conflit de 10 000 Mt, selon les mêmes hypothèses, ces doses moyennes seraient doublées. Cette radioactivité est plus importante qu'on ne l'avait cru jusqu'ici, car les études antérieures ont négligé, pour la période intermédiaire, les retombées des débris nucléaires troposphériques provenant d'explosions de faible puissance (inférieures à 1 Mt).

Le problème de l'oxyde d'azote produit par les boules de feu des explosions de forte puissance et celui de la destruction de la couche d'ozone stratosphérique qui en résulte ont été traités dans de nombreuses études [2-4,7,73]. On trouve dans notre cas de référence une réduction maximale d'environ 30 % de la couche d'ozone à titre de moyenne pour l'hémisphère. Ce chiffre serait considérablement réduit si le conflit n'engageait que des armes d'une puissance individuelle inférieure à 1 Mt. Etant donné le rapport entre l'augmentation des rayons solaires UV-B et la diminution de l'ozone [74], des doses d'UV-B deux fois plus fortes qu'en temps normal sont prévisibles au cours de la première année après un conflit correspondant au cas de référence (quand la poussière et la suie se seraient dissipées). D'importants effets UV-B pourraient accompagner des conflits faisant intervenir des armes de plus forte puissance (ou un nombre important d'explosions multiples).

Toute une gamme de gaz toxiques (pyrotoxines) serait émise par une grande quantité d'incendies nucléaires, y compris du CO et du HCN. Selon Crutzen et Birks [7], une forte pollution de l'air, y compris des concentrations élevées d'ozone, pourrait sévir pendant plusieurs mois sur l'hémisphère Nord. Nous étudions également les dioxines et les furanes, composés extrêmement persistants et toxiques libérés lors de la combustion de matériaux organiques de synthèse très courants [75]. Des centaines de tonnes de dioxines et de furanes pourraient être produites lors d'un conflit nucléaire [76]. Les conséquences économiques à long terme de telles pyrotoxines nucléaires mériteraient une étude approfondie.

Perturbations météorologiques

Les variations horizontales de l'absorption de la lumière solaire par l'atmosphère et en surface constituent les moteurs fondamentaux de la circulation atmosphérique. Dans de nombreux cas, étudiés ici, des modifications importantes de ces forces motrices apparaissent — par exemple, des différences de température supérieures à 10 K entre les régions continentales de l'hémisphère Nord et les océans voisins, qui pourraient entraîner une forte circulation de type mousson, assez proche du mode de circulation hivernal près du sous-continent indien. De même, la différence de température entre les régions atmosphériques chargées de débris et les régions adjacentes encore dégagées entraînerait de nouveaux modes de circulation.

D'épais nuages de poussière et de fumée nucléaires peuvent donc entraîner d'importantes perturbations climatiques, et des effets associés, à travers toute une gamme de mécanismes :

— réflexion des rayons du Soleil vers l'espace et absorption de la lumière solaire par les couches supérieures de l'atmosphère entraînant un refroidissement général au sol ;

— modification de l'absorption solaire et des modes de réchauffement qui induisent la circulation atmosphérique à petite et grande échelle [78] ;

— introduction d'excédents de vapeur d'eau et de noyaux de condensation de nuages, qui affectent la formation de nuages et les précipitations [79] ;

— altération de l'albédo de surface par les incendies et la suie [80].

Ces effets sont étroitement mêlés dans la réaction générale de l'atmosphère à une Guerre Nucléaire [81]. Il n'est pas encore possible de prévoir en détail les modifications qui accompagneraient les injections massives de poussière et de fumée dont nous avons parlé. Nous devons donc limiter nos spéculations à des considérations générales.

L'évaporation de l'eau des océans est une source d'humidité constante pour les zones côtières. Une couche semi-permanente de brouillard et de brume pourrait recouvrir de grandes surfaces d'eau. Les conséquences de ces effets pour les précipitations marines ne sont pas évidentes, surtout si les vents habituels sont perturbés en raison des modifications subies par les forces motrices solaires. Certaines régions continentales pourraient subir des chutes de neige continues pendant des mois [10]. Les précipitations, à terme, nettoieraient l'atmosphère de la suie, mais leur action risque de ne pas être très efficace sur des nuages nucléaires [77,79]. Il est probable que les taux de précipitation seraient en moyenne plus faibles que dans l'atmosphère normale : la principale source d'énergie encore disponible pour provoquer des orages serait la chaleur latente de l'évaporation des océans, et les couches supérieures de l'atmosphère seraient plus chaudes que les couches inférieures, ce qui supprimerait la convection et les chutes de pluie.

Malgré les fortes chutes de neige possibles, il est peu vraisemblable qu'une Guerre Nucléaire entraîne une période glaciaire. La durée du refroidissement ($\leqslant$ 1 an) serait probablement trop courte pour vaincre l'inertie considérable du système climatique de la Terre. Le réservoir thermique que constituent les océans pousserait probablement le climat à retrouver ses normes habituelles dans les années qui suivraient la guerre. Le CO_2 dégagé par les incendies nucléaires ne jouerait aucun rôle climatique [7].

Propagations interhémisphériques

Lors d'études antérieures, on avait pensé qu'il faudrait un an ou plus pour qu'aient lieu des propagations importantes de débris nucléaires et de radioactivité d'un hémisphère à l'autre [2]. Cette évaluation reposait sur des observations de la propagation dans des conditions atmosphériques normales, y compris pour les nuages de débris provenant d'essais isolés d'armes nucléaires dans l'atmosphère. Cependant, à la suite d'un conflit nucléaire, avec des nuages denses de poussière et de fumée produits par des milliers d'explosions presque simultanées, de vastes perturbations dynamiques sont à prévoir. On peut se reporter, pour une comparaison approximative, à l'évolution des tempêtes de poussière sur Mars. Les couches inférieures de l'atmosphère de Mars ont une densité semblable à celle de la stratosphère terrestre, et Mars a une période de rotation presque identique à celle de la Terre (même si Mars ne reçoit que la moitié de la lumière solaire qui atteint la Terre). Les tempêtes de poussière qui se développent sur un hémisphère de Mars ont tendance à s'intensifier rapidement et à s'étendre à toute la planète, traversant l'équateur en une dizaine de jours [15,82,83]. Cela s'explique apparemment par le réchauffement de la poussière soulevée, qui l'emporte alors sur les autres sources de chaleur et influence la circulation atmosphérique. Haberle et son équipe [82] ont utilisé un modèle bidimensionnel pour simuler l'évolution des tempêtes de poussière sur Mars et ils ont découvert que la poussière située dans la zone de faibles latitudes entraînait une modification des vents. Lors d'un conflit nucléaire, l'essentiel de la poussière et de la fumée serait injecté dans les latitudes moyennes. Haberle et son équipe ne purent cependant poursuivre leurs calculs jusqu'à l'échelle planétaire. Les ondes de perturbation d'amplitude planétaire pourraient jouer un rôle majeur dans la propagation de débris d'un conflit nucléaire entre les latitudes moyennes et les basses latitudes.

Des conséquences atmosphériques importantes pourraient affecter l'hémisphère Sud dans les conditions suivantes :

1) par l'introduction de poussière et de fumée provenant d'explosions sur des cibles situées dans l'hémisphère Sud ;

2) par la propagation de débris depuis l'hémisphère Nord, au-delà de l'équateur météorologique, par des vents de type mousson [84] ;

3) par des propagations d'un hémisphère à l'autre dans les couches supérieures de la troposphère, propagations entraînées par le réchauffement solaire des nuages de poussière et de fumée nucléaires. Les observations photométriques du nuage éruptif du volcan El Chichón (à 14° N) par le satellite Solar Mesosphere Explorer

montrent que 10 à 20 % des aérosols de la stratosphère avaient été entraînés vers l'hémisphère Sud au bout d'environ 7 semaines [85].

Débat et conclusions

Les études présentées ici laissent craindre de graves effets climatiques à long terme si un conflit de 5 000 Mt devait survenir. En dépit des incertitudes qui persistent concernant les quantités de fumée et de poussière produites par des explosions nucléaires (et leurs propriétés), en dépit des limites imposées par les modèles existants, on peut néanmoins tirer ces conclusions provisoires :

1) Contrairement à la plupart des études antérieures (voir par ex. la note 2), nous avons découvert qu'un conflit nucléaire mondial aurait un retentissement énorme sur le climat, se manifestant par :

— une obscurité persistant pendant plusieurs mois ;

— de grandes perturbations dans le mode de circulation atmosphérique autour du globe ;

— des modifications spectaculaires des climats locaux et des taux de précipitation ; c'est-à-dire qu'il y aurait un « hiver nucléaire » en toutes saisons. La propagation d'un hémisphère à l'autre des débris nucléaires ayant atteint la stratosphère pourrait également se trouver très accélérée, bien que des simulations plus poussées soient nécessaires pour évaluer cette conséquence. Avec ce mélange interhémisphérique rapide, l'hémisphère Sud pourrait être victime de la présence dans son atmosphère de grandes quantités de débris nucléaires peu après un conflit prenant place dans l'hémisphère Nord. Dans le passé, on a considéré que les conséquences d'un tel conflit seraient mineures pour l'hémisphère Sud. En dépit de la persistance des bouleversements climatiques, qui devraient durer plus d'un an, il semble improbable qu'un changement climatique à long terme, une période glaciaire par exemple, puisse être déclenché par une Guerre Nucléaire.

2) D'assez importantes conséquences climatiques pourraient résulter de conflits nucléaires relativement mineurs (de 100 à 1 000 Mt) si les explosions touchaient principalement des zones urbaines, parce qu'une puissance aussi faible que 100 Mt suffit à dévaster et consumer plusieurs centaines des principaux centres urbains du monde. Qu'un seuil de puissance aussi bas puisse provoquer l'émission d'une telle masse de fumée — selon certains scénarios — implique que même un conflit nucléaire limité pourrait déclencher de graves conséquences. Il est donc tout à fait invraisemblable que des conflits de 5 000 ou 10 000 Mt n'aient que des conséquences *bénignes*.

3) L'influence sur le climat de fumées et de suie provenant des incendies nucléaires allumés par des explosions aériennes devrait être plus importante que celle de la poussière soulevée par des explosions au sol (quand les deux effets s'exerceraient simultanément). La fumée absorbe très efficacement la lumière solaire, alors que la poussière provenant du sol est généralement peu absorbante. Les particules de fumée sont extrêmement petites (d'un rayon le plus souvent inférieur au micron), ce qui allonge leur temps de survie dans l'atmosphère. Il est également probable que les explosions déclenchées au-dessus des villes, des forêts et des prés allumeraient de gigantesques incendies, même si les cibles visées sont uniquement les silos à missiles et d'autres objectifs militaires stratégiques.

4) La fumée émise par les incendies des villes aurait des effets plus importants que celle des incendies de forêts pour deux raisons au moins :

— en cas de conflit mondial, les villes, qui contiennent de grandes quantités de matériaux combustibles, ont toutes les chances d'être directement visées ;

— de violentes tempêtes de feu projetteraient la fumée jusque dans la stratosphère où elle subsisterait peut-être plus d'un an.

5) La poussière nucléaire peut également ajouter ses effets aux conséquences climatiques d'un conflit nucléaire. L'effet de la poussière sur le climat dépendrait étroitement de la façon dont la guerre serait conduite ; l'effet serait plus réduit si l'on utilisait des armes de plus faible puissance et si les explosions aériennes étaient plus nombreuses que les explosions au sol. Des explosions multiples pourraient augmenter les effets climatiques de la poussière nucléaire, mais nous ne possédons pas assez de données pour être affirmatifs sur ce point.

6) L'exposition aux retombées radioactives pourrait être plus intense et de plus grande envergure que ne le prévoient les modèles empiriques d'exposition au rayonnement qui ne tiennent pas compte des retombées de la période intermédiaire couvrant plusieurs jours ou plusieurs semaines, en particulier quand des quantités sans précédent de débris de fission sont brusquement libérées dans la troposphère par des explosions dont la puissance n'atteint pas 1 Mt. Dans les latitudes moyennes de l'hémisphère Nord, des doses moyennes de 50 rads par individu sont possibles pour un échange de 5 000 Mt ; des doses plus fortes toucheraient ceux qui se trouveraient sur le passage de débris radioactifs entraînés par les vents à des centaines de kilomètres. Ces estimations ne tiennent pas compte des doses probablement importantes d'irradiation interne dues à des radionucléides biologiquement actifs.

7) Les effets cumulés des différentes conséquences à long terme d'un conflit nucléaire — comme la faible luminosité, les gels, l'exposition aux retombées radioactives de la phase intermédiaire, la forte pollution de l'air par les incendies, l'augmentation des flux d'UV-B —, aggravées par la destruction des moyens médicaux, des réserves de nourriture et des services civils, pourraient faire bien d'autres victimes et entraîner d'incalculables dommages à l'écosystème de la planète. Ehrlich et son équipe sont en train d'étudier les conséquences biologiques possibles à long terme des effets d'une Guerre Nucléaire que nous avons estimés dans cette étude [86].

Nos évaluations des conséquences physiques et chimiques d'un conflit nucléaire sont nécessairement incertaines parce que nous avons utilisé des modèles à une dimension, parce que les données de base sont incomplètes et parce que le problème ne peut faire l'objet d'expérimentations. Nous sommes également incapables de prévoir en détail la nature des changements découlant de nos scénarios de conflits nucléaires qui toucheraient la dynamique et la météorologie atmosphériques, ainsi que le maintien ou la dissipation des premiers nuages de poussière et de fumée. Néanmoins, l'ampleur des premiers effets est si grande et leurs implications si graves que nous souhaitons un examen détaillé et critique des problèmes scientifiques soulevés.

Références et notes

1. J. Hampson, *Nature (Londres)* 250, 189 (1974).
2. National Academy of Sciences, *Long Term Worldwide Effects of Multiple Nuclear-Weapon Detonations* (Washington, D.C., 1975).
3. R.C. Whitten, W.J. Borucki, R.P. Turco, *Nature (Londres)* 257, 38 (1975).
4. M.C. MacCracken and J.S. Chang. Eds. *Lawrence Livermore Lab. Rep. UCRL-51653* (1975).
5. J.C. Mark, *Annu. Rev Nucl. Sci.* 26, 51 (1976).
6. K.N. Lewis, *Sci. Am.* 241, 35 (Juillet 1979).
7. P.J. Crutzen and J.W. Birks, *Ambio* 11, 114 (1982).
8. L.W. Alvarez, W. Alvarez, F. Asaro, H.V. Michel, *Science* 208, 1095 (1980) ; W. Alvarez, F. Asaro, H V. Michel, L.W. Alvarez, *ibid.* 216, 886 (1982) ; W. Alvarez, L.W. Alvarez, F. Asaro, H.V. Michel, *Geol. Soc. Am Spec. Pap. 190* (1982), p. 305.
9. R. Ganapathy, *Science* 216, 885 (1982).
10. O.B. Toon *et al., Geol. Soc. Am. Spec. Pap. 190* (1982), p. 187 ; J.B. Pollack, O.B. Toon, T.P. Ackerman, C.P. McKay, R.P. Turco, *Science* 219, 287 (1983).
11. Grâce à la Defense Nuclear Agency, le National Research Council (NRC) de la National Academy of Sciences a également entrepris de réévaluer totalement les conséquences climatiques possibles d'une Guerre Nucléaire. L'étude que nous vous présentons ici a été encouragée, en partie, par l'attention portée par le NRC à une première estimation des effets climatiques de la poussière nucléaire.
12. Office of Technology Assessment, *The Effects of Nuclear War* (OTA-NS-89, Washington, D.C., 1979).
13. J.E. Coggle et P.J. Lindop, *Ambio* 11, 106 (1982).
14. S. Bergstrom *et al.*, « Effects of nuclear war on health and health services », *WHO Publ. A36.12* (1983).
15. R.P. Turco, O.B. Toon, T.P. Ackerman, J.B. Pollack, C. Sagan, en préparation.
16. R.P. Turco, P. Hamill, O.B. Toon, R.C. Whitten, C.S. Kiang, *J. Atmos. Sci.* 36, 699 (1979) ; *NASA Tech. Pap. 1362* (1979) ; R.P. Turco, O.B. Toon, P. Hamill, R.C. Whitten, *J. Geophys. Res.* 86, 1113 (1981) ; R.P. Turco, O.B. Toon, R. C. Whitten, *Rev. Geophys. Space Phys.* 20, 233 (1982) ; R.P. Turco, O.B. Toon, R. C. Whitten, P. Hamill, R.G. Keesee, *J. Geophys. Res.* 88, 5299 (1983).
17. O.B. Toon, R.P. Turco, P. Hamill, C.S. Kiang, R.C. Whitten, *J. Atmos. Sci.* 36, 718 (1979) ; *NASA Tech. Pap. 1363* (1979).
18. O.B. Toon et T.P. Ackerman, *Appl. Opt.* 20, 3657 (1981) ; T.P. Ackerman et O.B. Toon, *ibid.*, p. 3661 ; J.N. Cuzzi, T.P. Ackerman, L.C. Helme, *J. Atmos. Sci.* 39, 917 (1982).

19. La prévision des anomalies de circulation et des modifications climatiques au niveau régional exigerait un modèle de circulation générale approprié, en trois dimensions, comportant au minimum les traits suivants :
— résolution horizontale de 10° ou mieux ;
— haute résolution verticale à travers la troposphère et la stratosphère ;
— paramètres des nuages et des précipitations qui permettraient d'imaginer des situations très différentes de celles que nous connaissons à l'heure actuelle ;
— possibilité de rendre compte de la circulation des particules de poussière et de fumée ;
— un modèle interactif de propagation des rayonnements pour calculer les effets de la poussière et de la fumée sur les flux lumineux et le taux de réchauffement ;
— possibilité de modification de la taille des particules dans le temps et d'évaluation des dépôts secs et mouillés ;
— peut-être même la possibilité d'associer les vents de surface et les courants océaniques aux températures.
Même si nous disposions aujourd'hui d'un tel modèle, il ne pourrait résoudre des problèmes tels que :
— la discontinuité, sur le plan horizontal, de nuages mesurant moins de plusieurs centaines de kilomètres ;
— les perturbations locales dans la dynamique de la couche limite ;
— ou bien la diffusion et la dissipation à moyenne échelle des nuages de poussière et de fumée.
20. Advisors, *Ambio* 11, 94 (1982).
21. R.T. Pretty, Ed., *Jane's Weapon Systems, 1982-1983* (Jane's, Londres, 1982).
22. *The Military Balance 1982-1983* (International Institute for Strategic Studies, Londres, 1982).
23. *World Armaments and Disarmament*, Stockholm International Peace Research Institute Yearbook 1982 (Taylor & Francis, Londres, 1982).
24. R. Forsberg, *Sci. Am.* 247, 52 (novembre 1982).
25. Les difficultés sans précédent auxquelles se heurterait la volonté de contrôler un conflit nucléaire pour le limiter sont notamment abordées par P. Bracken et M. Shubik (*Technol. Soc.* 4, 155, 1982) et par D. Ball (*Adelphi Papers* 169, International Institute for Strategic Studies, Londres, 1981).
26. G. Kemp, *Adelphi Paper 106* (International Institute for Strategic Studies, Londres, 1974).
27. S. Glasstone et P.J. Dolan, *The Effects of Nuclear Weapons* (Department of Defense, Washington, D.C., 1977).
28. Les régions citées sont soumises à des pointes de pression supérieures ou presque égales à 10 ou 20 cal/cm².
29. Une explosion au sol de 1 Mt projette environ 5×10^6 tonnes de débris, ce qui forme un profond cratère [27]. Le sol contient généralement environ 5 à 25 % (en poids) de grains dont la taille ne dépasse pas un micron de rayon (G. A. D'Almeida et L. Schutz, *J. Climate Appl. Meteorol.* 22, 233 [1983] ; G. Rawson, communication particulière). Cependant, l'ampleur de la désagrégation du sol en grains de cette taille serait probablement $\leqslant$ 10 % (R.G. Pinnick, G. Fernandez, B.D. Hinds, *Appl. Opt.* 22, 95 [1985]) et dépendrait en partie de l'humidité du sol et de sa consistance compacte ou meuble.
30. Une explosion au sol de 1 Mt vaporise environ 2×10^4 à 4×10^4 tonnes de terre [27] qui seront « avalées » par la boule de feu. Certains silicates et autres matériaux réfractaires se condensent ensuite en petites sphères vitreuses (M.W. Nathans, R. Thews, I.J. Russell, *Adv. Chem. Ser.* 93, 360, 1970).

31. Une explosion au sol de 1 Mt soulève de grosses quantités de poussière sur une superficie supérieure ou presque égale à 100 km² par un effet de type « pop corn » dû au rayonnement thermique, et par la dissémination due à des phénomènes de turbulences et aux vents de pression. L'essentiel de la poussière est aspiré par les vents ascendants qui suivent la boule de feu. Les particules les plus fines devraient monter plus facilement que les autres. La quantité de poussière soulevée dépendrait du type de sol, de son taux d'humidité, de sa densité, de la végétation qui le recouvre, du terrain. Il est probable que plus de 1×10^5 tonnes de poussière par mégatonne peuvent être incorporées de cette façon dans les nuages stabilisés.
32. R.G. Gutmacher, G.H. Higgins, H.A. Tewes, *Lawrence Livermore Lab. Rep. UCRL-14397* (1983) ; J. Carpenter, communication particulière.
33. M.W. Nathans, R. Thews, I.J. Russell (*in* note 30). Ces données indiquent des tailles qui évoluent selon le mode logarithmique normal pour les petites tailles ($\leqslant$ 3 microns) et selon une fonction de la forme r^{α} pour les grandes tailles. D'après les données fournies par de nombreux essais nucléaires, nous avons adopté un rayon moyen de 0,25 microns, $\sigma = 2{,}0$ variant suivant le mode logarithmique normal et un exposant $\alpha = 4$ [15]. Si les rayons de toutes les particules du nuage stabilisé sont de l'ordre de 0,01 à 1 000 microns, la répartition adoptée donne, pour la masse totale, environ 8 % de particules de rayon inférieur ou presque égal à un micron. Cette fraction de la masse du nuage stabilisé représente probablement moins de 0,5 % du total de la masse éjectée et de la masse soulevée d'une explosion au sol, et atteint environ 25 tonnes par kilotonne de puissance.
34. La poussière atmosphérique due aux explosions volcaniques se différencie de celle produite par une explosion nucléaire sur plusieurs points ;
— Une éruption volcanique représente une source de poussière localisée alors qu'une Guerre Nucléaire impliquerait des milliers de sources disséminées.
— La concentration de poussière dans les nuages stabilisés d'explosions nucléaires est faible ($\leqslant$ 1 g/m³) alors que les colonnes éruptives volcaniques sont si denses qu'elles s'effondrent généralement sous leur propre poids (G.P.L. Walker, *J. Volcanol. Geotherm. Res.* 11, 81 [1981]).
— Dans les nuages volcaniques denses, l'agglomération des particules, surtout sous l'influence de charges électriques, peut conduire à leur disparition rapide par sédimentation (S. N. Carey et H. Sigurdsson, *J. Geophys. Res.* 87, 7061, [1982] ; S. Brazier *et al.*, *Nature (Londres)* 301, 115, [1983]).
— La taille des cendres volcaniques est aussi très différente de celle de la poussière nucléaire (W.I. Rose *et al.*, *Am. J. Sci.* 280, 671 [1980]), parce que l'origine des particules est tout autre.
— La poussière nucléaire est projetée jusqu'à la stratosphère avec une très grande violence, alors que la force de projection des fines poussières volcaniques semble très faible [15].
Pour ces raisons, et pour d'autres, les effets climatiques observés lors des principales éruptions volcaniques dont nous avons eu connaissance à travers les siècles ne peuvent être utilisés (comme dans l'ouvrage cité à la note 2) pour évaluer l'effet climatique potentiel de la poussière nucléaire par simple comparaison de l'énergie ou du volume de terre soulevée. Cependant, dans les cas où la quantité totale de matériaux volcaniques de taille inférieure au micron maintenue dans la stratosphère pourrait être déterminée, on a appliqué et testé les modèles climatiques (J.B. Pollack *et al.*, *J. Geophys. Res.* 81, 1071 [1976]).

Nous avons utilisé ces modèles dans cette étude pour prévoir les effets d'injections de poussière nucléaire.

35. E. Ishikawa et D.L. Swain, Translators, *Hiroshima and Nagasaki : The Physical, Medical and Social Effects of the Atomic Bombings* (Basic Books, New York, 1981).
36. A Hiroshima, une bombe d'environ 13 kilotonnes a provoqué un incendie sur environ 13 km^2. A Nagasaki, où le terrain irrégulier empêchait le développement de grands incendies, une bombe d'environ 22 kilotonnes a provoqué un incendie sur une superficie d'environ 7 km^2. Ces deux cas indiquent que des explosions de faible puissance (inférieures à 1 Mt) peuvent allumer des feux sur des superficies d'environ 0,3 à 1,0 km^2 pour une kilotonne Kt — approximativement la zone comprise dans le secteur des 10 cal/m^2 et soumise à une pression d'environ 0,15 kg/cm^2 [27].
37. A. Broido, *Bull. At. Sci.* 16, 409 (1960).
38. C.F. Miller, « Preliminary evaluation of fire hazards from nuclear detonations », *SRI (Stanford Res. Inst.) Memo. Rep. Project IMU-4021-302* (1962).
39. R.U. Ayers, *Environmental Effects of Nuclear Weapons* (HI-518-RR, Hudson Institute, New York, 1965), Vol. 1.
40. S.B. Martin, « The role of fire in nuclear warfare », *United Research Services Rep. URS-764 (DNA 2692F)* [1974].
41. *DCPA Attack Environment Manual* (Department of Defense, Washington, D.C., 1973), chap. 3.
42. *FEMA Attack Environment Manual* (CPG 2-1A3, Federal Emergency Management Agency, Washington, D.C., 1982), chap. 3.
43. H.L. Brode, « Large-scale urban fires », *Pacific Sierra Res. Corp. Note 348* (1980).
44. D.A. Larson et R.D. Small, « Analysis of the large urban fire environment », *Pacific Sierra Res. Corp. Rep. 1210* (1982).
45. La référence 15 traite des zones urbaines et suburbaines des villes dont la population dépasse 100 000 habitants (il en existe quelque 2 300 dans le monde), ainsi que des réserves mondiales de substances inflammables. P.J. Crutzen et I.E. Galbally (dans un ouvrage en préparation) aboutissent à des conclusions similaires.
46. Les chiffres concernant l'émission de fumée par les incendies de forêt sont donnés par D.V. Sandberg, J.M. Pierovich, D.G. Fox, et E.W. Ross (« Effects of fire on air », *U.S. Forest Serv. Tech. Rep. WO-9* [1979]). Certains facteurs entraînent de plus fortes émissions dans des incendies violents et de grande ampleur, lorsque coexistent les braises et les flammes et que l'oxygène risque d'être limité au-dessus d'une partie des zones incendiées. Les émissions de fumée provenant des composés organiques de synthèse seront généralement plus importantes que celles des incendies de forêts.
47. La fumée de suie est un mélange complexe de corps gras, de goudron et de graphite (ou carbone élément). La fraction soluble dans le benzène de la masse des fumées d'incendies en terrain découvert se situe entre 40 et 75° (D. V. Sandberg *et al. in* note 46). L'essentiel des résidus doit logiquement être marron ou noir (la couleur de la fumée va du blanc — quand on y trouve une grosse quantité de vapeur d'eau — au gris ou au noir — quand le carbone en est le principal composant — en passant par le jaune ou le marron — quand on y trouve beaucoup de corps gras).

48. Dans la combustion en laboratoire de divers composés organiques de synthèse, les émissions de particules « solides » (qui se retrouvent dans les filtres après 24 heures de cuisson à 100 °C) correspondent (en poids) à : 1 à 15 % du carbone consumé, 2 à 35 % des liquides peu volatils et 1 à 40 % des liquides volatils. L'extinction optique de la fumée engendrée par une grande variété d'échantillons va de 0,1 à 1,5 m^2 environ par gramme de combustible brûlé.

49. Lors des incendies en terrain découvert, le rayon des particules est généralement d'environ 0,05 micron (D.V. Sandberg *et al.*, *in* note 46). Lors de la combustion de produits de synthèse, il peut être bien supérieur, mais il se situe en moyenne autour de 0,1 micron. (C. P. Bankston *et al., in* note 46). Il arrive souvent que des débris plus gros de particules et de braises soient soulevés par de puissants vents accompagnant les incendies, mais ils ne restent que très peu de temps dans l'atmosphère et ne sont pas pris en compte dans les estimations présentées ici (C.K. McMahon et P.W. Ryan, article présenté à la 69e réunion annuelle de l'Air Pollution Control Association, Portland, Oregon, du 27 juin au 1er juillet 1976). Néanmoins, comme de grands incendies peuvent provoquer des vents d'une vitesse dépassant 100 km/h, de grosses quantités de poussière fine et de débris d'explosion non combustibles (comme du plâtre pulvérisé) peuvent être soulevées en plus des particules de fumée.

50. On considère une moyenne de 30 à 50 % (en masse) de graphite (J.T. Twitty et J.A. Weinman, *J. Appl. Meteorol.* 10, 725 [1971] ; S. Chippett et W.A. Gray, *Combust. Flame* 31, 149 [1978]). La part réelle de l'indice de réfraction du carbone pur est de 1,75, et pour de nombreux corps gras de 1,5 à 1,6. On a supposé une densité moyenne de 1 g/cm^3 aux particules de fumée (C.K. McMahon, article présenté lors de la 76e réunion annuelle de l'Air Pollution Control Association, Atlanta, Georgie, du 19 au 24 juin 1983). Le graphite solide a une densité d'environ 2,5 g/cm^3 et la plupart des corps gras d'environ 1 g/cm^3.

51. Un certain nombre de cibles d'importance militaire, économique ou politique peuvent également se situer dans les régions tropicales de l'hémisphère Nord et dans l'hémisphère Sud [20].

52. L'atténuation de la lumière solaire directe par les particules de poussière et de fumée obéit à $I/Io = \exp(-\tau/\mu o)$, τ étant la densité optique d'extinction totale due à la dispersion des photons et à l'absorption par les particules, et μo le cosinus de l'angle du Soleil au zénith. La densité optique dépend de la longueur d'onde de la lumière, de la taille et de la composition des particules. Elle est généralement calculée à partir de la théorie de Mie (qui considère des particules sphériques équivalentes). L'intensité lumineuse totale au sol consiste en une composante directe et en une composante diffusée, ou dispersée, cette dernière habituellement calculée avec un modèle de transfert radiatif. La densité optique d'extinction peut s'écrire : $\tau = XML$, X étant la section spécifique (m^2/g de particules), M la concentration de la masse des particules en suspension (g/m^3) et L la longueur de la trajectoire (m). C'est la somme d'une densité optique d'absorption et d'une densité optique de dispersion ($\tau = \tau s + \tau a$). Les fines particules de poussière et de fumée ont un coefficient d'absorption $Xs \cong 3$ à 5 m^2/g dans les longueurs d'onde visibles. Cependant, les coefficients d'absorption Xa sont très sensibles à la part imaginaire de l'indice de réfraction. Pour les particules de poussière typiques $Xa \leqslant 0{,}1$ m^2/g. Pour la fumée, Xa peut varier de $\sim$ 0,1 à 10 m^2/g, à peu près proportionnellement à la fraction de graphite dans le volume des particules. Parfois, pour la fumée, des coefficients particuliers d'extinction sont donnés par rapport à la masse de carburant brûlé ;

dans ce cas, X comprend implicitement un facteur multiplicateur d'émission (grammes de fumée produits par gramme de carburant consumé).
53. R.P. Turco, O.B. Toon, R.C. Whitten, P. Hamill, *Eos* 63, 901 (1982).
54. J.A. Ogren, in *Particulate Carbon : Atmospheric Life Cycle*, G.T. Wolff and R.L. Klimisch (Plenum, New York, 1982), p. 379-391.
55. Pour estimer la zone sujette aux incendies en terrain découvert, nous avons considéré que 25 % de la puissance non urbaine totale, soit 1 000 Mt, allumerait des incendies sur une surface de 500 km^2/Mt — approximativement la zone irradiée par 10 cal/cm^2 — et que les incendies ne s'étendraient pas au-delà de ces périmètres [39]. R.E. Huschke *(Rand Corp. Rep. RM-5073-TAB* [1966]) a analysé comment s'enflammeraient simultanément les combustibles des zones non construites aux Etats-Unis, et il a conclu qu'environ 50 % de tous les combustibles sont au moins modérément inflammables pendant les mois d'été. Comme 50 % des zones rurales des divers pays qui ont toutes les chances de se trouver concernés par un conflit nucléaire sont couvertes de forêts et de taillis (inflammables environ 50 % du temps), le choix de cette valeur de 1 000 Mt est statistiquement justifié.
56. L'essentiel de l'écran de fumée est projeté dans les couches inférieures de l'atmosphère (à 1 ou 2 km d'altitude) où il a une durée de vie très courte, et comporte environ 10 % au plus de graphite (R.P. Turco, O.B. Toon, R.C. Whitten, J. B. Pollack, P. Hamill, in *Precipitation Scavenging, Dry Deposition and Resuspension*, H.R. Pruppacher, R.G. Semonin, W.G.N. Slinn [Elsevier, New York, 1983], p. 1337). Ainsi, la densité optique de la suie de l'atmosphère n'est que 1 % au maximum de celle qu'aurait initialement été la couche de fumée dans le cas de référence.
57. H.E. Landsberg et J.M. Albert, *Weatherwise* 27, 63 (1974).
58. H. Stommel et E. Stommel, *Sci. Am.* 240, 176 (juin 1979).
59. O.B. Toon et J.B. Pollack, *Nat. Hist.* 86, 8 (janvier 1977).
60. H.H. Lamb, *Climate Present, Past and Future* (Methuen, Londres, 1977), Vol. 1 et 2.
61. Malgré de possibles altérations de l'albédo de surface, dues aux incendies et au dépôt de suie [15,80].
62. S.G.H. Philander, *Nature (Londres)* 302, 295 (1983) ; B.C. Weare, *Science* 221, 947 (1983).
63. D.H. Milne et C.P. McKay, *Geol. Soc. Am. Spec. Pap. 190* (1982), p. 297.
64. O.B. Toon, *Eos* 63, 901 (1982).
65. La stratosphère est normalement définie comme la région de températures constantes — ou croissant avec l'altitude — se situant juste au-dessus de la troposphère. Le temps de maintien de particules fines dans la stratosphère est considérablement plus long que dans les couches supérieures de la troposphère à cause de la plus grande stabilité des couches d'air et de l'absence de précipitations dans la stratosphère. Cependant, en présence d'importantes projections de fumée, le profil habituel de la température serait considérablement bouleversé (voir par exemple la *Figure 3*) et une « stratosphère » pourrait se former aux abords d'un nuage de fumée, augmentant son temps de maintien en l'air à toutes les altitudes [15]. Ainsi donc, la durée de réduction de la luminosité solaire et des perturbations de températures des *Figures 1* à *6* risque d'être considérablement sous-estimée.
66. La propagation verticale de la suie depuis les couches limites vers les couches libres de la troposphère peut être provoquée par l'expansion et la contraction

diurne de la couche limite, par une advection de grande ampleur, ou par une forte convection locale.

67. F. Barnaby et J. Rotblat, *Ambio* 11, 84 (1982).

68. Le terme de retombées « intermédiaires » distingue la radioactivité qui retombe entre quelques jours et environ 1 mois après un conflit des retombées « immédiates » (au cours de la première journée suivant les explosions) et des retombées « tardives » (des mois ou des années après un conflit). On prévoit des retombées intermédiaires au moins à l'échelle hémisphérique et qui pourraient encore déposer une dose très importante de rayons gamma par individu. Elles pourraient également ajouter une radioactivité interne non négligeable. La distribution géographique des retombées intermédiaires sera toujours très variable, et les estimations des doses moyennes faites avec un modèle à une dimension sont très approximatives. Les calculs actuels ont été calibrés sur les retombées immédiates observées lors d'essais nucléaires [15].

69. Nous n'avons pas tenu compte d'autres sources potentielles de retombées radioactives dues à des armes « sales » et à des explosions sur des réacteurs nucléaires ou des surgénérateurs.

70. J. Knox (*Lawrence Livermore Lab. Rep. UCRL-89907*, à paraître) fait état de calculs de retombées qui prennent explicitement en compte l'expansion horizontale et la propagation de nuages de débris nucléaires. Pour un conflit stratégique de 5 300 Mt, Knox évalue les doses de rayons gamma par individu à 20 rads dans la zone allant de 40 à 60° dans l'hémisphère Nord, avec des doses moyennes plus faibles ailleurs. Certaines régions particulièrement touchées recevraient jusqu'à 200 rads par individu et couvriraient $\sim 10^6$ km² pendant la période intermédiaire de retombées. Ces calculs sont en accord avec les nôtres.

71. H. Lee et W.E. Strope (*Stanford Res. Inst. Rep. EGU 2981* [1974]) ont étudié l'exposition des Etats-Unis aux retombées transocéaniques provoquées par d'éventuels conflits opposant la Chine à l'Union soviétique. En tenant compte des abris, de l'élimination de débris et du délai de cinq jours assuré avant que les retombées radioactives restantes n'atteignent le territoire des Etats-Unis, l'exposition par individu aux doses de rayons gamma serait $\leqslant$ 10 rads et les doses internes seraient $\geqslant$ 10 à 100 rads, se portant essentiellement sur la thyroïde et les intestins.

72. Ces estimations se fondent sur des taux et des modes normaux de précipitations régulant les retombées radioactives de la période intermédiaire : dans le cas de perturbations graves, cependant, il pourrait arriver que la dispersion initiale de la radioactivité de l'air soit accélérée par la chaleur, mais que les retombées de la période intermédiaire soient supprimées par l'absence de précipitations.

73. H. Johnston, G. Whitten, J. Birks, *J. Geophys. Res.* 78, 6107 (1973) ; H.S. Johnston, *ibid.* 82, 3119 (1977).

74. S.A.W. Gerstl, A. Zardecki, H.L. Wiser, *Nature (Londres)* 294, 352 (1981).

75. M.P. Esposito, T.O. Tiernan, F.E. Dryden, *U.S. EPA Rep. EPA-600/280-197* (1980).

76. J. Josephson, *Environ. Sci. Technol.* 17, 124A (1983). Lors de la combustion de PCB (polychlorobiphényles), par exemple, la quantité de composés organiques chlorés polycycliques peut atteindre 0,1 % en poids. Aux Etats-Unis, plus de 300 000 tonnes de PCB sont actuellement utilisées dans les circuits électriques (S. Miller, *Environ. Sci. Technol.* 17, 11A [1983]).

77. C.-S. Chen et H.D. Orville (*J. Appl. Meteorol.* 16, 401 [1977]) ont simulé les effets de la poussière fine de graphite sur une convection de la taille des

cumulus. Ils ont montré que de forts mouvements de convection peuvent s'établir, quand l'air est calme, dans les dix minutes qui suivent la projection d'un nuage d'un kilomètre formé de particules d'une taille inférieure au micron, mélange de $\leqslant$ 50 parties par milliard (en masse). L'introduction d'un excédent d'humidité dans le modèle pour provoquer des pluies aboutit à une convection encore plus importante ; la poussière de charbon est soulevée plus haut et s'étend davantage, alors que $\leqslant$ 20 % sont éliminés par les précipitations. W.M. Gray, W.M. Frank, M.L. Corrin, et C.A. Stokes (*J. Appl. Meteorol.* 15, 355 [1976]) étudient les modifications possibles du temps à l'échelle moyenne ($\geqslant$ 100 km) dues à d'importantes injections de poussière de charbon.

78. C. Covey, S. Schneider, et S. Thompson (*Nature*, Vol. 308, pp. 21-25, mars 1984) font état de simulations qui utilisent des charges de suie semblables à celles de notre cas de référence. Ils observent d'importantes perturbations de la circulation atmosphérique planétaire dans la semaine qui suit l'injection. Certains des débris nucléaires des latitudes moyennes de l'hémisphère Nord seraient très probablement soulevés et transportés vers l'équateur.
79. R.C. Eagan, P.V. Hobbs, L.F. Radke, *J. Appl. Meteorol.* 13, 553 (1974).
80. C. Sagan, O.B. Toon, et J.B. Pollack (*Science* 206, 1363 [1979]) étudient le retentissement sur le climat du globe des modifications de l'albédo dues aux hommes. La Guerre Nucléaire peut entraîner des modifications de l'albédo :
— en incendiant de vastes zones de forêts et de prairies ;
— en produisant de grosses quantités de suie qui peuvent se déposer sur les plantes, sur la neige et sur la surface des océans ;
— et en modifiant le type et l'étendue des nuages habituels de vapeur d'eau. Les incendies nucléaires du cas de référence brûlent une zone de $\simeq 7{,}5 \times 10^5$ km² soit $\simeq$ 0,5 % de toutes les terres ; on peut douter qu'une variation de l'albédo sur une surface aussi limitée ait une influence. Toute la suie du cas de référence, si on la saupoudrait uniformément sur l'ensemble de la planète, formerait une couche épaisse d'environ 0,5 micron, et la première pluie l'entraînerait dans le sol et les réserves d'eau. On étudie actuellement l'effet de la suie sur les étendues de neige et de glace (J. Birks, communication privée). En général, la suie ou le sable accélère la fonte de la neige et de la glace. La suie qui se déposerait sur les océans serait rapidement éliminée par le plancton non sélectif, à condition que celui-ci ait survécu à l'obscurité et aux rayonnements ionisants.
81. Les calculs effectués montrent que les modifications de la concentration d'ozone et d'oxydes d'azote dans la stratosphère entraînent une perturbation moyenne de la température relativement faible en comparaison de celle que causeraient la poussière et la fumée nucléaires. Il semble improbable que des perturbations climatiques chimiquement induites puissent figurer parmi les effets essentiels d'une Guerre Nucléaire. Les concentrations d'ozone dans la troposphère, si elles triplaient [7], conduiraient à un petit réchauffement du sol par effet de serre (W.C. Wang, Y.L. Yung, A.A. Lacis, T. Mo, J.E. Hansen, *Science* 194, 685 [1976]). Ceci pourrait entraîner un rétablissement plus rapide de la température au sol. Cependant, l'augmentation de l'ozone dans la troposphère est éphémère (de l'ordre de 3 mois) et son importance est probablement secondaire par rapport aux perturbations dues, pendant la même période, à la fumée et à la poussière.
82. R.M. Haberle, C.B. Leovy, J.B. Pollack, *Icarus* 50, 322 (1983).

83. Au cours de la tempête de poussière qui se produisit sur Mars en 1971-1972, l'expérience IRIS de Mariner 9 montra que les particules en suspension réchauffaient l'atmosphère et produisaient un gradient vertical de température fortement sous-adiabatique.

84. V.V. Alexandrov, communication privée ; S.H. Schneider, communication privée.

85. G.E. Thomas, B.M. Jakosky, R.A. West, R.W. Sanders, *Geophys. Res. Lett.* 10, 997 (1983) ; J.B. Pollack *et al., ibid.*, p. 989 ; B.M. Jakosky, communication privée.

86. P. Ehrlich *et al., Science* 222, 1293 (1983).

87. H.M. Foley and M.A. Ruderman, *J. Geophys. Res.* 78, 4441 (1973).

88. Nous sommes reconnaissants à J. Berry, H.A. Bethe, C. Billings, J. Birks, H. Brode, R. Cicerone, L. Colin, P. Crutzen, R. Decker, P.J. Dolan, P. Dyal, F.J. Dyson, P. Ehrlich, B.T. Feld, R.L. Garwin, F. Gilmore, L. Grinspoon, M. Grover, J. Knox, A. Kuhl, C. Leovy, M. MacCracken, J. Mahlman, J. Marcum, P. Morrison, E. Patterson, R. Perret, G. Rawson, J. Rotblat, E.E. Salpeter, S. Soter, R. Speed, E. Teller et R. Whitten pour les discussions qu'ils ont eues avec nous. S.H. Schneider, C. Covey et S. Thompson, du National Center for Atmospheric Research, nous ont généreusement communiqué leurs calculs préliminaires sur les conséquences qu'auraient sur le climat, à l'échelle mondiale, les émissions de fumée. Nous remercions également les quelque 100 participants au symposium de Cambridge, Massachusetts, tenu du 22 au 26 avril 1983, qui ont vérifié nos résultats ; ce symposium avait été organisé par la Conférence sur les conséquences biologiques mondiales à long terme d'une Guerre Nucléaire, sous les auspices de la W. Alton Jones Foundation. Des remerciements particuliers à Janet M. Tollas pour avoir rassemblé toutes les données sur l'urbanisation mondiale, à May Liu pour nous avoir aidés à la programmation des ordinateurs et à Mary Maki pour le travail de préparation de ce texte.

Conséquences biologiques à long terme de la Guerre Nucléaire

Paul R. Ehrlich, John Harte, Mark A. Harwell, Peter H. Raven, Carl Sagan, George M. Woodwell, Joseph Berry, Edward S. Ayensu, Anne H. Ehrlich, Thomas Eisner, Stephen J. Gould, Herbert D. Grover, Rafael Herrera, Robert M. May, Ernst Mayr, Christopher P. McKay, Harold A. Mooney, Norman Myers, David Pimentel et John M. Teal.

Cet article fait suite à des entretiens sur les conséquences biologiques à long terme qu'une Guerre Nucléaire entraînerait pour toute la planète (Cambridge, Massachusetts, 25 et 26 avril 1983). Nous présentons ici le consensus atteint par les 40 savants qui ont participé à ce colloque. Les découvertes scientifiques dont il est question ici ont été présentées à la Conférence sur le Monde après une Guerre Nucléaire qui s'est tenue à Washington, D.C., les 31 octobre et 1er novembre 1983. Des tirés à part peuvent être obtenus auprès du Centre sur les conséquences de la Guerre Nucléaire à l'adresse suivante : Center on the Consequences of Nuclear War, 3244 Prospect Street, NW, Washington, D.C., 2007.

Extrait de *Science*, Vol. 222, pp. 1293-1300, 23 décembre 1983.

Certaines études récentes évaluant le nombre de victimes à prévoir en cas de Guerre Nucléaire de grande envergure (5 000 à 10 000 Mt) donnent les chiffres suivants : 750 000 personnes instantanément tuées par le souffle seul [1] ; un total de 1,1 milliard de décès provoqués par les effets conjugués du souffle, de l'incendie et du rayonnement [2] et autant de blessés nécessitant des soins médicaux [1,2]. Une Guerre Nucléaire pourrait donc immédiatement tuer ou blesser le tiers ou la moitié de la population mondiale. La grande majorité des victimes habiterait l'hémisphère Nord, plus particulièrement les Etats-Unis, l'URSS, l'Europe et le Japon. Nous citons ces chiffres car ils donnent une idée de l'ampleur que pourrait atteindre la catastrophe. Or, les éléments nouveaux que nous présentons permettent de penser que les conséquences biologiques à long terme produites par les modifications climatiques risqueraient d'être au moins aussi graves que les effets immédiats. Dans cet article, nous nous intéresserons aux 2 ou 3 milliards d'individus qui n'auraient pas immédiatement été tués, par exemple aux habitants de pays très éloignés du conflit.

Nous envisagerons essentiellement le cas d'une Guerre Nucléaire au cours de laquelle les quantités de poussière et de suie projetées dans l'atmosphère seraient suffisantes pour bloquer en grande partie le rayonnement solaire incident ; il s'agit là d'une idée formulée pour la première fois par l'équipe de Paul Ehrlich [3], et qui a suscité l'intérêt depuis les travaux de Crutzen et Birks [1] à qui nous devons la première analyse chiffrée du phénomène en question. Nous savons aujourd'hui que divers scénarios de Guerres Nucléaires, représentant tout un éventail entre 100 et 10 000 Mt, entraîneraient l'absorption et la dispersion d'une telle quantité de lumière solaire qu'ils provoqueraient le froid et l'obscurité [4,5] sur d'immenses étendues. Les calculs font apparaître des conséquences biologiques très sérieuses pour chacun des scénarios, alors que ces derniers sont tous bien en deçà de la limite des possibilités actuelles et au moins plausibles du point de vue de la stratégie militaire [1,2,4-6]. De plus, il est possible que la probabilité d'une Guerre Nucléaire engageant une très forte puissance ait été sous-estimée [7]. Nous examinerons également l'éventualité d'une propagation des effets atmosphériques de l'hémisphère Nord à l'hémisphère Sud, et ses conséquences [4,5].

Notre cas de référence est le cas 17 des scénarios de Guerre Nucléaire décrits dans le rapport TTAPS. Il correspond à un conflit de 10 000 Mt, affecte des valeurs défavorables mais plausibles aux paramètres caractéristiques des aérosols, des suies et poussières, et suppose que les tempêtes de feu entraînent 30 % de la suie jusqu'aux altitudes de la stratosphère. Les perturbations infligées à l'environnement dans l'hypothèse de ce scénario sont énumérées au *Tableau 1, A et B*, pour les hémisphères Nord et Sud, avec indication des marges d'incertitude.

Les moyennes calculées pour l'hémisphère Nord, indépendamment de la saison, sont les suivantes : les flux de lumière visible n'atteindraient que 1 % environ du niveau habituel, et la température au sol descendrait jusqu'à – 40 °C dans l'intérieur des continents. La luminosité et la température ne pourraient pas revenir à des conditions normales avant au moins un an. Dans la zone des cibles, l'obscurité pourrait être telle que, dans les premiers temps, il ferait nuit à midi. Aux latitudes moyennes de l'hémisphère Nord, environ un tiers de la surface émergée recevrait une dose égale ou supérieure à 500 rems aussitôt après les explosions. Cette dose, provenant d'émetteurs gamma externes dans les retombées radioactives, serait donc voisine de la dose létale moyenne (DL_{50}) pour des adultes en bonne santé [8] et pourrait même la dépasser. Dans les jours et les semaines qui suivraient, la moitié de la superficie occupée par les latitudes considérées recevrait une dose externe supplémentaire égale ou supérieure à 100 rems, due aux retombées. A ce total, les doses internes ajouteraient encore au moins 100 rems, concentrés dans certains organes du corps humain, notamment la thyroïde, le squelette, l'appareil digestif, dans le lait des femmes [9]. Après élimination des poussières et de la fumée, il parviendrait à la surface de la Terre un flux de rayons solaires voisins des UV-B (320 à 290 μm) beaucoup plus important que ce que nous connaissons, et ce phénomène persisterait pendant plusieurs années à cause de l'appauvrissement de l'ozonosphère dû aux oxydes d'azote engendrés par la boule de feu. Dans l'hémisphère Sud, la luminosité pourrait tomber à moins de 10 % de la normale et la température au sol risquerait de descendre au-dessous de – 18 °C ; l'augmentation du rayonnement UV, quoique moins considérable que dans l'hémisphère Nord, resterait importante pendant plusieurs années. Le *Tableau 2* précise les conséquences potentielles des modifications climatiques induites par une Guerre Nucléaire.

Bien évidemment, nous n'excluons pas l'hypothèse d'une Guerre Nucléaire dont les conséquences seraient nettement moins funestes pour l'environnement. Cependant, les effets que nous venons de décrire, ou des effets assez semblables, pourraient parfaitement résulter d'un conflit beaucoup plus limité que celui de notre scénario ; il suffirait même de quelques centaines de mégatonnes si les cibles étaient des villes [4,5]. Et même une Guerre Nucléaire qui n'entraînerait pas de conséquences climatiques affectant tout le globe risquerait d'avoir des effets très importants au niveau régional *(Tableau 3)*. En tout état de cause, nous pensons que les dirigeants politiques doivent être pleinement informés des répercussions potentielles à long terme d'un scénario grave. C'est pourquoi nous avons centré notre étude sur le cas de 10 000 Mt, au lieu de choisir le cas moyen de 5 000 Mt auquel se réfère le rapport TTAPS. D'ailleurs, en raison des effets cumulés, les conséquences de n'importe quel scénario de Guerre Nucléaire s'avéreraient probablement plus sévères que nous ne le prévoyons. Connaissant encore très mal les mécanismes des écosystèmes de la planète, nous sommes incapables d'évaluer toutes les interactions des nombreuses agressions que subiraient les hommes et les écosystèmes, et donc incapables de chiffrer leurs effets cumulatifs. Chacun des effets cumulés que nous n'avons pas précisés est une cause potentielle d'aggravation.

Température

Pour la végétation, les effets de la chute spectaculaire des températures dépendraient de la saison, de la durée du froid et de la tolérance limite des plantes. La brutalité de l'assaut du froid est un facteur particulièrement important. Le blé d'hiver, par exemple, peut supporter une température de – 15 °C et même

– 20 °C à condition d'être préparé au froid (naturel en automne ou en hiver) ; mais ce même blé peut être tué dès une température de – 5 °C au moment de sa croissance active [10]. Les plantes des Alpes capables de résister à – 50 °C en plein hiver (*Pinus cembra*, par exemple) peuvent être détruites par une température de l'ordre de – 5 °C à – 10 °C en été [11]. D'après les calculs du rapport TTAPS, les minimums devraient être atteints très rapidement *(Tableau 1)* ; dans ces conditions, il est improbable que les plantes qui normalement tolèrent bien le froid aient le temps de développer leur faculté de résistance avant l'apparition des températures mortelles. Aux dommages imputables au gel s'ajouteraient ceux dus au rayonnement, à la pollution de l'air et à l'insuffisance de lumière qui régneraient immédiatement après la Guerre Nucléaire. De plus, lorsque les plantes sont malades ou détériorées, leur résistance au gel diminue [11].

Certaines plantes, comme le riz et le sorgho, peuvent même souffrir d'un froid beaucoup plus modéré ; une température de 13 °C survenant pendant la période critique peut bloquer la formation de leurs graines à cause de la stérilité du pollen produit [11]. Le maïs et le soja, deux cultures importantes aux Etats-Unis, sont très sensibles et souffrent dès que la température tombe au-dessous de 10 °C.

Certes, il est probable que la végétation des régions tempérées serait moins affectée par une Guerre Nucléaire déclenchée en automne ou en hiver, et non au printemps ou en été. Par contre, la végétation tropicale demeure vulnérable au froid tout au long de l'année. Les seules régions dans lesquelles les plantes terrestres pourraient éventuellement échapper aux ravages causés par la rigueur du froid seraient les bandes côtières et les îles, grâce à l'influence modératrice de la mer. Mais ces régions connaîtraient des intempéries d'une extrême violence à cause de l'énorme différence de température entre la mer et le continent.

Lumière visible

L'interruption brutale de la photosynthèse, provoquée par la faiblesse du rayonnement solaire incident, entraînerait des conséquences qui se répercuteraient de proche en proche le long des chaînes alimentaires, dont un grand nombre servent aux hommes. Même dans l'hypothèse, peu vraisemblable, où la végétation ne serait pas altérée par d'autres causes, sa productivité primaire diminuerait à peu près dans la même proportion que la lumière.

De nombreux travaux ont été consacrés au problème de l'affaiblissement de la lumière et à l'étude de ses effets sur le rythme de la photosynthèse, la croissance des plantes et le rendement des récoltes [12]. Dans le cas d'un arbre, certaines feuilles peuvent être saturées de lumière même si elles reçoivent moins de la moitié de l'intensité maximum de lumière solaire, mais il est rare que l'arbre entier puisse l'être, car il comporte de nombreuses couches de feuilles différemment orientées par rapport au Soleil. C'est ainsi qu'une petite diminution de luminosité (10 %) peut parfaitement réduire la photosynthèse de l'arbre, pris dans son entier, sans pour autant affecter la photosynthèse de certaines feuilles bien exposées. En fait, les plantes ayant aussi une activité respiratoire, la plupart d'entre elles seraient probablement incapables de poursuivre leur croissance si la luminosité se réduisait à moins de 5 % de la normale (point de compensation [12,13]). Le faible éclairement, tel que nous pouvons le prévoir pendant les premiers mois qui suivraient un conflit nucléaire d'une certaine envergure, porterait aux plantes des atteintes très sévères ; la majorité d'entre elles mourraient à cause de la réduction très marquée de leur productivité nette, ayant pour seule origine la diminution de la lumière.

TABLEAU 1

Perturbations à long terme de la biosphère de l'hémisphère Nord (A) et de l'hémisphère Sud (B) après un conflit nucléaire de 10 000 Mt (cas de figure considéré comme grave [4,5]). La biosphère subit simultanément les différentes perturbations, dont l'étendue géographique et la gravité dépendent de nombreux facteurs : nombre, puissance et localisation des armes, altitude des explosions, ampleur des incendies provoqués, caractéristiques du transport atmosphérique de poussière et de suie (notamment, importance du phénomène de propagation de l'hémisphère Nord à l'hémisphère Sud), durée de persistance des poussières et de la suie dans l'atmosphère jusqu'à élimination par la pluie. Les perturbations indiquées en B correspondent à une approximation des effets additionnés de l'explosion de 100 Mt dans l'hémisphère Sud, d'une part, et de l'arrivée à l'hémisphère Sud d'une fraction des particules de poussière et de suie provenant de l'hémisphère Nord (essentiellement par transport stratosphérique), d'autre part. Les chiffres se fondent sur le scénario du « cas de référence de 5 000 Mt » et celui de l'« attaque de 100 Mt sur des villes [4,5] ». Les effets sur l'hémisphère Sud seraient susceptibles d'être plus graves en cas d'injection dans la strastosphère d'une quantité de suie très importante.

Paramètre	*Valeur à l'état perturbé* ([a])	*Durée de la perturbation*	*Zone affectée* ([b])	*Marge*
		A. Hémisphère Nord		
Intensité de la lumière solaire	×0,01	1,5 mois	LMN	×0,003 à 0,03
	×0,05	3 mois	LMN	×0,01 à 0,15
	×0,25	5 mois	HN	×0,1 à 0,7
	×0,50	8 mois	HN	×0,3 à 1,0
Température à la surface du sol ([c])	−43 °C	4 mois	LMN (terres émergées)	−53° à −23 °C
	−23 °C	9 mois	HN (terres émergées)	−33° à −3 °C
	−3 °C	1 an	HN (terres émergées)	−13° à +7 °C
Rayonnement UV-B ([d])	×4	1 an	HN	×2 à 8
	×3	3 ans	HN	×1 à 5
Exposition aux retombées radioactives ([e])	⩾ 500 R	1 heure à 1 jour	30 % des LMN (terres émergées)	
	⩾ 100 R	1 jour à 1 mois	50 % des LMN (terres émergées)	Facteur 3
	⩾ 10 R	⩾ 1 mois	50 % HN	
Retombées ([d]) ([f])	I^{131}, 4×10^5 MCi	8 jours ([g])	LMN	
	Ru^{106}, 1×10^4 MCi	1 an	HN	
	Sr^{90}, 400 MCi	30 ans	HN	
	Cs^{137}, 650 MCi	30 ans	HN	

B. Hémisphère Sud

Intensité de la lumière solaire	×0,1	1 mois	HS Tropiques	0,03 à 0,3
	×0,5	2 mois	HS degrés et LMS	0,1 à 0,9
	×0,8	4 mois	HS	0,3 à 1,0
Température à la surface du sol (c)	−18 °C	1 mois	LMS (terres émergées)	−33° à −3 °C
	−3 °C	2 mois	LMS (terres émergées)	−23° à +7 °C
	+7 °C	10 mois	LMS (terres émergées)	−13° à +13 °C
Rayonnement UV-B (d)	×1,5	1 an	HS	×1,2 à 2,0
	×1,2	3 ans	HS	×1,0 à 1,5
Exposition aux retombées radioactives (e)	⩾ 500 R	1 heure à 1 jour	à proximité des cibles	
	10 à 100 R	1 jour à 1 mois	HS (terres émergées)	Facteur 3
Retombées (d) (f)	Sr^{90}, 300 MCi	30 ans	HS	
	Cs^{137}, 330 MCi	30 ans	HS	

(a) Définitions : R, r, rad ≃ rem ; MCi = mégacurie.

(b) Abréviations : HN = hémisphère Nord ; LMN = latitudes moyennes de l'hémisphère Nord ; HS = hémisphère Sud ; LMS = latitudes moyennes de l'hémisphère Sud.

(c) Moyennes à comparer avec une normale de + 13 °C.

(d) Voir référence, 4, 5, 22.

(e) Approximations des doses de rayons gamma par individu ; ne concernent que les individus irradiés, surtout à proximité des sites [10]. Irradiation due aux retombées « instantanées » ou « intermédiaires » ; les chiffres ne tiennent pas compte de l'ingestion de radionucléides actifs, qui pourraient éventuellement multiplier la dose par deux dans certaines organes (par exemple la thyroïde, I^{131}) où les radionucléides ont tendance à se concentrer. Les doses sont plus élevées que dans certains modèles classiques qui se fondent sur des essais de bombes à forte puissance en altitude, et qui supposent des quantités de radionucléides beaucoup plus importantes dans la stratosphère, où ils se dégradent avant de retomber ; les quantités entraînées dans la stratosphère ne sauraient être aussi importantes que le prévoient ces modèles car une Guerre Nucléaire implique des bombes de puissances diverses [4,5,40].

(f) Les principaux modes de déposition sont les retombées et l'évacuation par la pluie. En cas d'explosions aériennes, les radionucléides se déposent lentement, sur plusieurs années. En cas d'explosions au sol, environ 60 % des retombées se produisent rapidement, et 40 % en une à deux années. En cas d'explosion sous-marine, les retombées ont lieu presque à 100 % dans l'eau. Au cours des essais nucléaires en altitude des années 1950 à 1960, environ 200 Mt de puissance ont donné une déposition moyenne de Strontium 90 d'environ 50 millicuries par km^2.

(g) Correspond à la durée de vie des radionucléides. Le reste des radionucléides est principalement responsable de l'exposition aux retombées instantanées.

TABLEAU 2

CONSÉQUENCES POTENTIELLES, POUR LES HOMMES ET LES ÉCOSYSTÈMES, DES CHANGEMENTS CLIMATIQUES INDUITS PAR UNE GUERRE NUCLÉAIRE D'ENVERGURE

Aussitôt après la guerre (quelques mois)	*A la fin de la première année*	*Au bout d'une décennie*
	Ecosystèmes naturels terrestres	
Quelle que soit la saison, un froid d'une rigueur extrême s'abattrait sur une grande partie de la Terre et infligerait des dommages très graves aux plantes, surtout sous les latitudes tempérées de l'hémisphère Nord. Les particules qui obscurciraient la lumière du Soleil provoqueraient une diminution considérable de la photosynthèse, mettant quasiment fin à la productivité des plantes. La rigueur du froid, le manque d'eau douce et l'obscurité affecteraient très sérieusement la plupart des animaux dont la mortalité serait importante. Des ouragans d'une intensité inimaginable dévasteraient les écosystèmes, plus particulièrement sur le littoral.	Dans les régions tempérées, de nombreuses plantes vivaces et la plupart des graines survivraient, mais la productivité des plantes demeurerait très faible. Dès que l'atmosphère serait débarrassée de la poussière et de la suie, l'augmentation des UV-B infligerait des dégâts aux plantes et provoquerait des troubles de la vue chez bon nombre d'animaux et chez l'Homme. La productivité primaire étant très réduite, les survivants (hommes et animaux) se disputeraient âprement les moyens de subsistance. La température anormale continuerait à causer des destructions ou des diminutions de productivité parmi les espèces tropicales. Extinctions massives d'espèces parmi les vertébrés.	Le potentiel de production primaire et secondaire aurait été progressivement reconstitué, mais les écosystèmes auraient subi de nombreuses détériorations irréversibles. La structure des écosystèmes et leurs mécanismes continueraient à réagir aux perturbations par une certaine instabilité. Il faudrait probablement attendre encore très longtemps le retour à un fonctionnement de nature à rétablir l'homéostasie des écosystèmes. Après les extinctions massives d'espèces, surtout dans les régions tropicales, la diversité génétique serait très réduite.
	Ecosystèmes naturels aquatiques	
La rigueur extrême du froid provoquerait une formation de glaces sur la majeure partie des lacs et cours d'eau, surtout dans les régions continentales des latitudes moyennes de l'hémisphère Nord. Les écosystèmes marins seraient généralement épargnés par	La perte initiale de phytoplancton continuerait à se faire sentir, se traduisant par des chutes numériques de population parmi de nombreuses espèces carnivores et herbivores vivant dans les écosystèmes marins ; les communautés benthiques (habitant les	La reconstitution serait plus rapide que celle des écosystèmes terrestres. Certaines espèces pourraient disparaître, mais plutôt dans les régions tropicales. Les écosystèmes marins des eaux littorales commenceraient à fournir des aliments, mais le risque

le froid, sauf dans les eaux littorales et, aux latitudes tropicales, dans la couche de surface (zone euphotique). L'obscurcissement anéantirait la productivité du phytoplancton, qui est l'aliment de base de nombreuses espèces aquatiques. Les tempêtes du littoral perturberaient les écosystèmes de la zone euphotique de la mer et aggraveraient les problèmes de sédiments. Les sources d'aliments seraient soit inaccessibles aux humains, soit contaminées par les radionucléides et les substances toxiques.	grandes profondeurs) ne connaîtraient pas un effondrement aussi marqué. Le dégel des écosystèmes d'eau douce s'amorcerait, mais bon nombre d'espèces auraient définitivement disparu. Les organismes aquatiques des régions tempérées, adaptés à des fluctuations saisonnières de la température, se rétabliraient plus rapidement et plus complètement que ceux des régions tropicales.	de contamination n'aurait peut-être pas disparu.
	Ecosystèmes agricoles	
Les températures excessivement basses et le faible éclairement pourraient aboutir à une absence totale de rendement net des cultures sur la Terre entière. Dans le secteur des bombardements, les réserves de nourriture seraient soit détruites, soit contaminées, soit hors d'atteinte des survivants, soit très rapidement épuisées. Les pays éloignés du lieu du conflit mais habitués à importer des denrées alimentaires perdraient les apports de l'Amérique du Nord et des autres exportateurs.	Le rendement des cultures resterait faible à cause de la persistance du froid (dont la rigueur serait cependant très atténuée). La lumière solaire ne serait plus affaiblie, mais enrichie en rayons UV-B. L'insuffisance des précipitations et l'érosion des sols par les tempêtes abaisseraient le potentiel de rendement. L'existence d'une agriculture organisée serait improbable ; les moyens actuels (énergie, engrais, pesticides, etc.) seraient absents. Les réserves de nourriture seraient pour l'essentiel épuisées. Les espèces susceptibles de servir d'animaux de trait auraient été décimées ou utilisées pour la consommation humaine.	Le potentiel de production des plantes se serait reconstitué, en majeure partie. Les problèmes auxquels se heurterait encore le rétablissement de l'agriculture seraient liés aux nécessités d'une intervention humaine (irrigation, énergie, engrais, pesticides, etc.).

TABLEAU 2 *(Suite)*

Aussitôt après la guerre (quelques mois)	*A la fin de la première année*	*Au bout d'une décennie*
	Systèmes sociaux humains	
Le nombre d'individus ayant survécu aux effets directs (dus au souffle, à l'incendie et au rayonnement ionisant instantané) pourraient représenter jusqu'à 50 ou 75 % de la population mondiale. L'extrême rigueur du froid, la profonde obscurité, les orages violents, l'absence d'abris, la disparition des combustibles feraient d'innombrables victimes, non seulement à cause de l'irradiation, de la faim et de la soif, mais aussi en raison des synergismes qui interviendraient, car les survivants seraient déjà affaiblis par l'exposition au rayonnement, la malnutrition, le manque de structures médicales et le traumatisme psychologique. Il n'existerait plus de structures sociales organisées pour tout ce qui concerne la nourriture, l'énergie, les transports, les soins médicaux, les moyens de communication, etc.	Les phénomènes climatiques auraient considérablement régressé, mais les humains souffriraient encore de l'irradiation. L'état de santé des survivants serait altéré par diverses causes, dont la principale serait la disparition des ressources agricoles. La persistance de quelconques structures sociales venant en aide aux survivants est difficilement imaginable. Le retour de la lumière s'accompagnant d'une augmentation des UV-B entraînerait des affections ophtalmiques. Les traumatismes psychologiques, l'exposition aux radiations et les effets cumulés des nombreuses perturbations maintiendraient des conditions très hostiles à l'Homme. Les épidémies et les endémies séviraient probablement.	Les perturbations climatiques ne constitueraient pas la principale entrave à une reprise démographique. Celle-ci serait limitée par la lenteur du rétablissement des structures sociales et des écosystèmes fournissant les moyens de subsistance. Par rapport au niveau antérieur à la guerre, la capacité biogénique du milieu risquerait de rester fortement réduite pendant très longtemps.

Rayonnement ionisant

Dans un conflit nucléaire, l'exposition au rayonnement ionisant serait la conséquence directe du flux de neutrons et de rayons gamma émis par la boule de feu, des débris radioactifs entraînés par le vent et des produits de fission en suspension dans l'air circulant tout autour du globe.

Pour l'organisme, le degré de nocivité dépendrait de l'intensité et de l'ampleur de l'irradiation, les effets étant d'autant plus graves que la radioactivité et de l'exposition totale sont plus importants. On estime habituellement que la dose mortelle pour l'Homme se situe entre 350 et 500 rems par individu en moins de 48 heures. Pour la plupart des mammifères, comme pour certaines plantes, la dose létale moyenne est inférieure à 1 000 rems. Plus le débit d'exposition est faible, plus la dose létale moyenne est élevée.

La zone qui subirait le rayonnement intense provenant de la boule de feu serait aussi la zone de l'onde de choc et de l'effet thermique [9,14]. Le périmètre dans lequel la pression due au souffle dépasse 0,35 kg/cm^2 est une zone mortelle à cause de l'onde de choc ; celui dans lequel le flux thermique dépasse 10 cal/cm^2 est une zone mortelle à cause de la chaleur. Or, le périmètre à l'intérieur duquel le rayonnement ionisant serait mortel pour les êtres humains est moins étendu que les deux précédents [1,9] ; c'est pourquoi nous n'avons pas consacré de longs développements aux effets des rayonnements ionisants dus à la boule de feu.

Nous possédons les résultats d'une étude qui reprend le scénario d'*Ambio* et qui présente des similitudes avec le cas de référence du rapport TTAPS ; cette étude envisage un conflit de 5 742 Mt, donnant lieu à 11 600 explosions dont les champs de retombées radioactives ne se chevauchent pas, et elle estime qu'une zone de 5×10^6 km^2 recevrait 1 000 rems, et même davantage dans les secteurs sous le vent. Cette dose serait reçue à 98 % en moins de 48 heures. Une telle irradiation est mortelle pour tous les individus qui se trouvent dans le périmètre concerné ; elle provoque aussi la mort de certaines espèces végétales sensibles, notamment la plupart des conifères (qui forment les grandes forêts des régions froides de l'hémisphère Nord). Si des réacteurs nucléaires, des installations de stockage de déchets radioactifs ou des usines de retraitement de combustible venaient à être touchés pendant le conflit, la superficie de la zone affectée et le niveau des rayonnements ionisants pourraient encore dépasser ces prévisions.

Si l'on suppose que la zone en question, recevant des retombées radioactives comprises entre 1 000 et 10 000 rems, est boisée sur environ la moitié de sa superficie, les arbres et bon nombre d'autres plantes mourraient massivement sur $2,5 \times 10^6$ km^2. Cela favoriserait le développement des incendies, et presque tous les conifères mourraient dans un secteur couvrant à peu près 2,5 % des terres émergées de l'hémisphère Nord.

Savoir que près d'un tiers de la surface occupée par les régions tempérées pourrait recevoir plus de 500 rems à cause du rayonnement gamma est un élément qui montre bien l'ampleur et la gravité du risque *(Tableau 1A)*. Une dose totale de 500 rems, dont les effets seraient mineurs sur la plupart des végétaux, provoquerait de nombreux décès parmi les mammifères, donc parmi les humains. Les survivants, dépourvus de toute protection, seraient malades pendant des semaines et prédisposés au cancer pendant le reste de leur vie. Le nombre total d'individus atteints par diverses affections dépasserait le milliard.

Rayonnement UV-B

Au cours des semaines qui suivraient un conflit nucléaire, les poussières et la suie de l'atmosphère et de la troposphère absorberaient le flux de rayons UV-B qui aurait normalement été transmis par l'ozonosphère, si celle-ci n'avait pas été partiellement détruite. Au bout de quelques mois, la poussière et la suie disparaîtraient ; c'est alors que les effets de la raréfaction de l'ozone commenceraient à se faire sentir à la surface de la Terre. Dans le cas de référence du rapport TTAPS, l'intensité du flux d'UV-B resterait le double de l'intensité actuelle pendant environ un an, au niveau de l'hémisphère Nord ; dans le cas d'un conflit de 10 000 Mt (voir *Tableau 1A*), elle serait quadruplée. Au niveau des latitudes équatoriales, la dose d'UV-B serait sensiblement plus importante, ce qui est d'ailleurs le cas même lorsque l'ozonosphère n'est pas raréfiée.

La raréfaction de l'ozone commence à être dangereuse pour les écosystèmes et les humains dès un seuil très inférieur à ces chiffres [16]. Si la totalité des UV-B augmente de 50 %, ceux-ci sont multipliés par 50 en fin de bande (295 μm). Cette zone présente une importance biologique particulière car ce sont les longueurs d'onde auxquelles les acides nucléiques, les acides aminés aromatiques et la liaison peptidique absorbent fortement l'énergie. A haute dose, les UV-B sont extrêmement destructeurs pour les feuilles d'arbres, affaiblissent les plantes et réduisent leur productivité [17] On sait que les niveaux actuels de rayonnement UV-B réduisent déjà considérablement la productivité du plancton marin à proximité de la surface. Toute augmentation des UV-B, même très faible, pourrait donc altérer profondément la structure des chaînes alimentaires marines [16].

Nous connaissons au moins quatre autres manifestations de la nocivité des UV-B pour les systèmes biologiques :

1) On sait que des doses relativement faibles d'UV-B suffisent pour supprimer les défenses immunitaires de l'*homo sapiens* et des mammifères [18]. Une disparition des mécanismes immunitaires conduit à la multiplication des maladies, à plus forte raison dans un milieu ambiant marqué par un rayonnement ionisant important et diverses autres agressions physiologiques.

2) Les feuilles d'arbres parvenant à maturité dans un faible ensoleillement sont deux à trois fois plus sensibles aux UV-B que celles dont la croissance a lieu en pleine lumière [19].

3) La sensibilité des bactéries aux UV-B est renforcée par le froid qui supprime le processus normal de réparation de l'ADN, processus dépendant de la lumière [16].

4) Chez les humains et les mammifères terrestres, une exposition prolongée à un rayonnement UV-B intense peut conduire à des détériorations de la cornée et à des cataractes aboutissant à la cécité [22].

Les effets d'une augmentation des UV-B pourraient donc compter parmi les conséquences imprévues les plus sérieuses d'une Guerre Nucléaire.

Effets atmosphériques

Au cours d'une Guerre Nucléaire, de grandes quantités de produits polluants, notamment oxyde de carbone, ozone, oxydes d'azote, cyanures, chlorures de vinyle, dioxines et furanes, seraient libérées non loin du sol [4,5,2,1]. Un peu plus tard, le brouillard et les pluies acides couvriraient des étendues considérables. Sur la végétation déjà ravagée, ces substances toxiques ne produiraient peut-être pas immédiatement des effets spectaculaires (quoique leur persistance puisse certainement faire obstacle à la reconstitution de cette végétation). Par contre, toutes ces substances pourraient être transportées par les vents vers des écosystèmes éloignés, épargnés initialement, et ainsi causer de nouveaux dommages importants. Les incendies à grande échelle ayant tendance à se développer et l'absorption de gaz carbonique par la photosynthèse ayant cessé, on assisterait bientôt à une augmentation de la concentration de gaz carbonique dans l'atmosphère. Actuellement, l'atmosphère contient une quantité de gaz carbonique qui correspond à plusieurs années de photosynthèse, et il faut tenir compte des réserves de carbone inorganique des océans [22]. Pour ces raisons, une modification majeure de la composition de l'atmosphère serait fort peu probable à long terme, si le climat mondial et le rendement photosynthétique revenaient effectivement à une situation proche de la normale en quelques années. On ne peut cependant entièrement exclure l'éventualité d'une catastrophe qui engloberait les deux hémisphères et qui pourrait ainsi, par suite des dommages infligés aux organismes assurant la photosynthèse, se traduire par un accroissement brutal de la concentration d'oxyde de carbone, et donc par des modifications climatiques à long terme. Pour donner une idée de l'échelle temporelle, rappelons que la durée du recyclage de l'oxygène dans la biosphère est de l'ordre de 2 000 ans.

Systèmes agricoles

Les centres urbains possèdent peu de stocks de denrées alimentaires de première nécessité ; pour la majeure partie, la viande et les produits frais proviennent directement des fermes. Seules les céréales sont entreposées en grandes quantités, mais généralement en des lieux éloignés de ces centres. Si une Guerre Nucléaire avait lieu au printemps ou au début de l'été, les récoltes de l'année seraient assurément perdues. Si cette guerre avait lieu en automne ou en hiver, les récoltes seraient déjà stockées, mais le froid exceptionnel qui persisterait pendant des mois créerait des conditions défavorables à la croissance ultérieure.

Après une Guerre Nucléaire, les denrées alimentaires éventuellement disponibles dans l'hémisphère Nord seraient détruites, contaminées, inaccessibles ou rapidement épuisées. Dans les pays directement touchés par le conflit, la nourriture deviendrait rare en très peu de temps. Parmi les pays éloignés des explosions nucléaires, certains sont obligés d'importer une grande partie de leur nourriture ; ceux-là verraient leur approvisionnement en denrées alimentaires s'interrompre soudainement et n'auraient plus que leurs agricultures locales et leurs écosystèmes naturels pour subsister. Cela placerait de nombreuses nations sous-développées dans une situation très difficile, notamment sous les Tropiques.

Les principaux produits agricoles donnent une seule récolte par an et dépendent fortement des apports nutritifs et énergétiques artificiels. En outre, pour fournir ce qui est destiné à la consommation humaine, il faut que les plantes puissent capter l'énergie solaire, une fois leurs besoins respiratoires assurés, ce qui suppose un bon ensoleillement et un environnement débarrassé des problèmes de manque d'eau, de parasites, de pollution de l'air, etc. Après une Guerre Nucléaire, réunir ces conditions serait difficile, voire impossible sur une grande partie de la planète et peut-être sur toute la planète. En pratique, ceci signifierait la fin de l'agriculture.

En Amérique du Nord comme en Union soviétique, les produits des grandes cultures céréalières sont moissonnés et stockés, non pas dans des fermes individuelles, mais dans des entrepôts situés à proximité des zones susceptibles de devenir les cibles d'une Guerre Nucléaire ; les stocks des années ultérieures seraient, presque à coup sûr, très sévèrement touchés et la diversité génétique de ces cultures, déjà très limitée, deviendrait extrêmement restreinte [24]. Qui plus est, les zones où les cultures

TABLEAU 3

CONSÉQUENCES D'UNE GUERRE NUCLÉAIRE : CONSÉQUENCES ÉCOLOGIQUES POTENTIELLES DU SCÉNARIO DE RÉFÉRENCE, AUTRES QUE CELLES INDUITES PAR LA DIMINUTION DE LA TEMPÉRATURE ET DE L'ÉCLAIREMENT

Perturbation	*Intensité ou étendue*	*Mécanisme des effets*	*Conséquences sur les écosystèmes*
Retombées radioactives locales, planétaires, dues aux explosions nucléaires*.	Fond de rayonnement moyen $\geqslant$ 100 rems ; $\geqslant$ 200 rems sur une vaste zone de l'hémisphère Nord*.	Effets directs sur l'organisme ; affaiblissement du système immunitaire ; différences de sensibilité suivant les espèces ; effets génétiques.	Altération des structures trophiques ; recrudescences de parasites ; domination des espèces « opportunistes » ; anomalies génétiques et ontogéniques.
Augmentation des UV-B.	Intensité multipliée par quatre sur tout l'hémisphère Nord*.	Arrêt de la photosynthèse ; effets directs sur l'organisme humain ; différences de sensibilité suivant les espèces ; affaiblissement du système immunitaire ; atteintes de la vue.	Réduction de la productivité primaire ; altération des structures trophiques marines ; cécité chez les animaux terrestres ; modifications du comportement chez les insectes, notamment les principaux pollinisateurs.
Incendies.	Extension des incendies dans l'hémispère Nord ; $\geqslant$ 5 % de la superficie des écosystèmes terrestres affectés.	Perte directe de végétation ; détériorations des graines ; modifications de l'albédo ; destruction de l'habitat.	Destruction des forêts et désertification se prolongent à cause des rétroactions[39] ; modifications climatiques locales ; phénomènes d'érosion et d'envasement à grande échelle ; destruction des substances nutritives. Extinctions d'espèces.

Pollution chimique des eaux de surface.	Pyrotoxines, dégagements provenant des stocks de produits chimiques.	Effets directs sur l'organisme humain ; différences de sensibilité suivant les espèces ; bioconcentration.	Disparition d'organismes ; les eaux superficielles et souterraines continuent à être polluées ; manque d'eau potable.
Pollution chimique de l'atmosphère.	Dégagements importants d'oxydes d'azote et d'ozone ; produits toxiques pyrogéniques provenant des explosions ; grandes quantités de produits organiques toxiques libérées par les incendies secondaires des villes et des stocks de produits chimiques.	Effets directs sur l'organisme humain ; différences de sensibilité suivant les espèces ; pluies acides.	Brouillards très étendus ; acidification de l'eau douce ; destruction des substances nutritives.

* Voir Tableau 1A.

auraient pu croître connaîtraient des modifications climatiques locales, une forte radioactivité et un appauvrissement ou une érosion des sols. C'est dans ce contexte qu'il faudrait essayer de rétablir la production agricole en se passant des apports énergétiques massifs (principalement gazole des tracteurs et engrais) auxquels l'agriculture des pays développés est accoutumée [25].

Sauf en bordure immédiate de la mer, un conflit nucléaire serait suivi d'une période de faibles précipitations sur le continent [4,5]. Le manque de pluie est un problème qui se pose aujourd'hui déjà dans certaines régions du globe, pluie essentielle pour l'agriculture ; or, l'irrigation qui nécessite une intervention humaine ne serait plus possible après une Guerre Nucléaire. Bien plus, après une Guerre Nucléaire, l'eau serait généralement gelée et le retour aux températures normales très lent [26].

Ecosystèmes terrestres tempérés

A défaut d'agriculture organisée, les deux ou trois milliards d'individus ayant survécu aux premiers effets de la Guerre Nucléaire n'auraient d'autre solution que le recours aux écosystèmes naturels, auxquels ils demanderaient donc de fournir une production dépassant largement la capacité limite, au moment précis où le fonctionnement de ces écosystèmes serait très altéré à cause de la Guerre Nucléaire.

Soumis au froid, aux incendies, aux tempêtes, au rayonnement et à divers autres phénomènes physiques (souvent simultanés), les écosystèmes seraient devenus beaucoup plus vulnérables à la recrudescence des maladies et des parasites et risqueraient de conserver assez longtemps cette fragilité. La productivité primaire marquerait une chute spectaculaire, sans même pouvoir revenir rapidement à son niveau habituel lorsque la lumière et la chaleur seraient redevenues normales, car les rayons UV-B, le brouillard, les insectes, la radioactivité et les diverses autres perturbations continueraient à l'en empêcher. Au moment où leurs possibilités de trouver des aliments d'origine végétale seraient sévèrement restreintes, presque tous les vertébrés qui n'auraient pas été tués par le souffle et les rayonnements ionisants seraient en train de succomber au froid, ou de lutter contre un monde sans lumière dans lequel ils ne tarderaient pas à mourir de faim ou de soif puisque les cours d'eau seraient gelés. Les survivants seraient très disséminés et souvent malades. C'est ainsi que s'éteindraient de multiples espèces dont la disparition n'aurait été que légèrement différée.

Les écosystèmes naturels fournissent à nos sociétés divers « services » d'importance capitale : nourriture et abri, mais aussi maintien de la composition de l'atmosphère, régulation climatique, régulation du cycle de l'eau, recyclage des substances nutritives, production et préservation des sols, dégradation des déchets. Pour l'Homme, deux des aspects essentiels du rôle des écosystèmes sont la fourniture de la nourriture et le maintien d'une vaste « bibliothèque » des espèces animales et végétales, où l'*homo sapiens* a puisé ce qui forme la base de sa civilisation [27]. La perte accélérée de cet ensemble de ressources génétiques (du fait de l'extinction de multiples espèces) constituerait l'une des conséquences potentielles les plus graves d'une Guerre Nucléaire.

Les écosystèmes des régions tempérées de l'hémisphère Nord souffriraient beaucoup des incendies en rase campagne, dont l'ampleur et la localisation dépendraient en partie du scénario de la guerre et de la saison. Nous sommes également dans l'incertitude en ce qui concerne l'ampleur des tempêtes de feu, qui pourraient éventuellement porter les couches inférieures du sol à une température suffisamment élevée pour détériorer ou détruire les graines, surtout si le type de végétation concerné n'est pas adapté à des incendies périodiques. Des explosions aériennes multiples au-dessus de certaines zones saisonnièrement sèches, comme la Californie, vers la fin de l'été ou le début de l'automne, y détruiraient définitivement, par le feu, une grande partie de la forêt et de la broussaille ; les inondations et l'érosion prendraient donc des proportions catastrophiques au moment de la saison pluvieuse. L'envasement, les écoulements toxiques et les radionucléides feraient beaucoup de ravages mortels parmi la faune d'eau douce, et également dans la faune des eaux littorales. D'ailleurs, les lamellibranches qui survivraient concentreraient une telle radioactivité dans leur corps qu'ils resteraient impropres à la consommation pendant très longtemps.

Parmi les autres conséquences d'une Guerre Nucléaire pour les écosystèmes terrestres, citons encore :

1) Le ralentissement des processus naturels d'épuration de l'air et de l'eau, effet secondaire de la détérioration des plantes qui jouent un rôle important dans la réduction métabolique des produits toxiques.

2) La diminution de l'évapo-transpiration des plantes, dont l'effet serait de contribuer à ralentir le passage de l'eau dans l'atmosphère, surtout dans les régions continentales ; donc un cycle de l'eau beaucoup plus lent.

3) L'importante perturbation de la surface du sol, qui se traduirait par une accélération de l'érosion, vraisemblablement accompagnée de grands ouragans de poussière [28].

Le renouveau de la végétation pourrait ressembler superficiellement à celui qui fait suite à un incendie local. En fait, le rayonnement, le brouillard, l'érosion, les poussières et les pluies toxiques ajouteraient leurs effets à ceux du froid et de l'obscurité, de sorte que la succession serait retardée et modifiée par différentes causes qui ralentiraient le rétablissement des fonctions assurées par les écosystèmes [29]. Il est probable que la plupart des changements subis par les écosystèmes seraient des phénomènes à court terme. Toutefois, quelques modifications durables ou même irréversibles, structurelles ou fonctionnelles, ne sont pas totalement exclues si les écosystèmes subissent des changements qualitatifs qui leur permettent de se stabiliser dans des états viables nouveaux [30]. Les destructions de sol dues à l'érosion seraient sérieuses dans les secteurs ayant connu les grands incendies, la mort de la végétation et l'extrême rigueur du climat. Dans le détail, les conséquences de cet état de fait dépendraient du caractère des vents et des précipitations pendant la première année après le conflit nucléaire [4,5]. Mais il est quasiment certain que la diversité de beaucoup de communautés naturelles se réduirait ; de nombreuses espèces animales, végétales et micro-organiques disparaîtraient.

Ecosystèmes terrestres tropicaux

Dans la zone des Tropiques, l'ampleur des phénomènes dépendrait de divers facteurs, en particulier du choix des cibles [1,6], des tempêtes de feu, de l'effacement de la distinction entre stratosphère et troposphère, et des échanges entre les deux hémisphères en fonction de l'altitude [4,5]. Il est fort probable que le froid et les nuages denses de poussière et de suie se propageraient au moins jusqu'au tropique Nord, et il n'est pas exclu qu'ils puissent atteindre l'hémisphère Sud. Il convient donc d'envisager les conséquences de cette éventualité [4,5] *(Tableau 1B).*

Les graines des arbres tropicaux ont souvent une durée de vie beaucoup plus courte que celles des arbres des régions tempérées. Si les régions tropicales étaient envahies par le froid et l'obscurité, ou même par l'un des deux seulement, leurs forêts disparaîtraient en grande partie. Par suite de cette disparition, la grande majorité des espèces animales, végétales et micro-organiques de notre planète s'éteindraient [31,32], ce qui affecterait profondément et durablement les possibilités d'adaptation des humains.

Si l'obscurité se répandait au niveau des Tropiques, de vastes zones de végétation tropicale considérées comme proches du point de compensation [33] se mettraient à dépérir. D'autre part, les plantes des régions tropicales et subtropicales sont souvent dépourvues des mécanismes de repos germinatif permettant de tolérer des températures hivernales et ne supportent pas le moindre froid. Même si le phénomène de froid et d'obscurité restait confiné aux régions tempérées, il serait très possible que des flux d'air froid et de suie entraînent des coups de gel au niveau des Tropiques. Quoique plus accentué, le mécanisme s'apparenterait au « friagem », terme décrivant les effets d'une vague de froid qui part des zones tempérées de l'Amérique du Sud et se propage jusqu'à l'Amazonie équatoriale, où elle provoque la mort d'une multitude d'oiseaux et de poissons [34]. D'après ce que nous savons des effets produits par le froid pendant le Pléistocène [35], il est vraisemblable que les régions continentales situées au niveau des latitudes tropicales subiraient des transformations très graves en cas de diminution des précipitations et d'apparition d'un air froid.

Les peuples des pays tropicaux qui dépendent des importations pour la nourriture et les engrais seraient d'ailleurs dans une situation pénible même si leurs territoires n'étaient pas directement touchés par le conflit nucléaire. De nombreux citadins quitteraient les villes pour tenter de cultiver les restes de forêts, dont ils accéléreraient ainsi la destruction. Cette solution leur imposerait d'improviser une agriculture sur brûlis à grande échelle, ce qui accroîtrait les quantités de suie en suspension dans l'atmosphère. Quel que soit le lieu exact de ses effets immédiats, une Guerre Nucléaire finirait par frapper chacun des habitants de la Terre.

Ecosystèmes aquatiques

Les organismes aquatiques sont plus ou moins préservés des variations de température spectaculaires grâce à l'inertie thermique de l'eau. Une grande partie des eaux douces gèlerait néanmoins sur des profondeurs considérables, ou même en totalité, à la suite des modifications climatiques que déclencherait une Guerre Nucléaire. L'effet d'une obscurité prolongée sur les organismes marins a été étudié [36]. Les producteurs primaires, à la base de la chaîne alimentaire marine, sont particulièrement sensibles à une obscurité prolongée. La productivité du plancton marin qui se trouve dans la zone euphotique de la mer est déjà très affaiblie par les niveaux actuels d'UV-B, de sorte que toute nouvelle augmentation des UV-B risquerait d'altérer très profondément la structure des chaînes alimentaires marines [16,37]. On pense souvent que les bordures des océans formeraient de vastes sources d'aliments pour les survivants d'une Guerre Nucléaire ; on peut douter du bien-fondé d'une telle affirmation si l'on songe à tous les effets conjugués de l'obscurité, des UV-B, des orages littoraux, des destructions de navires au cours de la guerre et de la concentration de radionucléides.

Conclusions

Les prévisions relatives aux modifications climatiques sont parfaitement fiables, en toute hypothèse [4,5]. Un conflit limité qui n'engagerait pas plus de 500 Mt, mais dont les cibles seraient des villes [38], provoquerait des perturbations de même nature qu'une Guerre Nucléaire à grande échelle, engageant 10 000 Mt. Dans les deux cas, les fonctions nécessaires à la vie assurées par les écosystèmes seraient violemment altérées (*Tableaux 2* et *3*). Les difficultés que rencontreraient les survivants sont à souligner : rigueur extrême du froid, manque d'eau, de nourriture et de combustible, irradiation importante, substances polluantes, maladies, énorme traumatisme psychologique — toutes choses qu'il faudrait affronter dans une sorte de pénombre ou même une nuit noire.

Ces « froides ténèbres » risqueraient bel et bien de gagner la totalité du globe [4,5]. Dans ce cas, des extinctions massives pourraient frapper de nombreuses espèces, laissant une Terre profondément modifiée et biologiquement très appauvrie. Les disparitions d'espèces toucheraient presque tous les animaux et végétaux tropicaux, la plupart des vertébrés terrestres des zones tempérées de l'hémisphère Nord, d'innombrables plantes, une foule d'organismes d'eau douce et un certain nombre d'organismes marins.

Quelle que soit la gravité de la situation, nous ne pensons pas que l'*homo sapiens* disparaîtrait immédiatement. Mais pouvons-nous affirmer que les survivants, ou même une partie d'entre eux, réussiraient à subsister pendant longtemps face à des communautés biologiques profondément altérées, à un climat sans précédent, à une radioactivité importante, à une désagrégation totale des structures agricoles, économiques et sociales, à des traumatismes psychologiques inimaginables et à une multitude de difficultés diverses ? C'est la question qui se pose. Une chose est certaine : les effets d'une guerre thermonucléaire à grande échelle sur les écosystèmes pourraient, *à eux seuls*, détruire toute la civilisation actuelle, tout au moins celle de l'hémisphère Nord. S'ajoutant aux effets directs, qui auraient fait plus d'un milliard de victimes, les effets à moyen et long terme pourraient éliminer les derniers survivants de l'hémisphère Nord. N'oublions pas non plus que notre scénario de référence ne correspond aucunement au cas le plus grave que nous aurions pu envisager avec l'arsenal nucléaire actuel, et avec celui dont disposera l'Humanité dans un avenir proche [4,5]. Tout conflit nucléaire d'une certaine envergure entre les superpuissances risque de modifier l'environnement de notre planète au point de faire disparaître une fraction importante des espèces végétales et animales. En ce cas, l'extinction du genre humain ne serait pas exclue.

Références et notes

1. Ces analyses ont fait l'objet d'une série d'articles parus dans *Ambio* 11, 76 (1982) et réédités en volume par J. Peterson sous le titre, *The Aftermath : The Human and Ecological Consequences of Nuclear War* (Pantheon, New York, 1983).
2. S. Bergstrom et son équipe, « Les effets d'une Guerre Nucléaire sur la santé et les services de santé » (OMS, *Publ.* A36.12 [1983]). Conséquences prévues dans le cas d'une stratégie consistant à viser un grand nombre de villes importantes de l'hémisphère Nord pour détruire les installations militaires ou industrielles situées à proximité de ces cibles et mettre fin à la puissance de certaines nations. L'hypothèse de cibles disséminées sur un territoire très étendu se fonde notamment sur l'existence d'un grand nombre de têtes nucléaires stratégiques (18 000) dans les arsenaux nationaux, sur l'improbabilité de toute possibilité de contenir un conflit nucléaire lorsque celui-ci a été engagé ; voir aussi note 5. Principaux travaux antérieurs consacrés aux conséquences d'une Guerre Nucléaire : R.U. Ayres, *Environmental Effects of Nuclear Weapons* (HI-518-55, Hudson Institute, New York, 1965) ; U.S. Arms Control and Disarmement Agency, *Effects of Nuclear War* (Washington, D.C., 1979) ; E. Ishikawa et D.L. Swain, *Hiroshima and Nagasaki, The Physical, Medical and Social Effects of the Atomic Bombings* (Basic Books, New York, 1981) ; A.M. Katz, *Life After Nuclear War* (Ballinger, Cambridge [Mass.], 1982) ; National Academy of Sciences, *Long-Term Worldwide Effects of Multiple Nuclear Weapon Detonations* (Washington, D.C., 1975) ; Office of Technology Assessment, *The Effects of Nuclear War* (Washington, D.C., 1979) ; A.I. Thunberg, *Comprehensive Study on Nuclear Weapons* (ONU, New York, 1981) ; A.H. Westing, *Warfare in a Fragile World* (Stockholm International Peace Research Institute Yearbook, 1980) ; G.M. Woodwell, *Ecological Effects of Nuclear War* (Brookhaven National Laboratory, Upton, N.Y., 1963) ; B. Ramberg, *Destruction of Nuclear Energy Facilities in War* (Lexington Books/Lexington [Mass.], 1980) ; K.N. Lewis, *Sci. Am.* 241, 35 (juillet 1979) ; J.C. Mark, *Ann. Rev. Nucl. Sci.* 26, 51 (1976) ; S.I. Auerbach et S. Warren, in *Survival and the Bomb : Methods of Civil Defense*, I.P. Wigner (sous la direction de) (Indiana Univ. Press, Bloomington, 1969), p. 126 ; C.M. Haaland, C.V. Chester, E.P. Vigner, *Survival of the Relocated Population of the U.S. After a Nuclear Attack* (Oak Ridge National Laboratory, Oak Ridge [Tenn.], 1979) ; *Nuclear Radiation in Warfare* (Stockholm International Peace Research Institute, 1981) ; J.P. Robinson, *The Effects of Weapons on Ecosystems* (Programme des Nations Unies pour la protection de l'environnement, ONU, New York, 1979) ; P.R. Ehrlich, in *The Counterfeit Ark : Crisis Relocation for Nuclear War*, sous la direction de

J. Leaning & L. Keyes (Ballinger, Boston, 1983). Les travaux antérieurs sont cités dans « The Ecological Consequences of Nuclear War », rapport publié sous la direction de H.D. Grover et destiné à la Société américaine d'Ecologie (en préparation).

3. P.R. Ehrlich, A.H. Ehrlich, J.P. Holdren, *Ecoscience : Population, Resources, Environment* (Freeman, San Francisco, 1977), p. 690.
4. R.P. Turco, O.B. Toon, T.P. Ackermann, J.B. Pollack et C. Sagan (« TTAPS »), « Nuclear Winter : Global Consequences of Multiple Nuclear Explosions », *Science* 222 : 1283 (1983).
5. En préparation.
6. National Academy of Sciences, *Long-Term Worldwide Effects of Multiple Nuclear Weapon Detonations* (Washington, D.C., 1975).
7. *Ambio* 11, 94 (1982) ; D. Ball, *Adelphi Paper 169* International Institute for Strategic Studies, Londres, 1981) ; P. Bracken et M. Shubik, *Technol. Soc.* 4, 155 (1981).
8. F. Barnaby et J. Rotblat, *Ambio* 11, 84 (1982).
9. S. Glasstone et P.J. Dolan, *Effects of Nuclear Weapons* (Department of Defense, Washington, D.C., 1977). L'estimation des doses internes est très approximative. Elle se fonde sur Glasstone et Dolan (pp. 597-609) et notre propre expérience. L'irradiation de la thyroïde est généralement la plus importante (I^{131}) ; Sr^{90} et C^{137} présentent également des dangers très graves.
10. J. Levitt, *Response of Plants to Environmental Stresses* (Academic Press, New York, 1980).
11. W. Larcher et H. Bauer in *Encyclopaedia of Plant Physiology*, 12A, *Physiological Plant Ecology*, I, *Responses to the Physical Environment*, O.L. Lange, P.S. Nobel, C.B. Osmond, H. Ziegler (Springer-Verlag, Berlin 1981), p. 401.
12. O. Björkman, in *ibid.*, p. 57.
13. L.T. Evans in *Plant Responses to Climatic Factors.* R.O. Slatyer (UNESCO, Paris, 1973), p. 22 ; A.L. Cristy et C.A. Porter, in *Photosynthesis*, Vol. 2, *Development, Carbon Metabolism and Plant Productivity*, Govindjee (Academic Press, New York, 1982), p. 499.
14. Moins vrai pour la bombe à rayonnement renforcé (bombe à neutrons). Voir, par exemple, S.T. Cohen, *The Neutron Bomb : Political, Technological and Military Issues* (Institute for Foreign Policy Analysis, Cambridge, Mass., 1978).
15. G.M. Woodwell et A.H. Sparrow, in *Ecological Effects of Nuclear War* ; G.M. Woodwell (sous la direction de) (Brookhaven National Laboratory, Upton, N.Y., 1963), p. 20.
16. C.H. Kruger *et al.* et R.B. Setlow *et al.*, *Causes and Effects of Stratospheric Ozone Reduction : An Update* (National Academy of Sciences, Washington, D.C., 1982).
17. M.M. Caldwell, in *Encyclopaedia of Plant Physiology*, 12A, *Physiological Plant Ecology*, I, *Responses to the Physical Environment*, O.L. Lange, P.S. Nobel, C.B. Osmond, H. Ziegler (Springer-Verlag, Berlin, 1981), p. 169.
18. E.C. de Fabo et M.L. Kripka, *Photochem. Photobiol.* 20, 385 (1979) ; W.L. Morison *et al.*, *Br. J. Dermatol.* 101, 513 (1971) ; *J. Invest. Dermatol.* 75, 331 (1980) ; *ibid.* 76, 303 (1981) ; M.S. Fisher et M.L. Kripka, *Natl. Acad. Sci.* USA 74, 1968 (1977).
19. A.H. Teramura, R.H. Biggs, S. Kossuth, *Plant Physiol.* 65, 483 (1980) ; C.W. Warner et M.M. Caldwell, *Photochem. Photobiol.*, en cours d'impression.

20. D.M. Pitts in *Hearing on the Consequences of Nuclear War on the Global Environment* (97e Congrès, 2e session, série 171, Government Printing Office, Washington, D.C., 1983), pp. 83-101.
21. P.J. Crutzen et J.W. Birks, *Ambio* 11, 114 (1982).
22. *The Global Carbon Cycle* (Commission scientifique sur les problème de l'environnement, Paris, 1979).
23. J.C.G. Walker, *The Evolution of the Atmosphere* (Macmillan, New York, 1978).
24. National Academy of Sciences, *Genetic Vulnerability of Major Crops* (Washington, D.C., 1972).
25. D. Pimentel *et al., Science* 182, 443 (1973).
26. Si l'on suppose que la température constante de l'interface eau/glace est de 0 °C, l'épaisseur de glace d'un lac est donnée par $X = CT^{1/2}$, T étant le nombre de jours de situations gélives (ce qui correspond approximativement à la zone située au-dessous du point de congélation dans une courbe températures/jours), et $C = (2k/sL)^{1/2}$; k est la conductivité thermique de la glace, et s son poids spécifique, L étant la température de fusion de l'eau (W. Furry, E. Purcell, J. Street, *Physics for Science and Engineering Students* [Blakiston, New York, 1952], p. 616). Lorsque T est exprimé en milliers de jours et X en mètres, C est égal à 0,026. L'onde thermique se propage sur une profondeur de 1,5 m dans le cas de la glace et de certains sols comme les argiles sableuses. Ainsi, non seulement il n'y aurait pas d'eau douce sur le continent mais, en outre, il resterait impossible d'enterrer des centaines de millions de cadavres car ceux-ci auraient « dégelé » avant le sol (on pourrait à la rigueur les enterrer lorsqu'ils auraient atteint un état de décomposition suffisamment avancée).
27. J.P. Holdren et P.R. Ehrlich, *Am. Sci.* 62, 282 (mai-juin 1974) ; F.P. Bormann, *Bio Science* 26, 754 (1976) ; G.M. Woodwell, *ibid.* 24, 81 (1974) ; W.E. Westman, *Science* 197, 960 (1977).
28. Cet effet serait renforcé par la disparition des éléments nutritifs après les grandes destructions de forêts ; voir, par exemple, G.E. Likens *et al., Ecol. Monogr.* 40, 23 (1970).
29. G.M. Woodwell, *Science* 156, 461 (1967) ; *ibid.* 168, 429 (1970).
30. Par exemple, R.M. May, *Nature (Londres)* 269, 471 (1977) ; C.S. Holling, *Annu. Rev. Ecol. Syst.* 4, 24 (1973) ; R.C. Lewontin, in « Diversity and Stability in Ecological Systems », *USAEC Rapp. BNL-501750* (1970).
31. A. Gomez-Pompa, C. Vazquez-Yanes, S. Guevara, *Science* 177, 762 (1972).
32. P.R. Ehrlich et A.H. Ehrlich, *Extinctions : The Causes and Consequences of the Disappearance of Species* (Random House, New York, 1981) ; N. Myers, *A Wealth of Wild Species* (Westview, Boulder, Colorado, 1983).
33. E.F. Brunig, *Forstarchiv* 42, 21 (1971).
34. A. Serraard et L. Rattisboma, *Bol. Geogr. Publ. Espec.* 3, 172 (1945).
35. J.P. Bradbury *et al., Science* 214, 1299 (1981) ; M.L. Salgado-Labouriau, *Rev. Paleobot. Paleobiol.* 30, 297 (1980).
36. D.H. Milne et C.P. McKay, *Geol. Soc. Am. N° 190* (1982). Ces études réalisées à partir de modèles prévoient qu'une réduction de lumière comparable à celle du scénario du *Tableau 1* ravagerait au minimum le niveau du phytoplancton. Sous les latitudes tropicales les plus éloignées de l'équateur, la réduction de la biomasse atteindrait au moins 20 % pendant des centaines de jours. Cette perturbation prolongée serait susceptible de provoquer l'extinction d'un grand nombre d'espèces marines (les effets les plus graves seraient ceux d'une guerre déclenchée au printemps ou en été).

37. J. Calkins, *The Role of Solar Ultraviolet Radiation in Marine Ecosystems* (Plenum, New York, 1982). Pour les effets des radionucléides et leur concentration dans les océans, voir National Academy of Science, *Radioactivity in the Marine Environment* (Washington, D.C., 1971).
38. La vraisemblance d'un conflit nucléaire qui resterait contenu en deçà du seuil auquel apparaissent les effets climatiques importants et les divers autres effets majeurs est très contestée [7].
39. C. Sagan, O.B. Toon, J.B. Pollack, *Science* 206, 1363 (1979).
40. H. Lee et V.E. Strope, *Stanford Res. Inst. Rep. EGU 2981* (1974).
41. Nous remercions tous ceux qui ont assisté à la réunion des biologistes, et exprimons tous nos remerciements à la W. Alton Jones Foundation pour son concours financier.

NOTES

INTRODUCTION (Kennedy), p. 29

1. A. Tversky et D. Kahneman, « The Framing of Decisions and the Psychology of Choice », *Science* 211 : 453-458 (1981).
2. J. Villforth, Bureau of Radiological Health, Food and Drug Administration, témoignage devant la commission d'enquête sur Three Mile Island.
3. F. Iklé, préface à « World-wide Effects of Nuclear War — Some Perspectives » (Washington, D.C. : US, Arms Control and Disarmament Agency, 1976).
4. H.H. Mitchell, « Ecological Problems and Postwar Recuperations : A Preliminary Survey from the Civil Defense Viewpoint » (Rapport Rand RM-2801-PR, 1961).
5. Civil Defense Preparedness Agency, « Research Report on Recovery from Nuclear Attack » (Washington, D.C. : Publication DCPA 307, 1979).
6. L.W. Alvarez, W. Alvarez, F. Asaro et H.V. Michel, « Extraterrestrial Cause for the Cretaceous-Tertiary Extinction », *Science* 208 : 1095-108 (1980).
7. Graham Allison, *The Essence of Decision : Explaining the Cuban Missile Crisis* (Boston : Little, Brown & Co., 1971).

CONSÉQUENCES ATMOSPHÉRIQUES ET CLIMATIQUES D'UNE GUERRE NUCLÉAIRE* (Sagan), p. 41

1. R.P. Turco, O.B. Toon, T.P. Ackermann, J.B. Pollack et C. Sagan (« TTAPS »), « Nuclear Winter : Global Consequences of Multiple Nuclear Explosions », *Science* 222 : 1283-1292 (1983).
2. P.R. Ehrlich, J. Harte, M.A. Harwell, Peter H. Raven, C. Sagan, G.M. Woodwell *et al.*, « The Long-Term Biological Consequences of Nuclear War », *Science* 222 : 1293-1300 (1983).
3. James B. Pollack, O.B. Toon, Carl Sagan, Audrey Summers, Betty Baldwin et Warren Van Camp « Volcanic Explosions and Climatic Change : A Theoretical Assessment », *Journal of Geophysical Research* 81 : 1071-1083 (1976) ; James B. Pollack, O.B. Toon, Carl Sagan, Audrey Summers, Betty Baldwin et Warren Van Camp, « Stratospheric Aerosols and Climatic Change », *Nature* 263 : 551-555 (1976).

---

* Ces notes renvoient également aux appels qui apparaissent dans les Questions qui suivent l'exposé de C. Sagan.

4. L.W. Alvarez, W. Alvarez, F. Asaro et H.V. Michel, *Science* 208 : 1095 (1980) ; W. Alvarez, F. Asaro, H.B. Michel et L.W. Alvarez, *Science* 216 : 886 (1982) ; W. Alvarez, L.W. Alvarez, F. Asaro et H.V. Michel, *Geological Society of America*, Bulletin spécial 90, p. 305 (1982).
5. P.J. Crutzen et J.W. Birks, *Ambio* 11 : 114 (1982).
6. Samuel Glasstone et Philip J. Dolan, *The Effects of Nuclear War* 3e édition (Washington, D.C. ; Département de la Défense, 1977).
7. Essai soviétique, îles de Novaïa Zemlia, 30 octobre 1961.
8. Par exemple, le Pershing 1 « tactique » porte des têtes nucléaires dont la puissance atteint 400 kilotonnes, alors que le Poseidon C-3 « stratégique » n'atteint que 40 kilotonnes. (Institut pour la Recherche de la Paix internationale [SIPRI], Stockholm, *World Armaments and Disarmaments*, [Londres : Taylor & Francis, 1982] ; J. Record, *US Nuclear Weapons in Europe* [Washington, D.C. : Brookings Institution, 1974].)
9. Voir notamment D. Ball, *Adelphi Paper 169* (Londres : International Institute for Strategic Studies, 1981) ; P. Bracken et M. Shubik, *Technology and Society* 4 : 155 (1982).
10. National Academy of Sciences/National Research Council, *Long-Term World-wide Effects of Multiple Nuclear Weapons Detonations* (Washington, D.C. : National Academy of Sciences).
Congrès des Etats-Unis, *The Effects of Nuclear War* (Washington, D.C. : 1979) ; J. Peterson, *Nuclear War : The Aftermath*, édition spéciale *Ambio*, Vol. 11, Nos 2 et 3, Académie royale suédoise des Sciences (1982) ; TTAPS, voir réf. N° 1 ci-dessus ; S. Bergstrom *et al.*, *Effects of Nuclear War on Health and Health Services* (Rome : Organisation mondiale de la Santé, 1983), Publication N° A36.12 ; National Academy of Sciences, étude de 1984 (en cours d'impression).
11. Il s'agit des doctrines militaires des Etats-Unis. Celles de l'URSS et de la Chine ne sont généralement pas divulguées. En Grande-Bretagne et en France, il semble que les théories soient presque exclusivement centrées sur la tactique du « faible au fort » (les cibles sont uniquement des villes) (voir, notamment, Arthur Macy Cox, « End the War Game », *New York Times*, 8 novembre 1983).
12. Voir J. Peterson, *Ambio*, Vol. 11, Nos 2 et 3 (1982) ; également publié, J. Peterson, *The Aftermath : The Human and Ecological Consequences of Nuclear War* (NY : Pergamon Press, 1983).
13. S. Bergstrom, *Effects of Nuclear War on Health and Health Services* (Rome : Organisation mondiale de la Santé, 1983), Publication n° A36.12.
14. *Ambio*, Vol. 11, Nos 2 et 3 (1982).
15. National Academy of Sciences/National Research Council, *Long-Term World-wide Effects of Multiple Nuclear Weapons Detonations* (Washington, D.C., 1975).
16. Le seuil à partir duquel la fumée projetée dans la troposphère produit ces conséquences climatiques se situe très approximativement autour de 100 millions de tonnes (explosions à peu près simultanées) ; dans certains cas, ce seuil pourrait cependant être très inférieur. L'hypothèse de l'existence d'un seuil se fonde notamment sur le fait que la réduction de la lumière solaire en fonction du nombre de particules fines dans la ligne du Soleil n'est pas linéaire mais exponentielle.
17. Le lent réchauffement de la Terre dû à l'effet de serre parallèlement à la combustion des combustibles fossiles ne suffirait pas à atténuer l'hiver nucléaire.

18. Ces résultats sont l'aboutissement des travaux importants d'un grand nombre de chercheurs ayant antérieurement étudié certains aspects du problème. Certains d'entre eux sont cités dans le rapport TTAPS (réf. 1 ci-dessus).
19. Carl Sagan, « Nuclear Winter and Climatic Catastrophe : Some Policy Implications », *Foreign Affairs 62* (2) : 257-292 (1983/1984).

COMMISSION D'ÉTUDE DES CONSÉQUENCES BIOLOGIQUES (Harwell), p. 141

1. L'auteur est codirecteur du Centre de Recherches sur les Ecosystèmes (ERC) de Cornell University ; ces travaux n'ont cependant pas été subventionnés par ce Centre, ni par l'Agence américaine pour la Protection de l'Environnement (EPA) qui est la principale source de financement de l'ERC. Les thèses développées ne représentent pas obligatoirement les opinions de ces deux organismes.
2. Voir Paul R. Ehrlich, « Conséquences biologiques », *supra* p. 77.
3. P.R. Ehrlich, J. Harte, M.A. Harwell, Peter H. Raven, Carl Sagan, G.M. Woodwell *et al.*, « The Long-Term Biological Consequences of Nuclear War », *Science* 222 : 1293-1300 (1983).
4. Mark A. Harwell, « The Human and Environmental Consequences of Nuclear War » (en cours d'impression).
5. S. Bergstrom *et al.*, *Effects of Nuclear War on Health and Health Services* (Rome : Organisation mondiale de la Santé), Publication N° A36.12.
6. *Ambio*, Vol. 11, N°s 2 et 3, 1982 ; également publié par J. Peterson sous le titre *Aftermath : The Human and Ecological Consequences of Nuclear War* (NY : Pergamon Press, 1983).
7. R.P. Turco, O.B. Toon, T.P. Ackermann, J.B. Pollack et C. Sagan (« TTAPS »), « Nuclear Winter : Global Consequences of Multiple Nuclear Explosions », *Science* 222 : 1283-1292 (1983).

REMERCIEMENTS

Cette Conférence a été financée par des sources privées, sans aucune subvention gouvernementale. Nous exprimons notre reconnaissance à tous ceux qui nous ont apporté leur concours : Beldon Fund ; William Bingham Foundation ; Lillian Boehm Foundation ; Columbia Foundation ; Conservation and Research Fund ; C.S. Fund ; Jessie B. Cox Charitable Trust ; Field Foundation ; George Gund Foundation ; John A. Harris, IV ; W. Alton Jones Foundation ; Ruth Mott Fund ; New York Zoological Society ; North Shore Unitarian Universalist Veatch Programm ; Ploughshares Fund ; Public Welfare Foundation ; Rockefeller Brothers Fund ; Rockefeller Family Fund ; Clementine M. Tangeman ; Tortuga Foundation et les Prs Jeremy, P. et Lucy R. Waletzky.

La liaison par satellite avec Moscou a été financée par la Benton Foundation, Carnegie Corporation/New York, la Tides Foundation (Catherine Conover et Charles Savitt) et la Topsfield Foundation.

Le Comité de Direction de la Conférence était composé des personnalités suivantes : Robert L. Allen, vice-président de la Henri P. Kendall Foundation ; Robert Kahn, journaliste et ancien membre du Council on Environmental Quality ; Paul R. Ehrlich ; Jeannie Peterson, ancienne rédactrice en chef d'*Ambio* ; Russel W. Peterson, président de la National Audubon Society, ancien administrateur de Delaware, président du Conseil de la Qualité de l'Environnement et directeur de l'Office of Technology Assessment ; Peter H. Raven ; Walter Orr Roberts ; Carl Sagan ; Patricia J. Scharlin, directrice du Sierra Club International Earthcare Center et président de l'American Committee for International Conservation ; Robert V. Scrivner, directeur du Rockefeller Family Fund ; Thomas B. Stoel Jr., directeur des programmes internationaux du Natural Resources Defense Council, président de Global Tomorrow Coalition, et directeur de projet à l'Open Space Institute ; George M. Woodwell, président de la Conférence, directeur du Centre de Recherches sur les Ecosystèmes du Marine Biological Laboratory, et président de la section américaine du World Wildlife Fund.

Le rôle de directeur exécutif de la Conférence a été assuré par Chaplin B. Barnes, ancien expert au Conseil de la Qualité de l'Environnement et directeur des activités internationales de la National Audubon Society. Cette simple énumération ne rend pas suffisamment hommage au travail extraordinaire accompli par chacun.

Nous exprimons également notre reconnaissance aux nombreuses personnes qui nous ont aidés à organiser la Conférence, en particulier Nancy Ignatius, Jay Reller, Frances Webb et les membres du Plant and Garden Club de Cambridge (Massachusetts) dont les efforts nous ont permis de réunir un très grand nombre de participants, Elliot A. Norse, Global Tomorrow Coalition et l'Open Space Institute qui nous ont fourni des structures d'accueil, Oretta Tarkhani, Barbara Dworsky et Jane Trainor, ainsi que les membres de la commission scientifique.

Nous voudrions enfin témoigner toute notre gratitude aux personnes qui se sont chargées de la publication : Robert Cahn et Jeannie Peterson du Comité de Direction ; Mark A. Harwell et Stephen Soter de Cornell ; Herbert Grover de l'université du Nouveau-Mexique ; et à Patricia J. Charlin du Comité de Direction, Mary Cunnane et Debra McKay de W.W. Norton & Co.

Commission scientifique

Herbert L. Abrams
Professeur de radiologie, Harvard Medical School ;
président du Département de Radiologie, Brigham and Women's Hospital.

Edward S. Ayensu
Botaniste, Smithsonian Institution ;
secrétaire général de l'International Union of Biological Sciences, et président de l'African Biosciences Network.

David Baltimore
Professeur de microbiologie, American Cancer Society, Institut de technologie du Massachusetts ;
prix Nobel 1975.

Richard E. Berendzen
Président, American University.

Hans A. Bethe
Professeur honoraire de physique, Cornell University ;
prix Nobel 1967.

John W. Birks
Maître de conférences de chimie, et membre de l'Institut de Recherches sur l'Environnement, université du Colorado, Boulder.

Bert Bolin
Professeur, Institut de Météorologie, université de Stockholm.

F. Herbert Bormann
Professeur d'écologie forestière et directeur de la recherche sur les écosystèmes, School of Forestry and Environmental Studies, Yale University.

Lester R. Brown
Président, Worldwatch Institute.

Ian Burton
Directeur, Institut de Recherches sur l'Environnement, université de Toronto.

Evgheni I. Chazov
Vice-ministre de la Santé, URSS ;
coprésident de l'Association internationale des Médecins pour la Prévention de la Guerre Nucléaire.

Harold J. Coolidge
Président honoraire de l'Association internationale pour la Protection de la Nature et des Ressources naturelles.

Francis H.C. Crick
Directeur de recherches, Salk Institute for Biological Sciences ;
prix Nobel 1962.

Paul J. Crutzen
Directeur de la section Chimie, Institut Max-Planck, Mayence.

Raymond F. Dasmann
Principal et président, Institut d'Etudes de l'Environnement, université de Californie, Santa Cruz.

Jared M. Diamond
Professeur de physiologie, faculté de médecine, université de Californie, Los Angeles.

Anne H. Ehrlich
Chargée de recherches, Département de de Biologie, Stanford University.

Paul R. Ehrlich
Professeur de biologie et titulaire de la chaire Bing de démographie, Stanford University.

Thomas Eisner
Professeur de biologie, titulaire de la chaire Jacob Gould Shurman, Cornell University.

Bernard T. Feld
Professeur de physique, Massachusetts Institute of Technology.

David M. Gates
Professeur de botanique et Directeur de l'Unité de Biologie, université de Michigan.

Stephen Jay Gould
Professeur de géologie, titulaire de la chaire Agassiz, musée de Zoologie comparée, Harvard.

F. Kenneth Hare
Professeur de géographie et physique, université de Toronto ;
principal de Trinity College.

John Harte
Professeur, Energie et Ressources naturelles ;
université de Californie, Berkekey.

Carl-Göran Hedén
Membre de l'Institut Karolinska, Stockholm.

Mohammed Kassas
Professeur de botanique, faculté des sciences, université du Caire ;
président de l'Association internationale pour la Protection de la Nature et des Ressources naturelles.

Stjepan Keckes
Directeur, Centre d'Action régional de Sauvegarde des Mers, programme de Protection de l'Environnement des Nations Unies.

Henry W. Kendall
Professeur de physique, Massachusetts Institute of Technology ;
président de l'association Concerned Scientists.

Donald Kennedy
Président, Stanford University.

Robert Jay Lifton
Professeur de psychiatrie, faculté de médecine ;
Yale University.

Julius London
Professeur, Département d'Astro- et Géophysique ;
université du Colorado, Boulder.

Bernard Lown
Professeur de cardiologie, Institut de Santé publique, Harvard University ;
coprésident de l'Association internationale des Médecins pour la Prévention de la Guerre Nucléaire.

Thomas F. Malone
Directeur honoraire ;
Holcomb Research Institute, Butler University.

Carson Mark
Ancien responsable du Département de la Recherche fondamentale, Los Alamos Scientific Laboratory.

Jessica T. Mathews
Vice-présidente et directrice de recherches, World Resources Institute.

Kenton R. Miller
Directeur général de l'Association internationale pour la Protection de la Nature et des Ressources naturelles.

Norman Myers
Spécialiste de l'environnement et du développement, Oxford.

David Pimentel
Professeur au Département d'Ecologie des Insectes, Cornell University.

Edward M. Purcell
Professeur honoraire de physique ;
Harvard University ;
prix Nobel 1952.

Peter Raven
Directeur, Missouri Botanical Garden.

Walter Orr Roberts
Président honoraire, University Corporation for Atmospheric Research.

Henning Rodhe
Professeur de chimie et météorologie, université de Stockholm.

Joseph Rotblat
Professeur honoraire de physique, université de Londres ;
ancien secrétaire général du Pugwash Council on Science and World Affairs.

William L. Russell
Consultant, section biologie, Oak Ridge National Laboratory.

Carl Sagan
Titulaire de la chaire David Duncan d'astronomie et sciences de l'espace et directeur du Laboratoire d'Etudes planétaires, Cornell University.

Abdus Salam
Directeur, Centre international de Recherches fondamentales en Physique, Trieste ;
prix Nobel 1979.

Jonas Salk
Fondateur et membre du Salk Institute for Biological Studies.

Stephen H. Schneider
Directeur adjoint, Programme d'Etudes approfondies, National Center for Atmospheric Research.

Allyn H. Seymour
Professeur honoraire ;
Département de Biologie halieutique, université de Washington, Seattle.

Ralph O. Slatyer
Professeur de biologie, Département de Biologie de l'Environnement, Institut de Recherches biologiques, Australian National University ;
Président du Comité scientifique sur les Problèmes de l'Environnement.

Soedjatmoko
Recteur, université des Nations Unies.

Jeremy J. Stone
Directeur, Federation of American Scientists.

Lewis Thomas
Chancelier, Memorial Sloan-Kettering Cancer Center.

Mustafa K. Tolba
Directeur exécutif, Programme de Protection de l'Environnement des Nations Unies.

Edith Brown Weiss
Maître de conférences en droit, faculté de droit ;
Georgetown University.

VICTOR F. WEISSKOPF
Professeur de physique, Massachusetts Institute of Technology.

GILBERT F. WHITE
Professeur honoraire de géographie, université du Colorado, Boulder ;
ancien président de la Commission scientifique sur les Problèmes de l'Environnement.

JEROME B. WIESNER
Président honoraire, professeur et chercheur, Massachusetts Institute of Technology ;
ancien conseiller scientifique du Président des Etats-Unis.

EDWARD O. WILSON
Professeur de sciences, musée de Zoologie comparée, Harvard University.

GEORGE M. WOODWELL
Directeur, Centre de Recherches sur les Ecosystèmes, Marine Biological Laboratory ;
président de la section américaine du World Wildlife Fund ;
vice-président du Natural Resources Defense Council.

LORD ZUCKERMAN
Professeur honoraire, University of East Anglia and of Birmingham ;
anciennement : premier conseiller scientifique au secrétariat d'Etat à la Défense du Royaume-Uni.

Cet ouvrage a été composé par Facompo
et imprimé par la S.E.P.C. à Saint-Amand-Montrond (Cher)
pour le compte des éditions Belfond

Achevé d'imprimer en janvier 1985